译文纪实

# The Gatekeepers
How the White House Chiefs of Staff
Define Every Presidency

Chris Whipple

[美] 克里斯·威珀 著  傅洁莹 译

# 白宫幕僚长

上海译文出版社

献给凯瑞和萨姆

# 目 录

| | | |
|---|---|---|
| 引　言 | "我把自己的枕头和毯子都带来了" | 001 |
| 第一章 | "大行刑官" | 016 |
| 第二章 | "当心轮辐" | 048 |
| 第三章 | "房间里最聪明的那个人" | 079 |
| 第四章 | "这个了不起的幕僚长" | 109 |
| 第五章 | "千万别挂第一夫人的电话" | 139 |
| 第六章 | "首相" | 167 |
| 第七章 | "绵里藏针" | 193 |
| 第八章 | "决策者" | 226 |
| 第九章 | "在糟和更糟之间" | 263 |
| 第十章 | "我要和美国总统对着干吗？" | 300 |

参考文献 …………………………………… 323
作者说明及致谢 ……………………………… 339

# 引 言

"我把自己的枕头和毯子都带来了"

穿过白宫停车场进入白宫西翼大厅时，拉姆·伊曼纽尔①感到寒意袭人，甚至能看到自己呼出的气。这是二〇〇八年十二月五日，华盛顿特区一个异常寒冷的早晨；他面临的是超乎想象的艰巨挑战。

短短六周后，伊曼纽尔即将就任美国第四十四任总统巴拉克·奥巴马的白宫幕僚长②。然而一个多月以来，即将由他们接手的世界在他眼前发生了翻天覆地的变化，令人震惊。美国经济正处在又一场大萧条的边缘，摇摇欲坠。世界经济的命脉——信贷市场——已经冻结。整个汽车行业面临崩溃。两场血腥的战争陷入僵局。《洋葱新闻》③的头版标题是"黑人得到了全国最糟的工作"④，伊曼纽尔心想，这话也不是毫无道理。这位言辞犀利的政客是来自伊利诺伊州的国会议员、比尔·克林顿的前高级顾问，此刻感到了忧心忡忡。后来当他回想起那个阴暗的早晨，当时新政府看起来前景黯淡，他会调侃说："我把自己的枕头和毯子都带来了。"事实也的确如此，拉姆·伊曼纽尔胆战心惊。

那天早晨在白宫召集的会议很突然，似乎是一场冷战时期的国家安全危机。黑色轿车和 SUV 依次抵达；身着深色西装的男子拾级而上进入总统官邸。伊曼纽尔觉得这群人聚集于此无异于一场精英联谊会：唐纳德·拉姆斯菲尔德⑤、迪克·切尼⑥、莱昂·帕内塔⑦、小霍华德·贝克⑧、杰克·沃森、肯·杜伯斯坦⑨、约翰·苏努努⑩、山姆·斯金纳、麦克·麦克拉提、约翰·波德斯塔⑪、安德鲁·卡德⑫、约书亚·博尔滕⑬。他们都是过去半个世纪以来华盛顿最具权势的人物：国防部长、行政管理与预算局（OMB）局长、州长、中央情报局局长、多数党领袖以及副总统。然而，最重要的是他们都有一段共同的经历。这是一条特殊的纽带，一段超越政治分歧的辛苦历程：他们每个人都曾担任过白宫幕僚长。

他们聚集在曾经工作过的办公室——如今这里是乔治·W.布什的现任幕僚长约书亚·博尔滕的地盘——立即打成一片，交头接耳起来。选举结束后召集所有前任幕僚长给继任者提出一些工作建议，这是博尔滕的主意。他估计，其他十三位健在的幕僚长中可能有半数会前来。不过，令他吃惊的是，只有里根时期的詹姆斯·贝克和克林顿

---

① 众议员，奥巴马的白宫幕僚长。——译者
② Chief of Staff，简称 COS，又译"白宫办公厅主任"，是美国总统办事机构的最高级别官员，相当于总统的高级助理。白宫幕僚长权力极大，常被称为"守门人""第二总统"。——译者
③ 美国一家拥有报纸和网站的新闻机构制作的新闻节目，以讽刺网上和报纸上的文章而有很高的知名度。它评论的事件有真实的，也有虚构的。——译者
④ The Onion, November 4, 2008, vol. 44.（指奥巴马任总统一事。——译者）
⑤ 曾两度出任美国国防部长，一直被认为是小布什内阁中的著名鹰派代表人物之一。——译者
⑥ 迪克是理查德的昵称。他是共和党人，三十多岁出任福特总统的白宫幕僚长，后任国会议员十年。老布什总统后，他执掌国防部，经历苏联解体、柏林墙倒塌、入侵巴拿马、伊拉克"沙漠风暴行动"等重大历史事件。克林顿政府时期，他出任美国著名石油公司首席执行官。任小布什的副总统时，他领导反恐战争，推翻塔利班和萨达姆政权，被认为是美国最强势的副总统。——译者
⑦ 意裔美国人，从政四十余年，曾任职于尼克松和克林顿政府，二〇〇九年出任中央情报局局长，成功地组织了定点清除本·拉登的行动，二〇一一年出任国防部长。——译者
⑧ 共和党人、参议员，后为白宫幕僚长。——译者
⑨ 里根总统的白宫幕僚长。——译者
⑩ 新罕布什尔州前州长，老布什任内白宫幕僚长。——译者
⑪ 克林顿总统时期的幕僚长，奥巴马任内的美国总统能源与气候变化政策顾问，希拉里·克林顿竞选团队主席。——译者
⑫ 小布什总统的幕僚长。——译者
⑬ 接替安德鲁·卡德担任小布什的幕僚长。——译者

时期的厄斯金·鲍尔斯没有出现。①

克林顿的最后一任幕僚长约翰·波德斯塔回忆道:"这确实是了不起的一天,② 因为一群不同寻常的人聚在一起:从迪克·切尼、唐纳德·拉姆斯菲尔德到我和拉姆。我们之间存在着意识形态和政治观念的差异,也存在历史距离,但我们都有机会给拉姆提一点建议。"克林顿的前任幕僚长莱昂·帕内塔即将被任命为奥巴马政府的中情局局长,他善于社交,干这一行得心应手。他回忆道:"这些人中的每一个都是我的密友,在拉姆·伊曼纽尔即将加入'臭名昭著'的幕僚长队伍之际,我们大家聚在这里致以诚挚的祝福——这是一个非常特殊的时刻。"

历届总统任期内的幽灵在空中飘荡。"在这里你可以感受到历史的存在,"③ 博尔滕回忆道,"他们都恍若回到了在这间办公室工作的时光。"

迪克·切尼出任杰拉德·福特总统的幕僚长时,才三十四岁,他指着地板上的某处说,美联储主席艾伦·格林斯潘由于背部受伤无法动弹,常常在会议期间躺在那儿就货币和财政政策慷慨陈词。巨幅的亚伯拉罕·林肯肖像画悬挂在角落的壁炉上方,火焰噼啪作响。最后,博尔滕请大家静一静并安排各位贵宾围着一张长桌就座。

长桌两端坐着两个男人,他们的政治命运串起了一个时代:还将继续担任六周副总统的切尼和饱受指责已经从国防部长任上辞职的拉姆斯菲尔德。在尼克松当政期间,正是拉姆斯菲尔德把年轻的政治学研究生切尼招入麾下,而当他成为杰拉德·福特的幕僚长以后,又把切尼招来任副手。为了修复"水门事件"的后遗症,他们一起在"意外总统"福特就职期间出谋划策;他们也曾眼睁睁看着南越被共

---

① W. 马文·沃森和詹姆斯·琼斯,有时被认为是林登·约翰逊任内的幕僚长,担任部长职务;他们没有受到博尔滕的邀请。
② 二〇一二年十一月九日对约翰·波德斯塔的采访。
③ 二〇一一年九月二十六日对约书亚·博尔滕的采访。

产党军队占领，美国历史上最长的战争在鲜血和耻辱中结束，却无计可施。三十年后，在伊拉克战争期间，乔治·W.布什要求身为拉姆斯菲尔德门徒的切尼通知其恩师辞去国防部长一职。伊拉克战争是又一场具有重大争议的冲突，结局同样糟糕，作为总设计师，切尼和拉姆斯菲尔德兜了一圈又回到了原点。

切尼对那天早上的聚会印象深刻。他回忆道："所有的或者说几乎所有健在的前幕僚长同一时间聚在这个房间里，这是绝无仅有的。"① 向巴拉克·奥巴马的高级顾问提供建议这一举动的讽刺之处在于建议起了作用："奥巴马在竞选的大部分时间里都是把我们当垃圾从这个国家的这一头扔到那一头。但他是我们的头儿。那个时候他已经赢了大选。而当大家都围坐在桌子旁准备说'这把是男厕所钥匙'的时候，你真的想抓住机会说：'瞧，有几件事你真的必须记住。'"

总统交接是件尴尬事，切尼已经尝过个中滋味。"新人入主难免会表现出某种程度的狂妄自大：'好吧，如果你们这么聪明的话，为什么被我们打败了？'所以有时会有点紧张，但你必须克服这些，因为没几个人处理过白宫的事。也确实有宝贵的经验值得学习。你会真的很想把你在职期间获得的各种智慧传授给新人。"

这是一个两党合作的时刻，在今天看来几乎不可思议，一个已成过去的文明时代又回来了。② 波德斯塔说："此刻，这个房间里的共和党人和民主党人的共识就是，这个国家需要大家团结起来形成某种领导力。"哪怕是以顽固著称的民主党人伊曼纽尔也愿意姑且信任对

---

① 二〇一一年七月十五日对迪克·切尼的采访。
② 有了约书亚·博尔滕与拉姆·伊曼纽尔的先例，二〇一六年十二月，丹尼斯·麦克多诺邀请所有在世的幕僚长到白宫，与唐纳德·特朗普将上任的幕僚长雷恩斯·普里巴斯会面。有十位前幕僚长到场，詹姆斯·贝克、莱昂·帕内塔和厄斯金·鲍尔斯没有露面。"我们中有几位认为他必须是一干员工中的第一人，"一位幕僚长回忆起他们给普里巴斯的建议，"如果这份权力在白宫是大家都有份，你就做不成事情。"没有几个人相信普里巴斯能够应付得了特朗普或他任性的顾问们的发难。

面的共和党人。"纵观历史,我认为他们明白此时此刻非常艰难,"他回忆道,"我想大家都希望政府工作顺利开展。"他做了个罕见的举动——掏出一支笔开始记笔记。

博尔滕绕着桌子走,挨个儿请客人们给即将上任的幕僚长提建议。

在座的诸位代表了五十年的总统史,而在这方面,无人比肯·杜伯斯坦更熟稔于心。布鲁克林出生的杜伯斯坦长着一张娃娃脸,健谈而且笑容可掬,他曾是罗纳德·里根的最后一任幕僚长,同时也是首位担任此职的犹太人。他喜欢这么跟人说:"里根总统用我不是因为我长得帅,而是因为他知道我会有话直说——布鲁克林出来的人都这样。"(离开白宫后,他在宾夕法尼亚大道执业,为企业客户提供战略规划。)严格说来,杜伯斯坦只当了七个月的幕僚长;但实际上,由于杜伯斯坦的导师霍华德·贝克受家人疾病所困,在里根任职的最后两年间一直是杜伯斯坦在承担联合幕僚长的职责。上门向他咨询的不仅有企业,还有几任总统,他们希望沾点里根的"魔力"。作为总统任期的见证人,很少有人比他的经历更具戏剧性。在冷战高潮时期,杜伯斯坦陪同里根前往西柏林的勃兰登堡门发表演讲,正是在他的鼓动下,总统无视国务院的反对,向苏联发出了历史性的呼吁:"戈尔巴乔夫先生,推倒那堵墙!"

现在,面对又一个危机四伏的时期,杜伯斯坦率先发言。他盯着伊曼纽尔:"永远记住,[①] 当你开口说话时,发表意见的并不是你,而是**总统**。"伊曼纽尔也瞪着他:"哦,**见鬼**!"

幕僚长们哄堂大笑。下一个发言的是杰克·沃森。他已经七十岁了,方下巴,非常帅气,看起来像个电影明星;四十多年前,当后来的美国总统吉米·卡特在自家的花生农场见到这位骑着摩托车来的魅力非凡的亚特兰大年轻律师时,也是这么认为的。沃森年轻时是海军

---

[①] 二〇一一年八月十日对肯·杜伯斯坦的采访。

陆战队员，隶属一个精英特种作战小组，他在匡蒂科创造的一项障碍赛纪录，二十多年来无人打破。他讨人喜欢、热情洋溢，能言善辩，后来成了一名成功的出庭律师，一九七六年总统竞选期间他是深受卡特信赖的顾问之一。他的一位同事说："杰克可不是一般人。我的意思是，他天生拥有完美的素质。如果非要挑点刺，那就是他好得令人难以置信。"沃森曾负责卡特总统过渡时期的工作，许多人认为他会成为白宫幕僚长的候选人。但是，卡特做了一个后来令其在总统职位上举步维艰的重大决定：拒绝任用幕僚长。（两年半之后，卡特试图亡羊补牢却错上加错：他把这份工作交给了一个不合适的人选——一位才华横溢却不得章法的政治谋士汉密尔顿·乔丹。）在离他的任期结束不到八个月的时候，卡特终于把这份工作交给了沃森。在那短短几个月里，沃森把自己比作"标枪捕手"①，他敏锐地把握了职责的关键，赢得了同行的尊重。他对着拉姆笑了笑，说道："永远记住，你获得的机会千载难逢，② 还有它所代表的特权和责任。你身边坐着的是世界上最有权势的人。你应当珍惜并感恩在这里工作的每一天。"

  接着发言的是奥巴马过渡团队的负责人约翰·波德斯塔。他的祖父是意大利移民，父亲是芝加哥一家工厂的工人。波德斯塔初次接触政治是在1970年，那时他还是个拿奖学金的大学生，在康涅狄格州参议院的竞选活动中做志愿者时，他遇到了书生气十足的耶鲁大学法学院学生比尔·克林顿。几十年后，在克林顿入主白宫之际，波德斯塔接替厄斯金·鲍尔斯出任幕僚长。在处理莫妮卡·莱温斯基丑闻带来阵痛时，波德斯塔因脾气火爆而名声在外，大家说他是暴躁的"史吉皮（Skippy）"的孪生兄弟。不过，这个早晨他讲的是谦卑和耐心。"你得放慢速度，倾听，"他说，"你在的这个楼里还有很多聪

---

① 在奥运会早期，标枪比赛时选出一名公认的白痴或混球来接住标枪运动员投掷出来的标枪。也称"徒手抓标枪的笨蛋"。——译者
② 二〇一一年八月十一日对杰克·沃森的采访。

明人。你不能总想着要找到答案。放慢速度,学会倾听。你会学到很多东西,也会做出更明智的决策。"

托马斯·F."麦克"·麦克拉提是阿肯色州的商人,是比尔·克林顿的第一任幕僚长,比任何人都更清楚这项工作有多残酷。他温文尔雅,富有魅力,人称"好人麦克",在华盛顿几乎所有人都喜欢他。但他从未在国会山工作过,也没有经过这种肉搏战的历练。一年半以后,克林顿的议程陷入困境,累及连任前景晦暗,麦克拉提于是同意辞去幕僚长一职。不过房间里的每个人都理解他的处境;总统的临时起意随时会影响他们的工作,被解雇的人也不在少数。有些人认为马克太善良太绅士,不适合这份工作;迫于压力时,马克可能会屈从。他告诉拉姆:"对你所从事的事业要尽力怀有憧憬,[1] 要尽力保住你的人性。我们都是凡人,都会犯错,无法稳操胜券。首先要意识到能为美国总统效力是多么荣幸,但更重要的是为这个国家的人民服务。将这一点谨记于心,不要辱没了'白宫幕僚长'这个高贵的头衔。"

麦克拉提的这段忠告也可以说是对在座的另一人说的,那就是约翰·苏努努。老布什任命苏努努为幕僚长,是希望利用这位新罕布什尔州前州长在国内政策上的优势来与自己的外交专长相得益彰。苏努努喜欢告诉人家自己"只是一只温和的毛茸茸的小猫咪"——说的时候还眨巴着眼。实际上,他到处招摇,炫耀自己是总统的"走狗"。苏努努骄傲自大,难以合作,国会、新闻机构和白宫工作人员都对他深为不满。后来,当他被发现拿政府公务车和飞机用于私人旅行时,几乎没人站出来为他辩护。最后,苏努努只得黯然辞职。他告诉拉姆:"你得在总统和那些急于求见总统的人之间建起一道防火墙——哪怕这样一来会给幕僚长惹麻烦。我就特别**擅长**[2]制造这样的

---

[1] 二〇一一年九月二十二日对麦克·麦克拉提的采访。
[2] 二〇一一年八月十一日对约翰·苏努努的采访。

麻烦。"

莱昂·帕内塔可能是这个房间里最讨人喜欢的一个。他是意大利移民的后代，个性活泼外向，不管是在加州蒙特里的核桃农场，还是在白宫西翼办公楼，他都游刃有余。不过，接替麦克拉提成为比尔·克林顿第二任幕僚长的帕内塔是个外柔内刚的人。他到任时，适逢克林顿的任期岌岌可危，他雄心勃勃的议程受到了同性恋参军问题、白水丑闻①以及其他杂七杂八的事的威胁。这场祸事是克林顿自己造成的，原因在于他本人缺乏自律、工作人员也行事草率。帕内塔上任后，整肃了白宫的纪律，调整了工作重点，帮助克林顿重获民众追捧，进而赢得第二个任期。现在轮到帕内塔来辅导奥巴马即将上任的幕僚长了。他说："和美国总统共事，永远记着要直言不讳坦诚相待。即使是他不想听到的话也要告诉他——因为说实在的，白宫里有太多人永远只告诉总统他**想听**的话。"②

安德鲁·卡德是博尔滕的接班人，他为小布什工作了五年零三个月，创下了迄今幕僚长在任时间最长的纪录。而卡德为五任总统工作过，不过今天早上见到光临的诸位他还是吓了一跳，甚至有点怯场。他后来回忆道："这几位都是对历史产生影响力的人物，他们在职期间，正是风云变幻、举足轻重的年代。他们非常睿智，给人们留下了深刻印象。"③ 轮到卡德发言时，他鼓励拉姆守护好总统办公室："很多人对保护《宪法》第二条规定的总统制不感兴趣。事实上，它几乎一直受到依据《宪法》第二条建立的国会和第三条建立的法院的攻击。白宫里真的没有多少人注意到这一点。"

接下来，所有的目光转向了唐纳德·拉姆斯菲尔德。拉姆斯菲尔德一向得理不饶人，见不得愚人蠢行，作为小布什的国防部长，他一

---

① 克林顿第一个总统任期内的政治丑闻。又称"白水门""白水开发公司案"，克林顿夫妇卷入其中，案件调查持续七年，并未查出克林顿夫妇的违法证据。——译者
② 二〇一二年九月九日对莱昂·帕内塔的采访。
③ 二〇一一年十月十二日对安德鲁·卡德的采访。

手策划了对伊拉克的入侵。由于军事占领后局势混乱，加之阿布格莱布监狱丑闻①爆出，他四面楚歌，被要求辞职。召集各位幕僚长这天早上相聚在此的博尔滕，当时正是极力主张让拉姆斯菲尔德下台的人。

不过，拉姆斯菲尔德今天之所以会受邀到此，是因为他早年的另一个身份——杰拉德·福特的得力的白宫幕僚长。在美国有史以来最大的丑闻"水门事件"曝光后，由于福特宣布赦免理查德·尼克松在其中的刑事责任，其民调支持率直线下降，正是拉姆斯菲尔德把总统的工作拉回正轨。他曾当选为国会议员并出任大使——而且即将成为一家企业的行政总裁，还两度出任国防部长。不过，拉姆斯菲尔德坚称，迄今他做过的最艰巨的工作就是福特的幕僚长，他说："简直就像在飞行途中爬进失控的驾驶舱并试图安全着陆。"在福特的任期急转直下之际，幸有拉姆斯菲尔德力挽狂澜。

拉姆斯菲尔德就任幕僚长以后做了几件事，其中之一就是任命切尼为他的副手。在切尼的职业生涯几近崩溃之时，拉姆斯菲尔德拉了他一把，二人由此结下了友谊。联邦调查局对切尼进行背景调查时，切尼坦白了一个秘密：二十几岁时，他曾在西部因酒驾两度被捕入狱。拉姆斯菲尔德（仗着福特撑腰）力挺切尼。一个强大的同盟由此开始了，几十年后他们成了美国历史上最有权势、评价最两极化的人。

老谋深算的资深幕僚长拉姆斯菲尔德转头看向伊曼纽尔。"赶紧选好你的接班人，"② 他说，"要记住你并**不是**不可替代的。"伊曼纽尔听出话里有话，忍不住顶了回去："这话对国防部长适用吗？"一桌人大笑起来。拉姆斯菲尔德也挤出了一个笑脸。

最后轮到切尼发言了。八年多来，这位副总统被称为极右的

---

① 即美军虐待伊拉克战俘事件。——译者
② 二〇一一年六月十四日对唐纳德·拉姆斯菲尔德的采访。

"黑武士达斯·维达"①,他一手造就了反恐战争,对此他无怨无悔。不过,围坐在这张桌子边的人眼里还有另一个切尼。几十年前,他接替拉姆斯菲尔德成为白宫幕僚长,成了华盛顿最受欢迎的人之一,他帮助杰拉德·福特不仅从政治绝境中脱身,还差点打败了吉米·卡特。切尼早年给大家的印象是为人谦和,并具有不可思议的协调能力;特勤局的人给他取了个绰号叫"后座"。传说中温和友善的切尼还有一种带着邪气的幽默感,对用心策划的恶作剧情有独钟。他深受记者团的喜爱。此后几年里,讨论"切尼到底怎么了?"几乎成了幕僚长之间的余兴节目。有人认为,在哈里伯顿②担任雷厉风行的首席执行官那段经历改变了他。另一些人则认为他在二十世纪八十年代进行了"政府续政"(continuity of government)演习(模拟核弹突袭后末日决战的战争游戏),由此变得阴暗邪恶起来。事实是,切尼的极端保守主义意识并不是刚刚冒出来的;正如福特的某位同事所言,他向来"和成吉思汗如出一辙"③。但切尼的世界观现在看来似乎更晦暗了,性格也更阴郁。因为伊拉克战争的关系,切尼的密友兼同事布伦特·斯考克罗夫特疏远了他,但布伦特坚信自己的前密友是因为数次与死亡擦肩而过才性情大变(切尼在二〇一二年接受心脏移植手术前曾五次心脏病发作)。"心不好④就会对人造成这样的影响。"斯考克罗夫特对我说。伊拉克战争还导致切尼与他的前同事、打猎伙伴詹姆斯·贝克发生了激烈的争吵。不过,切尼的密友、福特的白宫摄影师大卫·休姆·肯纳利坚持认为,所谓"切尼变了"之类的话是无稽之谈。他很可能是对的:早在二十世纪七十年代,切尼曾接受过一次职业能力测试。他的理想职业是什么?殡葬工作者。

---

① 《星球大战》最成功的反派,是贯穿星战系列的灵魂人物以及带有悲剧与矛盾色彩的人物。——译者
② 美国著名石油公司,世界五百强。——译者
③ Robert Hartmann, *Palace Politics* (New York: McGraw-Hill, 1980), 283.
④ a bad heart, 此处为双关语。——译者

现在，这位绰号"大佬"、现代史上最强势的副总统从眼镜上方看着伊曼纽尔。他一本正经地说："无论如何都要把你的副总统**抓在手心**。"① 幕僚长们爆发出当天的最后一轮大笑。切尼脸上则闪过一丝狡黠的微笑。

会后，幕僚长们在博尔滕的办公室外面集合，然后沿着大厅朝椭圆形办公室走去。打头的是博尔滕，他还将担任六个星期的幕僚长。后面那位是霍华德·贝克，他拄着拐杖并且紧紧抓着他的前副手肯·杜伯斯坦，现年八十三岁的他得了帕金森综合征，步履蹒跚。

等待他们的是乔治·W. 布什。他的总统任期始于二〇〇一年九月十一日那场灾难性的危机，又将结束于另一场危机：面临崩溃的全球金融。这一切对总统个人造成的影响是显而易见的。小布什没有习惯性地喊他们的绰号或调侃他们，而是心平气和地跟他们打了招呼。"我见过布什总统多次，"波德斯塔回忆道，"但那天早晨我心里想着，那间办公室在他脸上留下了多少岁月的印记。他看起来真的准备好走人了。"幕僚长们跟总统道了别，又彼此说了再见，然后便离开了。

这是一次不同寻常的聚会，华盛顿最杰出的兄弟会之一难得齐聚一堂。历史学家理查德·诺顿·史密斯说："每一位总统都会通过他挂在罗斯福厅（Roosevelt Room）的总统肖像以及他亲自挑选的幕僚长来展示自己。"② 与"总统俱乐部"的各位三军总司令一样，幕僚长们也是一群久经沙场的兄弟。（目前还有十七人在世——没有一位是女性，原因将在后文探讨。）他们对自己的同道有着崇高的敬意。"没有秘密结社，我们之间自有一种特殊的纽带。"苏努努说。作为

---

① 二〇一一年七月十五日对迪克·切尼的采访。
② 二〇一三年十一月七日对理查德·诺顿·史密斯的采访。

坚定的铁杆拥护者，幕僚长们可以毫不手软地推进他们总统的议程：H. R. 霍尔德曼因在理查德·尼克松的水门事件中作伪证而锒铛入狱。但是，共同的经历把他们联系在了一起，那就是都熬过了华盛顿最艰难的工作——如此艰辛，以至于幕僚长的平均任期只有十八个月多一点。曾担任白宫幕僚长、财政部长和国务卿的共和党顾问詹姆斯·A. 贝克三世说："不妨这么说，白宫幕僚长这个位子，在政府里面就是一人之下万人之上。"事实上，每届总统的命运都多多少少取决于这个鲜为人知的职位。

　　白宫幕僚长将总统的议题变成现实。政府运作时，通常是因为幕僚长了解权力的结构，在政策和政治的交汇点上穿针引线。要不是詹姆斯·贝克在管理白宫、新闻界和国会山——以及总统手下那些吵得不可开交的顾问——方面游刃有余，就不会有"里根革命"。同样，如果不是莱昂·帕内塔接手白宫幕僚长一职，给白宫带去纪律和秩序——更别说创纪录的预算盈余——比尔·克林顿几乎铁定会干完一任就走人。克林顿的劳工部长罗伯特·赖克说过："要是没有一个了不起的幕僚长，总统肯定不知道自己在做什么。"在总统任期的最后几天，奥巴马说："我学到的一件事是，重大突破通常源于大量繁重的工作——一天到晚地阻挡和抢断。"① 幕僚长的工作就是这堆繁重的日常事务。

　　反之，如果政府运行不畅，也往往可以追溯为幕僚长工作不力。没有比这工作的风险再高的了。约翰·F. 肯尼迪的心腹西奥多·"泰德"·索伦森说："我们所有的总统都会为各种职位挑选不同的人，或亲信或走狗，诸如此类。但是在挑选幕僚长的时候每位总统都知道,② 天哪，最好找对人，否则他就完了。现代历史上发生的一些重大错误就是因为幕僚长没有告诉总统他不想听的话。付给窃贼封口费以掩盖"水门事件"，向伊朗出售武器以交换人质，凭着可疑的证

---

① 查理·罗斯对巴拉克·奥巴马的采访。*Charlie Rose*, PBS, April 19, 2016。
② Samuel Kernell and Samuel K. Popkin, eds. *Chief of Staff: Twenty-Five Years of Managing the Presidency* (New York: University of California Press, 1988), 189.

据发动伊拉克战争,甚至搞砸了医疗保健的网上推广——所有这一切本可避免,只要幕僚长们通过一个旨在避免灾难的严格系统来考量这些决策。"

从幕僚长这个位子上退下来的人,没有几个是毫发无伤的。身高五英尺九英寸的杜伯斯坦开玩笑说:"就算我们开始干这个的时候有六英尺四英寸高,现在都矬了。"比尔·克林顿的第二任幕僚长厄斯金·鲍尔斯说:"人们问我①这份工作是不是像电视剧《白宫风云》(*The West Wing*)里演的那样,实际上,我们的节奏快多了。平常一天里,你要处理波斯尼亚、北爱尔兰、预算、税收、环境问题——还得吃午饭!到了周五,你会说:'谢天谢地,再挨过两个工作日就到周一了!'"② 切尼将他的第一次心脏病发作归咎于这份工作。奥巴马的幕僚长比尔③·戴利离开白宫后患了带状疱疹,他认为这是压力所致。④ 詹姆斯·贝克被公认为幕僚长的典范,他觉得这份工作让他饱受精神折磨,痛苦之余他试图向罗纳德·里根辞职,但没有成功。

伊曼纽尔将会发现这工作是多么残酷无情。他后来告诉我,在接下来的二十个月里,他没有享受过片刻的安宁:"回家路上你在打电话。吃晚饭的时候你在打电话,给孩子们讲睡前故事的时候你在打电话——故事还没讲完你就睡着了。然后你在凌晨三点左右被叫醒,发现世界某处发生了糟糕的事。"即便如此,这段经历对伊曼纽尔来说也是千金不换的。"这份工作艰巨吗?残酷吗?真的很难吗?"他问,"我会再做一次吗?绝对会。这些经历是天赐的机会,弥足珍贵。我敢保证每一位幕僚长都会说:'如果需要我会再次披挂上阵。'"

---

① 二〇一一年十二月十六日对厄斯金·鲍尔斯的采访。
② 幕僚长的工作可能比电视剧里演的更辛苦,报酬却少得多。乔治·W.布什的幕僚长安德鲁·卡德曾被引见给演员约翰·斯宾塞,后者在《白宫风云》中扮演白宫幕僚长利奥·麦加里。"你挣多少钱?"斯宾塞问。"十四万五。"卡德答道。斯宾塞不明就里,又回:"是每集吗?"
③ 威廉的昵称。——译者
④ 二〇一二年五月三日对比尔·戴利的采访。

本书讲述的就是这群人的故事——他们的工作决定了人们会如何评价他们所效力的总统任期。其中，有尼克松的幕僚长、自诩为"总统狗腿子"的鲍勃·霍尔德曼的故事，他因为引发了"水门事件"而广受指责。事实上，正是由于霍尔德曼未能向尼克松说出实情，才使得这桩丑闻尽人皆知。然而，霍尔德曼的继任者们却称赞他为现代白宫幕僚长确立了榜样。每位总统都有不同的需求，没有放之四海皆准的模板。但霍尔德曼构想的"白宫员工制度"是一种旨在预防灾难的治理模式，未能遵循这一模式的总统们一次又一次地付出了沉重的代价。

这里有两位雄心勃勃的幕僚长的故事，即唐纳德·拉姆斯菲尔德和迪克·切尼，讲他们是如何将杰拉德·福特从政坛的遗落战境带到了几乎击败吉米·卡特的制胜边缘。有卡特的故事，他是个典型的局外人，也是有史以来最聪明的总统之一，他认为自己不需要幕僚长，结果在总统任期内自食其果。有詹姆斯·贝克的故事，讲他如何重新定义了这份工作，如何掌握其中的细微差别，如何让两党政府协调工作——尽管他自己反倒成了激烈内讧的目标。有詹姆斯·贝克的接班人小霍华德·贝克和肯·杜伯斯坦的故事，讲他们是如何将里根从"伊朗门"丑闻中解救出来的。还讲述了莱昂·帕内塔（及其副手鲍尔斯和波德斯塔）是如何修补比尔·克林顿任期内的千疮百孔，将机能失调的白宫拉回正轨，并为其连任奠定基础的。

本书中还有乔治·W. 布什的故事，身为前总统之子，他极具政治天赋，但他高估了自己的执政能力——后果是灾难性的。总统自诩为"决策者"，他既没有授权幕僚长对他谏言，也没有约束好自己手下强势的顾问。而长期为他效力的幕僚长安德鲁·卡德与切尼根本没得比，后者早在几十年前就已熟知如何进行权力博弈。这种情况在伊拉克战争爆发后将产生毁灭性的后果。小布什手下的几大顾问之间发生了激烈的内斗，以致在二〇〇三年初入侵伊拉克前上演了一出莎翁大戏，暴露出了总统和他父亲之间不为人知的嫌隙。

巴拉克·奥巴马的命运也受到了他的诸位幕僚长的深刻影响。奥巴马是肯尼迪之后第一位当选总统的参议员，作为执政新手，他明白这个职位的重要性——在当选前他特意召集比尔·克林顿的前幕僚长们开了一次秘密会议。实际上，有伊曼纽尔从旁协助，奥巴马成功地避免了大萧条的再次上演，挽救了汽车工业，并使具有里程碑意义的《平价医疗法案》获得通过。然而，伊曼纽尔的继任者们就没有那么果敢了。奥巴马的法案最终未能通过立法，他未能在预算问题上达成一个大妥协，而且医改的推广也办砸了——所有这些败绩不仅归因于政治僵局，他的幕僚长也难辞其咎。然而，奥巴马的最后一任也是任期最长的幕僚长丹尼斯·麦克多诺将协助总统完善行政权力的行使，通过巴黎气候协议、伊朗核协议以及对古巴的外交开放等取得开创性的突破。不管结果如何，奥巴马和麦克多诺都会违背既定的外交政策，拒绝因叙利亚使用化学武器而对其予以报复。

至于唐纳德·特朗普——这位有史以来资质最不够的总统，他的执政前途很可能取决于他是否愿意赋权给一位能忠实地担当政治掮客的幕僚长，并愿意听取任何他可能不想听的建议。

自乔治·华盛顿以来，美国总统一直在很大程度上仰赖亲信的谏言治国。但直到近两个世纪后，才出现了首位白宫幕僚长。制定宪法的开国元勋从未设想过这样的机制。幕僚长不经选举产生，也无需认可，是否雇用和解雇，皆在总统一念之间。即便如此，在现代社会，还没有哪任总统是在幕僚长缺席的情况下有效行使职责的。

一九六八年冬，在经历了美国历史上最激烈的竞选活动之一后，理查德·尼克松钻进了纽约市一家酒店的套房。他去纽约是为了规划他的总统任期，同时跟他的敌人算账。与他同行的人，被尼克松称为"了不起的狗娘养的"以及"大行刑官"——此人即将成为第一位真正现代意义上的白宫幕僚长。

# 第一章 "大行刑官"

H. R. 霍尔德曼与理查德·尼克松

在纽约市皮埃尔酒店三十九楼的一间被闭路摄像头和特勤处特工监视的套房里，理查德·M. 尼克松举目眺望萧瑟冷清的中央公园。那是一九六八年十二月，当选总统和他最亲近的顾问——一个不苟言笑的、身穿粗花呢夹克、留着板寸头的年轻人——窝在屋里，在黄色便签簿上龙飞凤舞地为一个月以后就要上台的下任美国总统列着计划。这位顾问就是 H. R. 霍尔德曼，多年后他回忆道："美国政府的行政部门是世界上最大的企业。①它所承担的责任比全球任何一家企业的都令人敬畏，它也是全世界所有企业中预算最高、员工最多的。尽管如此，整个高级管理架构和团队必须在七十五天内建成。"

理查德·尼克松在其总统生涯开始之际，将面对一个血淋淋的泥沼以及随之而来的暴力反弹：彼时，美国人在越南丛林中每周有三百多人会死去；示威抗议者在国内不断与身着防暴服的警察发生冲突。尼克松因允诺结束这场战争而以微弱优势当选，其普选票数与对手的接近名列史上第二。②人们普遍认为，政府靠不住，这个国家的分裂程度比内战以来的任何时候都要严重。美国总统编年史作家白修德写道："美国面临的危机堪比一八六〇年的林肯和一九三二年的罗斯福遇到的危机。③但是，当年的危机甚为明确——废除奴隶制争取自由，摆脱饥饿创造就业。理查德·M.尼克松面临的危机则要复杂得多，它无法被定义……因此也就更加严峻了。"

尼克松曾是德怀特·艾森豪威尔的副总统，他很清楚总统生涯极有可能如杰斐逊所言，是场"华丽的灾难"，就算现代历史上最著名的将军下令也未必得到回应。艾森豪威尔的前任哈里·杜鲁门曾在他当选后开玩笑说："可怜的艾克④！他会坐在这里发号施令，'做这个！做那个！'**没人听他的**。这里可不是军队。"⑤

"总统要有人辅佐。"这是一九三六年富兰克林·罗斯福成立布朗洛委员会（Brownlow Committee）⑥ 时总结出的幕僚长的职责。艾森豪威尔的帮手是脾气暴躁的新罕布什尔州前州长舍尔曼·亚当斯。据传，当艾克第一次进入总统官邸时，一名接待人员递给新总统一封信。艾克吼道："交到我手上的信件必须是开封的！"他还规定，任何呈交给他的东西都必须先由他信得过的人进行筛选。很快，亚当斯就被任命为总统的把关人——白宫的第一任幕僚长就这样产生了。⑦

"亚当斯的性格极像一只被剥了小腿毛皮的灰熊，常常不体谅人，总是那么苛求"⑧，但他也忠诚无私，拼命维护总统，以致被称

---

① Samuel Kernell and Samuel L. Popkin, eds. *Chief of Staff*, 184.
② 最近发现的霍尔德曼的笔记似乎证实了几十年前的指控，即尼克松试图通过破坏约翰逊政府和南越之间的和平谈判来确保他一九六八年的选举。霍尔德曼的笔记记录了尼克松在某次电话中下的命令，要求在会谈中使用"破坏性因素"。林登·约翰逊对尼克松的干涉感到愤慨，私下指责他叛国。但目前尚不清楚霍尔德曼本人接到尼克松的命令后是否采取了行动。
③ Theodore P. White, *The Making of the President: 1968*（New York：Antheneum, 1969），485.
④ "艾克"是艾森豪威尔的昵称。——译者
⑤ James B. Chapin, UPI, April 16, 2002.
⑥ President's Committee on Administrative Management. *Report of the Committee*（Washington, DC：Government Printing Office, 1937）.
⑦ 约翰·斯蒂尔曼曾为哈里·杜鲁门总统工作六年，他有时被称为白宫第一幕僚。但是斯蒂尔曼这个深受信任的心腹，并没有舍尔曼·亚当斯那样的大权。
⑧ *TIME*, January 8, 1956, vol. 67, issue 2, 20.

为"可恶的没人"①。当然，亚当斯并不仅仅只是看门人；他是艾克在白宫大帐里的陆军参谋长：他收集信息，制定决策，在争吵不休的内阁中充当调停者。他是第一个——但不是最后一个——被认为几乎和他老板的权力一样大的白宫幕僚长。

在尼克松看来，艾克的继任者遭遇的不幸证实了一个强有力的幕僚长是多么重要。约翰·肯尼迪拒绝采用艾克的模式，决定不设幕僚长职位，自己来当自己的看门人。六名高级助手可以直接进入椭圆形办公室。但随后大祸临头：肯尼迪被五角大楼和中央情报局欺骗，派了一支由反卡斯特罗的雇佣兵组成杂牌军前往古巴的猪湾海滩。这伙人被击溃了，新总统颜面尽失。肯尼迪受了他的将军们的骗，断定自己需要一个值得信任的人来帮忙做出重大决定（并过滤有冲突的谏言）。鲍比·肯尼迪成了他实际上的幕僚长。

和肯尼迪一样，林登·约翰逊也不愿意将权力集中交给某个顾问。约翰逊为人专横、魅力四射又恃强凌弱，他自己给自己当大总管——全权决定国内外事务的优先次序，阅读每一份备忘录，驾驭自己的内阁，在国会山争取更多的选票。他的白宫高级幕僚一举一动要单独听命于他。然而五年后，由于越南的死亡人数不断上升以及国内支持率的急剧下降，林登·约翰逊被迫下台，耗尽所有，一败涂地。

如今，理查德·尼克松端坐于自己在曼哈顿的总指挥部，决心把自己的命运抓在手心。他的内阁成员都是些个性强悍、乖僻的人：国内事务方面，有杰出的经济学家亚瑟·伯恩斯、自由派反传统主义者丹尼尔·帕特里克·莫伊尼汉，以及富有魅力的得克萨斯州前州长约翰·康纳利；外交事务方面，有前司法部长威廉·罗杰斯和声音沙哑的哈佛学者亨利·基辛格。但尼克松希望有人能让他们保持一致，确保他的议程

---

① Abominable No-Man，这个词是为舍尔曼·亚当斯造的。他当幕僚长时，经常对求见总统的人说："没人（no man）。"那些被挡在门外的人认为亚当斯故意刁难，阻挠他们见总统。于是就把英语中的 Abominable Snowman（可怕的雪山野人）改成 no man，作为亚当斯的外号。用在别处，指从中作梗的人。

得以执行,并给他时间和空间去思考。H. R. 霍尔德曼就是这个人。多年后,这位幕僚长回忆道(他用第三人称来称呼自己):"艾森豪威尔曾经对尼克松说,每个总统都必须有自己的'狗腿子'①。尼克松打量了他的随行人员,认为霍尔德曼就是个最合适不过的'狗腿子'。靠着这么个有损形象的评价,我的职业生涯起步了。"

尼克松决心要做的另一件事是:对他的敌人进行报复。为此,他召见了一位重要的人:长期担任联邦调查局局长的 J. 埃德加·胡佛。霍尔德曼后来生动地回忆说:"胡佛来向总统致意的时候,我也受邀在场。红光满面、衣着凌乱的胡佛走进套房,很快开始进入正题。他告诉尼克松,约翰逊曾指示联邦调查局对尼克松的竞选专机进行窃听,而且已经装好了窃听器。"而事实上,尼克松的飞机上并没有被装窃听器。胡佛对当选总统撒谎,巧妙地利用尼克松的疑心来增强自己的权力。但对于这位即将成为美国第三十七任总统的人来说,这恰好证实了他对自己政敌——约翰逊总统、肯尼迪家族、自由派以及新闻界——的最大的担心。

霍尔德曼回忆道,胡佛离开时,"尼克松认为,是该坐下来喝杯咖啡,然后好好消化一下这个新信息。他问我:'你要来一杯吗?'我说不用,尼克松盯着杯子看了一会儿。我清楚地记得那一刻,因为他接下来的话让我大吃一惊。尼克松没有对他的飞机被窃听一事表示愤怒,反而对约翰逊表示出些许同情,'好吧,我不怪他。因为那场该死的战争,他压力太大了,他只能做点什么。'他顿了一下,举起杯子继续说道,'鲍勃,我可不会沦落到约翰逊那样,躲在白宫里,不敢在街上露面。我要结束这场战争。尽快结束。我说到做到。'"

H. R. "鲍勃"·霍尔德曼和理查德·M. 尼克松是一对奇怪的组合,政治和私利把他们捆绑在一起,然而从社会角度讲他们相去甚

---

① H. R. Haldeman with Joseph DiMona, *The Ends of Power* (New York: Dell, 1978), 86. (此时"狗腿子"的原文是 son of bitch。——译者)

远。身为洛杉矶某家广告公司高管的霍尔德曼不太像是会成为总统顾问的那种人。"要是鲍勃·霍尔德曼没进白宫的话,会成为超级明星。"① 二十三岁时追随他从智威汤逊广告公司来到白宫的拉里·希格比回忆道。的确,霍尔德曼在二十世纪六十年代早期是南加州的权贵:他是加州大学的董事,加州大学洛杉矶分校校友会主席,加州艺术学院(California Institute of the Arts)的创始主席。"他是个相当随和的人,"现年六十六岁,依然健壮且充满活力的希格比对他的人生导师忠心耿耿,"他喜欢海滩。几乎每天下午都驾帆船出海。如果他在办公室,每天下午三点要喝茶。"尼克松则是个杂货商的儿子,出生于加州惠提尔市,由身为贵格会教徒的母亲抚养长大,在他看来,霍尔德曼属于遥不可及的另一个世界。尼克松的传记作者埃文·托马斯说:"洛杉矶有着非常明显的社会等级制度——每个等级都有自己的学校、兄弟会和社会地位,尼克松对此深感艳羡:'霍尔德曼,哇,他是洛杉矶统治阶级的一员。'"②

一九五六年,霍尔德曼参加了艾森豪威尔对尼克松的竞选活动,去做志愿者,并沉浸在总统竞选工作的历练中。他说:"令我感到讶异的是,我发现自己天生就是做先遣人员③的料。这是跟政治有关的工作中要求最高的一个。它需要组织能力,需要有追求可预测性和准时性的热情,还需要足够强悍的个性来平衡不同政治团体及个人的诉求。"霍尔德曼被派去负责尼克松一九六〇年的总统竞选,以及他一九六二年的加州州长竞选,但两次努力均以失败告终。霍尔德曼保守老套的礼貌给一位名叫汤姆·布罗考的年轻有为的当地电视台记者留下了深刻的印象。"他是典型的五十年代加州大学洛杉矶分校毕业生,穿着常春藤盟校的西装,循规蹈矩。"④ 布罗考回忆道。但为尼克松

---

① 二〇一二年二月二十一日对拉里·希格比的采访。
② 二〇一六年三月十八日对埃文·托马斯的采访。
③ 为政界候选人或剧团等在某地的活动提前进行联系和做好安排的人。——译者
④ 二〇一六年三月十五日对汤姆·布罗考的采访。

工作改变了他。"他真的变了，变得更加严肃，更加专注，更加内省，"希格比说，"他真的在塑造他认为对美国和世界来说堪称伟业的东西。"霍尔德曼无私地为尼克松奉献，似乎不是出于意识形态或友谊，而是出于使命感。多年后，总统的前法律顾问约翰·W.迪恩告诉我，他仍然对尼克松和他的幕僚长之间的关系感到困惑："那里并不存在什么真正密切的私人关系，① 但霍尔德曼的工作效率显然吸引了尼克松，而尼克松的政治观点也吸引了霍尔德曼。"②

尼克松因一九六二年的州长竞选失利而深感挫败，他退居纽约，在亦师亦友的约翰·米切尔经营的一家老字号律所③疗伤。但是，霍尔德曼依然相信尼克松有登上总统宝座的可能，并在一九六七年给他的老板发了一份备忘录，这份备忘录后来成为第二年总统竞选的蓝图。霍尔德曼写道："现在是时候让政治选战——它的技巧和策略——走出黑暗时代了，走进'天眼'覆盖的全新世界了。"所谓"天眼"就是电视，它可以让尼克松不必再像一九六〇年竞选时那样马不停蹄地转战各个地点，疲于奔命地打选战、做活动。那一次，他不仅在与约翰·肯尼迪的对决中失利，还"变得晕头转向，遭到他的拥护者抨击，被对手的支持者（以及拿了好处的滋事者）的嘲笑弄得灰心丧气，还被一场又一场的狂热集会的巨大刺激误导了"。霍尔德曼接着说："他没时间思考。④ 没时间去研究对手的策略和陈述，从而形成自己的策略和表述。难怪他的竞选语言几乎不可避免地接近

---

① 二〇一六年四月三日对约翰·迪恩的采访。
② 尼克松的传记作家托马斯说："关于霍尔德曼的一大谜团是，是什么在驱策他？"他的客户之一是沃尔特·迪士尼，一个可怕的人。所以霍尔德曼认为，"我习惯于与怪人和天才打交道。如果我能为迪士尼做这件事，那我也能为尼克松做这件事。"
③ white-shoe law firm，white-shoe 用来形容那些历史很悠久的公司，它们很成功，也很传统和保守。主要是指律所和金融公司等，通常是百年老字号，名列世界五百强或者属于行业龙头，享有很高声誉。——译者
④ Memo, H. R. Haldeman to Richard Nixon; June 20, 1967; Folder 12, Box 33, White House Special Files; Richard Nixon Presidential Library and Museum, Yorba Linda, California.

白痴水平。"

霍尔德曼提出了一项策略，好让尼克松摆脱这种痛苦的煎熬；第二年，在一位名叫罗杰·艾尔斯①的年轻电视制片人的协助下，他精心策划了一个专注于电视营销的方案。尼克松的影像被包装、制作成三十秒和六十秒的广告，销往全国的电视台。他以五十万张选票的微弱优势击败了休伯特·汉弗莱（但他在选举人票数上表现不俗）。而霍尔德曼这个业务精湛的先遣人员给白宫上了重要的一课：总统的时间是他最宝贵的资产。

霍尔德曼窝在总统交接时期的总部，阅读了他能找到的所有有关如何管理白宫的资料。他设计了一个他所说的"白宫员工制度"，这成了几乎后来的每一届政府都遵循的管理白宫的模式和模板。

有一个人对此尤为关注，他叫唐纳德·拉姆斯菲尔德，是尼克松的"经济机会办公室"（Office of Economic Opportunity）主任，一个雄心勃勃的年轻人。多年后，拉姆斯菲尔德对我说："白宫必须要有一个员工制度②，霍尔德曼就是设计这个制度的人。"他指出，霍尔德曼借鉴了尼克松从艾森豪威尔身上学到的教训："这确实得益于艾森豪威尔，他有军事背景，懂得与关键——后勤部门以及军队内部所有不同部门的——人员沟通的重要性。"

一九六八年十二月十九日，霍尔德曼把新一届政府的工作人员召集到皮埃尔酒店的一个会议室。演讲撰稿人威廉·萨菲尔坐在房间后面，看着尼克松新任命的幕僚长向自己的一众手下发表讲话：

> 霍尔德曼开口道："我们的职责不是插手政府的工作③，而是把政府工作落实到具体的职能部门。"接着，他说："任何东

---

① 福克斯新闻前总裁、创始人之一，深度卷入政治和大选，后因性丑闻等下台。——译者
② 二〇一四年五月六日对唐纳德·拉姆斯菲尔德的采访。
③ William Safire, *Before the Fall: An Inside View of the Pre-Watergate White House* (Garden City: Doubleday, 1975), 116.

西在呈交给总统之前要完全准备妥当，要确保内容准确、形式正确，要进行横向协调以检查相关材料，并由该领域相关的主管进行审核——所有这些步骤对于总统处理事务都是至关重要的。"

霍尔德曼随后对他所说的"迂回进攻战术"（end running）发出警告："官僚机构内有98%的人主业就是干这个。不要允许任何人想办法绕开你或在座的其他人。不要让你变成别人绕开你的根源，不然的话我们以后只能怀念你在白宫的日子了。"（根据霍尔德曼的定义，"迂回进攻"指的是一个人在未经幕僚长批准的情况下，悄悄带着自己的议程私下与总统会面。其结果呢？经常会产生某项没有经过深思熟虑的总统法令——并造成难以预计的后果。）

他继续说道：

"必要时，关键人员可以随时与总统见面沟通。优先事项将根据会面能取得的最大成果来衡量。我们必须确保他的时间留给真正重要的事。现在，这并不意味着对他来说，一切会降到最低优先级。总统想要自己做决定，而不是操持员工帮他做的决定。如何分清主次，这是决定一个白宫工作人员优劣的关键。"

他的讲话以宣读布朗洛委员会提交给罗斯福的报告结束，这份报告描述了一个白宫助理应具有的理想品质。他（或她）"待在幕后，不发布任何命令，不做任何决定，不发表任何公开声明……应该具有过人的能力、充沛的精力并乐于隐姓埋名"。

这段话也完美地描述了尼克松的幕僚长——他唯一的兴趣就是帮助总统被历史铭记。在接下来的五年里，霍尔德曼成了尼克松的心腹，小到遛总统的宠物狗——爱尔兰塞特犬"蒂马哈国王"，大到在越南北部的海防港布雷，都有他的身影。

他们的关系非常紧密，却又出奇地疏远。"我觉得霍尔德曼把尼克松总统看作一位亲密的同事而不是朋友,"希格比说,"尼克松则把霍尔德曼、埃利希曼和基辛格视为自己的下级。这就和尼克松视为朋友、平等待之的约翰·康纳利或约翰·米切尔等人形成了鲜明对比。"总统和他的幕僚长都是一心不两用的孤独的人。尼克松行动笨拙,不善交际,他最惬意的时候是在他的私人书房里自在地沉思;霍尔德曼则是位滴酒不沾的基督教科学会信徒,他全身心投入工作,家人和朋友皆被抛诸脑后。萨菲尔写道,霍尔德曼和尼克松"在某种程度上就像《呼啸山庄》中的凯茜和希斯克利夫——凯茜没有意识到她对希斯克利夫的爱比她想象的还要深沉——霍尔德曼也没有意识到他和尼克松是如此投缘"。①

作为白宫幕僚长,霍尔德曼是尼克松早上进椭圆形办公室见到的第一个人,也是晚上回居所前见到的最后一个人。除他之外,仅有三人获准单独面见总统:埃利希曼、基辛格和康纳利。(一段时间以后,也有其他人能直接去见尼克松,后果将会很可怕。)霍尔德曼践行了"乐于隐姓埋名"。希格比回忆说,在内阁会议上,"总能看到他坐在墙边。他从未像其他幕僚长那样坐在会议桌旁。在直升飞机上,他和我经常坐在飞机的后排,除了总统提出来想要和他谈点什么他才上前"。

没有任何治国方略或形象塑造上的细微之处能逃过霍尔德曼的法眼。② 希格比回忆说:"他真的对一切了如指掌——因为他就是在从一站一站的竞选拉票到发表电视演讲的转变中成长起来的。你知道,'舞台的设置不仅仅为了保证有最佳拍摄角度'。"这位前先遣人员总是未雨绸缪。"霍尔德曼是出了名的谨慎,"萨菲尔写道,"如果有人问起总统在读什么书,他会以别的问题来作答,如我曾推荐总统读什

---

① William Safire, *Before the Fall: An Inside View of the Pre-Watergate White House* (Garden City: Doubleday, 1975), 11.
② 加州大学洛杉矶分校的一段校史,讲述了一九四七年返校游行的举办情况:"学生会主席鲍勃·霍尔德曼建议换种形式,把女王及其皇室成员大大咧咧地坐在敞篷车里,改为以一辆别致的彩车来载他们。校友志愿者接受了挑战,用创纪录的短时间造出了一辆漂亮的彩车。"

么书?"当萨菲尔告诉霍尔德曼他正在写回忆录,希望挖掘一些个人趣事时,这位幕僚长答道:"总统又不涂鸦①。"萨菲尔写道:"霍尔德曼咬了一会儿他的铅笔。然后他用一种促狭的表情看着我——这充分说明了他完全明白被玩弄于股掌的'形象贩子'②的痛处:难不成总统应该涂鸦?"

《新闻周刊》写道:"哈里·罗宾斯·霍尔德曼就是理查德·尼克斯的狗腿子,留着板寸头的他对全世界怒目而视,美杜莎被他一瞪都会呆如木鸡,却深得驯狗师欢心。"③ 约翰·迪恩一直记得从圣克莱门特开车到纽波特途中的事,幕僚长和两名助手坐在后排。迪恩说:"霍尔德曼绝对把他俩训得够呛。我的意思是,他把他们骂了个狗血淋头④——我当时心想,要是他这样对我,我就撂挑子不干了。不知他是否感觉到了这一点,反正他从来没有这样对我,但他训过很多人,而尼克松喜欢这一点。"霍尔德曼给员工写的备忘录也同样不留情面。当年轻的助手杰布·马格鲁德未能完成某项任务时,霍尔德曼对他发作了。

> 1970 年 7 月 7 日
> 致马格鲁德先生的备忘录
> 将所附简报呈交总统非我本意,本人表示遗憾。
> 我无意再次向总统发送此类简报,也不会再容忍我们的员工出现这种彻头彻尾的失误。
> 我无意听取关于此事的任何解释、借口或讨论,如果有人写什么报告告诉我他做了什么而实际上并没有做⑤,我对此类废话

---

① 此处是双关语,个人趣事是 personal sketch,但 sketch 有"乱涂乱画"之意,霍尔德曼在以此拒绝萨菲尔的要求。——译者
② Image merchant,此处指通过写作为真实人物塑造形象的作者。——译者
③ *Newsweek*, May 7, 1973.
④ 二〇一六年四月三日对约翰·迪恩的采访。
⑤ Memorandum for Mr. Magruder, July 7, 1970. Reproduced at the Richard Nixon Presidential Library.

毫无兴趣……

H. R. 霍尔德曼

白宫资深工作人员、一九七二年成为尼克松助理的特里·奥唐奈尔回忆道，什么都逃脱不了霍尔德曼的"零瑕疵"要求。他说："霍尔德曼力求完美①，还说：'白宫是总统的家，它应该是全世界最好的。'所以，如果他经过白宫西翼看到一张纸不顺眼，他会记下来。他在戴维营上厕所——这事是真的——发现厕纸快用完了，他会记下来对我说：'特里，这样不行，快处理一下。'"

尼克松和他的幕僚长一样十分纠结于白宫管理的细枝末节；他独自待在私人办公室里的时候，会在黄色便签簿上信手写下自己对各种事的想法（随后由秘书罗斯·玛丽·伍兹打出来），比如美国大使馆的现代艺术作品（"太难看了，必须拿掉"），比如他不想在一年一度的"烤架俱乐部晚宴"② 上看到的宾客名单。③ 单单一九七〇年三月十六日这一天的记录④可以看到总统关注的事情范围之广：

总统致 H. R. 霍尔德曼

我想让你去弄……一份关于我出席周六的"烤架俱乐部晚宴"的新闻报道、专栏文章或电视新闻的任何评论的完整摘要……。我记得每次［原文如此］肯尼迪出席"烤架俱乐部晚宴"，都会有大量的专栏文章讨论总统亮相的效果，尽管我记得至少有一次把晚宴搞得一团糟……。本周末之前给我一份完整的报告。

---

① 二〇一四年二月五日对特里·奥唐奈尔的采访。
② Gridiron dinner，是华盛顿记者和政治人物的传统年度聚会，美国总统通常会在其间被无伤大雅地开玩笑。——译者
③ 这些备忘录的数量惊人：在约巴琳达的理查德·尼克松图书馆，两天时间里，作者和他的妻子只能触及尼克松与霍尔德曼之间的交流的表层。
④ Richard Nixon Presidential Library and Museum, Yorba Linda, California.

> 总统致 H. R. 霍尔德曼
>
> 你能查一下波尔多葡萄酒的年份吗？即便我不精于此道，也知五九年是个好年份；不过我记得六六年也是好年份。之所以问这事，是因为我们手头上似乎有大量六六年的存货，我想知道原因。

霍尔德曼和尼克松的首席国内事务顾问约翰·埃利希曼——两人的姓都出自日耳曼语——被媒体戏称为"柏林墙"。这种说法安在霍尔德曼身上，是因为他就像古罗马禁卫军的首领，在尼克松及其内阁之间筑起了一道墙，把总统孤立了起来，以致其无法接触到要做出明智决定所需的多方观点。

然而，这种说法并不真实。"恰恰相反，"希格比说，"与大家所认为的不同，霍尔德曼努力让更多的人去见总统。大多数时候，他才是那个想推倒这堵墙的人。"是尼克松要求与外界隔绝，比起开会，他更喜欢看备忘录和躲在老行政办公楼①里的私人空间里。斯蒂芬·布尔当年还是个颇为年轻的总统助理，据他说，尼克松"内向得有点病态"。霍尔德曼很清楚，给尼克松留出私人空间，他才能做出最好的决定。布尔说："对总统而言，最重要的是时间，② 而幕僚长的工作就是为他留出尽可能多的时间——即使只是坐在老行政办公楼想问题、在黄色便签簿上做笔记。"

从理论上说，尼克松的白宫工作人员在制定政策时会服从以下部门：国务院、国防部、商务部、财政部、卫生教育和福利部（HEW）、劳工部。③（霍尔德曼曾宣布："我们的职责是不插手政府的工作。"）但是具体做起来，真正的治政以及所有实质性的决策都出自白宫西翼。（此后的历届政府都是如此。）威廉·罗杰斯是国务卿没

---

① 也称"艾森豪威尔行政大楼"，是联邦政府主要部门的指定办公地点。——译者
② 二〇一六年二月二十五日对斯蒂芬·布尔的采访。
③ 卫生教育和福利部（HEW）一九七九年更名为美国卫生与公共服务部。

错,但负责外交政策的是国家安全顾问基辛格。决定国内政策的是尼克松的高级助手埃利希曼。尼克松视白宫为"《财富》世界五百强企业",椭圆形办公室即角落办公室①,霍尔德曼则是首席运营官。希格比说:"政策将在白宫内制定,内阁的职责是执行。另外还建立了各种机制以确保跟进和执行。"

其中之一是"备忘录机制"(tickler system)。工作人员被指派在特定的时间间隔跟进总统的指令,以确保其得以执行。约翰·迪恩说,他在实施尼克松所称的"对敌计划(enemies program)"时拖拖拉拉,触犯了"备忘录机制"。"对敌计划"指的是利用国税局的税务审计来惩罚对手。他说:"我差点陷入大麻烦,因为我不愿意实施'敌对任务'计划。我在文件堆里发现了这些备忘录,里面反反复复提到必须让霍尔德曼解雇我②,因为我什么也没做。"

一九七一年六月二十九日,由于一系列机密信息泄露,尼克松大为光火,召集内阁会议。③ 他宣称:"政府里面有一群狗娘养的。你任命的某些狗娘养的可能还算好心,但是……很多是给我们搞事情的……这样的人我们还一个都没开掉。从现在起,霍尔德曼是我的大行刑官。如果他叫你做什么,你不要来对我抱怨。他这么做,是我交代的,你必须执行。我们查了一下发现百分之九十六的官僚机构在跟我们对着干;这些混蛋都是来毁我们的。"

总统的语气转而伤感起来。"霍尔德曼干的是白宫里最苦的活。我记得可怜的老比德尔·史密斯[艾克的助手],他不得不为艾森豪

---

① corner office,坐镇角落办公室的通常为企业的最高领导。——译者
② 约翰·迪恩在尼克松"水门事件"中的角色仍有争议;总统的支持者仍把他视为这起"白宫丑事"中的恶棍。但迪恩说,他力图把所谓的"对敌计划"扼杀在萌芽中:"他们首先得逼我、逼我、不断逼我写份备忘录来设计这个计划,最终我写好了。我以为我写的这个备忘录,霍尔德曼会觉得这份'该死的敌人'的文件很讨厌,会说,'显然,我们不会这么做!'而当备忘录回来时,他说:'太好了!就这么办!'我快崩溃了!我意识到我根本不认识这些人!"
③ H. R. Haldeman, *The Haldeman Diaries: Inside the Nixon White House* (New York: Berkeley Books, 1994), 375.

威尔做出许多艰难的决定。到了晚年,他开始酗酒,也许是为了忘掉早年那些他不得不做的事。一天晚上,他在我家突然哭了起来,他说:'我这辈子都是艾克的跟屁虫,替他干脏活。'这么说吧,霍尔德曼就是我的跟屁虫……他说的话,都是我的意思,不要以为来找我对你有什么好处,因为我会比他更难搞。事情就是这样。"

值得一提的是,霍尔德曼在当天晚上的日记中用赞许的语气记录了总统这段耍小性子的、近乎发神经的表现:"这把他们所有人都惊到了。尼克松一走我也走了。他们似乎对此印象深刻,所以我觉得这是有效果的。"

霍尔德曼也许误判了尼克松的内阁成员(他们对这一事件感到非常恼火),不过他更善于解读其他个性突出、异常自负之人。自我中心又疑神疑鬼的基辛格不断威胁要辞职。幕僚长渐渐熟练地把他的这个话题岔开。(除非有尼克松撑腰,他才敢向基辛格叫板,让他走人。)当基辛格对他那些虚虚实实的敌人发飙时,霍尔德曼就是他的传声筒。"显然,亨利和尼克松一样没什么安全感,"希格比说,"总统老觉得自己在东海岸媒体人和常春藤精英面前矮一截。亨利跟尼克松一样也有心魔。他的魔障正好是国务院。"

要进入尼克松的小圈子,代价是容忍种族歧视和宗教诽谤。传记作者托马斯说:"霍尔德曼的反犹主义是他的致命缺点之一①,你能感觉到他被蒙蔽了。霍尔德曼对尼克松的反犹主义行径起了教唆作用,他让总统原始的盲点暴露了出来。"通过一份随意丢给助手彼得·弗莱尼根的总统备忘录②,可以看出尼克松全然不加掩饰的偏见。尼克松写道:"我迄今尚未拿到一份我认为充分的肉类价格报告,你应该知道,在全国各地控制这些价格的连锁店店主要以犹太人的利益为先的。当然,这些家伙完全有权去赚他们想赚的钱,但他们

---

① 二〇一六年三月十八日对埃文·托马斯的采访。
② Richard Nixon Library.

素来以出阴招而臭名昭著。"

在尼克松看来,他的敌人已经从上到下彻底渗透进了政府。时任白宫人事主管的弗雷德·马莱克,四十年后在弗吉尼亚州麦克莱恩的家中边喝茶,边细述了一九七一年他从总统那里收到的一项非同寻常的命令。"他打电话给我,说:'我觉得劳工统计局(Bureau of Labor Statistics)里有个民主党的阴谋集团①,其中大多数是犹太人,他们歪曲月度就业报告统计数据,损害我的形象。我想让你去查一下这些人中有多少是民主党人,有多少是犹太人,分别是谁?'于是我弄了份名单给他,说前十五位都是民主党人。然后他说:'那有多少是犹太人?'我心说:'呵,我他妈的怎么知道?'"随后,马莱克去见了霍尔德曼。"在这类事情上,鲍勃总能给出理性的意见。他知道如何把显露出尼克松阴暗面的那些事处理好。我说:'鲍勃,我不知道该怎么做;这事看起来怪怪的,这么做没问题吧?'霍尔德曼说:'好吧,查一下他们的名字,给他整点东西。随便什么,别让他在这事上纠缠。'我照做了。我们挑了个局长——他是个**盎格鲁-撒克逊白人新教徒**②——然后换上了一个**犹太人出身**的局长,除此之外什么都没发生!"③

要是霍尔德曼认为总统的命令不明智甚至有违法律,他就会充当刹车的角色。希格比解释说:"总统和普通人一样,也有意难平的时候,会极其愤怒或沮丧。霍尔德曼不仅会说服尼克松放弃疯狂的念头,而且他俩有个共识,要是霍尔德曼觉得确实糟糕、确实错误,他就不去做。"最好让总统冷静一下,改天再说。希格比说:"他总是会在一两天后去找总统,说:'还记得你要我做的事吗?我没做。我的理由是这样的。'"在霍尔德曼离开白宫很长时间后,他参加了一

---

① 二〇一六年三月十一日对弗雷德·马莱克的采访。
② 指社会上握有大权、享有影响力的白人。——译者
③ "什么都没发生"的说法并不完全正确。马莱克的犹太雇员名单上有四个人被降职,马莱克积极参与了此事。

九八六年在圣地亚哥举行的前幕僚长大会,有人问霍尔德曼:"你有过必须说服总统放弃某个愚蠢念头的时候吗?"他答道:

> 总统曾明确命我①立即对国务院的每一位雇员进行测谎,因为发生了一系列泄密事件已经给我们在越南的谈判造成严重破坏。这是个简单的任务,不能因为行不通就不去做。怎么着都不可能这样。但是我们没做,第二天总统问:"测谎开始做了吗?"我说没有,他说:"你还不去?"我说:"我不打算去。"于是他再次命我去做。
>
> 于是我又把他的话当成了耳边风,那天晚些时候我去见他……对他说:"总统先生,这真是个错误。当下,还有其他的方法来处理这个问题,我们会给你一个解决方案。"我们做了个计划给他,当时他说:"我没想到你会这么做。"但在那一刻我很清楚我应该怎么做。

霍尔德曼竭力安抚总统,使尼克松没那么急火攻心,这样的例子在白宫的录音带里不胜枚举。一九七一年夏天,尼克松确信机密文件是从国务院悄悄流出去②,锁进了自由派智库布鲁金斯学会的抽屉。他要求采取行动。

> 一九七一年六月三十日:总统、霍尔德曼、米切尔、基辛格、梅尔文·莱尔德
>
> 下午5:17—6:23,椭圆形办公室
>
> 尼克松:我要布鲁金斯学会的那些材料,我想让人闯进来把

---

① Samuel Kernell and Samuel L. Popkin, eds., *Chief of Staff*, 22.
② 关于尼克松要求闯入布鲁金斯学会的原因,有几种说法:(1)与《五角大楼文件》有关的机密文件;(2)有情报显示,林登·约翰逊出于党派政治目的下令在越南停止轰炸;(3)林登·约翰逊窃听到的情报中暗示尼克松参与了一九六八年大选期间破坏巴黎和平谈判的阴谋。

东西拿出来。你明白吗？

霍尔德曼：明白。但是得有人去做这个事。

尼克松：我就是这个意思。别在这里讨论这个……我要人闯进去拿。见鬼，他们都这么干。你得闯进那地方，把文件找出来，带走。

霍尔德曼：我对破门而入没意见。可那里的安保是经过国防部验收的……

尼克松：进去拿吧。八九点的时候进去。①

霍尔德曼：检查一下保险箱。

尼克松：没错。进去检查保险箱。我的意思是把里面的东西统统带走。

一九七一年七月一日：总统、霍尔德曼、基辛格
上午8:45—9:52，椭圆形办公室

尼克松：……看在上帝的分上，你们认为《纽约时报》会在乎所有的法律细节吗？那些狗娘养的想灭了我……②我们面对的是一个敌人，一个阴谋集团。这些人不择手段。我们也不能手软。明白吗？

昨晚有人抄了布鲁金斯学会吗？不。赶紧去做。我希望把这事了了。我希望布鲁金斯学会的保险箱空空如也，而且看起来要像是别的［跟此事脱不了干系的］人干的。

霍尔德曼设法搁置了这个闯入计划，但没过多久，这个愚蠢的阴

---

① OVAL 533-1; June 30, 1971; White House Tapes; Richard Nixon Presidential Library and Museum, Yorba Linda, California.
② OVAL 534-2（3）; July 1, 1971; White House Tapes; Richard Nixon Presidential Library and Museum, Yorba Linda, California.

谋又被重提。①

话说回来，尼克松固然疑神疑鬼，但他也确实有对手环伺。在他面前，不仅有一个充满敌意的记者团，还有一个由民主党控制的高度分裂的国会。然而，在霍尔德曼的鞭策下，尼克松在内政和外交事务上成功地获得了两党的合作。他在意识形态上其实比很多人想象的更接近其民主党对手。福利改革（或称"工作福利"）最早是由尼克松手下的帕特·莫伊尼汉构想出来的。正如埃文·托马斯所指出的："由尼克松打头，他的政府在医疗保健、消费者权益和工作安全以及环境等其他传统的自由主义领域发挥了积极作用。他信奉二十世纪中叶的理念，认为政府的存在是为了解决问题，并一直坚持到在'水门事件'中翻船。"尼克松在国内取得的主要成就之一就是成立了环保署（Environmental Protection Agency），不过这一成就一直被共和党诟病。

尼克松在第一任期内最大的成功是与中国建交。美国和中国之间具有里程碑意义的关系解冻由基辛格完成的，却是由理查德·尼克松构想、霍尔德曼设计的。希格比回想起"空军一号"从印度和巴基斯坦返回途中的情景："透过舷窗可以看到远处的中国。总统还对亨利说：'我们要把这些人带进世界舞台。'"虽然尼克松和基辛格功不可没，但这次具有历史意义的中国之行——一次外交和宣传上的绝妙之举——却是霍尔德曼的杰作。希格比说："我认为，传回来的那些照片的重要性，那些会议、宴会和活动的重要性，才是这次破冰之旅的关键所在。而所有这些都是霍尔德曼精心设计的。"

但是在结束越南战争的问题上，尼克松的命运发生了转变；他的

---

① 尼克松的法令既有非法的，也有空洞的。尼克松被内政部长、狂热的网球手沃尔特·希克尔的一份声明激怒了，命令霍尔德曼把白宫的网球场铺好。他无视了这个要求。历史学家理查德·诺顿·史密斯解释说："他们之间有一种默契。"这位老人可以说大话，说不合法的话或者其他什么，霍尔德曼则会保护他不被自己的昏招所累。

无力终止战争触发了一种破坏性行为模式,最终将给他的总统任期画上句号。① 这场棘手的冲突眼看就要给他带去灭顶之灾,一如当年约翰逊总统的下场。尼克松无法强迫北越达成一个"不失面子的和平"(peace with honor)。做什么都没用:甚至不能在谈判时虚张声势,假装尼克松可能已经失去理智。"我称之为'疯子策略'(Madman Theory),鲍勃,"② 他对他的幕僚长说,"我希望北越相信我已经到了会不惜一切代价来阻止战争的地步。我们只需要把话放出去,'老天爷啊,尼克松在共产党问题上已经不能自拔。他生气的时候,我们根本无法制住他——他的手放在核按钮上呢!'如此一来,要不了两天胡志明本人就会前往巴黎求和。"

但是战争还在继续。五万七千多名美国人以及成千上万的越南人被杀,其中包括很多平民。尼克松和他的小圈子将此归咎于国内的反对派,以及沦为莫斯科棋子的煽动者、泄露国家安全机密的叛徒。白宫也被反战抗议者围了个水泄不通。

被围困的尼克松和他的幕僚长无意间把自己的破绽暴露在了敌人的面前。一九七一年二月,尼克松向霍尔德曼提了一个看似平淡无奇的问题:他们怎样才能把总统的言论保存下来留给后世?多年后,比尔·萨菲尔带着嘲讽地评论道,霍尔德曼"有保存历史的远见③,这本是好事;但他会想尽办法保存总统的每一字每一句,这就糟了"。

在就职当天,约翰逊向尼克松提到了他在椭圆形办公室安装的手动录音系统。尼克松下令将其拆除。他说:"我不要这玩意儿。"但随着时间的推移,他的态度发生了变化。"用录音系统的动机非常简单,"希格比回忆道,"他觉得当他准备写个人回忆录的时候,这东西可以派上用场,它会如实反映当时发生的事,尤其是有关越南、

---

① 也有人认为尼克松想让战争继续下去,直到他不会因为战争失利而受到指责的那天。根据这一学派的观点,任何北越同意的和平解决方案都会使他的连任机会遭殃。
② H. R. Haldeman with Joseph DiMona, *The Ends of Power*, 122.
③ Safire, *Before the Fall*, 117.

《限制战略武器条约》（SALT Treaty）以及中国的事。他感觉亨利［·基辛格］会进来跟他说一套，然后出去对新闻界说另一套。"

霍尔德曼建议安装一台手动录音机，总统能自行开关，有选择地录音。但尼克松连最简单的机械装置也完全不会操作。"他就是天生的笨手笨脚，"希格比一边笑一边回忆，"这个极其笨拙的家伙。我们试了一次又一次。他会把刚刚口述的备忘录抹掉一半，然后感到很沮丧。所以我们最终让 IBM 公司造了一台特别的机器，只有'开'和'关'两个按钮。结果再次彻底地失败了。他会忘了开。他连开都搞不定。"正如希格比所回忆的，"最后霍尔德曼说：'那好吧，唯一可行的就是搞一个声控录音系统。'就是我们安装的那个系统后来录下了那些磁带。"① 一旦他们决定自动录下椭圆形办公室里的**每一句话**，就意味着如果有丑闻发生，没有什么内容是国会调查人员不能知道的。尼克松的一位幕僚后来不无遗憾地指出，"就因为少了一个开关，总统下台了"②。

一九七一年六月十三日，《纽约时报》开始刊载《五角大楼文件》（Pentagon Papers），其内容来自机密文件，叙述的是美国一九四五年至一九六七年在越南的秘史。文件是五角大楼前助理丹尼尔·埃尔斯伯格泄露的，这起轰动一时的泄密事件令尼克松震怒。③ 霍尔德曼在日记中写道："他坚定地认为我们必须钉死埃尔斯伯格，让他不

---

① 录音系统只有总统、霍尔德曼、助手亚历山大·巴特菲尔德、拉里·希格比、斯蒂芬·布尔以及一些特勤人员知道。它可被内阁会议室之外的声音激活："亚历克斯-特菲尔德总是想知道总统什么时候进入内阁会议室，"布尔回忆道，"而我想不通：'这有什么大不了的？'"是啊，大不了就是内阁会议室的录音机每次都得手动打开。
② H. R. Haldeman with Joseph DiMona, *The Ends of Power*, 120.
③ 奇怪的是，尼克松一开始似乎对《五角大楼文件》漠不关心：其中机密主要是关于他的前任肯尼迪和林登·约翰逊的恶行。但基辛格大怒，也激起了总统的怒火。约翰·迪恩回忆道："亨利告诉尼克松，如果你不去追埃尔斯伯格，你会被认为是个懦夫。它会破坏我们和北越在巴黎的秘密渠道；这将导致中国人不愿意与我们打交道——而世界将视你为弱者。"

能翻身。"① 尼克松"钉死"埃尔斯伯格的决定,将引发司法部长约翰·米切尔所谓的"白宫丑事"——一场思虑不周、终将摧毁他总统任期的情报行动。对于尼克松的幕僚长来说,应对这场危机是一次终极考验。H. R. 霍尔德曼将以一败涂地收场。

录音带无声地转动着,记下了尼克松是怎么下令搞臭他的敌人的,尤其是埃尔斯伯格;事情接二连三来了,超出了霍尔德曼的控制范围。对于出格的要求,幕僚长早就能做到无视或搁置。但尼克松的其他亲信②没那么谨小慎微。查尔斯·科尔森,一位冷酷无情的政治打手和尼克松的心腹,便成了替总统办那些说不上公然违法却疑点重重的事的一个人选。科尔森在椭圆形办公室进进出出,与尼克松私下会面。这正是霍尔德曼所担心和警告过的那种"迂回过人"。约翰·迪恩这样回忆道:"实情就是,总统去找做事从不半途收手的科尔森——后者会并拢脚跟,挺直腰板,敬礼,然后行动!!"③

尼克松要找人去做这种疑点重重的事时,不仅找科尔森,也会找埃利希曼。霍尔德曼以为尼克松关于"端掉"布鲁金斯学会保险箱的命令已被搁置了,不必再去顾虑。但迪恩得知,经过埃利希曼批准,白宫聘请的私家侦探杰克·考菲尔德将去实施这一计划。

在迪恩与埃利希曼对质后,强闯布鲁金斯学会的行动被叫停了。但埃利希曼已经在白宫内部建立了一个不为人知的秘密情报部门。它被称为"水管工"(The Plumbers),众所周知,它是在尼克松对联邦调查局深感失望后出现的。尼克松确信 J. 埃德加·胡佛不愿意像效力于他的前任一样效力于他:搞拿不到桌面上讲的——也就是非法

---

① H. R. Haldeman, *The Haldeman Diaries*, 368.
② 霍尔德曼形容科尔森为"总统的私人杀手;强硬政治的经办人。我被夹在潮水般的抱怨中间,都是关于科尔森的,要么说他目中无人横冲直撞,要么悄然地偷偷摸摸潜入据称由白宫高层把持的政治帝国⋯⋯。科尔森不在乎谁抱怨他;他说,尼克松是他唯一的老板。而尼克松一路都在背后支持他,从他梦寐以求地想抓住参议员特德·肯尼迪和他妻子之外的女人上床,到更厉害的争斗。"
③ 二〇一六年四月三日对约翰·迪恩的采访。

的——政治间谍活动。"这是尼克松一贯的想法,"约翰·迪恩说,"他能为他所做的一切找出先例,因为别的总统也这么做过。他说肯尼迪家族甚至更恶劣。很长一段时间里,我一直在想也许他说的确实有些道理。但如果深究的话,其他总统并没有将其作为标准的操作程序。"

一九七一年九月三日,一伙窃贼洗劫了丹尼尔·埃尔斯伯格在洛杉矶的心理医生的办公室。这伙人中包括中央情报局前特工霍华德·亨特和G.戈登·利迪,这两个卡通式的人物很快就会因其在"水门事件"中的角色而出名。埃尔斯伯格事件弄得一败涂地,简直就是巨蟒喜剧团①在现场表演:闯入者非但没有找到任何能证明埃尔斯伯格有罪或令其难堪的东西,还把办公室弄得乱七八糟,拍下了现场被破坏后的照片,利迪甚至在大楼前摆姿势留影。霍尔德曼事前似乎对该行动一无所知。不过,埃利希曼的一张手写便条证实了他对这个令人遗憾的插曲是首肯的,便条上写道:"如果您同意,此事保证不会追查到白宫头上。"② 这次拙劣的闯入行为不仅会追查到白宫,还可能让起诉埃尔斯伯格泄露国家安全机密的计划泡汤。而对利迪及其同伙而言,这才刚刚开始。

一九七二年六月十七日民主党全国委员会被非法闯入一事的起因至今仍是个谜,相关争论已经持续了四十年之久。目前依然没有证据表明霍尔德曼或尼克松明确批准了这一阴谋。但有一点是清楚的:白宫就这么睁只眼闭只眼或者别过头去,给一个沦为犯罪集团的情报部门开了绿灯③。即使在埃尔斯伯格事件惨败之后,戈登·利迪还是被

---

① Monty Python,又译"蒙提·派森剧团",英国超现实幽默表演团体,在节目中彰显邪恶表演,对英美喜剧均有深刻的影响。——译者
② Egil Krogh and David Young, Memorandum, August 11, 1971. SSE Exhibit #9. 0, 6SSE 2644-45, the Richard Nixon Presidential Library.
③ 为什么要闯入水门大厦?众说纷纭,从收集民主党总统竞选活动的情报,到揭发民主党全国委员会主席拉里·奥布莱恩和亿万富翁霍华德·休斯,再到证明民主党全国委员会的低层官员跟一个卖淫团伙有牵连。

派去总统连任委员会干活,对一个明显我行我素、横冲直撞的暴徒来说,这等于是升职。迪恩说:"对于利迪做过的一切令人发指的事,他们从没有说过他一句。半句也没有。很明显,利迪是个得寸进尺的家伙。他认为他们看上他的就是这一点。"

入室行窃和其他白宫"憎恶之事"是怎么在霍尔德曼的眼皮子底下发生的?"这是霍尔德曼身上最大的谜团,"埃文·托马斯说,"大多数人似乎认为,从许多方面来看他都是有史以来最好的幕僚长。文书工作做得很好,文件质量也很好,上情下达流程顺畅。这是霍尔德曼严格管理的结果。在他的操持下一切配合紧密。但他偏偏忽略了'水门事件'的危险性。"与他合作密切的特里·奥唐奈尔认为,霍尔德曼不可能批准下三滥的入室行窃:"他非常清楚采取行动的时候政治或其他的底线在哪里。我不认为他会参与任何非法活动——他会叫停去水门大厦盗窃这种愚蠢至极的事情。"

然而,霍尔德曼一再收到过警告。一九七二年一月,利迪在米切尔的办公室与这位司法部长以及迪恩和其他人会了面,提出了一项包括绑架反战领导人、非法窃听以及拦截地对空通信的情报计划。迪恩说,这是一个"惊人的、秘密的、疯狂的计划"。① 米切尔一边抽着烟斗一边听,他冲迪恩眨了眨眼睛。会后,迪恩直接去找了霍尔德曼:"我告诉他我所听到的,这事有多疯狂,而他跟我说,'你不该和这件事有任何关系'——这句话的冲击力如此巨大,我永远都不会忘记。"一个月后,迪恩走进米切尔的办公室,发现(总统连任委员会副主席)杰布·马格鲁德和利迪"正弓着腰在米切尔的办公桌旁讨论窃听和监听的事。我知道霍尔德曼会在这件事上支持我,所以我打断他们,说:'听着,我不知道你们还谈了些别的什么,不过我刚刚听到的对话是怎么也不应该发生在司法部长办公室里的。'"。迪恩出来后,再次向霍尔德曼汇报:"我说:'鲍勃,他们还在讨论

---

① 二〇一六年四月三日对约翰·迪恩的采访。

这件事。'他说：'别担心，我会处理的。'"

然而不幸的是，他并没有处理。一九七二年六月十七日，星期六，加州圣克莱门特的天气不错。总统官邸里，希格比和霍尔德曼在泳池边工作，一抬头看到新闻秘书罗恩·齐格勒急匆匆地朝他们走来。他带来了一份莫名其妙的新闻剪报：五名戴橡胶手术手套的男子试图在位于水门大厦的民主党全国委员会总部安装电子监控设备时被逮了个正着。"我们想不明白这到底是怎么回事，"希格比说，"我的意思是，这不合逻辑。"霍尔德曼在他的回忆录中写道："这条新闻令人不适，对我来说几乎是滑稽的……我的第一反应是笑了笑。窃听民主党委员会？为了什么？这主意简直荒谬。"① 不过，霍尔德曼称其感到惊讶的说法令人生疑，就像雷诺局长对"瑞克咖啡馆"里有人赌博感到震惊一样②。更有说服力的是霍尔德曼的下一句话："并不是说我一听到窃听或监听这种事就觉得恐惧：一九六八年我在纽约皮埃尔酒店和 J. 埃德加·胡佛有过一次谈话，谈及林登·B. 约翰逊总统进行政治窃听的范围之广，自此之后我对共和党人搞这种窃听就本能地无感了。"③ 他接着写道："我试着想象了一下当时的场景：一间黑漆漆的政府办公室，窃贼四处晃悠，手电筒的光摇曳着。这听起来像谁干的？我立刻反应过来，'老天爷！他们抓了查尔斯·科尔森！'"

遮掩此事的行动从那个周末开始。迪恩说："他们在几个小时内就知道了全部情况。"科尔森否认与此事有关，但霍尔德曼了解到其中一名窃贼就是詹姆斯·麦考德，他是总统连任委员会的安全协调员。还有一个"名叫霍华德·亨特的，科尔森在处理《五角大楼文

---

① H. R. Haldeman with Joseph DiMona, *The Ends of Power*, 26.
② 此处指电影《卡萨布兰卡》（又译《北非谍影》）中的情节，油滑的警察局长对瑞克咖啡馆的赌博行为心知肚明，但还是装作很吃惊的样子。——译者
③ 联邦调查局局长胡佛向尼克松吹嘘说，林登·约翰逊已下令窃听尼克松的竞选飞机不过是虚张声势罢了。据称进行窃听的联邦调查局特工塔·"德克"·德洛赫则证实从没发生过这样的事。

件》和其他调查文件①时就是拉上他一起干的"。迪恩说:"他们决定硬着头皮,死扛到底,对所有事都一概否认。而他们真的发布了一份由霍尔德曼和埃利希曼批准的新闻稿,为连任委员会开脱嫌疑。这是一个秘密计划,目的是让一桩罪行消失不见。"

几天内,尼克松和他的幕僚长就一头扎进了掩盖真相的行动中:他们讨论了所有问题,从给窃贼封口费到命令中央情报局阻止联邦调查局继续调查。正如埃文·托马斯所言:"霍尔德曼说:'嗯,我不认为这是妨碍司法公正;我认为这是一种遏制措施。'可是,老天,他的政治敏锐性此刻荡然无存。"迪恩指出,霍尔德曼"对尼克松隐瞒了很多信息……在早期的谈话中,他使用了某种暗语和暗号提醒总统出了一些问题。整件事太丑陋了,他们无颜面对,于是就这么任它发酵"。

尽管《华盛顿邮报》尽了最大努力报道,但这一丑闻迟迟未能影响公众舆论。一九七二年深秋,尼克松和他的幕僚长成了万众瞩目的焦点,沉浸在以压倒性多数击败乔治·麦戈文取得连任的喜悦之中。

> H. R. 霍尔德曼:第一个任期发生了很多了不起的事。
> 尼克松总统:应该出本书,叫《一九七二》。
> 霍尔德曼:没错。
> 尼克松:那将是本很棒的书……里面有中国,有俄罗斯,有五月八日[总统在莫斯科峰会前夕决定轰炸河内和海防港],还有选举。真是了不起的一年。这就是我要写的书。《一九七二》,就这么定了。

但一切很快化为泡影。到一九七三年四月,随着国会调查人员和

---

① 亨特的"调查文件"中包括闯入丹尼尔·埃尔斯伯格的心理医生办公室的拙劣之举。

检察官的介入，越来越多的压力加诸尼克松身上，要他解雇两名高级助手以自救。但总统不忍失去霍尔德曼。"霍尔德曼对我的重要程度，甚于亚当斯对艾克的，"① 总统告诉埃利希曼，"比如说，K［基辛格］的情况只有他能处理。别的事情我可能搞得定，但我搞不定这个。所以保护霍尔德曼……是一个主要考虑因素。他是总统最亲近的密友。我们不能任由他被抹黑成一个污糟的狗腿子。"霍尔德曼在日记里充满希望地提到，基辛格曾代表他公开表态："如果总统真的让我失望，或是让局势发展到我必须离职的地步，他（基辛格）也会走人，因为如果白宫允许这种事发生，他不会为其服务。"

霍尔德曼在他的日记②中回忆起了这件事，当时他和妻子在家喝咖啡时，电话铃响了。

> 电话那头的尼克松语气紧张。
> "那个，鲍勃，我们得做个决定了，我思前想后，必须是辞职了。"
> 我脑海中有个律师在对我说：不要辞职。不能辞职。这样一来等于在向公众声明"我有罪"……
> 我说："你知道我对这件事的看法。但如果这是你的决定，我没意见。"

尼克松告诉他的幕僚长，当天下午会有一架直升机把他和埃利希曼送到戴维营，总统会在那里等他们。霍尔德曼十四岁的女儿在家，但其他孩子（两个儿子和另一个女儿）分散在国内各地。他的妻子乔给每个孩子都打了电话，但霍尔德曼不忍心告诉他们实情。

几个小时之后，霍尔德曼和埃利希曼从五角大楼向戴维营飞去。

---

① Stephen E. Ambrose, *Nixon: Ruin and Recovery, 1973 - 1990* (New York: Simon & Schuster, 1991), 99.
② H. R. Haldeman with Joseph DiMona, *The Ends of Power*, 368.

"我知道我需要和埃利希曼谈谈，"霍尔德曼后来写道，"但有那么一会儿，直升机在一条河上低飞时，我就那么欣赏着壮观的景象……这架直升机向北飞往拉里·希格比居住的马里兰州。"①

多年后，希格比描述了当时的情景："那是一个寒冷的冬日。天色晦暗。我和妻子带着刚出生的宝宝——现在她怀着我们的第二个孩子——去散步。路上她看到直升机飞过，我说：'那是霍尔德曼和埃利希曼去戴维营的飞机。他们要辞职了。'我当时是个二十七岁的小伙子，正在尽力弄明白这一辈子该做些什么，我必须承认这事挺可怕的。我当时想，如果我要坐牢的话，我手头的钱只够让我妻子在某个地方挨过一年，然后我会努力收拾残局。"

在戴维营，霍尔德曼直接去了阿斯彭度假屋，尼克松正在那里等他。霍尔德曼后来回忆说，他们走到阳台上，一起俯瞰着马里兰州的乡村。尼克松低声说："你知道吗，鲍勃……昨晚睡觉前，我跪下来……祈祷我早上不会醒来。我没法面对这样的事。"②

"我说：'总统先生，你不能任自己沉溺于这种情绪中。你得继续前行。'"霍尔德曼深受感动，但他后来得知，几分钟后尼克松在会见埃利希曼时说了一模一样的话："这伤害了我。我曾经以为尼克松视我为知己，他对我表达的是轻易不会在他人面前展现的个人情感。现在我明白了，这只是一种谈话策略——是辩手用来进入一个对双方都很困难的话题的一种方式——他对我俩用了一样的策略。"当他离开时，总统拍了拍他的肩膀，然后他伸出了手。霍尔德曼追随尼克松二十年，这是尼克松第一次与他握手。

当晚，尼克松在椭圆形办公室发表电视讲话，宣布"我有幸结识的两位最优秀的公务员"③ 辞职。一小时后，霍尔德曼给总统打电

---

① H. R. Haldeman with Joseph DiMona, *The Ends of Power*, 371.
② 同上，374。
③ 一九七三年四月三十日，理查德·尼克松宣布R.霍尔德曼和约翰·埃利希曼辞职的讲话。

话——总统显然醉了,舌头都大了。

尼克松:喂?

霍尔德曼:你好。

尼克松:希望我没有让你失望。

霍尔德曼:没有,先生……你自有你的道理……

尼克松:鲍勃,这事对你,对约翰,还有其他人来说都很难,但是,见鬼,我再也不会谈论那该死的水门事件了——永远,永远,永远,永远!你也会赞成吧?

霍尔德曼:是的,先生。事情已然如此,而且你已经表明了你的立场……

尼克松:告诉你一件有意思的事。你知道,我们还没有听到任何……唯一一个打电话来的内阁官员是卡帕·温伯格①——是这事过去五十分钟后打来的。上帝保佑他。

霍尔德曼:嗯。

尼克松:……要我说你这个人够强悍,该死的,我爱你。

霍尔德曼:那个……

尼克松:……天主庇佑,你要有信心。要有信心。你会赢了这个狗娘养的……

霍尔德曼:当然……

尼克松:……不知道你能不能像以前那样打几个电话,看看有什么反应,然后再打给我。可以吗?

霍尔德曼:我觉得我不能那样做了。我不——

尼克松:没错,不能了。

霍尔德曼:依我现在的处境这么做很尴尬。

尼克松:别打电话给任何人。见鬼……上帝保佑你,哥们

---

① 卡斯帕·W."卡帕"·温伯格是尼克松的卫生教育和福利部部长。

白宫幕僚长

儿。上帝保佑你。

霍尔德曼：嗯。

尼克松：你知道的，我爱你。①

霍尔德曼：嗯。

尼克松：把你当兄弟。

霍尔德曼：行吧，我们继续奋斗吧。

尼克松：好的，兄弟。要有信心。

霍尔德曼：行。

在埃文·托马斯看来："霍尔德曼宅心仁厚，还在帮助那个刚刚炒了他、羞辱了他、差点让他送命的家伙。在这一刻霍尔德曼的宽容和尼克松的可恶一览无遗。"

霍尔德曼还在继续听从总统的调遣。在参议院的水门事件听证会上，转而出面指证尼克松的约翰·迪恩称，他曾警告过总统，"有一颗毒瘤正在其任期内滋长"②。尼克松此刻想知道白宫的秘密录音带是否会对他有利——好让迪恩对一系列事件，特别是对那次谈话的说法，失去可信度。他让霍尔德曼听一下录音并做出评估。令人费解的是，霍尔德曼汇报说，那次谈话没有任何问题。事实上，这盘录音带里尼克松罪证确凿，他批准向窃贼支付封口费，迪恩的说法得到了证实。希格比说："我从他［霍尔德曼］那里得到的唯一解释是：'我想尽我所能为总统把表面文章做到最好。'其次，我认为他无论如何没有想过这些录音带会公之于众。"

一九七三年七月十六日，尼克松的助手亚历山大·巴特菲尔德在全国性电视节目上被问道："你知道椭圆形办公室内安装有监听设备

---

① TELEPHONE 45 - 41; April 30, 1973; White House Tapes; Richard Nixon Presidential Library and Museum, Yorba Linda, California.

② OVAL 886 - 6; March 21, 1973; White House Tapes; Richard Nixon Presidential Library and Museum, Yorba Linda, California.

吗?"巴特菲尔德回答:"是的,先生,我知道有。"这个惊人的消息披露之时,尼克松正因肺炎住院;两天后,霍尔德曼的接班人、幕僚长亚历山大·黑格下令将录音带封存,并拆除监听设备。

现在,理查德·尼克松面临一个重大的决定。他应该下令销毁录音带吗?在回忆录中,他写道:"……销毁它们将是个极具争议的举动。①[艾尔②·]黑格指出了非常重要的一点,除了可能造成的法律问题之外,销毁录音带还将给公众留下有罪的印象。当[副总统斯皮罗·]泰德③·阿格纽来医院看望我的时候,跟我说应该销毁它们……。霍尔德曼说,这些录音带仍然是我们最好的防御武器,他建议不要销毁。"

尼克松的幕僚长认为,这些录音将在某种程度上为他们开脱罪责。"霍尔德曼曾在多个场合对我说,他认为这些录音带最终能拯救总统。"希格比说。事实恰恰相反。录音带是总统一心掩盖真相的确凿证据,它的披露意味着尼克松的总统任期完了。

当尼克松和他的幕僚长的防御系统崩溃时,他俩表现得不像是老练的马基雅维利,倒像糊里糊涂的业余人士。迪恩告诉我:"我与鲍勃[·伍德沃德]和卡尔[·伯恩斯坦]④ 的唯一分歧在于,他们想把尼克松说成是黑帮教父,并且想把白宫说成是一个犯罪集团。但事情不是这样。"托马斯还描绘了这样一幅画面:总统和他的幕僚长正在艰难地度过一场危机,这场危机的每时每刻都让他们感到为难。"尼克松被描绘成犯罪大师——他了解所有的细枝末节,"托马斯说,"在我看来,尼克松不是那样的人。我觉得尼克松是害怕的;他在这

---

① Richard Nixon, *RN: The Memoirs of Richard Nixon* (New York: Simon & Schuster, 1978), 901. Nixon later regretted his decision, writing: "In the early morning of July 19 I had made a note on my bedside pad: 'Should have destroyed the tapes after April 30, 1973.'"
② Al,亚历山大的简称。——译者
③ 西奥多的简称。——译者
④ 这两位是因调查"水门事件"一战成名的《华盛顿邮报》记者。——译者

方面笨手笨脚；他玩的都是小丑的把戏；他从事政治间谍活动的唯一原因是胡佛不愿意再做这种事了。"

霍尔德曼会自始至终维护理查德·尼克松。① 在参议院"水门事件"调查委员会面前，这位一向对总统忠心耿耿的幕僚长坚称掩盖真相的事尼克松丝毫不知，也从未批准给窃贼封口费。因为这些不实之词，H. R. 霍尔德曼将被判伪证罪、共谋罪及妨碍司法公正罪，并被送往加州隆波克市的联邦最低安全级别的监狱服刑十八个月。

一本杂志以"尼克松斯坦之子"② 作为其漫画的标题，把这位下台的幕僚长描绘成总统手下的怪物。对媒体和大多数美国人来说，霍尔德曼似乎证明了赋予白宫幕僚长过多的权力会导致灾难。但霍尔德曼的继任者对他并不是这么看的。多年后，即一九八六年一月，尼克松这位时运不济的幕僚长再度公开露面。那是在加州圣地亚哥举行的一个研讨会，与会者包括前白宫高级助手和幕僚长：德怀特·艾森豪威尔的助手安德鲁·古德帕斯特；约翰·肯尼迪手下的西奥多·索伦森；林登·约翰逊手下的哈利·麦克弗森；还有继霍尔德曼之后的三位幕僚长——效力于杰拉德·福特的唐纳德·拉姆斯菲尔德和迪克·切尼，以及为吉米·卡特服务的杰克·沃森。

霍尔德曼沉着、迷人，对自己的业务全盘掌控，给这些精明的白宫老人留下了深刻的印象。他对幕僚长工作的细微差别了如指掌，切尼对此佩服不已。"一起待了大约两天之后，显然霍尔德曼比其他任何人都更了解这个工作，"切尼说，"人们普遍认为，'水门事件'之所以会发生，皆因在霍尔德曼的领导下有一个组织严密的白宫幕僚长制度。其实并非如此。但很长时间以来大家都以为是这样。事实是，几乎每一位总统刚上任时，不管作何想法，迟早都会遵循霍尔德曼的

---

① 即使当这位名誉扫地的总统后来解雇了自己的前幕僚长，在付费电视节目中告诉大卫·弗罗斯特自己错在没有早点解雇霍尔德曼和埃利希曼，霍尔德曼依然维护了他。
② Paul Conrad, *Los Angeles Times*, August 3, 1973, 33. (Son of Nixonstein, 是对玛丽·雪莱的作品《弗兰肯斯坦》标题的戏仿。——译者)

制度。"

会上，这位尼克松的前幕僚长被问及"水门事件"是如何发生的。霍尔德曼答道："问题在于我们没有按幕僚制度行事。要是我们从一开始就以我们设定的方式处理〔"水门事件"〕……我们本可以妥善解决那件事——当然也许会给某些人带来不幸——但这是必要的，而且必须这样。可是我们没有做到，这才导致了最终的危机。"[1]

当我把霍尔德曼的解释转述给迪恩时，他说："就是这么回事。"（这是霍尔德曼和他的死对头之间罕见的共识，而忠于尼克松的人仍然视霍尔德曼为犹大。）

面对这场终极危机，霍尔德曼未能执行自己的白宫治理模式。"霍尔德曼是其中的核心，"埃文·托马斯说，"因为他原本是房间里有资格说'打住！停！'的那个人。"理查德·尼克松的幕僚长最终承认了自己的失败："如果有机会重新来过，我会采取不同的做法。我会直面尼克松身上邪恶的一面——至少在某些时候会这样。"

难道尼克松的"大行刑官"不能让总统正视这令人不快的真相吗？我向唐纳德·拉姆斯菲尔德提出了这个问题，他在华盛顿特区的办公室待了四十多年。他回答："我毫不怀疑霍尔德曼很好地执行了总统的意愿——也许太好了。我觉得霍尔德曼从来没有说过，'不，你错了'。"拉姆斯菲尔德停顿了一下，笑了笑："他很谨守本分。我就没那么顺从了。"

---

[1] Samuel Kernell and Samuel L. Popkin, eds., *Chief of Staff*, 67.

# 第二章 "当心轮辐"①

## 唐纳德·拉姆斯菲尔德、迪克·切尼和杰拉德·福特

唐纳德·拉姆斯菲尔德收到急电的时候，正在法国里维埃拉的度假胜地格里莫参加一个晚宴；电话是白宫总机打来的。那天是一九七四年八月八日，四十二岁的拉姆斯菲尔德远在千里之外，而理查德·尼克松总统的任期则笼罩在美国政治史上最丢人的丑闻里。由于"水门事件"爆出，尼克松极有可能遭弹劾和定罪，正处在灰头土脸辞职而去的当口。拉姆斯菲尔德曾经是尼克松的助手，此时为美国驻北约大使，现在他即将从这种自我放逐的状态被召回去。

虽然白宫里充满了势不可挡的奋斗者，拉姆斯菲尔德还是脱颖而出了；在椭圆形办公室的录音带上，尼克松用自己最高等级的恭维口吻称他为"一个心狠手辣的小混蛋"②。拉姆斯菲尔德精明、好斗，政治头脑敏锐，是出了名的组织能力强、不好糊弄。他曾是大学摔跤手、海军飞行员、四届国会议员，尼克松手下的经济机会和生活成本委员会（Office of Economic Opportunity and Cost of Living Council）主任。但所有认识拉姆斯菲尔德的人都清楚，他的目标不止于此。他的一位五十年的密友说："从早上脚落地到晚上脑袋落枕头，拉姆斯菲尔德无时无刻不在想着一件事——如何当上总统。"

此刻，在尼克松即将结束任期的时候，白宫传来消息：副总统杰拉德·福特希望他马上去华盛顿。但拉姆斯菲尔德未雨绸缪，意识到

政治动荡正在发生,已经预订了第二天回华盛顿的航班。拉姆斯菲尔德给他在布鲁塞尔的办公室打了电话,让他们通知他的密友及门徒到杜勒斯机场接他。他说的这个人就是三十三岁的迪克·切尼。

拉姆斯菲尔德和切尼早在五年前就见过面了:前者是一位雄心勃勃的国会议员,后者是一位认真的研究生,他们的友谊注定将影响整整一代共和党人的政治。一九六八年夏天,理查德·切尼上了一辆公共汽车来到华盛顿特区,他自称是威斯康星大学来的"糊里糊涂的做学问的"。切尼回忆道:"我刚来的时候和大家一样,都是一副初出茅庐的样子。我有一套西装。在怀俄明和威斯康星都能凑合。夏天在华盛顿穿就有点太热了。"③

拉姆斯菲尔德的一次演讲给切尼留下了深刻的印象,于是申请去他的办公室实习。"我被人带到他的办公室,坐下以后他开始询问我的个人情况,"切尼回忆起他们的第一次见面,说,"我向他解释了我的专业,说我正在攻读博士学位。大约十分钟后他就把我打发了。"

切尼毫不气馁,转而投身威斯康星州国会议员威廉·斯泰格的帐下。当拉姆斯菲尔德成为尼克松经济机会办公室反贫困项目的负责人时,切尼给他发了一份备忘录,提出了一些政治建议。于是有了第二次见面,而那一次他给拉姆斯菲尔德留下了较之前深刻的印象。切尼说:"他抬头看着我,然后说道:'你——负责处理和国会的关系。现在赶紧给我出去。'"

在政治上、直觉上以及地缘方面,拉姆斯菲尔德和切尼有许多共同之处。"他来自西部,我来自中西部,"拉姆斯菲尔德说,"我们俩

---

① Beware the Spokes of the Wheel,轮辐是保护车轮的轮圈、辐条的装置,此处是指僚属平起平坐竞逐领导权的"轮辐模式"。早在担任福特总统的幕僚长时,拉姆斯菲尔德就曾明确要求掌握实权,而非遵从彼时的轮辐模式。——译者
② OVAL 464 - 12; March 9, 1971; White House Tapes; Richard Nixon Presidential Library and Museum, Yorba Linda, California.
③ 切尼回忆道:"多年后当我坐着豪华轿车前往国会山,作为新当选的副总统和乔治·布什一起去宣誓任职,加入布什与切尼的政府,我回想了那一天。我对从那以后发生的一切不禁感到惊讶。"

上高中和大学的情况非常相似。我喜欢努力工作，他也喜欢。他有一种平和的幽默感，事情越难，他能做得越好。"① 当拉姆斯菲尔德离开尼克松政府前往布鲁塞尔出任美国驻北约大使时，切尼也走了——不过他留在了华盛顿，为一家政治公关公司工作。当然，毫无疑问，如果拉姆斯菲尔德再次需要，切尼一定会随传随到。

一九七四年八月九日下午一点五十五分，拉姆斯菲尔德搭乘的飞机降落在杜勒斯机场——此时距离总统职位移交到杰拉德·福特手上还有不到两个小时。等待他的是切尼和另外一个人。一名信使递给拉姆斯菲尔德一张便条，指示他作为新总统过渡小组的负责人去报到。拉姆斯菲尔德和他的年轻门徒驱车前往华盛顿，一路上切尼汇报了他不在时震动全国的这场政治巨变。

这是美国历史上一个独一无二的时刻。从没有一位总统是辞职的，也没有哪位副总统在如此仓促的情况下接手。杰拉德·福特是来自密歇根州的国会议员，擅长交际，之所以能成为少数派领袖，很大程度上是因为他没怎么树敌（在他竞选该职位时拉姆斯菲尔德为他冲锋陷阵）。当尼克松的副总统斯皮罗·阿格纽因受贿丑闻辞职时，福特甚至不在尼克松拟的继任者名单上；财政部长约翰·康纳利显然更受青睐。但尼克松需要的是一个各方都不会激烈反对的人。杰拉德·福特在同僚中人缘好、争议少，是一个保险的人选，众议院和参议院以压倒性多数票通过了。一九七四年八月九日，尼克松登上"空军一号"黯然离去，杰拉德·福特就这样成了"意外总统"。

福特面临着严峻的挑战：经济疲软；通货膨胀已严重到滞胀的地步；拥有核武器的对手苏联在世界各地煽动共产党人叛乱；国会剑拔弩张；记者团胆大妄为、吹毛求疵；还有即将崩溃的南越，在那里美国历史上最漫长的战争遭遇了屈辱的惨败。要应对这些问题，杰拉

---

① 事实上，拉姆斯菲尔德毕业于普林斯顿大学；切尼从耶鲁大学退学不止一次，而是两次。

德·福特眼下就不得不依靠完全陌生的人组成的团队。拉姆斯菲尔德回忆说:"他登上了一架时速五百英里的客机驾驶舱,飞机冲向地面。他却连机舱工作人员都不认识。"

福特担心全世界会认为他能力不足,于是很快宣布,为尼克松设计外交政策的智囊基辛格将继续担任国务卿兼国家安全顾问。内阁也将留任。尼克松的幕僚长H. R. 霍尔德曼则走人,去了监狱。而接替霍尔德曼的亚历山大·黑格将军将继续担任幕僚长,至少目前如此。黑格诡计多端,反复无常,行事好像他才是总统,福特是他的替补。①

从一开始,杰拉德·福特的白宫就像一场儿童足球赛——每个人都追着球跑。福特曾宣布,总统直辖八到九名首席顾问,这些人直接向他汇报工作——好比一个以福特为中心的轮子。他称之为"轮辐模式"。而结果却是一团乱麻、运作不畅。尼克松的老人们疑神疑鬼、处境艰难,与福特的新团队摩擦不断,后者由各式各样的学院派人物组成,这些抽烟斗的家伙已经管惯了福特的国会办公室。福特的讲稿撰写人、前幕僚长罗伯特·哈特曼是个性子粗鲁、嗜酒如命的中西部人,自认为是"同业翘楚";福特宣誓就职后不到几个小时,他就把自己的东西搬进了一间正好通向椭圆形办公室的小房间里。② 哈特曼和另外六名同事希望能随时面见第三十八任美国总统。

福特的官方摄影师大卫·休姆·肯纳利就是这种随心所欲、不拘小节的典型代表。肯纳利是个性格外向的俄勒冈人,二十五岁时因越战报道赢得了普利策奖,他无所畏惧、固执己见,并且直言不讳。他

---

① 多年后,当罗纳德·里根从未遂的刺杀中康复时,他那位宣称"这里由我主事"的国务卿黑格,将因破坏权力继承而尽人皆知。
② 迪克·切尼回忆道:"鲍勃[·哈特曼]搬进了罗斯·玛丽·伍兹过去的办公室,其隔壁有一个通往椭圆形办公室的后门入口。他就这么搬了进去,占为己有。鹊巢鸠占。"长时间担任理查德·尼克松秘书的罗斯·玛丽·伍兹很在意自己与老板直接接触的机会,当H. R. 霍尔德曼强迫她通过他汇报工作时,她从未原谅过他。

受《时代周刊》委托为副总统拍照,福特欣赏他轻佻的风趣,二人建立了密切的关系。(在一次西海岸之旅中,总统差点被刺客的子弹击中,侥幸躲过此劫以后,肯纳利打趣道:"总统先生,除了这事以外,您觉得旧金山还不错吧?")对杰拉德·福特和贝蒂·福特而言,肯纳利简直就是他们的儿子。多年以后,总统这样写道:"一开始他那傲慢的态度和对官方的不敬让我颇感意外。但很快我就开始依赖[它]并从中汲取力量。"①

肯纳利在白宫西翼通行无阻②,还能对总统吹耳边风。迪克·切尼回忆道:"我跟我的秘书说:'帮我去叫一下戴维·肯纳利。'一个小时都没有消息。然后她回来了,说:'先生,不好意思,肯纳利先生正在和总统喝鸡尾酒。'"福特的摄影师为自己是总统的密友,能为其政策出谋划策而洋洋得意。他说:"我是每个政治顾问最可怕的噩梦③,但没人能证明这一点。总统之所以喜欢我,原因之一是我在其中没有任何利害关系。我没有替任何议程说项。"

效忠福特的人毫不掩饰地看不起留用的尼克松政府的人,包括幕僚长黑格。哈特曼称黑格和他的工作人员为"禁卫军"④,做什么都会绕开他们⑤。哈特曼写的备忘录会出现在总统的收文匣里,福特签完就没了——这一圈下来黑格毫不知情。先后担任尼克松和福特的私人助理的特里·奥唐奈尔接到过怒不可遏的黑格打来的电话:"他说:'我们有些人胳肢窝底下夹着个文件匣进来,文件掉出来,又放回去,而我们没有关于讨论和决定的事的任何记录!这样管理白宫怎

---

① Gerald R. Ford, *A Time to Heal* (New York: Berkley Books, 1979), 183.
② 肯纳利是福特正式任命的首批人员之一。坐在弗吉尼亚州亚历山德里亚市福特家的客厅里,肯纳利告诉新总统,他当白宫摄影师有两个条件:"一是我要直接向总统汇报,二是我可以随时进出。"福特从嘴里抽出烟斗,说:"我想你周末也要用'空军一号'吧?"
③ 二〇一二年十二月三日,对戴维·休姆·肯纳利的采访。
④ Robert Hartmann, *Palace Politics*, 35.
⑤ 哈特曼也不喜欢切尼。切尼说:"他说我有一双'河船赌徒的蛇眼',我就当这是恭维吧。"

么能行!'"这种无法无天的做法还传到了福特的内阁部长那里——这些人在椭圆形办公室来去自如。与总统及其高级顾问的会晤经常被推迟,因为大家都在等基辛格露面。

此时仍在主持政府过渡的拉姆斯菲尔德,直言不讳地和总统谈了他对白宫管理的想法。拉姆斯菲尔德说:"我告诉福特,他的方法——所谓的'轮辐'式管理,即每个人都向他汇报工作——对于众议院的少数党领袖而言是行得通的。但作为美国总统,这将被证明是完全运行不起来的,是行不通的。我才不会掺和在里面呢。"但福特态度坚决。首先,他的国会办公室他就是这么管的。其次,他希望彻底摆脱形象受损的尼克松及其帝王似的总统任期——怒目而视的霍尔德曼就是其集中体现。① 这位不矜不伐、直言不讳的总统与搞阴谋诡计的尼克松形成鲜明对比,其支持率高达百分之七十一。他要按照自己的方式管理白宫。

拉姆斯菲尔德觉得自己该走了。总统就职典礼后几周,他飞回了布鲁塞尔,继续担任驻北约大使。当下一场政治地震发生时,拉姆斯菲尔德将再一次远在千里之外,此时一场剧变将使福特的总统任期摇摇欲坠。

一九七四年九月八日,星期天,上午十一点,杰拉德·福特坐在椭圆形办公室的办公桌前,直视着电视摄像机。他开口道:"女士们、先生们,我有了个决定,一待我确信这么做是对的,我就觉得应该告诉你们以及我们所有的同胞。"然后,他宣布了一个令人震惊的消息:"我,美国总统杰拉德·R. 福特,根据《宪法》第二条第二款赋予我的赦免权,我同意并根据上述文件就理查德·尼克松对美国犯下的所有罪行予以充分的、无条件的和完全的赦免。"

这一始料不及的宣布引发了一场政治海啸。白宫顾问大卫·格根

---

① 福特和大众一样认为,霍尔德曼通过孤立总统促成了"水门事件"的发生。他个人不喜欢尼克松的幕僚长,当他们在国会山碰面时,福特对霍尔德曼的傲慢怒不可遏。

写道:"美国人民不只是目瞪口呆,简直震怒不已。"① 福特的这个出人意料的决定,"散发出尼克松式的掩人耳目以及幕后政治变节的味道"。福特的新闻秘书杰里·特霍斯特辞职以示抗议。有传闻说,福特与尼克松达成了一项秘密协议。② 美国民众被这件事弄得措手不及,想要报复尼克松,于是以疯狂之举泄怒。打到白宫的电话,反对赦免和支持赦免之比是八比一;几乎在一夜之间,福特的支持率暴跌至百分之四十九。

总统就职几周后,又传来了更多的坏消息。在一次例行体检中,贝蒂·福特得知自己患有乳腺癌,必须接受全切除手术。福特得知这个消息的时候,正和鲍勃·哈特曼单独待在椭圆形办公室,不禁失声痛哭。

历史将证明这是福特总统任期内的转折点。他的支持率直线下降,白宫一片混乱,第一夫人的健康岌岌可危。黑格被总统的核心圈子屏蔽,工作效率低下,离职已成定局。福特自己也被各种文书压得喘不过气来,总觉得时间不够用。据特里·奥唐奈尔回忆:"总统缺乏行政管理经验,简直疲于奔命。"福特认定他唯一的希望就是任命一位新幕僚长。他心目中的唯一人选就是唐纳德·拉姆斯菲尔德。

总统给拉姆斯菲尔德打电话的时候,后者正在伊利诺伊州参加父亲的葬礼。第二天,他们在椭圆形办公室单独会面。拉姆斯菲尔德相当谨慎。"我不是干这事的人,我也没有任何愿望来干这事。"他口气很坚决。他还是一如既往地野心勃勃,也很清楚幕僚长的工作可能会断送他的职业生涯——甚至更糟,比如落得霍尔德曼那样的下场。最重要的是,拉姆斯菲尔德知道福特不愿意对他放权。"你没有时间

---

① David Gergen, *Eyewitness to Power: The Essence of Leadership Nixon to Clinton* (New York: Simon & Schuster, 2000), 117.
② 事实上,福特并没有做幕后交易;他简单地断定,自己的任期将因为尼克松被起诉的前景而陷入瘫痪,确信赦免是他将"水门事件"抛诸脑后的唯一机会。(四分之一个世纪后,肯尼迪图书馆颁发的"勇气档案奖"证明了福特的决定是正确的。)

事事躬亲，"他对总统说，"我明白你不想要一个霍尔德曼那样的幕僚长，但总得有人来填补这个位子。除非你确保我有足够的权力，否则我无法有效地为你服务。"在随后的一份备忘录中，拉姆斯菲尔德警告福特在没有幕僚长的情况下执政，"会使你以最快的方式失去公信力，因为就算你诚实，你不知道自己在做什么这一事实也会误导民众，而一旦你失去了公信力，你就无法执政，所以必须有秩序……我认为我的工作就是确保秩序井然。"

拉姆斯菲尔德的观点占了上风。福特后来写道："我判断他是对的。'轮辐'式管理并不适用。如果没有一个强有力的决策者来帮我确定轻重缓急，鸡毛蒜皮的小事都能把我烦死。我就不会有时间去思考基本战略或者我任期的大政方针。"①

拉姆斯菲尔德回忆道："总统给了我很大的压力。他告诉我贝蒂得了乳腺癌。赦免的事让他受的打击不轻。我为他感到难过。我希望他心想事成。"但拉姆斯菲尔德还有一个要求：他希望总统承诺一旦内阁职位空缺就让他上。在会后的一份备忘录中，拉姆斯菲尔德以第三人称提到自己："我们讨论了我担任这个职位的时间，他说，直到出现了拉姆斯菲尔德认为有吸引力、感兴趣的空位子为止。"② 总统有点不耐烦了。福特最后说："得了，拉米③，我要去打高尔夫球了！你赶紧答应吧。"拉姆斯菲尔德回答说："好吧，我干。"

还有一个问题，那就是如何安排总统过去的幕僚长艾尔·黑格。在总统官邸的鸡尾酒会上，福特向肯纳利提出了这个问题。总统能不能给雄心勃勃的尼克松政府留用人员一个不伤面子的职位？陆军参谋长是一个选择，但黑格已经在那里犯了众怒，因为迅速越过资深同事

---

① Gerald R. Ford, *A Time to Heal*, 182.
② 拉姆斯菲尔德准许作者单独查阅他担任幕僚长以来的该备忘录和其他私人备忘录。在一九七四年九月二十二日的一份备忘录中，拉姆斯菲尔德口述："我确实很感激［总统的］意见，即未来几个月内阁将有一个实质性的和重要的职位，而且他同意了。他说：'唐，你答应过的。'"
③ 拉姆斯菲尔德的昵称。——译者

成为四星上将。

肯纳利突然有了个主意:"给他个北约部队的最高指挥官如何?"福特顿时高兴起来,他补充了一句:"这样一来艾尔就不在华盛顿了。"不久,黑格启程前往布鲁塞尔,拉姆斯菲尔德则从欧洲回国①,成为杰拉德·福特的幕僚长。

拉姆斯菲尔德搬进了霍尔德曼和黑格使用过的白宫西翼大办公室。他上任后做的第一批事情之一就是把深受福特信任的演讲稿撰写人哈特曼从椭圆形办公室边上的房间赶了出去;把那个房间改造成了总统的书房,让哈特曼去大厅待着。从此以后,只有福特最钟爱的两名内阁成员——基辛格和经济顾问委员会主席艾伦·格林斯潘——获准单独面见福特本人。② 科尔森或埃利希曼之流无法越级行事。拉姆斯菲尔德明确表示,整个白宫将严格执行规章制度。当拖沓成性的基辛格再一次让总统干等时,拉姆斯菲尔德给他打了个电话,命令他:从现在起,国务卿要么准时来③——要么就别来了。

唐纳德·拉姆斯菲尔德是个雷厉风行的人:做事只踩油门,决不刹车。从椭圆形办公室出来后,他会对着录音机大声口述笔记,结果生成了大量被称为"黄祸"(yellow perils)④ 的备忘录(有时一天几十份)。为了让会议开得顺畅,他在办公室里安了个立式办公桌。格

---

① 因为福特仍然对自己咬定要采用的"轮辐"模式感到敏感,拉姆斯菲尔德的头衔将是"员工协调",而不是幕僚长。
② 肯纳利也有权去找福特,并享有不同寻常的特权。作为一个声名狼藉的单身汉,他经常把约会对象带上"空军一号"。(福特的一位保守派反对者威胁要对这种"出于不道德目的跨州运输未成年人"的行为展开调查。)但福特很喜欢有他做伴,拉姆斯菲尔德知道最好不要反对。
③ 拉姆斯菲尔德在椭圆形办公室与福特会面后,在一份备忘录中指出:"到九点十五分,当我们结束谈话时,基辛格仍然没有露面,已经连续第三天了,总统说:'也许我们应该改变基辛格的时间。'……我说,坦率地讲,事实是你是美国总统,他是你的内阁官员,在白宫、国务院和本市其他地方,他连续三天迟到十五分钟、二十分钟和三十分钟来见你,这是一个非常糟的信号。说明没把你放心上。"
④ 拉姆斯菲尔德回忆道:"我会出去口述要点:总统想要这个那个,我告诉他这个这个。我的秘书会把它们打出来,然后我们就着手去办。"尚不清楚拉姆斯菲尔德是否知道"黄祸"是一种对亚洲人的刻板印象。

林斯潘由于背部疾病平躺在地毯上,其他人则站着。拉姆斯菲尔德解释说:"你可能有不少站着的会要开,那不会开太久。而一旦坐下来,喝着咖啡,大家觉得舒服了,时间也过去了。如果你是白宫幕僚长,你不可能有很多闲暇时间,只能速战速决。"①

"工作量大得吓人,"拉姆斯菲尔德回忆道,"要拼命推动福特政府正常运转,而"水门事件"还在继续鼓噪。"拉姆斯菲尔德需要一个副手,而他心里已经有了个人选。"在过去三年的大部分时间里,我通过十几种方式考察了迪克·切尼,我很清楚他是什么样的人。我见过他干各种艰苦的工作,在处理问题时很有技巧和敏锐性。而且工作越难,他就做得越好。"

只有一个问题:切尼的背景调查。拉姆斯菲尔德知道他的门徒在学业上并不理想。切尼是拿着奖学金进耶鲁大学的,给大家的印象是玩乐一流、学习四流。三个学期成绩不及格,学校让他休学一年;切尼回到了怀俄明州,在那里找了一份在公路上架设电力电缆的工作。据切尼回忆,回到纽黑文②后,"坦率地说,我的人生态度一点也没有改变"。当他的成绩再次一塌糊涂时,他被耶鲁开除了。③

还有更糟的事等着。回到怀俄明州以后,切尼两次因酒驾被捕;一九六三年夏天,放浪形骸的一夜过后,醒来的他发现自己脸朝下趴在一间牢房的地板上。④ 如今十一年过去了,在联邦调查局进行背景

---

① 几年后,作为乔治·W.布什的国防部长,拉姆斯菲尔德在复查一份关于关塔那摩的军事拘留所审讯手段的备忘录时,将剔除水刑和中情局批准的一些更严酷的手段。"不过,"他在页边空白处写道,"我每天都要站立八到十小时。为什么他们的站立时间限制在四小时?"
② 耶鲁大学所在地。——译者
③ 在高中时,切尼是个好学生和橄榄球明星球员,曾获耶鲁大学全额奖学金。但他挥霍一空,说:"我需要个目标才能待在这里,但我没有。那是个开派对的好地方。我们那里有几个人都是非常好的学生。而他们做到这一点是因为不花太多时间和我们其他人在一起玩。"
④ "这是一个警钟,"切尼告诉我,"我宿醉得厉害。我意识到,如果我继续走我现在走的路,我不会有好下场。"切尼还有另一个保持清醒的动机,那就是他的女友林恩·安·文森特威胁说要离开他:"正确说来,是她要甩了我。"

审查时，切尼立即主动交代。"迪克说：'嘿，等等。'"拉姆斯菲尔德回忆道，"他有两次被捕的记录，他说：'我已经把这事告诉你们了，但要进白宫工作这很可能是个问题。'"拉姆斯菲尔德早在切尼替尼克松主政的白宫工作时就知道其酒驾的事，他说他会告诉总统。

一位有被捕记录的白宫助手会让其他任何一位总统踌躇不决。但拉姆斯菲尔德知道，杰拉德·福特与那些人不一样。"所以我去找了福特总统，我说：'看，这是联邦调查局关于他的报告，他有两次酒驾记录。但我希望他成为我在白宫的助手。'福特说：'如果你觉得他够出色，那我就认为他可以用。'"

某个周日，切尼正在自己位于白宫西翼的小办公室里，总统抽着烟斗，沿着走廊踱过来和他打招呼。切尼回忆说："世上哪有这样的事，他为什么要俯身屈就一个有不太光彩的过去、被耶鲁大学扫地出门的家伙，让我有机会自己奋发图强，还给了我一份许多人争得头破血流的工作。"在切尼之后服务过的多任总统中，没人像福特这样摆出谦和的姿态。"当你从别人那里得到这样的回应，当他们愿意力排众议支持你而不是舍弃你，去与争议较小的人为伍，你会永远铭记于心。"①

拉姆斯菲尔德提携了他的朋友，扭转了其职业生涯；在未来的岁月里，当小布什政府阴云笼罩的时候，切尼将会报之以李。

副手就位后，福特的新幕僚长开始执行总统的议程。拉姆斯菲尔德认为，各种决议必须转达到各相关部门，否则就会胎死腹中。他解释说："联邦政府中没有几个问题是只单独归某个部门管辖的。它们几乎都会牵涉到法律问题，因此司法系统必须参与。它们几乎总是与

---

① 切尼简直不敢相信他和拉姆斯菲尔德在打理白宫。"唐和我接手这项工作是因为尼克松走了，福特来了，而我们又年轻又愚蠢才以为自己能胜任。这也许不是一项棘手的任务，而是一系列待处理的麻烦。"

国会相关,所以必须知会国会。它们几乎总是跟国防、情报和外交有关,难以厘清,因此也必须传达到。

"那么,谁来把这些部门串起来呢?只能是幕僚长。"

确保每个内阁成员都有发表意见的机会是幕僚长的职责。福特无法忍受与国防部长詹姆斯·施莱辛格共处一室。施莱辛格总摆出一副居高临下的教授派头,挥舞着烟斗对总统说话,好像总统是个呆头呆脑的大学生。拉姆斯菲尔德的工作是确保福特让施莱辛格知情。拉姆斯菲尔德回忆说:"我会发现有个会要开,基辛格和福特将决定一些显然需要国防部长参与的事情。我一直试图说服总统让施莱辛格来开这种会。"

内阁成员、高级顾问——乃至朋友——都可能对总统产生影响,但是拉姆斯菲尔德认为幕僚长是独一无二的。他解释说:"有些人一周、一个月、一年见一次总统。哪怕他们过去可能是好朋友,也不能想什么时候跟总统说话就什么时候或者告诉总统他不想听的话。因为幕僚长从早到晚和总统待在一起,他可以挑时机去见总统,一边看着总统一边道出实情。除了总统夫人,他是唯一能这样做的人——直视总统的眼睛说:'这么做不对。你就是不能走那条路。相信我,这行不通,这是错的。'"

杰拉德·福特和蔼可亲,性格开朗,总能把别人往好处想;拉姆斯菲尔德的工作就是做最坏的打算。有一次总统应邀参加他的老朋友、众议院多数党领袖蒂普·奥尼尔的生日派对,幕僚长觉察到了麻烦。拉姆斯菲尔德回忆说:"我发现这次聚会是由一位来自韩国的说客操办的,而此人正在被调查。我回去对总统说:'你不能去蒂普的生日派对。'福特说:'我要去参加我朋友的生日聚会。我已经跟他说了我要去,那我就要去。'于是我说:'好吧。我回头再查查。'他显然不应该参加那个家伙举办的生日派对。我回来对总统说:'你不该去。你不能去。这不是总统的职责。'而他说:'真见鬼,拉米,我去定了!'我说:'好吧。那你走路去吧。我不会安排车接送你。

也不会安排安保人员。你会很尴尬的。你得自己去。'"

杰拉德·福特最终消停了,为自己的缺席向朋友蒂普·奥尼尔致歉。那位说客朴东宣(Tongsun Park)后来被控三十六项罪名,包括贿赂、邮件欺诈和敲诈勒索等。① 他承认以现金向国会议员行贿,其中三名议员受到申斥。

并不是所有人都欣然接受拉姆斯菲尔德的铁腕作风。特里·奥唐奈尔说:"如果一个人态度强硬、不回避话题,会把文件退回并表示'这不是总统该管的事,这还没到递到上层的级别',肯定会引发一些敌意。不过拉姆斯菲尔德非常坚定,从不拐弯抹角。这正是福特需要的,而他恰好做到了。"

拉姆斯菲尔德还擅长向内阁成员传达坏消息,他将这项任务描述为做总统的"隔热罩"。拉姆斯菲尔德解释说:"假如你发现财政部长未被邀请参加国宴,那么你去见总统说:'看,他发牢骚呢。他觉得他应该在场。如果不让他去他会觉得自己不受重视了。'总统说:'该死,他排在最后面,我还有其他人要邀请呢。你去跟他说这事不成。'于是你跑去跟他说这次没他。那他会生谁的气?他走的时候肯定对幕僚长一肚子怨气。这种事每天要发生一百次!"

拉姆斯菲尔德咄咄逼人的个性,以及对总统议程的严格把控,都让说话温和的国家安全事务副助理布伦特·斯考克罗夫特不快。多年后,斯考克罗夫特告诉我:"拉姆斯菲尔德就是霍尔德曼那种幕僚长——强硬、苛刻、惹人厌恶。他这人自以为是。还立式办公桌呢,**搞海军那一套**。"② (斯考克罗夫特在空军服过役。)这位生硬粗暴的幕僚长还跟美国新任副总统纳尔逊·奥尔德里奇·洛克菲勒起了冲突。洛克菲勒是美国最富有家族的传奇后裔,曾三度竞选总统,挺过了参议院漫长的提名确认,终于入主白宫西翼。福特向他保证,他不

---

① 此事被称为"韩国门事件",一九七六年十月,在华盛顿的韩国商人朴东宣等向美国国会议员行贿,希望美国优先考虑对韩予以军事和经济支持。——译者
② 二〇一四年五月七日对布伦特·斯考克罗夫特的采访。

会重蹈前几任副总统的命运。（罗斯福的副总统约翰·南斯·加纳曾把副总统之职比作"一桶热乎的尿"。）总统向洛克菲勒承诺，让他负责国内政策。

但这是个空头支票，拉姆斯菲尔德很清楚这一点。首先，福特和洛克菲勒在意识形态上是对立的。总统在财政上持保守立场，他早已拒绝考虑一切新的联邦开支计划；而洛克菲勒喜欢砸钱解决问题。副总统即将上一堂幕僚长讲的关于官僚内斗的大师级课程。

拉姆斯菲尔德回忆道："福特总统会说：'嘿，纳尔逊，你为什么不提点能源方面的想法呢？'于是洛克菲勒会带着一群人设计出一个大项目拿给总统看，希望总统能拿到国会山去讨论。接着，总统会问我：'那么，我该怎么处理？'我说：'你得给它配人手：交给能源部、管理和预算办公室、经济顾问、财政部长等。'"洛克菲勒的项目需要大量支出，光是为其配备人手就差不多会让计划流产。果然，副总统提出的所有计划几乎都被否决了。

洛克菲勒和拉姆斯菲尔德互相厌恶。历史学家理查德·诺顿·史密斯认为，这种裂痕是由代沟和意识形态差异造成的。"洛克菲勒是罗斯福时代的共和党人，而拉姆斯菲尔德是在试图废除罗斯福新政的过程中崭露头角的。"[①] 现在轮到拉姆斯菲尔德向比他大二十三岁的洛克菲勒解释白宫是如何运作的了。拉姆斯菲尔德回忆说："在副总统看来，亨利·基辛格负责外交事务，纳尔逊·洛克菲勒负责国内政策，这就意味着我们不需要总统。我记得曾向他解释过，'负责'国内政策并不意味着可以凌驾于那些对此类问题负有法定责任的内阁官员之上。他在当职那段时期并不从善如流——或者说压根不接受建议。"

据传，有一次，这位副总统把头伸进幕僚长办公室，厉声道：

---

[①] 二〇一三年十一月七日对理查德·诺顿·史密斯的采访。

"拉米，你永远不可能当上总统！"① 事实上，洛克菲勒不愿意当任何人——包括总统——的副手。拉姆斯菲尔德说："他不是当副总统的料。他习惯于发号施令，雇用人手，让他们按他的要求办事。跟他意见相左？他讨厌和他意见相左的人。"②

拉姆斯菲尔德分身乏术，于是把许多职责都交给了年轻的副手。拉姆斯菲尔德回忆道："我想让迪克·切尼多了解总统，因为我肯定没法一周工作七天，也不可能参加每一场会议。有时候我不得不找人替一下，那个人只能是迪克。"拉姆斯菲尔德决定试试切尼，便派他陪同总统前往墨西哥，切尼低调、朴实、高效的作风给福特留下了深刻的印象。拉姆斯菲尔德回忆道："我问：'他干得怎么样？'总统说：'太棒了。他走进来，知道他要谈什么，谈完，然后走人。接下来就着手处理这事。他非常不错，我很高兴和他一起工作，所以你想什么时候跟他轮换都没问题。'"

在性情上，杰拉德·福特的副幕僚长与其导师正好相反。"拉姆斯菲尔德不接受建议，甚至不考虑任何人的想法，"白宫秘书盖尔·莱曼回忆道，"坦率说，他要做 X、Y 或 Z 这几件事，就直接去做。不会用尽可能委婉的方式处理问题。"③ 相比之下，切尼则是个合群的、愿意合作的、体贴的人——这与他几十年后成了乔治·W. 布什的副总统后的那种达斯·维达式的性格截然相反。斯考克罗夫特回忆道："切尼很不一样。拉姆斯菲尔德和切尼的不同一如白天和黑夜。切尼非常放松，不紧张，不专横。他的态度是'我们所有人必须齐心协力才能让总统一职发挥作用'。"

---

① 拉姆斯菲尔德坚称这场交锋从未发生过。
② 四十年后，拉姆斯菲尔德对我说起洛克菲勒："他没有资格在任何事上堪当副总统大任。我不认为他在担任杰拉德·福特的副总统时是最佳状态。毫无疑问，在他早期的职业生涯中，当他年轻的时候，他可能用不同的方式处理事情，这使他更为成功。"
③ 盖尔·莱曼与理查德·诺顿·史密斯的面谈，Gerald R. Ford Oral History Project, May 6, 2011。

切尼和蔼可亲、谦逊有礼，善于倾听，对于极度自负之人有化解之道；特勤局的人叫他"后座"。① 汤姆·布罗考现在是驻白宫的记者，他觉得与切尼共事比跟拉姆斯菲尔德容易。"我记得有一回我们去参加福特的首次北约会议。他们让拉米回来给我们做个简报，那简直是羞辱。他对北约做了一通《读者文摘》式的解释。我们知道北约是什么，我们想了解的是总统的当务之急是什么。但他实在太盛气凌人了，我们一无所获。换了迪克·切尼的话就会完全不同。他明白我们要什么。他还有一种极好的带点古怪的幽默感。"

切尼时不时祭出他这种让人啼笑皆非的幽默感，好像那是把手术刀；记者团喜欢他爱搞恶作剧的嗜好。而切尼最喜欢捉弄的是《纽约时报》记者詹姆斯·诺顿。一次，在漫长的一周结束时，切尼通知那位出了名的受捉弄对象诺顿，说他获得独家采访总统的机会，需在周六早晨向戴维营报到。切尼回忆说："第二天早上，我坐在白宫办公室里，记者团的一些人在等我。当然，诺顿出现在戴维营大门口。海军陆战队卫兵对此一无所知，谁都不肯放他进去，总统压根不在戴维营。他正在悠闲地打高尔夫球呢。诺顿打来电话，里面传来哄笑。他知道自己被捉弄了。"②

上任一百天后，因着拉姆斯菲尔德和切尼的阻截、抢断，前大学橄榄球运动员福特逐渐有了信心，也有了施展的空间。特里·奥唐奈尔说："他不断吸收信息，在总统位子上每天都在进步。我们制定了一个时间表，让他有时间思考，我们做了一些霍尔德曼认为非常重要的事情。文件整理得井然有序，拿到他面前的日程安排都经过了深思熟虑。拉姆斯菲尔德和切尼强化了这一框架，确保工作人员很好地为

---

① 关于他的外号，切尼说："我认为还挺合适，因为这是一个幕僚的职分。你不应该在外面发表公共政策声明。如果幕僚长在外面自以为是地谈论预算的规模，你将会让你的同事或内阁开始产生怀疑，怀疑你是否有能力做个诚实的中间人。"
② 还有一次，切尼与记者团密谋，给《新闻周刊》的记者汤姆·德弗兰克设下了一个精心策划的陷阱。当德弗兰克外出报道时，活羊被赶进了他的酒店房间，在里面到处大便。

总统效力。"

他们面临的最大挑战之一是杰拉德·福特卡通化的公众形象。到奥地利进行国事访问时,福特在被雨水浸透的"空军一号"的舷梯上滑了一跤,摔倒在停机坪上;打那以后,新的电视节目《周六夜现场》①(Saturday Night Live)就一直拿他开涮。福特曾是密歇根大学的全美橄榄球赛运动员;但在公众的心目中,他就是一个洋相不断的小丑,比如伸手去拿电话,却误拿了订书机,把耳朵订在了头皮上。总统的质朴和蔼被解读为愚蠢,说他没法"一边走路一边嚼口香糖"②。林登·约翰逊打趣说这是因为他不戴头盔打橄榄球的次数太多了。

在华盛顿特区,感觉会被当成事实,拉姆斯菲尔德和切尼试图改变这一点。福特在联邦预算方面的知识非常渊博;他们就这个议题为他安排了年度新闻发布会(这个议题如此晦涩难懂③,肯尼迪、约翰逊和尼克松从未尝试过)。切尼坚持认为,鲜有总统比他更了解政府的运作:"他对此了如指掌。这个人可是在拨款委员会(Appropriations Committee)和国防拨款小组委员会(Defense Appropriation Subcommittee)工作了二十五年。我记得他曾纠正过一位预算分析师关于国家公园管理局有多少护林员的说法。他了解**所有**相关情况。"但他们为重塑福特形象所做的努力喜忧参半。

让拉姆斯菲尔德感到恼火的是,公众普遍感觉主导美国外交政策的人是基辛格而不是总统。一九七五年一月,在与《纽约时报》的几位编辑共进午餐后,拉姆斯菲尔德敦促福特去争取更多的认可:

---

① 一档周六深夜播出的喜剧小品类电视节目,内容多为讽刺恶搞当下政治和文化。——译者
② 此话讽刺他无法一心二用。——译者
③ 切尼说:"他是自一九四八年哈里·杜鲁门亲自介绍预算案之后,第一位这么做的总统。而他的整个内阁就这么站在一旁……。那天在场的人永远不会忘记……。他把每个问题都处理得很好,这是一次[显示]这个人真正的知识面和能力的表演。"

"我告诉他,今天谈论他与基辛格的关系时,在我看来他低估了自己这个角色的重要性……基辛格能成大事,靠的是一个强大的总统,一个深入参与这些问题的总统……。如果总统够强悍有力,那么他凭借他的国会背景、中西部出身、政治天性、对国防事务的了解,就能使基辛格成就大事,使外交政策获得成功。我希望〔福特总统〕明白,对美国而言,他深入参与、指引和领导基辛格是多么至关重要……而基辛格需要的就是这个。"①

美国在越南的战争进入最后阶段的黑暗篇章,福特和他的幕僚长将与基辛格发生正面冲突。这片血腥的泥潭已经毁了两任总统,消耗了一千五百亿美元,牺牲了五万八千名美国人的生命。美国作战部队撤离不到两年之后,北越军队逼近西贡。战争的尾声将在杰拉德·福特的眼皮底下展开。

为了让南越能维系下去,福特请求国会予以三亿美元的紧急军事援助。总统宣称,美国已向其盟友承诺过给他们"能得以自卫的援助"。国会驳回了他的请求。② 不过,福特没有放弃。一九七五年三月,总统命令陆军参谋长、多次在南越服役的四星上将弗雷德里克·韦扬返回越南,评估其生存前景。会议结束后,一直在旁边拍照的戴维·肯纳利说服福特让他同行。

在西贡,韦扬会见了美国军方和南越的官员,肯纳利则开始捕捉大兵对这场战争的看法。总统的摄影师先去了柬埔寨,然后去了芽庄——他抵达时南越军队正在逃离,之后去了金兰湾的前美军基地——那里现在充斥着难民。他们返回美国后,韦扬向福特作了正式的简报,当时拉姆斯菲尔德也在场。将军汇报说:"形势很严峻,但可以挽回。"③ 不过南越政权将需要七点二二亿美元的军事装备以及

---

① 唐纳德·拉姆斯菲尔德给作者看的备忘录。
② 拉姆斯菲尔德回忆道:"他亲自为这笔资金说情。遭拒后,他狂怒不已。在我听来,就像我见过他对国会发火一样。"
③ 唐纳德·拉姆斯菲尔德给作者看的备忘录。

三亿美元的经济援助。接下来轮到肯纳利发言了。福特的心腹一如既往地直言不讳,他说:"总统先生,越南最多挺不过三四个星期,其他人若不是这么说的就是一派胡言。"

两周后,柬埔寨陷落,南越首府西贡被北越军队包围,濒临沦陷。就连曾经猛烈抨击美国弃盟友于不顾的基辛格,此刻也意识到了事情已成定局。拉姆斯菲尔德在一份备忘录中指出:"基辛格说,越南的局势从军事角度讲已然无望。美国的目标是安排美国人和南越人撤离——我们对南越人有道义上的承诺。"① 福特见了他的顾问,讨论将余留的美国人和他们的亲密盟友空运到安全地带。

但西贡的撤离行动很快演变成一场地狱般的溃败,其中大部分都上了电视。福特和拉姆斯菲尔德度过了"漫长而悲伤的一天",眼看着美军在一片混乱中屈辱地撤退。绝望的越南人爬上超载的直升机。(几周前,一架满载孤儿的救援飞机坠毁,机上人几乎全部罹难。)在恐慌中,美国航空母舰上的水兵将直升机直接推入大海。②

随着战争即将告终,拉姆斯菲尔德将最后一次羞辱福特的国务卿。得知美国大使已被空运到安全地带,基辛格召集华盛顿的记者团发表重大声明。他宣布:"我们的大使已经撤离,可以说疏散行动已经完成了。"但事实并非如此,撤离行动仍在继续。

还有十一名美国海军陆战队员困在大使馆的屋顶上。如果他们被俘而无法逃脱怎么办?拉姆斯菲尔德感觉到这是一场公关灾难,于是命令白宫新闻秘书罗恩·尼森撤回国务卿的声明。基辛格脸都青了。但拉姆斯菲尔德觉得自己做得对,他后来写道:"这场战争充斥了太多的谎言和借口,最后再用一个谎言来结束战争是不对的。"③ 几个

---

① 唐纳德·拉姆斯菲尔德给作者看的备忘录。
② 由于机场被北越部队占领,直升机成为撤离的主要交通工具,美国大使馆成为撤离的最佳地点。四月二十九日至三十日,七千多人被疏散。由于大多数军舰的甲板上都挤满了人,美国军官不得不下令将一些直升机推进海里,让营救飞机降落。——译者
③ Donald Rumsfeld, *Known and Unknown: A Memoir* (New York: Penguin, 2011), 209.

小时后,海军陆战队被空运到安全地带。

拉姆斯菲尔德和切尼亲眼见证了越南战争以耻辱败北收场,数十年后,他们还将在伊拉克发动另一场分裂和血腥的冲突。假如这段经历让他们伤痕累累,他们不会表现出来。两人都坚称,在越南问题上,自己是一个冷静理性的现实主义者。拉姆斯菲尔德说:"我很难过;我和杰拉德·福特的感受是一样的。但是,除了竭力减少人员伤亡,谁都没办法再做些什么。"

切尼回忆道:"眼看我们不得不撤离东南亚,你可能会很生气。但同时也有一种解脱之感。终于结束了。结局也许很糟糕,但决定已然做出。我不会考虑我个人觉得应该怎么做。我不去考虑这种事。我的职责是帮助总统做他要做的事。"

切尼的年纪原本是应该上过战场的,但他因研究生学业多次被缓征兵役。他说:"虽然我没有去打仗,也没有被征召入伍,但我支持我们的军队。你可以看看这巨额的投入,得出结论说有地方出了问题。也许是战争的初衷,也许是执行方式,也许是战略上有缺陷。"

尽管越南战争一败涂地,杰拉德·福特的政治命运还是在一九七五年夏天发生了好转。白宫助理吉姆·坎农写道:"他从尼克松留下的废墟中爬了出来,正向前看。他的总统任期进展顺利。他的信心日益增长。拉姆斯菲尔德给白宫带来了秩序和效率。"[1]

但是风暴云正在集结。一九七五年六月,前电影明星、加州州长罗纳德·里根宣布他将与福特竞争共和党的总统候选人提名。福特起初认为里根只是个门外汉,殊不知在党内提名竞争中他面临的是一个

---

[1] James Cannon, *Gerald R. Ford: An Honorable Life* (Ann Arbor: The University of Michigan, 2013), 283.

强劲的对手。

到了秋天,拉姆斯菲尔德焦虑起来。福特特赦尼克松导致的支持率下降、经济举步维艰、通货膨胀飙升以及外交危机,所有这一切都有可能在他与里根的较量中削弱他的实力,而这场较量不到最后一刻很难见分晓。(花生农场主、佐治亚州前州长吉米·卡特当时还没有获得民主党的总统候选人提名。)

而白宫仍受困于自己给自己惹的麻烦。问题之一是总统的公众形象。福特的连任竞选主管斯图尔特·斯宾塞回忆说,每当总统发表演讲,他的民意支持率就会暴跌。"福特一出现在公众眼前,跟踪数据就会是这样的,"他说着,拇指向下指着地板,"如果他待在白宫当总统,跟踪数据会是这样的,"他说着,把拇指往上朝天,"所以我去找切尼说:'我们得改变策略。'"①

"他当时的演讲非常枯燥、非常糟糕,"② 坎农回忆道,"有一天,他们在演讲中写了这么一句话:'我告诉你们,这是无稽之谈。'他们在讲稿中加了个注脚,写了'强调'二字。福特大声读道:'我要强调的是,这是无稽之谈。'切尼说:'好吧,我们又多了一件不能做的事——在演讲稿里面写说明性文字。'"

福特想模仿他心目中的英雄——"给他们点颜色瞧瞧的哈里"·杜鲁门③,来一场老派的、沿乡间小镇一路发表演讲的选战④。拉姆斯菲尔德和切尼惊呆了。无奈之下,他们把福特的老朋友斯宾塞叫去,让他劝总统别这么做。斯宾塞回忆道:"那天晚上我不得不尽

---

① 二〇一六年三月二十一日对斯图尔特·斯宾塞的采访。
② 卢·坎农对理查德·诺顿·史密斯的采访, Gerald R. Ford Oral History Project, November 16, 2009。
③ "Give-'me-hell, Harry",这是杜鲁门的支持者在他选举期间对他喊的话,也成为他的传记电影的名称。——译者
④ 杜鲁门在一九四八年总统竞选期间坐着火车横穿美国,沿途发表了数百次讲话,其中包括一些没什么人知道的城镇和乡村,后人称他这次选战为"whistle-stop campaign","乡间小镇"的选战。这种做法争取了大量中间选民,最终使其逆转局势战胜了竞争对手。——译者

力劝说福特，双方都精疲力竭。我跟他说大家都累坏了。切尼坐在那里——谁都不会相信切尼在那些天有多么安静，像蜷在角落里的小老鼠，却还是睿智又忠诚。最后，福特问我：'为什么不行呢？'我说：'因为你他妈是个差劲的候选人。'哈，切尼倒吸了一口气，而那老家伙就这样看着我，"斯宾塞说着做了个鬼脸，"随后他说：'哦，那好吧。'"

另一个不断让人头疼的是哈特曼。哈特曼是个天才的文字工作者（那句著名的"我们国家漫长的噩梦结束了"① 就出自他笔下），哈特曼总是拖到最后一刻才完成总统的演讲稿，使得工作人员无法发表意见。如此这般过了几个月以后，拉姆斯菲尔德大发雷霆："这绝对是人类已知的最愚蠢［原文如此］的行径，"他在备忘录中写道，"美国总统有能力雇到出类拔萃的演讲稿写手，我们却没有这样的人。相反，到头来我们每次都要和一大群人一起经历这些麻烦。哈特曼对其他每个人都说了些自以为是的话。总统安抚哈特曼并纵容他，怨气一天天积聚，然后把火发在其他人身上。他不应该容忍这事……我让迪克给总统准备一份备忘录。"②

一九七五年十月下旬，拉姆斯菲尔德确信福特的连任岌岌可危。他决定向总统摊牌，并以书面形式表达自己的担忧。十月二十四日，幕僚长写了一份备忘录，题为"行动"。他给切尼看了草稿，切尼加上了自己的想法并签了名。为了确保引起总统的注意，拉姆斯菲尔德和切尼还另外加上了他们的辞职信。

即使以拉姆斯菲尔德的标准来衡量，这份备忘录也无疑是迄今向

---

① Gerald Ford（August 9, 1974），"Swearing-In Ceremony," President's Speeches and Statements, Gerald R. Ford Presidential Library.
② 唐纳德·拉姆斯菲尔德给作者看的备忘录。困扰拉姆斯菲尔德的不仅是哈特曼的工作习惯。在这个后《广告狂人》（Mad Men）时代，酒在白宫畅通无阻，但哈特曼把他的酒量提升到了另一个层次。"鲍勃喝高了。"切尼说。在"空军一号"的一次飞行后，总统车队被迫在停机坪上等待，直到哈特曼被抬下飞机。

总统发出的最严厉的公文之一。在"基本问题"① 这一条下面，他写道：

> 在广大公众的眼中，总统是一个正派诚实之人。他们喜欢作为个人的你，但对你作为总统的表现有所怀疑……政府士气低落，缺乏团队精神，各色人等频繁在媒体上互相指责……这给人造成了一种印象，似乎总统不是一位领导者，继而引发了对能力的质疑……员工工作马虎、向媒体泄密，导致公众与总统在关键问题上的立场产生分歧，却永远不会有任何纪律处分……大多数问题涉及哈特曼、副总统或基辛格。鲍勃［·哈特曼］异于常人。他似乎根本不能跟别人一起工作。副总统的办公室历来存在问题。亨利［·基辛格］无论做什么似乎都摆脱不了上述问题。亨利就是这么个人。

另一条的标题是"目标和目的"，其中对政府予以了进一步的谴责：

> 我们的行动应该让总统看起来像个总统。他必须被视为领导者；强大（时而强硬），但是公平……让美国人"喜欢"他们的总统是件坏事，但更重要的是让他们尊重他……我们的行动每拖延一天，就永远浪费了一天……我们只有这几个能干的人，时间亦有限。我们不可能面面俱到。也不应该一味尝试。
> - 演讲稿写得不好应该退回去。
> - 应该设定时间期限。
> - 表现不好的人应该被告诫或解雇。
> - 把事情搞砸了应该给予惩戒；而不是奖赏。

---

① The Rumsfeld Archives, Memorandum for the President, October 24, 1975.

- 如果有人让你处理琐碎之事，你应该直斥并推掉。

最后一部分的标题是"效力"：

- 你的政府必须被视为能对美国人提出的问题拿出合理答案的……
- 你要专注于三五件大事——经济、道德、自由选择权、能源——诸如此类直指选民诉求的，这会显示出你目的明确。

最后，坚定你的信念，你想赢得一九七六年的选举，你认为有一位共和党总统至关重要，你确实想尽一切努力实现这一目标并有效地管理国家，成为毋庸置疑的世界领袖……。一位总统要成为伟人，必须做出巨大的牺牲，但这些牺牲的作用举足轻重。

又及：如果你能承担这样的重任，并面带微笑，你就不愧为总统。

三天后，总统把拉姆斯菲尔德和基辛格召到椭圆形办公室。福特是否已经读了两位幕僚长那些旁敲侧击的话，他只字未提。相反，他投下了一颗重磅炸弹。首先，他正在要求洛克菲勒在即将到来的选举中不再争取副总统提名，让给参议员鲍勃·多尔。威廉·科尔比将辞去中央情报局局长一职，由乔治·H. W. 布什（时任福特政府驻中国联络处主任）接替。埃利奥特·理查森将接替罗杰斯·莫顿在商业部的职位。基辛格将把总统国家安全事务助理的职位让给斯考克罗夫特（当然他仍将继续担任国务卿）。

最后，福特提议对他的白宫班底进行改组：拉姆斯菲尔德将前往五角大楼接替施莱辛格担任国防部长。迪克·切尼将接任白宫幕僚长。

福特这场突如其来的清洗行动——后来被称为"万圣节大屠杀"——让基辛格和拉姆斯菲尔德一时语塞。等基辛格回过神来,他开始强烈抗议。他坚称,全世界都会把他的新职位视为一种降级,使他丧失权力。拉姆斯菲尔德面对这个消息则心情复杂。一方面,福特的幕僚长长期以来一直主张总统解雇尼克松时期的留用者,以彰显福特的独立性;另一方面,这场政治清洗似乎来得太迟太极端了,难以有所作为。尽管拉姆斯菲尔德现在有了一个他梦寐以求的内阁职位,但随着福特的连任之战临近,五角大楼的新职位将把他排挤出决策圈。

但福特并没有征得他们的同意。发了四十八小时的牢骚之后,基辛格接受了降职。福特动身前往佛罗里达州的时候,拉姆斯菲尔德仍拒绝接受他在五角大楼的新职务;直到切尼——被福特逼着——从"空军一号"打电话给他,才终于让拉姆斯菲尔德回心转意。

有传闻说,这次改组是拉姆斯菲尔德策划的拜占庭式宫廷阴谋①。包括乔治·H. W. 布什在内的许多人开始相信,把布什派到中央情报局是拉姆斯菲尔德的一个马基雅维利式的伎俩,是为了在堪萨斯城的共和党全国代表大会即将开幕之际,排挤掉布什这个政治对手,使之无法竞选福特的副总统。

布什后来写道:"可能有些人会认为,我是堪萨斯城大会上副总统人选的主要竞争者,但如果我在接下来的六个月里在一个正受到两个国会委员会调查的有争议的机构担任负责人,那情况就不一样了。那样的经历留下的印记会让我失去竞争优势,把机会拱手让给其他人。"②

根据这一理论,"其他人"——取代洛克菲勒成为副总统的竞争者——将包括拉姆斯菲尔德。(副总统的权力有可能相当于"一桶热

---

① 指顶级政治斗争。——译者
② George Bush with Victor Gold, *Looking Forward: An Autobiography* (New York: Bantam Books, 1987), 155.

乎的尿",但他会是下一届总统候选人。)

拉姆斯菲尔德坚称这些说法都是子虚乌有,他提出了一个令人信服的理由。一九八九年三月,他在给福特的信中写道:"你知道,你把乔治·布什送到中央情报局的决定和我毫无关系。我第一次听说你要改组国防部和中情局的决定,就是你把我和亨利·基辛格叫到你办公室告诉我们你的计划那次。"

福特回了封信:"把乔治·布什送到中央情报局是我一个人的决定……我认为他是解决那里的问题的一个合适人选。"

拉姆斯菲尔德的辩解也被他当时所写的备忘录所印证了,布什在中情局负责人人选的名单上排名并不比其他人靠前。切尼说,福特的中情局负责人第一人选实际上是埃利奥特·理查森,但理查森是基辛格的眼中钉,于是布什成了最后一刻的替补。①

有一件事几乎没有争议:大家都很欢迎迪克·切尼升任白宫幕僚长。斯考克罗夫特后来成为切尼最亲密的朋友之一②,他形容那个时期的切尼是个"平和、低调的人,努力完成工作,努力让事情顺利进行,巨细无遗。他就是个靠得住的脚踏实地的人"③。哥伦比亚广播公司新闻记者鲍勃·希弗认为切尼非常了不起。他说:"他是我打过交道的白宫工作人员中最棒的,非常正直。完全超党派。他清楚地知道发生了什么事,从来不会家丑外扬,但他会告诉你:'不,那不

---

① 拉姆斯菲尔德仍对乔治·H.W.布什在书中散布谣言怒不可遏。四十年后,在得克萨斯州卡城的一次采访中,我问第四十一任总统,他是否相信拉姆斯菲尔德密谋把他送交中情局。"那是普遍的看法,"布什回答说,"但他否认了,我接受了他的说法。我没有理由怀疑他,也没有理由怀疑他在这件事上的赌咒发誓。"如果这是为了向他的老对手拉姆斯菲尔德伸出橄榄枝的话,在随后的一次采访中,拉姆斯菲尔德将其一把挥开。"这是个聪明的回答,"他怒气冲冲地说,"但你知道他在书中写了什么。我永远无法理解的是,为什么乔治·赫伯特·沃克·布什不接受福特总统的说法。"
② 几十年后,斯考克罗夫特和切尼因伊战问题而断了往来,当时斯考克罗夫特在《华尔街日报》的一篇文章中反对美国入侵伊拉克。斯考克罗夫特谈到旧友切尼时说:"我认识他三十年了。但他已经不是我认识的那个迪克·切尼了。"
③ 二〇一六年三月九日对鲍勃·希弗的采访。

对；这是对的——或者这事我不能跟你说。'"

"切尼和唐一样坚决,"特里·奥唐奈尔说,"但他不像唐那样生硬唐突。他的管理风格比较温和。他俩都致力于取得成效,但是切尼在做的时候会给大家甜头。"

切尼领导下的白宫团队火力全开。福特的演讲稿撰写人、年轻的大卫·格根曾为四位总统效力,他认为当时的总统任期表现胜过他效力过的其他总统。他说:"人事变动以后,迪克搬了进来,我非常高兴。我觉得当时那里真的很热闹,因为我们的总统已经逐渐适应了这份工作,我们有个很能干的新幕僚长,工作人员也互相欣赏。"福特在国会更有影响力,他的民调数字也在攀升。他现在的连任前景很大程度上取决于一个三十三岁的年轻人——这个人曾经被大学开除,而且带着醉意在牢房地上醒来。①

与里根的竞争越激烈,福特就越依赖切尼。格根回忆道:"里根一有机会开口就开始攻击我们,情况混乱不堪。迪克不仅赢得了总统的信任,还让他意识到'我必须有一个强有力的幕僚长才能让事情顺利进行'。总统给了迪克更多的权力。而迪克·切尼在那些日子里是一位举足轻重的幕僚长。我们不少人都认为他终有一天会成为一个伟大的总统候选人。"②

在福特的竞选团队中还有一位关键人物,是位积极进取的崭露头角的休斯敦律师,名叫詹姆斯·A. 贝克三世。他魅力非凡、长相英俊、口齿伶俐,具有不可思议的组织能力和优雅的举止,令人过目难忘。在确保福特获得党内提名的行动中,贝克被派去负责点票。

一九七六年八月十五日,福特参加了在堪萨斯城举行的共和党全

---

① "很长一段时间以来,我不认为杰瑞·福特知道我去为他工作时,只有三十三岁,而当我接手时,我才三十四岁。"切尼对我说,"我记得那天我带我父母去椭圆形办公室见他。我们玩得很开心,拍了照,跟我孩子、我妈、我爸、我妻子。然后他们离开了,总统念叨了半天说我父亲看起来是多么年轻——他身材极好,整个人看起来非常好。事实是我爸就比他年轻。"

② David Gergen, *Eyewitness to Power*, 135.

国代表大会,获得了一千一百三十五张票,比他获胜所需的还多出五票。但贝克警告说,其中一部分投票是"不坚定的",可能会转投罗纳德·里根。在一场狼狈不堪的争斗中,福特被迫承认自己的外交政策有误,但他最终还是赢了。①

当福特最终以共和党总统候选人的身份离开堪萨斯城时,他的民调支持率下降了三十三个百分点。一个月前,吉米·卡特赢得了民主党总统候选人提名。卡特争分夺秒地抨击福特赦免尼克松一事,不断拿"水门事件"说事。这位口口声声说自己"永远不会撒谎"的道貌岸然的局外人,成了十一月赢得大选的最热门人选。

接下来还有更多的麻烦。与卡特进行第二轮总统辩论时,福特在回答《纽约时报》记者马克斯·弗兰克尔有关波兰的问题时宣称:"东欧没有苏联的统治,只要有福特政府在,苏联就永远不会控制东欧。"弗兰克尔持怀疑态度,他给了福特一个纠正自己的机会,指出苏联"占领了那里的大部分国家"。但福特固执地坚称:"那里的每个国家都是独立自主的。"

迫于切尼和斯宾塞的压力,福特在几天后纠正了自己的出言不慎。② 在与卡特的第三场辩论中,他表现稳定,之后开始大步前进。③ 在竞选活动的最后几周,福特的行程达一万五千英里,途经十七个

---

① 为了安抚他的保守派代表,福特同意不反对党内纲领中谴责与苏联缓和关系的措辞。这让缓和两国关系的设计师亨利·基辛格大发雷霆。但福特在切尼和斯宾塞的支持下辩称:"看这里,我们没有票数来阻止它。你想赢得这次投票而失去提名吗?"
② 切尼回忆道,"我们必须把这事收拾干净。我们让福特坐下来,说:'总统先生,你得出去说你明白苏联仍然统治着东欧。'然后他说:'哦,好吧,我会去的。'于是我们叫来了各方的媒体,当我们走出去的时候,他用脚后跟转了转身体,戳了戳我的胸口说:'波兰不是由苏联统治的!'"切尼顿时脸色苍白。但福特走了出去,尽职尽责地纠正了自己的口误。
③ 吉米·卡特自己也犯了一些错误。身为浸信会教徒,这位提名人向《花花公子》坦言:"我带着邪念看过很多女人——我在心里犯了通奸罪。"

州，大肆宣传他在就业、经济复苏、降低通胀以及和平等方面取得的成就。聚集在他周围的人越来越多。福特自信地谈到了他的第二任期的计划：与苏联达成军备控制协议；中东和平解决方案；中产阶级税收减免；到一九八〇年实现预算平衡。在选举前夜，福特抵达家乡大急流城，他精疲力竭，声音嘶哑，却对前景感到兴奋。最后一次盖洛普民意测验显示，他以百分之四十七对百分之四十六的支持率领先。

第二天早上，福特在一所高中的投票站投了票；当天下午，他和切尼飞回华盛顿，安顿下来观看选举报道。当晚，在白宫官邸各处大约安置了六台电视机，福特召集他的家人和朋友来观看，包括戴维·肯纳利、鲍勃·多尔和伊丽莎白·多尔——当然还有切尼。

初期反馈是形势严峻。午夜之前，卡特拿下了十一个州。这位总统回忆说，当福特拿下加州时，"票数还是很接近，我们还有赢的希望"。① 当晚福特休息时，结果还不明确。但是在凌晨一点半，卡特拿下俄亥俄州后胜券在握；新闻秘书罗恩·尼森上楼去了总统官邸，向总统汇报了这个消息。

"我永远不会忘记他脸上的表情，"② 尼森回忆道，"他败给了一位名不见经传、仅仅担任过一届佐治亚州州长的人。他完全崩溃了。"那天上午晚些时候，福特的声音虚弱而沙哑，他拨通了卡特的电话。他把电话递给切尼，切尼妥协了。切尼后来写道："要说吉米·卡特听到我的声音会开心，也就是在那个时候了。我对这事无所谓。"③

卡特胜出的结果是自一九一六年伍德罗·威尔逊以来选举人票数最接近的一次。来自俄亥俄州和夏威夷州的区区九千多张选票本来可能改变选举的结果。几十年后，你仍然可以从切尼的语气中听出失

---

① James Cannon, *Gerald R. Ford: An Honorable Life*, 440.
② 二〇一五年二月二十七日对罗恩·尼森的采访。
③ Dick Cheney with Liz Cheney, *In My Time: A Personal Political Memoir*（New York：Threshold Editions, 2011），107.

望。他说:"我们的差距太小了。我觉得如果再给我们一周时间,我们可能会成功。"

白宫资深助理奥唐奈尔说,尼克松的丑闻曝光后,尽管困难重重,拉姆斯菲尔德和切尼的表现还是差点帮福特赢得了连任。"唐带着总统的信任和信心进入白宫,随后迪克加入,他们让白宫变得更坚强有力,变得更好。尽管遭遇了特赦事件、水门丑闻以及国内的政治毒害,但他俩领着总统回到了过去的某一刻,总统重整旗鼓并差点再次赢得选举。"

拉姆斯菲尔德说:"你们看到的这个被称为白宫的地方,曾经被玷污、损害,一度遍体鳞伤、名誉扫地。而我们的总统从来没有竞选过副总统或总统,我们的经济一蹶不振。一场可怕的战争以极为艰难的方式结束。"四十年后,拉姆斯菲尔德仍坚持认为,当杰拉德·福特的幕僚长"无疑是我做过的最艰难的工作"。

相比之下,切尼却乐在其中,充分利用了第二次机遇。他回忆道:"我从岩泉监狱一路走上了白宫幕僚长的位置。这中间隔了千山万水。我爱这一路的经历。我喜欢杰里·福特,喜欢和他一起工作。为我工作的员工也非常出色。我第一次接触政治斗争时结下的各种关系持续了一辈子。"

切尼渴望亲自进入这个竞技场,参与竞选——那里会有更多仗要打。

一九七七年一月二十日,切尼最后一次去他在白宫西翼的办公室上班。在一个告别派对上,他的工作人员送给他一份礼物:一个破旧的汽车座椅——这是向他在特勤局的外号致敬。还有一样东西。

切尼回忆说:"那是一块巨大的胶合板,上面装了个自行车轮子,轮子和轮毂之间的辐条除了一根外,其他都断了。他们在轮子下面贴了一张纸条。"上面写着:

"轮辐"是一种罕见的管理形式,由杰拉德·福特构思,迪克·切尼改进。

切尼珍爱这份礼物。但他认为这个坏掉的车轮不应该放在他家车库的架子上积灰。切尼一直在给卡特的过渡团队提供建议,包括他的高级助手汉密尔顿·乔丹。切尼回忆说:"当我们准备离开的时候,我听到吉米·卡特正在接受采访。当被问及如何管理白宫时,他说,嗯,他认同'轮辐'理论——福特也说过同样的话,用的是同样的措辞。"

切尼把破损的车轮支在了幕僚长办公室里,当天晚些时候汉密尔顿·乔丹将会搬进去。他在上面钉了一张纸条:

亲爱的汉密尔顿,
要当心轮辐。
此致
迪克·切尼

# 第三章 "房间里最聪明的那个人"

汉密尔顿·乔丹、杰克·沃森和吉米·卡特

　　吉米·卡特挤进了停在亚特兰大威廉·B.哈茨菲尔德国际机场停机坪上的小型螺旋桨飞机。那天是一九七六年六月十日,离美国选出下一任总统只有五个月的时间。他对面的座位上是一位年轻的律师,长得像个偶像明星,名叫杰克·沃森。他们有理由高兴:卡特,一个花生种植园主,仅做过一届佐治亚州州长,通过一场堂·吉诃德式的不计一切代价的竞选,从默默无闻走到了总统宝座的边缘。但是沃森很担心。"我认为他可能是二十世纪以来当选的人里面最聪明的一个。"多年后,沃森回忆起他当年跟随此人入主白宫的情景。"我不是随便说说的。我一直记得伍德罗·威尔逊、西奥多·罗斯福和富兰克林·罗斯福总统。但他从未担任过联邦政府官员,从未进入国会,从未担任过内阁部长,在党内也不是大人物。大多数总统上任时已经储备了多年的人脉,有一般的也有特定的,卡特却并不具备这一切。"①

　　几个月前,就在这位胜算不大的候选人赢得关键的宾夕法尼亚州初选之后,卡特信任的顾问之一沃森警觉了起来:"我有点顿悟,'我的天,这家伙很有可能成为美国总统啊。'要说外来者居上,卡特就是最典型的例子。"沃森开始马不停蹄地写备忘录给卡特,准备候选人需要面对的问题:"他将被迫做出什么决策,什么决定是他需要了解以便延续下去的,什么立法提案程序需要立即开始行动——而为了做到这些,他需要了解哪些情况,他需要什么信息?"

在起飞的当天,卡特曾召见沃森,谈为他的任期作准备一事。沃森回忆道:"机上只有吉米、我和飞行员。起飞前,我们在跑道上,飞机的单引擎轰鸣;我们几乎听不见对方讲话。他差不多是在喊:'我想就这么做。要是成功的话,交接期间我会按照你给我的工作大纲来。'"沃森的建议受到如此重视,他欣喜若狂。但是卡特接下来说的话又让他大吃一惊。沃森回忆道:"他那双蓝眼睛就这么看着我,脸上没有笑容。他说:'我要你去做。'"

沃森有点惶惑,感觉措手不及。这倒不是说他觉得自己无法胜任总统交接的挑战;但是沃森坚信,像卡特这样典型的局外人,和一个深谙华盛顿游戏规则的局内人合作会更好。(沃森甚至已经想好了一位人选:约翰·加德纳,卫生教育和福利部的前负责人。)"哦,不,不行——我不是这个职位的合适人选,我对此知之甚少,别人也不够了解我,"沃森拒绝道,"我也没什么人望。"但卡特很坚决:"不,你就是那个人选。他们不了解我。我也不了解他们。而你了解我。你知道我的行事方式。你知道我的想法。你懂我的目标。而我打心眼里相信你会以正确的心态和正确的方式来做这事。"沃森明白卡特此时已经决定了:"他是在下命令,而不是说'来,我们谈谈这事'。"

卡特有充分的理由相信他的顾问。沃森毕业于哈佛大学法学院,是亚特兰大一家一流律师事务所里冉冉上升的新星,时年三十八岁,他风度翩翩、魅力四射、做事专注——他还是卡特的密友兼导师、民主党州主席查尔斯·柯尔博的门徒。卡特从未忘记他与沃森第一次见

---

① 二〇一一年对杰克·沃森的采访。议院的民主党议长托马斯·P."蒂普"·奥尼尔写道:"在理解当今问题时,吉米·卡特是我所知道的最聪明的公职人员。"《华盛顿邮报》的出版人凯瑟琳·格雷厄姆对此表示赞同,她说:"卡特是我一生中迄今见过的最聪明的总统。"

面的情景:一九六六年,这位年轻的律师骑着摩托车来到卡特位于佐治亚州普莱恩斯的花生农场。卡特回忆道:"他口才很好,外型很帅,像电影明星一样。无论是从政治角度还是从个人角度来说,我非常高兴杰克能成为我的新朋友和支持者。"

沃森被卡特钢铁般的意志和兼收并蓄的才智迷住了:他曾在海军核潜艇上受训,能够头头是道地谈论洲际导弹的有效载重量以及雷茵霍尔德·尼布尔①的政治理论。沃森说:"他是我所遇见过的人里面最自信的。他有一种惊人的能力,能够吸收和消化五花八门的学科信息,并能有条理地把信息提取出来,加以应用。"

沃森开始着手准备协助这位彻头彻尾的局外人成为美国第三十九任总统。艾伦·诺瓦克与沃森在其位于弗吉尼亚州麦克莱恩的家庭聚会上相识,他回忆道:"沃森说:'我负责把吉米·卡特介绍给华盛顿特区的权力中心。'"② 诺瓦克来自布鲁克林,是一位说话直言不讳的律师,以优异的成绩毕业于耶鲁大学法学院,他说沃森似乎无可指摘到了荒唐可笑的地步。"杰克的优点不在于他的才智,而在于他的自律。"他说,"我们过去常拿他的桌子开玩笑。他会把桌子擦得锃亮。桌面总是闪闪发光,一尘不染。"沃森曾是美国海军陆战队某精锐特种作战部队的一员,他做起这些事情似乎毫不费力。

在位于杜邦环岛③的一间办公室里,沃森成了卡特驻华盛顿特区的使节。对于佐治亚州州长而言,这个地方陌生得如同异域,就好像是开伯尔山口④。当然,没人比沃森更适合去跟乔治敦的名媛⑤以及

---

① 二十世纪美国最著名的神学家、思想家,是新正统派神学的代表、基督教现实主义的奠基人。他的思想和活动是二十世纪美国社会变革的推动力量。——译者
② 二〇一四年二月八日对艾伦·诺瓦克的采访。
③ Dupont Circle,位于华盛顿特区西北的一个交通环岛、公园和历史社区。——译者
④ Khyber Pass,中亚地区与南亚次大陆之间最大且最重要的山隘,位于连接巴基斯坦和阿富汗的兴都库什山脉。——译者
⑤ Doyennes of Georgetown,乔治敦位于华盛顿特区,这里是政客活跃、社交频繁的地方,此处应是指政客或使团要人的夫人等。——译者

国务院①和国会山的官员们打交道了。正如诺瓦克所回忆的那样："卡特无疑是个异物,让华盛顿社会为之一震——就像当年安德鲁·杰克逊入主白宫时那样:不穿鞋的土包子以及许多诸如此类的笑话。所有这些笑话针对的都是来自佐治亚州的乡巴佬卡特。杰克则与之形成鲜明对比。杰克的工作是和克拉克·克利福德②夫妇以及那些有权有势的人共进午餐。他聪明、谦逊、善于聆听,非常迷人。这些人都喜欢他:'行,好吧,希望吉米·卡特就是这样的人!'"

但是,沃森在华盛顿的过渡团队和亚特兰大的竞选团队之间很快将会划清界限,亚特兰大的竞选团队是一群关系密切的忠实拥趸,他们已经为自己的候选人不懈地工作了近两年。这也许是有史以来为总统候选人召集的最年轻、最忠诚的核心圈子。(直到二〇〇八年巴拉克·奥巴马更年轻的团队出现。)三十二岁的乔迪·鲍威尔是佐治亚州维也纳城的一名政治学研究生,他脑子活,言语犀利,在给卡特当司机期间两人关系逐渐密切;他极力维护他们的关系不让他人插进来。斯图尔特·艾森斯塔特也是三十二岁,是亚特兰大的一名律师,他戴着眼镜,头脑清醒,擅长国内事务。但这群人中最出色的是三十一岁的汉密尔顿·乔丹。

汉密尔顿·乔丹和吉米·卡特十年前就相识相知了,当时,卡特刚刚开始了他那不幸落败的第一次州长竞选,而乔丹则是佐治亚大学里一个自以为是、雄心勃勃、大学联谊会男孩。听了卡特的一次演讲后,乔丹辞去了喷药杀蚊虫的暑期工作③,从此没有回头。二十六岁那年,他成功地操办了卡特一九七〇年的州长竞选;第二年,他成了

---

① 此处用的是俚语 Foggy Bottom,作为美国国务院的别称,它是在讽刺其发言人的话经常含糊不清。——译者
② 曾任杜鲁门总统的海军助理及总统法律顾问,对杜鲁门主义的形成和国防部的建立有较大的影响。还曾担任肯尼迪总统的外交顾问,林登·约翰逊总统的国防部长。——译者
③ Peter G. Bourne, *Jimmy Carter: A Comprehensive Biography from Plains to Post-presidency* (New York: Scribner, 1997), 155.

卡特的执行秘书，或称办公室主任。与温文尔雅的沃森形成鲜明对比的是，乔丹是一个毫不掩饰的佐治亚州大男孩。① 正如卡特的传记作者彼得·伯恩所言："他不仅缺乏卡特所具备的那种光鲜，而且刻意避免往那个方向发展。"②

乔丹是一个早熟的才华横溢的政治战略家，与这位虔诚而高尚的候选人是绝佳搭配。"既想凌驾于政治之上又想参与政治的卡特，只把这当作达到目的的手段。"伯恩写道，"乔丹……则喜欢政治，对于为取胜而做的必要之举几乎从不感到内疚。"一九七二年，也就是卡特开始其几近可笑的总统竞选的前两年，乔丹写了一份长达五十九页的备忘录③，详细说明了要胜选的步骤和理由，这份蓝图后来成为传奇之作：

> 我认为，你应该努力塑造这样一个非常成功、心系国家的佐治亚州前州长形象，一个住在乡村小镇上的花生农形象，就当今世界的相关问题畅所欲言。一旦你的名字开始出现在全国媒体上，就会不乏邀请，从而有机会在大团体和大会上发言。

"他具有我所见过的最出色的战略头脑。"④ 后来成为白宫通讯联络主管的杰拉德·拉夫肖恩说。桀骜不驯、爱自嘲又潇洒的乔丹有一个忠实的追随者。詹姆斯·法洛斯是卡特的演讲稿撰写人，时年二十五岁，他说乔丹这种乳臭未干（dirt-behind-the-ears）的形象很有吸引力。"他经常被描绘成一个没规矩的乡巴佬，有点像伯特·雷诺兹⑤

---

① 乔迪·鲍威尔实际上在一个种植棉花和花生的农场长大，那里离卡特家只有几英里。但在风格和举止上，他比汉密尔顿·乔丹更有乡土气息。
② Peter G. Bourne, *Jimmy Carter: A Comprehensive Biography from Plains to Post-presidency* (New York: Scribner, 1997), 185.
③ 1976 Presidential Campaign Director's Office, Campaign Director—Hamilton Jordan, Memorandum—Hamilton Jordan to Jimmy Carter, 11/4/72, Box 199.
④ 二〇一三年九月二十三日对杰拉德·拉夫肖恩的采访。
⑤ 美国演员、导演及制片人，以出演大胡子形象的底层人出名。——译者

白宫幕僚长

或多帕奇区①来的小子。但他是个真正的好人。"②

当乔丹和他的竞选团队奔波于全国作巡回宣传时,沃森组建了一个过渡班子;在接下来的四个月里,他们就卡特上任后需要了解的一切——从能源政策到外交事务③——编写了详细的简报。为了寻求建议,沃森去找了杜鲁门总统的智囊克拉克·克利福德,以及华盛顿的其他大拿:肯尼迪的泰德·索伦森;林登·约翰逊的比尔·莫耶斯和约瑟夫·卡利法诺;尼克松的弗雷德·马莱克;以及专门研究总统的学者理查德·纽斯塔特和斯蒂芬·赫斯。他列出了新一届政府中有才能的候选人名单,沃森的过渡工作将成为未来各届政府的典范。伯恩写道:"在这之前或之后,没有一位候任总统为接任总统职位做过如此全面的准备。"

但是,有关沃森在华盛顿活动的消息却像一枚炸弹一样落在了卡特的亚特兰大竞选总部。就在卡特当选几天后,一场激烈的窝里斗开始了:沃森及其团队与乔丹及其竞选工作人员展开了较量。两大阵营的痛苦决裂,与文化相关,也与代际相关。法洛斯说:"在汉密尔顿和乔迪看来,沃森年纪够大,是个成年人了。沃森相貌英俊,仪表堂堂,井井有条。汉密尔顿走路跟跟跄跄,你走进他的办公室,不仅看不到他的办公桌,连人也找不着。汉密尔顿和乔迪的态度是,'行,你去试试,要是你凌晨三点就得从佐治亚州阿梅里克斯的贝斯特韦斯特酒店④爬起来,你看看什么感觉,你看看你能收拾得多整齐'。"

"我们每天都要为竞选苦干十八个小时,其间还要考虑政策问题。"⑤ 艾森斯塔特回忆起了四十年前的事,"在我们不知情的情况下,卡特已经安排好了——不妨委婉一点——一个过渡期等待行动,

---

① 特指美国南方的贫困区,住户大都粗野、缺乏教育。——译者
② 二〇一四年十一月十九日对詹姆斯·法洛斯的采访。
③ 沃森和诺瓦克指派各团队制作了二十四个文件夹,其中是从经济学到外交政策等主题的详尽研究。
④ 美国廉价连锁酒店集团。——译者
⑤ 二〇一五年五月十五日对斯图·艾森斯塔特的采访。

其中有一些非常优秀的人。然后杰克被任命为过渡班子的头。问题不在于杰克在做什么，而在于从竞选工作人员的角度来看，他似乎在壮大权力，想当上幕僚长，然后把自己的人带过来。"

乔丹和艾森斯塔特对此表示惊慌，他们确信沃森正在夺权。当时的白宫助手大卫·鲁宾斯坦还很年轻，他说："卡特有一批真正的信徒，他们为竞选投入了一切：乔迪、汉密尔顿他们这批人。在他们看来，沃森的意思是，'好了，我负责交接——还有竞选团队，非常感谢你们，你们可以走啦！'"①

实际上，沃森只是在执行卡特的命令。诺瓦克说："他是一个尽职的公务员，在华盛顿为总统工作，没有任何图谋。与此同时，普莱恩斯的政治活动家们带着各自的目的来见卡特，对总统没完没了地说着。"的确，乔丹和拉夫肖恩也带着很明确的诉求去见了卡特。拉夫肖恩说："汉密尔顿和我告诉吉米，杰克·沃森不适合担任白宫幕僚长。"

卡特讨厌员工之间的争斗，他参透了其中的意思：乔丹要成为同僚之首。沃森回忆道："吉米打电话给我说：'我想让汉密尔顿当头儿。'"② 沃森将不再负责招聘，也不再可能当上幕僚长。一位专栏作家说他如同"行尸走肉"。诺瓦克说："这对杰克来说是个很大的打击。他从来没有就这事跟我提过只言片语——只是说'这是吉米想要的'。"沃森说："我并不认为自己是个幼稚的人，但是我对这一切没有思想准备；这简直就是一颗炸弹。"他继续尽职尽责地为卡特的总统任期做准备，但他与乔丹及其团队的关系已经彻底完了。几年后，沃森自嘲道："过渡期过去两个月后，我才觉得自己能安全开车。"③

沃森的降职将对卡特的总统任期产生巨大影响。从根本上说，是

---

① 二〇一五年五月十四日对大卫·鲁宾斯坦的采访。
② 二〇一五年二月十七日对杰克·沃森的采访。
③ Samuel Kernell and Samuel Popkin, eds., *Chief of Staff*, 189.

理念上的分歧。对乔丹而言，卡特赢得选举意味着一件事：局外人赢了；当权派输了。新政府将对美国人民负责，而不是对国会山的权势阶层负责。"卡特和他周围的人都认为：'我们不会被你们的帝国作风所腐化。'"六十六岁的法洛斯说，"共和党中的茶党人士①就是这些人的现代化身——他们认为自己当选是对一切照旧的通盘否定。参加竞选的人都有这样的感觉。这是一个大家都没当回事的人，是佐治亚州的前州长——所以给人的感觉是'太阳王'路易十四的宫廷被小觑了。"

在竞选团队看来，卡特派往华盛顿与精英们打交道的特使沃森过于安于现状。鲁宾斯坦说："杰克雇的人有哈佛和耶鲁的文凭，而汉密尔顿不是那种有哈佛和耶鲁文凭的人。"为了突出这一点，在接受《花花公子》采访时，乔丹撂下一句狠话。"如果卡特政府任命塞勒斯·万斯为国务卿、兹比格涅夫·布热津斯基为国家安全顾问。"乔丹警告说，"那么我会认为我们败了，我会辞职。但事情不会走到这一步。"②（事实上，确实这样任命了——而乔丹并没有辞职。不过，通过这一警告可以看出乔丹的态度相当激愤。）

多年后，乔丹的盟友拉夫肖恩回顾了两人之间这场过节的激烈程度。过往的敌意尚未散尽，他语带轻蔑地说："杰克像个童子军，他跟所有和我们作对的人关系都很融洽——在华盛顿不都这样吗。我觉得他得意忘形了。每个人都在拍他马屁。然后突然之间他开始跟人说他要用他们。他雇的是我们的敌人。"

回顾过往，沃森说："我尽力做到善解人意、协作、配合，而不是自我推销。我尽我所能来避免这种情况。在这个神秘莫测的领域，

---

① 茶党运动是二〇〇九年在美国兴起的运动，语出一七七三年波士顿倾茶事件。二〇〇九年二月，奥巴马宣布了二千七百五十亿美元的住房援助方案。遭 NBC 财经频道记者里克·桑塔利在直播节目时痛批，并公开呼吁美国应该再组"茶党"。之后对政府救市计划不满的民众开始在网上集结为"茶党"。——译者

② Marilyn Berger, "Cyrus R. Vance, a Confidant of Presidents Is Dead at 84," *New York Times*, February 3, 2002.

我的经验有限，我对'地盘意识'没有心理准备。"但是他说，冲突是预料之中的，不是针对个人的。"这几乎就像一部希腊悲剧——我们被卷入洪流，洪流有自己的方向和力量。我们遭遇种种压力、劳损和困难，其中许多是间接的；并非我们自己造成的。"

沃森知道，倘若谈到和吉米·卡特心灵相通，他是无法与乔丹匹敌的。他说："卡特与汉密尔顿和乔迪这两个初出茅庐的年轻人之间的关系，从这两人大学毕业时就开始了，他们之间近乎一种父子关系。我和卡特固然亲近，但还没到能一同出游、一起在旅馆过夜那种。我是个外人。"事后看来，艾森斯塔特也认为沃森太聪明了，不会想办法要踢掉卡特最亲密的心腹。"杰克不是那种权欲心极强的人。他知道如果与汉密尔顿较量的话，他会败下阵来。"

现在人们的注意力转向一个关键问题：卡特应不应该有个幕僚长？一九七六年十二月，迪克·切尼定期跟卡特的过渡班子碰头①，给新政府提建议。他明确表示：给所有顾问相等的接触总统的机会是不可取的：没有一个强大的守门人，卡特会招架不住。② 拉姆斯菲尔德也给了沃森同样的警告。沃森回忆道："切尼和拉姆斯菲尔德说：'那个"轮辐"模式是一派胡言。**听清楚了，别这样做。**'"

但卡特的某些顾问——尤其是来自学术界的——主张重拾肯尼迪和约翰逊时代的模式：一个没有幕僚长的白宫。这种方式已经尝试过，结果发现行不通，但他们对此不以为然。哈佛大学学者诺伊施塔特认为，幕僚长会横在中间，使总统接触不到多样化的观点。"他说：'不，你不需要总统代理人，你要的是一群有才华、有多项专长、灵活应变的人。'"沃森回忆道，"但他说的是过去，今天的情形不一样了。"

---

① 二〇一一年七月十五日对迪克·切尼的采访。
② 四十年后忆及当年在交接时期与切尼开的一系列会议，詹姆斯·法洛斯被他的魅力和合作精神所打动："他与我们现在所知道的恶毒之人截然不同。他很幽默，而且没有门户之见。他怎么做到的？"

卡特本能地排斥任何带有尼克松时代"帝国总统"色彩的事情。福特的幕僚长提的建议被认为是可疑的。鲁宾斯坦说:"请注意,卡特当选的部分原因在于他是在和'尼克松-福特'竞争。如果给你提建议的人是你的政敌,你会怎么说?'哦,非常感谢'?还是'你们这么聪明,怎么会没让他连任呢'?"

卡特当时的顾问们知道,在这点上争论不休是徒劳的。艾森斯塔特说:"我认为百分之七十五是受'水门事件'影响,百分之二十五是因为个人的傲慢自大。"过度自信对即将上任的总统来说是一种职业危害——也许对卡特来说尤为如此。法洛斯说:"他曾经是竞选团队的主管,为什么他不能当白宫工作人员的主管呢?任何赢得总统大选的人都会自然而然地认为,获得成功主要是因为其个人。是我本人,是我的品性,我的判断,我的良善。'水门事件'后的卡特尤其如此。自认为是房间里最聪明的人,是很容易出事的。所以我觉得他可能认为他自己能应付。他做其他事也是用了与众不同的方式。这一次为什么就不行呢?"

民主党全国代表大会的当晚,卡特的密友(也是沃森的导师)查尔斯·柯尔博敦促这位被提名人任命沃森为自己的幕僚长。① 但卡特不肯让步,最后厉声说:"我可以保证,查尔斯,杰克在白宫会有他的位置,但我不想再讨论这事了。"

选举的第二天,沃森给总统写了一份备忘录,题为"关于组织总统行政办公室的一些想法"②。

> 至少在一开始,我认为你的五至八名高级助手应该享有同等的地位、薪水以及面见你的机会。实际上,你应该做自己的幕僚长。你无法预测你任命的高层职员将如何应对白宫的独特挑战。

---

① Peter G. Bourne, *Jimmy Carter: A Comprehensive Biography*, 359.
② Memo from Carter library dated November 3, 1976.

> 如果后来在这些高级助手中自然而然地出现一位首席，而你认为任命一位幕僚长将对你有所裨益，那么你可以任命此人。

沃森后来承认，他调整了自己的观念，以期与卡特一致。他说："我所相信的是，要让白宫顺利运作，幕僚长不可或缺，但这是个无法实现的事。"此外，沃森的对手乔丹不想要这个头衔，也不想承担这个责任。他讨厌行政工作①，而且是个完全没有条理的人。鲁宾斯坦说："汉密尔顿的想法是'我来出个好点子，然后给卡特写一份备忘录'。这就是他擅长的。他不擅长管理人；他没有这方面的才能。"

因此，卡特的白宫将围绕着总统运转——乔丹、鲍威尔、艾森斯塔特和沃森享有同样的权限，都能直接去见总统。国家安全顾问布热津斯基和国会联络员弗兰克·摩尔是车轮上的另外两根辐条。艾森斯塔特将担任国内政策首席顾问；鲍威尔，白宫新闻秘书；沃森，政府间事务主管兼内阁秘书②。随着权力被削弱，沃森将在接下来的三年里担任卡特的内阁秘书、州长联络员，并作为总统的麻烦终结者去处理政治危机和自然灾害。

一九七七年一月二十日，汉密尔顿·乔丹搬进了切尼在西翼的办公室。他很快意识到，与总统距离太近所带来的是责任：不管他愿不愿意，他已经成了事实上的幕僚长。乔丹对此的反应是让自己隐形。鲁宾斯坦说："他有一间幕僚长办公室，但他几乎从不在那儿待着，因为他不想接电话做决定。他会躲在EOB［行政办公大楼］或别的什么地方，这样大家就找不到他了。"乔丹继续做他最擅长的事：给

---

① "我会和哈姆在白宫球场上打网球，"法洛斯回忆道，"在那个手机有烤箱那么大的时代——他会接到英国首相打来的电话。他就在他的网球短裤里摸索一些纸条。"
② 卡特在回忆录中提到了沃森的角色："他的职责是看着政府机构的各领导人协调工作，确保州长和其他州官员及地方官员在华盛顿有一个精干的代表。他还安排内阁会议，准备把事情写入会议记录并保证新法律通过后，会得到恰当的、毫不拖延的执行。"但不管这些职责多么重要，沃森已经被踢出了卡特的核心圈子。

总统写备忘录。乔丹的副手兰登·巴特勒回忆起切尼给他上司的建议："'汉密尔顿，幕僚长不该待在这间办公室里写东西。你不能坐那儿三天，就为了写一份备忘录。因为如果那样的话，事情就会堆积如山。'在我看来这是个非常好的意见。但汉密尔顿压根没有听进去。"

乔丹还拒绝接受华盛顿的规矩——不管是着装，还是其他方面。鲁宾斯坦说："在那个年代，不打领带是件新奇的事。汉密尔顿会穿着卡其布裤子来上班，脚蹬工装靴或牛仔靴，不打领带。"资深竞选主管斯图尔特·斯宾塞看不惯乔丹的休闲风格。他说："我记得有一次我走进角落里那间幕僚长办公室——那里闻起来像健身房的味道。地上到处是垃圾。"

艾森斯塔特说："这让人们产生了一种普遍的看法，那就是一帮佐治亚人来到这里，不按规矩办事。汉密尔顿的肩膀上粘着一根薯条——'我们就是要让这些家伙瞧瞧！'这样做很不好。"据一位白宫工作人员回忆："这就像是把拇指放在鼻子上公然表达自己的蔑视。好像在说：'他们不喜欢我，我也不喜欢他们，他们就是一帮混蛋。让他们见鬼去吧！'"

为了强调这一点，乔丹拒绝接听国会议员或参议员的电话。巴特勒说："查克·珀西［极有权势的伊利诺伊州参议员］打来电话——查克·珀西当然希望幕僚长会给他回电话。但汉密尔顿把这事交给我。"① 巴特勒至今依然觉得不可思议，他轻笑了一声说："要不然的话，他会过三四天才回电。"那些不满的权贵把沮丧的情绪发泄在总统身上。鲁宾斯坦回忆说："人们有时会给卡特打电话说：'我不能让汉密尔顿给我回电话，但我可以让你给我回电话。'"

艾森斯塔特说："我喜欢汉密尔顿，他是我见过的最有政治头脑的人。但汉密尔顿对政策的重要细节并不感兴趣。"他也无法理解乔

---

① 二〇一五年四月十三日对兰登·巴特勒的采访。乔丹认为，回电话会在某种程度上降低他的国会联络人弗兰克·摩尔的威信，后者曾在佐治亚州议会为卡特干同样的活。但摩尔对华盛顿来说是个陌生人，许多人认为他不可理喻。

丹为何蔑视基本的行事规则。他说："来自国会山的要求是无止境的，而幕僚长办公室给他们的印象是幕僚长不会回应——回应本是最基本的职责。幕僚长的工作是告知信息，并理解其他人怎么看问题。国会山讨厌意料之外的事，因为那会让他们显得无知无能而且像是被排除在外。"

乔丹平白无故得罪了国会山的权贵，让情况变得更糟。在总统就职典礼之前，马萨诸塞州众议员托马斯·P."蒂普"·奥尼尔要了几张肯尼迪中心某场晚会的票。奥尼尔告诉他的朋友，乔丹给了他几个离舞台非常远的座位——二楼的最后一排。乔丹矢口否认，但是这位大权在握的民主党人、众议院议长——对卡特政府的立法有生杀大权的人——从未原谅他。从那天起，奥尼尔称总统的这位首席助手为"汉尼拔·杰金"①。

在自己的首席助手和国会对峙的当口，卡特正忙于准备一份全面的立法议程。总统在上任一周后的日记中写道："所有人都警告我，不要一上任就开展太多项目，但我认为各项要务根本没办法推迟。"卡特希望立即着手做以下每件事：转变能源政策；改革公务员制度；通过有关巴拿马运河的条约（放弃美国的所有权）；修改税法；改组政府；设立消费者事务机构；控制住院花费；减少通货膨胀；改革社会保障和福利制度。

二〇一一年秋天，我在亚特兰大的卡特中心与第三十九任美国总统进行了交谈。② 已经八十六岁的他体弱多病，但他的决心、精力和信心丝毫未减。身为总统，卡特决心追求他认为高尚和正确的东西。事实上，他身上几乎不具备从政的基本要素。他说："我不是天生的政治家。三十八岁之前我从来没有想过要竞选公职。我当上总统后，我的大多数顾问都说'我们把那些不愉快和不受欢迎的事情往后推

---

① Tip O'Neill with William Novak, *Man of the House: The Life and Political Memoirs of Speaker Tip O'Neill* (New York: Random House, 1987), 311.
② 二〇一一年九月十四日对吉米·卡特的采访。

推吧'，而我没有这么做。我在生活中遇到的问题或者取得的成功——不管怎么称呼它们——就是弄清楚如何实现目标，而不去充分考虑其中的政治因素。"①

总统无法确定事情的轻重缓急。巴特勒说："没过多久，很多事情就冒出来了——远远超乎我们的想象。这些计划要么是强加给总统的，比如巴拿马运河问题、战略武器限制谈判②，要么就是我们自己打算实施的；有四五十项计划在你眼前转悠！"艾森斯塔特感觉到他们的议程正在失控："在白宫，所有的问题不到二十四个小时就都凑到了一起——让你意识到你必须找人来理这团乱麻，搞清楚其中的状况——到底哪件事优先考虑呢，是先弄完你的能源政策，还是先通过经济刺激计划，或是与此同时进行税收改革？华盛顿的事都是相互关联的。**一切都是**。你在一件事上得罪了他们，他们会在下一件事上让你知道他们的厉害。"

卡特就这么一边得罪人一边向前冲。他让《巴拿马运河条约》（Panama Canal Treaty）获得了通过，放弃了美国对这条水道的所有权。这是一项关键的成就，解决了美国殖民主义的遗留问题。但此举也付出了沉重的政治代价，疏远了保守的民主党人。另一个自损之举涉及生活用水项目。杰拉德·福特曾编制预算，计划在全国修建三百二十座水坝；卡特确信这是政治腐败引发的铺张浪费的例证，他决定废除大部分项目，仅留下十九个，由此节省五十一亿美元开支。当该计划在二月底公布时，国会表示反对。总统的国会工作团队未能提前警告他，有重要的参议员和国会议员会提出强烈反对，卡特被迫接受

---

① 除了乔丹，白宫最有政治头脑的可能是第一夫人。沃森说："罗莎琳的政治判断力有时比吉米强——甚至经常比吉米强。"卡特对我说："我不否认这一点，事实上，罗莎琳对总统任期的诸多政治方面比我敏感得多。"
② 指美苏之间自一九六三年起举行的一系列谈判，旨在削减和限制进攻性战略武器。——译者

了一个折中方案。①

这位仅当过一任州长的总统全身心地投入学习中。据布伦特·斯考克罗夫特回忆："我永远不会忘记有一次我和布热津斯基谈论卡特，他说：'他很了不起。我给他一百五十页的文件让他晚上看——他居然**看完了**。他还在页面空白处写了评论。'我说：'兹比格，你这么做太可怕了。他哪有**时间**啊。'"② 对于总统来说，执政上的任何细节均不可小觑。前白宫助理厄尼·米勒回忆说："有一天我们参加一个聚会，我对卡特说：'谢谢你赋予我们权力去做事。'他说：'我没做什么。我就读了你写的备忘录！'我说：'你不单读了，你还纠正了拼写错误！'这就是他所做到的细节，而这些事原本应该由幕僚长来做。"③ 结果反倒是总统事必躬亲，不管是备忘录中的错别字，还是要求在白宫网球场打球这种事，所有文件都是他亲自过问。④

履行总统职责和管理白宫工作人员这两件事，卡特无法兼顾。从霍尔德曼时代起，幕僚长就主持工作人员的晨会。"幕僚长也在安排员工的工作，"艾森斯塔特解释说，"你手下有管理预算办公室的人，有与国会联络的人，有法律顾问办公室的人，有国家安全委员会和国内政策办公室的人——每个人都有自己的职责；他们互相了解其他人在做什么是至关重要的。"工作人员会议是举行了，但是乔丹很少出席。

最初，卡特取得了一些成功：在国内，他取消了对天然气的管制，成立了一个新的能源部，并通过了一项政府重组法案。在外交事务上，除了《巴拿马运河条约》，他还通过谈判达成了《第二阶段战

---

① 关于"那些毫无价值的水坝项目"的计划，他后来写道："我为此后悔，一如我为我作为总统所做的任何预算决定感到后悔。"
② 二〇一四年五月七日对布伦特·斯考克罗夫特的采访。
③ 二〇一四年二月五日对厄尼·米勒的采访。
④ Memo from Carter Library dated May 26, 1977. 尽管卡特的某些忠实支持者质疑总统是否真的安排了在白宫网球场的比赛，但卡特图书馆的一份备忘录证实了这一点。

略武器限制条约》（SALT Ⅱ Accord）；恢复了与中国的关系；并为以色列和埃及之间的《戴维营协议》（Camp David Accords）奠定了基础。推动世界各国尊重人权被公认为美国外交政策的基本原则。

但是随着第一年的任期结束，卡特遇到了麻烦。他早已宣布国家能源政策"在道德上等同于战争"。（媒体用首字母缩写"喵"来嘲笑此说。①）但他授权能源部长詹姆斯·施莱辛格实施的法案极其复杂，在国会停滞不前。卡特因为反对新的开支计划，早已得罪了许多保守的民主党人，疏远了党内的自由派。他的支持率暴跌至百分之三十四。总统看上去憔悴而苍老。卡特在日记中写道："显然，在我们的各种事务上我都同时参与太多，我需要集中精力于能源问题，争取通过一项可以接受的计划。"但是具体做起来，卡特并没有专注一件，而是针对全盘更加卖力工作。巴特勒说："我们大概有两百人，他们都是俊才，全都充满激情、非常努力。所以必须有人定下议事日程，必须有人定个基调，说这个很重要，那个不重要。而这可不容易做到。"在艾森斯塔特的敦促下，副总统沃尔特·蒙代尔被派去按照各项事务需要关注的程度来排列优先等级，分别为总统级、副总统级、内阁级。但即使这样也没有解决问题。正如艾森斯塔特所指出的，"你需要有人来执行它们。那不可能是副总统"。

还有更糟的事要发生。首先，行政管理与预算办公室主管伯特·兰斯——可能是卡特最亲密的朋友和知己——卷入了丑闻，被指控在担任佐治亚州国家银行行长期间允许亲信不当透支。兰斯苦苦挣扎了好几个月（在此期间卡特坚定地支持他），最后以辞职收场。经济急剧放缓，通货膨胀飙升；批发物价指数上涨14%。然后，最令人震惊的事情发生了：石油输出国组织（OPEC）宣布将石油价格上调百分之五十。

---

① "在道德上等同于战争"的英文是 moral equivalent of war，首字母为 MEOW，即猫叫声。——译者

随着卡特面临的挑战逐步增加，他的幕僚长正经历着一场个人危机。乔丹下班后的行为变得难以捉摸，如果不说是无所顾忌的话。"他有几个朋友，从佐治亚州来的大学联谊会的兄弟，他们会来找他，而他一出去就会惹麻烦。"巴特勒回忆说，"他的个人生活一团糟——我的意思是，他确实在车里住了一段时间。"乔丹的婚姻即将破裂。即便他有家可回，巴特勒也得确保乔丹能安然无恙地到家。"不止一个晚上，我不得不扶他上车——上**我的**车，而不是他的。"

华盛顿的记者团对此见怪不怪，但乔丹的放浪形骸与卡特的为人端正格格不入，这正好满足了记者团天生的愤世嫉俗。很多在竞选期间看似无害的行为，如今在他们入主白宫后便不同了。正如传记作家伯恩所言："不敬、好色、酗酒……往往会促进工作人员和随行的记者团之间的融洽关系，记者团本身并不总是厌恶这些恶习。但如此一来就没了尊重。"

不尊重是双向的：乔丹和鲍威尔避开了乔治敦多次聚会的邀请，因为媒体在那里等着他们。"我们没有意识到疏于社交的后果，等清醒过来为时已晚。"① 鲍威尔后来写道，"华盛顿的一部分人觉得我们傲慢自大，把每一件我们引以为憾的事都理解为怠慢。另一些人[以为]白宫已经被西哥特人②接管了。"鲍威尔在回应批评性报道时极易生气，对那些他认为是在散布谣言的记者大加指责。因此，当华盛顿记者团对围绕卡特的幕僚长的流言蜚语进行猛烈抨击时，后果是爆炸性的。

一九七七年十二月十八日，据《华盛顿邮报》的萨利·奎因报道，乔丹参加了一个聚会，在那里遇到了埃及大使的妻子。对比，奎因记忆犹新，乔丹"盯着她丰满的前胸，扯了扯她带弹性的胸衣，

---

① Jody Powell, *The Other Side of the Story: Why the News Is Often Wrong, Unsupportable and Unfair—an Insider's View by the Former Presidential Press Secretary* (New York: William Morrow and Company, Inc., 1984), 111.
② 东日耳曼部落的两个主要分支之一，是摧毁罗马帝国的众多蛮族之一。——译者

然后用周围人听得到的音量说：'我一直想去看看金字塔。'"这个故事被各通讯社大肆报道，传遍了全世界，与此同时白宫方面则否认发生过这样的事。乔丹也极力否认。但"金字塔事件"只是个开端，它将对乔丹和政府造成持久的伤害。

一九七八年一月十日，乔丹和妻子南希宣布分居。一个月后，《华盛顿邮报周日杂志》（*Washington Post Sunday Magazine*）刊登了另一篇关于卡特总统幕僚长的报道，鲍威尔后来称之为"我读过的最垃圾的新闻报道"。在华盛顿的一个单身人士酒吧里，乔丹大概是被一位年轻女子拒绝了；于是他把饮料吐在了她衣服的前襟。所谓的"苦杏酒和奶油"事件激怒了鲍威尔，他对《华盛顿邮报》的报道展开了调查，然后向记者团分发了一份三十三页的反证材料。"我对'金字塔事件'反应不足，"鲍威尔写道，"我决意不再犯同样的错误。我确实没犯。我犯了完全相反的错误，带来了更为灾难性的后果。"鲍威尔的过度反应导致这个故事被津津乐道了数周，而通常只有超级大国峰会或自然灾害才会有这样的媒体热度。因此，鲍威尔写道："汉密尔顿已经被视为……一个毫无政治敏感性的人。"

到一九七九年夏天时，卡特的总统任期四面楚歌。石油输出国组织的大幅涨价导致了严重的石油短缺，等待加油的队伍长达数英里，司机们怒火中烧，甚至爆发了斗殴。通货膨胀继续飙升。最令人吃惊的是，美国的长期盟友伊朗国王在一次由激进的伊朗毛拉发动的政变中被推翻，中央情报局对此完全措手不及。

正如凯文·马特森在《你到底在搞什么鬼，总统先生？》（*What the Heck Are You Up To, President?*）一书中写道：

> 一九七九年，是宣布美国世纪完结的好年头……。[①] 一如在

---

[①] Kevin Mattson, "*What the Heck Are You Up To, Mr. President?*"*: Jimmy Carter, America's "Malaise," and the Speech That Should Have Changed the Country* (New York: Bloomsbury, 2009), 13.

越南，美国感到被第三世界国家打败了。不止这里，国内的损失更为惨重……。天然气价格低廉、取之不尽——还有什么比这更能体现美国实力的呢？——的时代**已经结束了**。随着天然气供应减少、价格上涨，通货膨胀率也会不断上升，上升，直至两位数。二十世纪六十年代的繁荣——在经济繁荣的推动下大多数行业都水涨船高地漂了起来——现在已然崩溃……美国人看起来就像生活在行将没落的帝国。

卡特结束了马拉松式的海外之旅，精疲力尽地回到国内，接到了他的幕僚长的紧急警告：他必须立即平息美国人对能源危机的愤怒。安排好了在黄金时段发表一次电视讲话，但卡特阅读了演讲稿后，从戴维营给乔丹及他的高级助手们打了电话。他把之前讲过的话跟那群目瞪口呆的顾问重申了一次："我不会欺骗美国人民。"卡特要取消讲话。乔丹和其他人还想争辩，总统挂断了电话。

卡特窝在戴维营的小屋里，开始上演美国总统历史上最奇怪的一幕。几个月前，卡特的民调专家帕特里克·卡德尔给总统发过一份备忘录，声称美国人不再听他的了；打动他们的唯一途径是解决他们的根本焦虑和恐惧。① 在卡德尔的激励下，卡特决心直面自己的领导失败，以及他所认为的美国人的潜在精神危机。

在接下来的八天里，卡特先后召了一百五十多人前往戴维营觐见，其中包括国会议员、市长、州长、宗教领袖、哲学家、记者、经济学家、前几届政府中的"智囊"。大家就美国的生存危机以及如何解决这一危机各抒己见，总统则盘腿坐在地板上做笔记。这看起来像是某种企业团建和增强自我意识的训练，会让数百万美国人感到困惑。正如一位作家所写，当卡特回到白宫时，"他营造了一种期望，

---

① 在一九七八年七月四日的日记中，卡特写道："我起得很早，读了帕特·卡德尔的备忘录，这是我所见过的对社会学与政治的关系最杰出的分析之一。我和罗莎琳一起读得越多，我就越兴奋。"

类似于摩西要从西奈山下来的那种"①。

总统在电视讲话中吐露了自己的心声:

> 我想和你们谈谈美国民主制度遭遇的一个根本威胁……。这是一场信任危机。这是一场打击我们国家意志的核心、灵魂和精神的危机。我们可以从对我们自己生命意义的日益怀疑和我们国家失去一致的目标,看出这场危机正在降临……

卡特接着描述了美国病的症状:

> 在华盛顿和全国其他地方,你经常看到的是一个似乎没有能力采取行动的政府体系。你会看到一个被数百个财雄势大的特殊利益集团碾压、东拉西拽的国会。你会看到每一个极端的立场都被这个或那个不依不饶的团体死守到最后一票,乃至最后一口气……到处都是瘫痪、停滞、游移。你不喜欢这样的美国,我也不喜欢。我们该怎么办?

他的解决之道是劝诫美国人从现实和精神两方面直面真相:"在能源的战场上,我们可以为我们的国家获得新的信心,我们可以再度掌控我们的共同命运……我们只需对彼此有信心,对自己的执政能力有信心,对这个国家的未来有信心。"

当卡特结束他的哀告后,白宫的电话铃声此起彼伏;反馈一边倒,都是积极的,有百分之八十四的来电支持总统。一夜之间他的支持率飙升了十一个百分点。卡特靠玩弄辞藻赌了一把,效果似乎不错。(尽管罗纳德·里根和爱德华·肯尼迪后来利用这场所谓的"隐

---

① Peter G. Bourne, *Jimmy Carter*, 445.

忧演讲"① 对他造成了毁灭性的影响。）

但卡特赢得的所有善意都将被挥霍殆尽。仅仅两天后，总统宣布了一个戏剧性的整顿计划：他要求整个内阁辞职。此举只是形式上的：卡特计划只更换三名内阁官员。但这一出人意料的宣布给人的印象是总统对事态失去了控制。②

混乱之中，总统的另一个决定几乎没有引起注意。在戴维营的讨论中，智囊们——约翰·加德纳、克拉克·克利福德及其他人——一致向卡特谏议："轮辐"的方法行不通，必须废弃。

卡特在就任总统两年半之后，终于勉强同意授予汉密尔顿·乔丹幕僚长的职务和头衔。但是，卡特显然下错了赌注：他为这份工作选错了人。

忠实的信徒开始抛弃政府。一九七九年五月，刚刚辞职的卡特的演讲稿撰写人詹姆斯·法洛斯为《大西洋月刊》写了一篇封面文章。在这篇名为《毫无激情的总统生涯》（*The less Presidency*）文章中，三年来的挫败感充溢其中："吉米·卡特告诉我们他是个好人。他的立场对、三观正……。这可不是微不足道的天赋；但他在这个位子上的表现向我们展示了为什么光靠这些是不够的。"

法洛斯认为，问题是根本性的：

> 卡特和那些与他关系最亲切的人初入白宫时，对自己的工作毫无了解。他们对可能性和最可能的隐患一无所知。他们被本可预见的危险拖累，浪费了宝贵的时间……
>
> 卡特经常看起来更在乎采取正确的立场，而不是学习如何把

---

① 卡特实际上从没在他的这次著名讲话中提及"隐忧"（malaise）一词。
② 整个内阁都递交了辞呈，但只有三人被替换：卫生教育和福利部部长约瑟夫·卡里法诺、财政部长迈克尔·布卢门塔尔和能源部部长詹姆斯·施莱辛格。正如总统在日记中所写的那样："我听了司法部长的建议，即所有内阁成员都提交辞呈，以便批准那些该走的人辞职。这次向新闻界发表的声明给人留下了面临危机的印象，并让大家误以为我对剩下的内阁成员有信心。"

立场变成结果。当计划被否决时，他感到沮丧，却没有要求自己下次做得更好。他不懂得大力吸取历史教训，没有让身边的人做他做不到的事，也没有学习前车之鉴，没明白火会伤人就把手伸进了火里。

卡特的忠实信徒中法洛斯并不是第一个感到心灰意冷的。曾帮沃森制定过渡计划的艾伦·诺瓦克，从一开始就认为卡特执拗地拒绝任命幕僚长是个致命的错误。沃森邀请他去白宫工作，他拒绝了："我的想法是，如果总统是这么一个木鱼脑袋，我不会去政府工作。如果他连狗屎（shit）跟瞎扯（shinola）① 都分不清，上帝保佑共和制吧！我的意思就是这么简单。"

一九七九年十月下旬，一场将卡特总统任期推向终极考验的危机即将来临。流亡的伊朗国王，在被迫逃离祖国后一直在逃，他请求美国准许他入境。这位美国的长期盟友饱受伊朗毛拉的谴责，当时患有淋巴瘤，需要接受先进的医疗。卡特不太情愿地告诉国家安全顾问布热津斯基："准许国王去纽约……请将此事告知我们在德黑兰的大使馆。"国王被送进了曼哈顿的纽约医院。

两周后的十一月四日，一群愤怒的伊朗激进分子冲进美国驻德黑兰大使馆，劫持了六十六名美国人作为人质。卡特在日记中写道："起初，我指望伊朗学生会很快释放人质。我无法想象武装分子会长时间扣押美国使馆人员。"但这只是开始，这场围困持续了四百四十四天。受了重伤的人质被蒙住眼睛在电视镜头前行进，这一镜头成了美国无助的象征。

周日晚上，哥伦比亚广播公司播出了一条特别报道：记者罗杰·穆德对准备与卡特角逐民主党总统候选人提名的爱德华·M. 肯尼迪进行了长达一小时的采访。从八月开始，肯尼迪显然决定挑战四面楚

---

① "No shinola！"是 "no shit" 的俚语之一。——译者

歌的卡特；当这最后一位在世的肯尼迪兄弟于十一月六日在波士顿的法尼尔大厅宣布参选时，他以二比一的优势成了热门人选。但他在接受穆德采访时的表现一塌糊涂：当被问及为何要竞选总统时，肯尼迪几乎语无伦次。

在白宫观看了电视采访后，卡特说："尽管他人气很高，但我依然坚信能打败他。"杰克·沃森也和朋友诺瓦克一起看了采访——诺瓦克曾在这位马萨诸塞州参议员手下工作。"泰德①那天晚上确实很糟，"诺瓦克回忆道，"看电视的时候，杰克一度半开玩笑地对我说：'你为**那家伙**工作过？'我说：'杰克，至少肯尼迪决不会选择汉密尔顿·乔丹做幕僚长。'"

考虑到人质危机，卡特决定暂停所有竞选活动。沃森回忆道："这是我个人与总统意见相左的决定之一。每天晚上，沃尔特·克朗凯特在哥伦比亚广播公司的《晚间新闻》中都会播报：'人质已被劫持一百零九天，人质已被劫持一百一十天。'我不认为总统应该把自己关在白宫里面来进一步强调这一事实。我告诉他，他这样退避三舍必将付出政治上的代价。"但卡特拒绝了沃森的建议，坚持自己所谓的"玫瑰园策略"②。

一九八〇年四月，卡特决定以一个大胆的先手来结束围困：他将发动一次秘密军事行动来营救人质；突击队员打算乘坐直升机在夜幕的掩护下进入德黑兰，解救美国人质，并转移到安全地带。但是"鹰爪行动"（此次行动的代号）以惨败收场。卡特清楚地记得那次注定要失败的行动："所以我们额外多派了两架直升机，压根没料到八架中有三架会出问题。"他承认，"其中一架返航回到航空母舰上，另一架在沙漠中遇上了沙尘暴。第三架在我们准备执行营救时，液压

---

① 爱德华的昵称。——译者
② 美国总统谋求连任的策略之一，即利用目前的行政优势，挑最有利的时机，在白宫玫瑰园召开记者会，媒体及分析家聆听总统对其对手的评论，而其对手却没有机会反驳。——译者

系统发生泄漏并坠毁了。"这场灾难导致八名美国人死在伊朗的沙漠。卡特说:"我认为此举是正确的。我后悔只派了八架直升机,要是九架就好了。"①

肯尼迪试图从卡特手中夺取大选提名,最终没成。但是,随着大选临近,显然总统其实面临着共和党对手的严重威胁,而对方是曾被他斥为可笑的罗纳德·里根。这位似乎不太可能获得提名的共和党总统候选人来自加州,以前是 B 级片演员,他有一个令人敬畏的盟友:詹姆斯·贝克(曾是福特的代表席位统计员以及乔治·H. W. 布什一九八○年总统初选团队的主管),如今他负责为里根与卡特的电视辩论做准备。②

大选在即,卡特需要他的首席政治战略家来领导他的竞选活动。于是,汉密尔顿·乔丹在一九八○年六月十一日辞去幕僚长一职,成为竞选委员会主席。卡特的新幕僚长是一开始被略过的人:杰克·沃森。距离卡特要求他领导过渡班子已经过去了将近四年的时间——伯恩写道:"历经时间的考验,他终于一洗前耻。"在过去的三年里,沃森一直给卡特解决麻烦,他巧妙地应对了宾夕法尼亚州三里岛核反应堆几乎熔毁的紧急事故,全国范围的卡车司机罢工演变的暴力事件,还有闹哄哄的、导致数千名古巴难民在佛罗里达州登岸的马列尔偷渡事件③。沃森不仅处理了这些危机,还协调了卡特与全国各州长之间的关系:结果,没有一位州长选择抛弃总统而去支持他的对手肯

---

① 在二○一一年接受我采访时,吉米·卡特回顾了成功击毙本·拉登的"海神之矛行动":"它令我记忆犹新。如你所知,其中一架直升机在试图抓捕本·拉登的过程中坠毁,我确信,以我[一九八○年营救美国人质那次时运不济的行动]的经验,他们可能应在偏差范围上再加把劲,以便不重蹈我的覆辙。"
② 竞选主管斯图尔特·斯宾塞指派詹姆斯·贝克为里根做准备:"我信任吉米,我知道他有很好的判断力。他准备得很充分。但他所做的最重要的事——他的律师业务——是基本规则,所以它们拿不到优势——讲台的大小、距离、主题。在他作为律师到场的那些谈判中,他干得非常好。"
③ 一九八○年,古巴为了报复美国制裁,放宽了对马列尔港口的控制,致使十五万死刑犯、精神病人、流氓无产者和妓女偷渡到迈阿密,这就是著名的马列尔偷渡事件。——译者

尼迪。

随着里根加大对卡特的攻击力度，卡特的民调数字持续下滑。失业状况恶化；利率飙升至百分之二十。解救人质的努力也徒劳。"我未能让人质重获自由，"卡特写道，"民众的失望感迅速增长。根据民意调查，我的支持率下降①。只有百分之二十的受访者赞成我担任总统。"

然而到了秋天，选举形势变得非常紧张。在七月的共和党全国代表大会上，里根以明显的领先优势脱颖而出。到了十月，卡特将差距缩小到只剩四个百分点——部分原因是人们担心里根只是个鲁莽的牛仔。十月二十八日，两位候选人在第一次也是唯一一次电视辩论中对决，情况对卡特来说并不顺利。为了获取为人父母者的支持，卡特谈到了他十二岁的女儿艾米对核战争的恐惧。这"使得她成了美国最有名的反核倡导者，因为这引发了里根州长和新闻记者的嘲笑"②，卡特写道。此外，里根以朴实的魅力使总统的书呆子气看起来无伤大雅。面对卡特的攻击，里根温和地用一句"你又来了"挡了过去。"里根就是那样，'噢，那什么，这个那个，我是个当祖父的人……我爱和平'诸如此类。"卡特不屑地写道。但他知道局势已经不妙。

随着选举的临近，乔丹注意到，"有两个白宫在忙活——一个在处理人质问题，另一个在处理其他所有事情"。卡特、乔丹以及他的国家安全团队——布热津斯基、国务卿塞勒斯·万斯、副总统沃伦·克里斯托弗，还有一些人——想尽一切办法解决危机。有迹象表明伊朗可能愿意谈判。路一条接一条都被堵死了。"它已脱离了我的掌控。"③ 卡特写道。他能否连任取决于"世界另一头那些我无法控制的不理智的人"。

---

① Jimmy Carter, *Keeping Faith: Memoirs of a President* (Fayetteville: The University of Arkansas Press, 1995), 542.
② 同上，574。
③ 同上，575。

与此同时，沃森着手使白宫发挥作用。"当他提出让我担任幕僚长时，我很惊讶。"沃森回忆道，"我很遗憾这个机会没早点来。是时间开始有所作为了——但仅仅来得及开始。"上任以后八个月里，尽管人质谈判步履艰难、昼夜不停，沃森还是为白宫西翼带来了秩序和效率，并修复了与国会山的大佬们之间的关系——这些人惊讶地发现，突然之间白宫开始给他们回电话了。乔丹的副手兼密友杰伊·贝克说："杰克知道该做什么，知道如何去做。我认为，在卡特当政的最后一年，当他把注意力投注在人质、肯尼迪等事情上的时候，杰克就在那里让一切运行正常。"的确，发表于一九九三年《总统研究季刊》（*Presidential Studies Quarterly*）上的一篇文章将沃森列为现代史上最优秀的三位幕僚长之一。

然而，一个正常运转的白宫，哪怕姗姗来迟，也还是无法改变严酷的现实：通货膨胀、失业、利率高企、外交危机——以及陷于胶着状态的伊朗危机。① 选举前一天，卡德尔向卡特转述了"非常令人不安的民调结果，显示出由于民众意识到人质还没回国，支持率大幅下滑。……几乎所有尚未做出决定的选民都转向了里根"。里根在普选中以百分之五十一对卡特的百分之四十一获胜，在选举人中以四百八十九票对卡特的四十九票获胜。释放人质的协议在最后一刻到了：里根就职二十分钟后，人质离开伊朗领空飞往德国，飞向自由。

沃森担任白宫幕僚长的最后一天，在举行新总统就职典礼期间，他留守白宫。直到那一刻，沃森才意识到失败已成定局。他回忆道："我正走向西南门，我曾数百次进出这里。突然之间我意识到，我跨出这扇门后就再也回不去了。一切**结束**了。我感觉自己好像置身于以前的西部片里，片中一名被去职的军官奉命到阅兵场示众。我的肩章

---

① 卡特这样描述自己的困境："我在位时，影响全球经济体系的危机是伊拉克入侵伊朗造成的。它突然切断了这两个国家的所有石油供应，因此出现了石油短缺，这导致美国的通胀飞升，英国、法国、欧洲和日本的通胀甚至更为严重。我认为这是一个本可以克服的问题，它不是一个永久的、根深蒂固的经济问题。"

被人从肩头扯去，我的剑也被折断了。"

他接着说："我们没有机会继续努力了，我很失望。我觉得我们学到了很多。卡特是一个学习能力超强的人。我知道他学到了重要的东西。他仍然会是一个坚定地致力于自己的政策的总统——依然不吃政治那一套。但我相信卡特的第二个总统任期会给这个国家带来一些重要的东西。我们失去了这样的机会，我深感遗憾。"

从某些方面来看，卡特的总统任期是成功的：在能源、解除管制、中东以及其他一系列问题上，他在立法方面的平均成功率高于林登·约翰逊之后的任何一位总统。艾森斯塔特说："你很难说这位总统在实现主要政策目标方面一点也不成功。"具有讽刺意味的是，卡特任命保罗·沃尔克为美联储主席，可能在抑制通胀方面起到了决定性作用，但这个结果要在里根任内才会看到。而卡特从来没有掌握过他总统任期内的核心要务。正如法洛斯所言，"我后来意识到卡特是相信五十件事，但一件也没做到"。

艾森斯塔特坚信："第二个任期将会非常棒。很遗憾没有这一天了。卡特已学会游戏规则。而且有了杰克，我们的优先事项比以前少了，重点更突出了，人质危机就解决了……"

汉密尔顿·乔丹个人生活的大戏还没有结束。一九八〇年夏天，纽约市臭名昭著的迪斯科舞厅"54俱乐部"的老板之一面临着逃税起诉，他提出了一项惊人的指控：乔丹是该俱乐部的常客，在那里吸食过可卡因。联邦调查局花费大量时间和金钱调查后，证明这是捏造的，乔丹逃过一劫。理查德·科恩在《华盛顿邮报》上以"汉密尔顿·乔丹造成的不公"[①]为题发表了文章，他写道：

> 如果说他有什么名气的话，倒不是因为他是总统的密友、幕僚长，最后还成了竞选委员会主席，而是因为他把苦杏仁酒吐到

---

① Richard Cohen, *Washington Post*, December 7, 1980; C1.

了某个女人的衣服上……说到底,汉密尔顿·乔丹让华盛顿欠了律师的债,自己也伤痕累累、脏兮兮的,但我们中很少有人确切知道他的所作所为是好是坏。我们唯一确定的是他不吸食可卡因。而这事是我们和他自己花了一大笔钱才弄清楚的。

有一位读者对此颇为关注。即将上任的、里根的幕僚长詹姆斯·贝克在科恩的专栏旁写道:"剪报留存。"

十二月,当选总统里根首度造访华盛顿特区,出席了在《华盛顿邮报》的出版人凯·格雷厄姆的家中举行的招待会。格雷厄姆给沃森打过电话,要他早点来。里根和南希一起到达时,看到了房间那头是卡特即将离任的幕僚长,便大步走过去,向他伸出手来。当选总统说:"你好,杰克,很高兴再次见到你。你知道吗,杰克,我的人告诉我,如果你从一开始就当上幕僚长,我就不会在这里了。"坊间传说里根善于奉承,这也许是他的习惯做法。也许他真的相信其他人的猜测:如果杰克·沃森从一开始就担任卡特的幕僚长,卡特的表现可能会大不相同。

艾森斯塔特说:"我们不应该认为,把一个人放在某个岗位上就能改变一切。这并不会消除通货膨胀;也不会解决人质危机。但会给人一种初步印象,认为安排得更有条理、轻重缓急更加明确、运作更规范。所以,没错,我认为结局本来会不一样。"卡特固执地认为他自己可以承担幕僚长的职责,结果付出了沉重的代价。艾森斯塔特总结道:"这是个可怕的想法,一个灾难性的想法。因为总统要应对的事情太多了,他们需要有人为他们整理事务、安排决策,将政治和政策结合起来,与利益集团保持联系,确保总统与国会的关系尽可能平顺,确保以最合理的方式安排日程,设定优先事项。不管总统有多聪明,光靠他自己是做不到这些的。"

沃森说:"这项工作的基本规则非常简单:了解你们的总统,并在最广泛的意义上忠于他。希望他成为一个伟大的总统——因此当你觉得他还不够伟大的时候要告诉他。要强硬到足以做出艰难的决定，足以承受大量的批评。当个真正的'狠角色'——如果有人必须被解雇就不能心慈手软。要能对国会山的某个人说：'我们不会这么做，理由如下。'有时候还要像蝴蝶一样温柔。你必须坚强，必须温柔，必须敏感——你要有真正优秀的海军陆战队军官必备的诸多素质。"

法洛斯在谈到卡特时代的白宫时说："回想起来，应该有办法让汉密尔顿成为知己，成为可信的'谏臣'。而别的人应该问：'好吧，六个月后我们会到哪一步？两年后呢？'每一位总统都注定会以某种方式失败，因为没有人身上具备这份工作所需要的全部才能。因此，每一位总统都需要一位能统筹兼顾的幕僚长。而很少人能找得到。"

然而，吉米·卡特本人却毫无悔悟。他坚称："我认为白宫的机制在头几年运转得相当好。我研究过白宫的近代史，当然也研究过总统和幕僚长之间的关系。我的确没找到任何证据能说明这是个特别吸引人的职位。"我问他，他从为他的前任工作的几任幕僚长那里学到了什么？他答道："我并不认为切尼、拉姆斯菲尔德或霍尔德曼的出色表现，扩大了他们总统的成功或声誉。我不认为一名官方任命的幕僚长会改变任何事情。"

比尔·克林顿的最后一任幕僚长约翰·波德斯塔表示："我非常尊敬卡特总统，但当我回头看，我认为那是个错误。我相信他至今依然觉得做了正确的决定，不过看看他任内取得的成果，以及他只当了一届总统的事实，如果你在寻找一种组织模式的话，你不会学他。"[1]

法洛斯说："每位总统卸任时看起来都老了五十岁，因为即使是那些知道如何赢得总统职位的人，也无法真正想象这份工作的高要求

---

[1] 二〇一二年十一月九日对约翰·波德斯塔的采访。

和复杂性。所以很难想象未来会有多难——尤其是如果他像卡特那样自视颇高。"

法洛斯顿了一下,他在想卡特的继任者。"也许这就是里根那种总统的优势——他们不会认为自己是人群里最聪明的那一个。"

# 第四章 "这个了不起的幕僚长"

詹姆斯·A.贝克三世和罗纳德·里根

在洛杉矶的帕利塞德社区①,詹姆斯·贝克站在罗纳德·里根家的门廊上,透过窗户向内张望。那是一九八〇年十一月六日,两天前里根刚刚当选美国总统。几个月前,贝克还是他死对头的竞选主管。现在他成了新任的白宫幕僚长。

那天早上,里根把贝克叫到家里,和他的核心集团成员见面。贝克回忆道:"那对我来说是件痛苦的事。我到了那儿,透过窗户往里一瞧——全是我一直以来的对头!所有人!"②

聚集在屋内的是里根最亲密的顾问:埃德温·米斯,他担任州长期间的高级助手和办公室主任;老朋友威廉·凯西,后来成了中央情报局局长;迈克尔·迪弗,里根家族的密友;林恩·诺夫齐格,他忠诚的政治战略家。突然之间,长袖善舞的华盛顿局内人贝克感觉自己像个局外人——被困在了敌后。他愣在那里,不敢敲门。不一会儿,门开了,里根满面笑容地出现在门口。这位当选总统问:"吉姆,你在外面干什么?"他一边笑,一边招呼贝克进屋。

贝克永远不会忘记,第四十任总统热情地接待了他,也不会忘记里根总统任期的灵魂之战开始后的黑暗日子。对贝克而言,这场斗争在情感上的折磨与痛苦,他比周围任何一个人都体会得更为深切。

差不多三十年后，一位前里根政府的工作人员罕见地觉察了其内心的动荡。她陪同里根乘坐贝克的包机去参加一个演讲，和里根的前幕僚长回想起了他们在白宫的日子。"詹姆斯·贝克动情地谈到里根是一个多么好的人；谈到人们是如何无法真正理解他的体贴、善良、忠诚。"她回忆道。随后出现了一个令人震惊的瞬间。"贝克的眼里充满了泪水。他告诉我在白宫这个被各种理念和意识形态撕裂的地方担任幕僚长是什么感觉。每天都有各种各样的人想把詹姆斯·贝克搞掉。"

她接着说："他讨厌这样，讨厌这种紧张气氛，讨厌这种毫无意义的敌意。当他说他在压力和重负之下试图辞职时，眼里真的充满了泪水。"这是真情流露的一刻。"我压根没想到。我曾见贝克先生穿过大厅——穿着灰色西装，冲每个人微笑，讲话声音柔和，像个杀手那般沉着冷静——我从不知道他是如此身心俱疲。"

詹姆斯·A.贝克三世会成为里根最亲近的顾问，简直不可思议。他说："我一生中遇到的最奇妙的事情之一，就是罗纳德·里根叫我去当他的白宫幕僚长。"毕竟，曾在海军服役、在得克萨斯当过律师的贝克是里根的政敌乔治·H.W.布什的好友。一九五九年，贝克和布什在休斯敦的一家乡村俱乐部相识，并成为网球双打搭档（两人发球都不好，但贝克擅长击落地球，布什善于截击，配合相当默契）。大约十年以后，贝克的妻子玛丽·斯图尔特因乳腺癌去世，留下四个七至十五岁的男孩，布什一直陪在贝克身边。当布什提议贝克参加他的参议院竞选活动，以忘却悲伤时，贝克回答："第一，我对政治一无所知；第二，我是个民主党人。"布什笑了。他说："我们可以解决第二个问题。"他们做到了，尽管布什在参议院竞选中落

---

① 此地位于圣莫尼卡山谷和蔚蓝的太平洋之间，二十世纪二十年代开始就是洛杉矶的豪宅区。——译者

② 二〇一六年五月二十四日对詹姆斯·贝克的采访。

败,但他们的亲密友谊和一支强大的政治团队由此开始建立。①

对贝克来说,罗纳德·里根似乎同样无法接受。就在他被选为幕僚长的几个月前,贝克私下里还贬低过这位共和党候选人,称其为"演《君子红颜》②(*Bedtime for Bonzo*)的 B 级片演员;他会让我们卷入核战争,这人很危险,很可怕"。

随着一九八〇年的选举日临近,成为里根总统幕僚长的最热门人选的是米斯。这位和蔼可亲的律师曾是加州州长的忠实心腹——他与里根的关系就像汉密尔顿·乔丹与吉米·卡特的关系一样亲近。然而,由米斯担任白宫幕僚长的想法让里根的部分朋友和家人感到不安。米斯擅长为他的老板设定议题,但他是出了名地没条理;他的公文包被称为"黑洞":文件放进去就再也找不到了。里根的老朋友、竞选主管斯图尔特·斯宾塞认为米斯是不可能干得好的,"埃德温连一场只有两辆车的葬礼都组织不了"。③

斯宾塞坚信,前好莱坞演员里根需要一个来自华盛顿的大导演。卡特和里根截然相反:前者是一位有强迫症、什么都要管的管理者,后者则是一个有天赋的演员,训练有素,擅长达到他人设定的目标。斯宾塞说:"并不是因为里根没有任何技能或其他什么,而是因为我看了他是怎么当州长的。里根是这样的,'我要演一个角色,我得研究剧本——而你是制片人,你是导演,你是摄影师;那你们做你们的工作,我做好我的'。这意味着什么?你必须有一个了不起的幕僚长!"

尽管被里根信任,但斯宾塞与南希的关系更为密切——他称南希为"人事主管"。就在大选前几周,他与里根夫妇在他俩的酒店套房

---

① 贝克这样描述他与乔治·H. W. 布什的友情:"私交甚笃——他和芭芭拉是我第一任妻子生前最后见到的非家庭成员。我们不仅是朋友;我们是网球搭档,在他从政之前我们一起赢得了双打冠军。我们是政治伙伴。他是我女儿的教父。我们关系非常近。"
② 里根因在片中跟一只黑猩猩演对手戏而广受嘲讽。——译者
③ 二〇一六年三月二十一日对斯图·斯宾塞的采访。

共进晚餐。"我说：'州长先生，你知道，你会赢的……我们得开始讨论一下幕僚长的事了——因为到处都在说这个人会是埃德温·米斯。这可不是什么好事。'"令斯宾塞吃惊的是，里根夫妇欣然赞同。"他们说——异口同声——'哦，不，不，埃德温·米斯不行。'这可让我松了一口气。"

一九七六年，斯宾塞成了福特的"代表猎头"①，从那时起，他就一直在关注贝克："我认为，第一，他很有条理。第二，他在向上走——他不想让自己看起来不行。"② 迪弗也对贝克的冷静高效印象深刻，同时对米斯心存疑虑。此外，贝克还有里根手下没人能提供的东西：他熟知国会山的门道——这是在华盛顿执政的关键。

斯宾塞说："我告诉里根：'我想你要找的人是吉姆·贝克。你觉得他怎么样？'里根说：'可他负责布什的竞选。'我说：'没错。'于是我们就讨论了一下，最后南希说——这就是为什么说她出色——'斯图③，你能向我保证，他以罗尼④的议程而不是他自己的为重吗？'我说：'我打包票。'"

于是，里根夫妇邀请贝克加入他们的下一次竞选飞行，贝克彬彬有礼、沉着自持，他们的疑虑打消了。这位身材高大、彬彬有礼的得州律师看上去完全符合这份工作的所有要求，这太棒了。斯宾塞说："南希会留意他的穿着、风格和仪态。"贝克善于施展自己的魅力。"我认为选择贝克的部分原因在于南希认为他长得很帅。"⑤ 哥伦比亚广播公司的新闻记者莱斯利·斯塔尔说。"莱斯利真的这么说吗？"贝克脸不红心不跳地问我，"那么，你告诉莱斯利：我觉得她非常漂亮！"

---

① 指帮助总统或候选人拉拢代表的人。——译者
② 斯宾塞谈及他的朋友贝克。"吉米非常注重自己的形象这件事，是我俩之间的一个笑话。我有次接受采访时谈到他，他们说：'吉米最大的问题是什么？'我说：'他嚼红人牌烟叶。'"斯宾塞笑道，"贝克说：'上帝啊，你竟敢这么说！'"
③ 斯图亚特的昵称。——译者
④ 罗纳德的昵称。——译者
⑤ 二〇一一年六月十四日对莱斯利·斯塔尔的采访。

斯宾塞回忆说，大选前两天，里根把他叫到了他们的酒店套房。"我们定了吉米·贝克了。"① 三十岁的玛格丽特·塔特维勒是个非常能干的竞选工作人员，后来跟着贝克进了白宫，她被当选总统敏锐的眼光打动了。"里根最终不得不做出一个非常艰难的决定，"今天她说，"这并不容易——说明里根不是个心胸狭隘的人。这可不是开玩笑的事情。里根看清了其中的逻辑，我觉得他非常了不起。"

卡特可以说是二十世纪最聪明的总统，而里根一度蒙受不公，被称为"和蔼可亲的笨蛋"②。然而，在选择贝克时，里根凭直觉发现了他前任所没有领会的东西。正如里根的传记作家卢·坎农所写："他不知道两个导弹系统的区别，也无法解释联邦政府最简单的程序，但他明白，他担任总统期间的政治进程将与他在华盛顿的被接纳程度密切相关。在这一点上，他与吉米·卡特截然相反，吉米·卡特知道得多，理解得少。"③

里根在大选后第二天宣布了对贝克的任命，这在加州人中间掀起了轩然大波。贝克说："米斯非常失落，失落极了。"根据斯宾塞的说法，他不只是情绪低落……他"简直疯了"④。这不仅仅是丢了工作，米斯和他的盟友把贝克的到来视为宣战。坎农写道："保守派人士将里根的当选视为意识形态革命的胜利，他们对贝克当选幕僚长感到沮丧。他们无法接受里根会选一位政治实用主义者担任他的高级助手。"

---

① 二〇一六年五月二日对玛格丽特·塔特维勒的采访。迪克·切尼也认为贝克是个让人眼前一亮的人选："我一直钦佩里根愿意接受像吉姆这样曾经拼命工作为了打败里根的人。这是里根的经典之举，吉姆正是里根所需要的。"
② 这个不讨喜的称呼来自民主党的幕后大佬克拉克·克利福德。詹姆斯·贝克并不觉得好笑。"克拉克·克利福德是多么可笑，多么离谱！他在任期间也许尽心为国效力，但他是东部精英中的一员，这些人接受不了人民选出的这个人当总统的事实。"
③ Lou Cannon, *President Reagan: The Role of a Lifetime* (New York: PublicAffairs, 1991), 78.
④ 埃德·米斯坚称他没指望里根会任命他为白宫幕僚长："并非非我不可。很多人认为事情会是这样。但当他拿出对白宫的安排时，我感触良多。"

贝克领导的实用主义者和理论家——或者说"真正的信徒"——之间的战争已然开始。而里根对米斯的失望所做出的反应非常符合他的性格，他让新上任的幕僚长去转圜一下。"我希望你把米斯的事处理好。"他对贝克说。

贝克的下一步行动充分说明了他能游刃有余地管理白宫，也有能力智取对手。第二天早上，他请米斯共进早餐。贝克一边说，这些杂七杂八的事真是丢人，一边掏出个黄色便签簿：咱俩都是律师，把职责分一分如何？

贝克建议米斯担任"总统的顾问"；他将负责政策，监督国内事务和国家安全委员会，主持内阁会议，并在内阁有级别。而贝克作为幕僚长，将负责把关谁能见总统，以及管理文书工作、演讲稿撰写及白宫工作人员。米斯欣然同意了，贝克拿出一份打好的备忘录，各自签名。① 贝克说："我把埃德温安排好了。这对吉伯尔②好，对国家好，对我也好。"

事实是，贝克巧妙地抓住了权力的杠杆。米斯实际上负责制定"政策"，贝克则负责执行；幕僚长还控制着进出总统办公室的信息和日常消息。正如一位观察者所言，米斯得了"一个体面的头衔和一间华丽的办公室，除此之外也没什么了"。对此，贝克的说法比较圆滑："我以埃德温能接受的方式解决了问题——而我仍然掌控一切。"③

理查德·诺顿·史密斯表示："大多数幕僚长需要四年或更长时间才能弄明白如何管理这个地方。贝克一学就会。"④ 为了管理好第一家庭，贝克结交了一个不可或缺的盟友：迈克·迪弗。迪弗是个天

---

① James A. Baker Ⅲ with Steve Fiffer, "*Work Hard, Study ... and Keep Out of Politics!*": *Ad-ventures and Lessons from the Unexpected Public Life* (New York: Penguin, 2006), 112.
② 里根在 *Knute Rockne, All American* 中饰演的角色名。——译者
③ 埃德·米斯再次坚称，他对与贝克所做的分工感到满意："我最感兴趣的是政策，然后是与行政部门和行政部门负责人打交道，再就是作为白宫的内阁成员。"
④ 二〇一三年十一月七日对理查德·诺顿·史密斯的采访。

才的先遣队员，有策划活动的天赋，他为里根的各种公开亮相做了精心策划，从中向美国民众传达了爱国主义的乐观情绪。他就像南希·里根的儿子。贝克可以靠迪弗来保持与第一夫人的联系，并经由迪弗从南希那里得知每天早上总统到达椭圆形办公室之前情绪如何。

贝克、米斯和迪弗现在成了里根的"三驾马车"。

他们接手的是一个处于危机中的国家。在国内，通胀率飙升，利率已超过百分之二十，天然气价格持续上涨，失业率正朝着两位数的方向发展。在海外，苏联占领了阿富汗，似乎还准备继续向波斯湾进军，威胁到全球的石油供应。此外，里根是在一连串令人失望的总统之后上任的，这些总统在暗杀、战争、丑闻和经济危机中结束了任期。

在便签簿上，贝克写道："即将接手五十年来总统任期间最糟的经济烂摊子。所以，首要任务就是——解决经济问题！第二，我们的国际地位严重下降。（1）防御薄弱。（2）我们的话不再可信——因为我们的外交政策一直不确定。RR［里根］希望看到自由的旗帜再次飘扬在世界各地。认为美国肩负着扛起这面大旗的特殊使命。"①

随着就职典礼的临近，贝克会见了他的前任杰克·沃森，并亲手记下了后者的建议。

> 幕僚长的角色（根据杰克·沃森的建议）
> 1）解决没必要由总统出面解决的争端。
> 2）做个诚信的中间人。确保所有工作都安排到人。
> 3）幕僚长办公室是政治与政策结合的地方。（要确定政治方面——公共关系——没被忽略。）
> 4）管好这个地方，让它正常运作。

---

① The private papers of James A. Baker Ⅲ, Sealy Mudd Library, Princeton University.

接下来，贝克去见了迪克·切尼，把从福特的前幕僚长那里听到的记了便签簿四页纸。

******我们应该推进的核心议题
最近几年总统的权力严重削弱
恢复行政部门的权力和威信——需要强有力的领导
废除《战争权力法》——恢复行政扣押权
2）白宫要有强大内阁和强大的工作人员，不是二者居其一，而是必须兼得。
3）保持有序的日程安排和有序的文件流转就是在保护总统。
精心设计的管理体系。在安排决策时必须狠得下心。
罗纳德·里根的时间是华盛顿最宝贵的资产。
要有纪律、有秩序、有辨别力。

**\*切勿用决策过程来将你的政策观点强加给总统。**

贝克招募了一位熟悉白宫的位高权重的工作人员。"我相信一件事，那就是要和出类拔萃的人共事。"他说，"很多人害怕这样做，唯恐这样一来让自己暗淡无光。"贝克五十岁了，不需要再证明自己什么。玛格丽特·塔特维勒说："告诉你吧，贝克和里根证明了一点——最成功的管理者是那些能放心地把意志坚强、才华横溢之人招到自己身边的人。"

除了塔特维勒，贝克还请来了以下人员：被公认为经济天才的大卫·斯托克曼担任行政管理与预算办公室的主任，能干的管理人才约翰·罗杰斯，经验丰富的白宫顾问弗雷德·菲尔丁，头脑精明的联络高手大卫·格根，以及杰出的政府事务专家理查德·达曼。

达曼的想法是建立一个被贝克称为"我成功的关键"的管理机构：立法战略小组（Legislative Strategy Group）。由贝克担任主席的立法战略小组,将依据国会联络员马克斯·弗里德斯多夫及其能干的年轻副手肯·杜伯斯坦的意见来决定哪些在国会山可行,哪些在国会山行不通。贝克解释说:"你当然可以研究世界上所有的政策,然后提交文件、给出选项。但要真的把它变成法律,决定权在立法战略小组。"

里根在意的是几个深植于他内心的目标:削减政府开支、增强军事实力以及减税。至于如何实现这些目标……他并不怎么上心。布伦特·斯考克罗夫特说:"里根真的需要一位幕僚长①,他对总统的大部分工作都不感兴趣。所以贝克在某种程度上是在和总统一起执政。"

一名报道里根治下的白宫的记者回忆道:"有几次,总统早上会到办公室来问:'孩子们,你们有什么要给我的?'贝克会为总统安排好议程和目标……。他们开始实施他们知道他会喜欢的项目,而里根对此心怀感激。"

贝克指派格根对里根之前五位总统任期的前一百天进行研究,并根据他们的政绩记录为里根起草一份"早期行动计划"。格根写道:"卡特的经历让我们相信,对新总统而言集中精力很重要。② 他试图效仿罗斯福,在上任后的头几个月里提出了一大堆立法建议。但罗斯福的想法缺乏内在的一致性。"相比之下,里根的议程是连贯一致的。贝克说:"我们应该有三个目标,三个都是经济方面的。"

正如杰克·沃森所言,幕僚长的工作之一是当一名"标枪捕手",没过多久,标枪就飞过来了。就在里根宣誓就职几个小时后,身穿正装的贝克、迪弗和米斯还在白宫西翼,黑格就闯了进来。黑格曾担任尼克松和福特的幕僚长,现在是里根的国务卿,他手里拿着一份备忘录,要总统在上面签字,同意让他负责危机管理。黑格坚称,他本人和里根已就这一安排达成了一致。而贝克和"三驾马车"对

---

① 二〇一四年五月五日对布伦特·斯考克罗夫特的采访。
② David Gergen, *Eyewitness to Power*, 166.

此闻所未闻。他们解释说，此安排必须得到国防部长、中央情报局局长和国家安全顾问的批准。黑格脸色铁青，怒气冲冲地走了。

黑格自诩为外交政策的"牧师"，这是贝克第一次限制他的权力，之后还发生过多次。一九八一年初，黑格私下里向里根及其顾问们吹嘘，说他可以"把古巴变成一个停车场"；在公开场合，他表示要与苏联在中美洲问题上"定点规矩"。说到做到，黑格计划上电视节目警告苏联不要干预萨尔瓦多。贝克被激怒了：中美洲是个烫手山芋，这样做将消耗里根的政治资本，并分散他们对经济问题的关注。于是贝克去找里根，总统准许他钳制黑格。然后，贝克打电话给这位国务卿，告诉他"别上那见鬼的电视"。

"一个唯唯诺诺的人是没法很好地为总统服务的，"贝克解释说，"唯唯诺诺的人总统不需要，也不想要。我最引以为豪的一件事是，我服务过的总统都表示，'不管我愿不愿意听，吉姆·贝克都会告诉我他的真实想法'。你必须乐意这么做，乐意对大权在握的人说真话。"

在里根的铁杆追随者听来，这不是说真话，而是背叛。贝克说："在第一个任期内，所谓的'忠实信徒'和我在白宫的手下之间关系紧张——我的人都是有事干事、讲求实效的人。"在"忠实信徒"看来，里根的每一次妥协都是投降。贝克说："我必须跟米斯交涉，而他也不想为了让某些东西成为法律而做出必要的妥协。这会削弱政府。我们以前管这个叫'政治破坏'。第一个任期就是这样：大家在背后互捅刀子，老在打架。"

在这场观念和思想的刀光剑影中，贝克寡不敌众。他的对手不只是黑格和米斯，还有中情局局长比尔·凯西、国防部长卡斯帕·温伯格和联合国大使珍妮·柯克帕特里克。后来成为里根的国家安全顾问的比尔·克拉克，也一度跟贝克针锋相对。贝克说，克拉克"不是水晶吊灯上最亮的那一盏，但是，要说谁总是能找准里根的小心思，那就是比尔，他非常难对付。里根喜欢他，所以如果他与米斯、凯西、温伯格和柯克帕特里克联手,会极难对付"。

而贝克利用与迪弗和南希这样的朋友保持密切联系,以及结交白宫记者团来进行反击。米斯厉声指责贝克泄露了有关他的负面消息。① 贝克承认杜撰过,但不承认泄露过消息。他说:"这是有区别的。泄露是指你以某种方式散布一些东西来推动政策,或者你为了卖某人人情或凸显自己而不惜牺牲他人。但作为幕僚长,我的工作就是给总统打圆场。"

贝克把他在"幕后"所能做的一切都告诉了疲惫的记者团,以此迷住了他们;他警告他们不要做"尚未证实"的报道,而且不管白天黑夜,随时可以联系他。(尽管他很少同意记者直接引用他的话。)塔特维勒说:"他明白记者团对于执政是不可或缺的。他一向很尊重他们——哪怕他受不了和他打交道的那个人。"

哥伦比亚广播公司新闻频道的白宫新闻制片人苏珊·齐林斯基识人善任。喜欢和贝克斗智斗勇的齐林斯基,就是电影《广播新闻》(*Broadcast News*) 中霍莉·亨特饰演的那个咄咄逼人又精灵古怪的角色的原型。她说:"他有禅宗的气质②。他很沉着,浑身散发出平静、淡然、高高在上的气息。他自有一套。你会觉得他无所不知,他不加渲染地给出背景和观点,你同意也好反对也罢,你都知道他是个有话直说的人。每个人都这么觉得。他就是个直截了当的人。而且聪明绝顶。"

---

① "在不同时间,发生了相当数量的泄密事件,这对我是不利的,"米斯说,"从哪里泄漏的,是不是达曼——我怀疑是吉姆个人干的,他不是那种人。但不管达曼有没有泄密,在我的办公室和我的小集团与吉姆的小集团以及我们两伙人之间存在着一种'我们'与'他们'之分的态度。"
② 二〇一六年四月二十五日对苏珊·齐林斯基的采访。大权在握如贝克者,在记者团面前也是实事求是,正如齐林斯在晨跑时发现的那样:"一辆吉普车从位于海军天文台的副总统官邸驶出,有人摇下车窗大喊:'想搭车吗,姑娘?'我一看,居然是吉姆·贝克。所以我笑着答应了。齐林斯基料到贝克一大早去见副总统意味着出事了;果然,在贝克的帮助下,她很快拿到了一条独家新闻:乔治·H. W. 布什将竞选总统。"

就在演讲稿写手佩吉·努南入职白宫的前一周，她在白宫记者晚宴上偶遇贝克。他告诉她："记住，如果他们朝你发飙，赶紧闪开——让他们来找我。"① 她说："他就像一个强悍的得克萨斯人一样脚踏实地。他是个律师。他是那种似乎对生活、人、组织或体制不抱太多幻想的人。"

塔特维勒认为，牛仔里根和户外活动爱好者贝克有一些共同之处。她说："里根非常自信。② 我对吉姆·贝克也有同样的感觉——他们不怕独处。里根喜欢出去骑马，砍木头。贝克喜欢待在他装了土耳其百叶窗的屋里——他们是能享受**独处**的那种人。"

在贝克的人生信条里，未雨绸缪是第一戒律。塔特维勒称他为"谨慎先生"（Mr. Cautious），说："他每一天都非常专注，从不打无准备之仗，说话之前也会三思。他有本黄色的便签簿，把每件事都记在上面。"贝克每天工作十六小时，任何时间段他都会亲自回电话。斯图·斯宾塞说："有天晚上，我和里根沿着宾夕法尼亚大道开车，西翼所有的灯都亮着。里根说：'为什么所有的灯都开着？'我说：'嗯，他们在工作。'他说：'哦，天哪，告诉贝克回家去。'"但是，尽管贝克做了所有的准备，他还是没有预料到危机即将爆发，而且离断送里根的总统任期仅咫尺之遥。

一九八一年三月二十日，华盛顿风和日丽，里根上任才两个多月。大卫·格根冲进贝克位于西翼的办公室，带去了一个令人震惊的消息：有人向总统开枪。里根被紧急送往乔治华盛顿大学医院。迪弗和他在一起，并给贝克打了个电话，说了一些细节：枪手开枪时，总统正从华盛顿的一家酒店出来朝他的车队走去。新闻秘书詹姆斯·布雷迪和一名特勤局特工受伤，可能会送命。里根中了枪——但没人知道伤势有多严重。

---

① Peggy Noonan, *What I Saw at the Revolution: A Political Life in the Reagan Era* (New York: Random House, 1990), 50.
② 对佩吉·努南的采访，二〇一六年五月十四日。

贝克回忆说:"我们才在白宫待了两个月,总统就遭枪击了。你会想不通,怎么一切才刚开始就要结束了?"米斯出现在贝克的门口,两位幕僚动身前往医院。

过了一会儿,一个狂躁的身影冲进了贝克的办公室,他穿着一件带垫肩和肩章的风衣。来人是黑格。他眼神惊恐,抓起一部电话,要求接通副总统,而当时副总统正乘坐"空军二号"在返回华盛顿的途中。一名目睹了这一幕的工作人员说:"我想这家伙一定是疯了,他在电话里对着布什大叫:'里根后背中枪了,是后背!'我心想,你怎么知道的?这家伙在编瞎话!真是太疯狂了。"

与此同时,贝克和米斯到达医院时,总统正被人推着经过大厅。一颗子弹卡在他的胸口,要送他去做手术。"谁在看店?"里根经过时打趣道。贝克和米斯躲进门卫的小房间讨论一个关键问题:在总统可能丧失工作能力、预后也不确定的情况下,他们是否应该援引《宪法》第二十五修正案,把权力移交给副总统?

贝克担心把权力交给副总统布什看起来像是一场政变:毕竟,贝克是副总统最好的朋友,还是其前竞选主管。他和米斯当场达成一致:援引修正案还为时过早。

当"三驾马车"在医院坚守阵地时,另一场紧急会议正在召开。此时聚集在白宫战情室的有温伯格、财政部长唐纳德·雷根、国家安全顾问理查德·艾伦、司法部长威廉·弗伦奇·史密斯、菲尔丁、达曼,还有给副总统打完电话后就赶过来的黑格。

贝克让黑格负责在待在医院的"三驾马车"和白宫公开声明之间进行协调。但黑格不满足于此。他叫道:"掌舵人就坐在这里呢,怎么好像没人认真注意到。"达曼后来写道:"从心理上讲,我认为黑格的说法荒谬至极。"①

---

① Richard Darman, *Who's in Control?: Polar Politics and the Sensible Center* (New York: Simon & Schuster, 1996), 49.

副新闻秘书拉里·斯皮克斯（顶替受伤的布雷迪）在楼上的新闻发布室，正对着国家电视台的镜头说个没完。这群人盯着监视器时，正好斯皮克斯被问及白宫现在谁做主，他一时语塞。"上帝啊，我的天！他为什么这样？"黑格吼道。他从椅子上跳起来，冲出了门。过了一会儿，他出现在电视上——大汗淋漓、满脸通红地站在全世界的眼前。

"危机管理已经启动。"黑格表情严肃地宣布。（不管那是什么，听着令人不安。）但他还没说完。"依据《宪法》，先生们，"黑格结结巴巴地说，"这个国家有总统、副总统、国务卿……目前，白宫由我主事。"①

国务卿打乱了美国总统的继任顺序，目睹这奇怪的一幕，唐·雷根惊呼道："这到底是怎么回事？他疯了吗？"

在黑格这一通发作之前，战情室里的情绪就已经处于紧张状态，现在大家怒火熊熊。争论的焦点是如何向世界——无论是敌是友——表明一切都在掌握之中。大量的苏联潜艇被发现异常靠近美国东部。讨论转向了美国的军事准备，以及那个被称为"橄榄球"的装有核导弹发射密码的手提箱的下落。身为国防部长，温伯格拥有"国家指挥权"；为了防止敌人制造事端，他提高了美国轰炸机的警戒级别。

"什么样的警戒，队长？"黑格插嘴道，他汗流浃背地从新闻发布室回来了。

温伯格说："是个待命警戒，只是待命。"

"你没有准备就绪吗？"黑格问。

"不，不，不……他们可能自己提高警戒，但我只是想确认一下。"

---

① "在我看来，艾尔·黑格最终崩溃了，"吉姆·贝克说，"每当大事不妙时，他可能就会建议离开或辞职。面对雷根，你没有那么做。艾尔做了很多次，我永远不会忘记总统接受提议的那一时刻。他说：'很抱歉你这么想，艾尔，但把信给我吧。'就这样。这最终使他丢了工作。他只在那里待了一年多一点，也许是十六个月。"黑格在十七个月后，即一九八二年七月七日辞去了国务卿一职。

"'橄榄球'在我们这儿吗?"黑格问道。

"就在这儿。"艾伦说。

艾伦举起手,重重地拍了拍放在他脚边的手提箱。唐·雷根突然插嘴。

"艾尔,不要提高警戒等级——慎重点。"他警告说。

"当然,"黑格说,"肯定的。"

提高美军所称的战备等级(DEFCON level)可能会使双方都上调等级,从而导致核战争。(一级战备状态是最高等级,表示攻击近在眼前;五级战备状态为最低,表示世界处于和平状态。)现在温伯格说的话,表明他对美国的军事准备缺乏基本的了解。当被问及美国军队目前处于哪个战备等级时,他回答说:"可能是二级吧。"

黑格气炸了。美国国防部长刚刚宣布,美国军队的战备等级离爆发核战只差一级。(温伯格本想说是四级战备状态而非二级。)似乎这样还不够乱,菲尔丁、黑格和副总统的幕僚长围着一堆文件商量,而这些文件一旦经内阁多数成员的签署,就将援引《宪法》第二十五修正案采取行动——贝克和米斯已经否决过这一选项。达曼很担心。"在房间里这么转了一圈,这伙人就可能已经开始行动解除美国总统的职务了。"① 达曼走出房间,给贝克打了电话,贝克欣然同意他所信任的助手采取下一步行动:达曼理好文件,带到办公室,锁在他的个人保险柜里。贝克离开医院回到了白宫。

下午六点十五分,幕僚长走进战情室。当贝克拉过一把椅子时,争吵停止了。达曼回忆说:"这一坐,带有权力意味,房间里的这群人感受到了他那个方向散发出的气势,气焰略微矮了一截。"贝克告诉他们,总统的手术很成功,预后很好。"没有必要纠缠于谁来继任的问题。明天总统就能做决策了。"

塔特维勒说:"贝克不是完人,但他扛得住压力。他行事稳健,

---

① Richard Darman,*Who's in Control?*,53.

是个现实主义者。几乎冷静到不近人情。他不会感情用事。他能应付大量的事情而毫不慌乱。"贝克的说法是，他只是在传达实情。"当我回到战情室时，我的消息让大家平静了下来，因为那是医生说的。医生传达的信息是手术成功了。他们预计总统会完全康复。"

几分钟后，副总统的飞机降落在安德鲁斯空军基地。下午六点五十九分，布什走进战情室，大家终于都冷静下来了。达曼写道："危机感过去了。取而代之的是更平静的现实。① 不到一天前'里根革命'② 似乎可能戛然而止，现在又继续上路了。"

实情是，"里根革命"停滞了，其激进的经济议程陷入僵局。但在枪击事件后，随着公众对总统的热情高涨，贝克感觉到这是一个改变里根命运的机会。为了枪击案后总统的首次公开露面，贝克和迪弗打算召开一次参众两院特别联席会议。四月二十八日，里根在特勤局局长的陪同下，大步走进议院会议厅，全场响起了热烈的掌声。里根感谢美国人民为他祈祷，送他鲜花。然后，他抓住机会兜售他的预算法案，减税并削减三百六十六亿美元的开支。他宣称："人民希望我们采取行动，别半途而废。"贝克说："这有点讽刺，但这个差点让他赔上总统职位和性命的事件最终壮大了他的政治实力。而且这可能帮助我们实现了他标志性的政策目标——那就是［减税］并以民主党的选票来实现。"

里根准备通过与国会达成协议来减税。与自己的许多追随者不同，总统更感兴趣的是具体实施过程，而不是遵循某种意识形态路线。贝克说："他知道什么时候抓住他们，也知道什么时候收手。他是位出色的谈判家。里根总是说：'我先拿走我想要的百分之八十，然后再回来拿其他的。'他从来都理解不了那些挥舞着大旗冲下悬崖

---

① Richard Darman, *Who's in Control?*, 58.
② 一九八一年，里根向国会提出"经济复兴计划"，其中之一是"取消不利于工商业发展的规章约束和严格控制通货流量"，它所体现出的经济主张，被称为"里根经济学"或"里根革命"。这些措施是最初几年美国经济强劲复苏的重要动力，但也引发了西方世界二十余年不衰的新保守主义浪潮。——译者

的顽固分子。"

贝克和他的团队着手对众议院民主党议长托马斯·P."蒂普"·奥尼尔做工作。贝克表示:"谈到政策,总统和蒂普·奥尼尔水火不容。但他们都明白,你政治上的对头不一定是你的政敌。这就是为什么他们能够为这个国家办成很多好事。"正如杜伯斯坦所言,这两个爱尔兰人之间的立法协议是由工作人员"提前拟定的"。但总统和议长对此均没有意见。贝克回忆道:"他们会为了政策吵上一天。而五点一过,他们就聚在一起喝威士忌,讲爱尔兰故事。"

贝克不是爱尔兰人,也很少喝酒,但他和里根一样喜欢开玩笑——越下流越好。塔特维勒说:"贝克有一种邪恶的幽默感。里根也是。乔治·H.W.布什亦如此。幽默感是这三个人身上很重要的一部分。"里根的幽默感是他政治魅力的重要组成部分。(当然,吉米·卡特和沃尔特·蒙代尔发现这也是电视辩论中一个有力武器。)贝克说:"我感觉总统多少有点希望我们在每天早上九点的简报会上说些新东西,比如一个新笑话。"①

里根几乎随时随地都备着现成的趣闻轶事。但他也能在需要时即兴发挥。在对英国进行国事访问时,贝克和迪弗安排总统与伊丽莎白女王在温莎城堡骑马。时间一到,女王的马就飞奔起来——一边跑一边疯狂地放屁。里根骑着他的马紧随其后。两人回来后,女王不好意思地说:"总统先生,实在是太抱歉了。"里根微笑着低下头,说:"真有趣,我还以为是马在放屁呢。"

在里根向国会成功发表演说九天后,具有里程碑意义的预算法案

---

① 切尼记得贝克提供的笑话在一次狩猎旅行中派上了用场。"几年前,他和我在路易斯安那州打鸭子,我们在卡津县。你和一堆人出去玩。吉姆坐在那里听着,然后就放松了。笑话一个接一个,每个人都笑得满地打滚。我说,吉姆,你他妈的从哪弄来的那些笑料?他说:'是里根讲的。'他说,他们每天早上进去的时候,总统都不会立刻开始开会,除非他们给他讲个笑话。于是他就获得了这种奇妙的幽默。"

获得通过，有六十三名民主党人投了大老党①的票。（贝克指出："立法战略小组的人疲惫不堪但又非常开心，他们原本估计会有约四十张民主党人的票。"）虽然取得了胜利，但前方仍有麻烦——"里根革命"正与美国政治的"雷区"② 发生冲突。

里根可能对他最热衷的事业充满激情，甚至固执己见，多年来他一直主张让社会保障成为自愿的。斯托克曼和里根政府的卫生与公共服务部部长理查德·施威克希望正面解决这个神圣的"应得权益计划"（entitlement program）。但是贝克知道，碰这个"雷区"可能是致命的。

贝克回忆道："我的观点是，从政治角度来看，把一项改革社会保障制度的法案交到国会山真的风险很大。如果你碰了，就会触电。"向里根解释政治生活中的这些现实是白宫幕僚长的责任。"我跟总统极力争辩，说我们不该这么做。"

里根不想听这番建议。但当贝克说第一夫人也支持他时，总统就听进去了，并最终接受了。（斯宾塞证实："在这件事上南希是贝克的同伙。"）几个月后，当斯托克曼想重提这个问题时，贝克召集众议院的共和党领袖，说服里根成立一个两党的蓝丝带委员会③，为一切不受欢迎的削减提供政治掩护。因此，格林斯潘委员会将在一九八三年成功地改革社会保障制度。

"里根革命"是建立在一种信念之上的：减税将刺激经济，经济大幅增长后税收会切实地增加。斯托克曼是戴着绿色眼罩的罗伯斯庇

---

① Grand Old Party，美国共和党的别称。——译者
② third rail，即"第三轨"，又叫供电轨，是指安装在城市轨道线路旁边，单独用来供电的一条轨道。此处指社会保障系统的改革、税务改革、批评以色列、枪支管制等政治上极具争议的问题，一旦触碰势必付出高昂的代价。——译者
③ blue-ribbon committee，当某一事件的规模或敏感程度足以使一项标准调查根本不充分，可能有太多的技术问题需要考虑，或者公众可能不相信检查人员完全客观时，当局可能会要求成立一个蓝丝带委员会。它通常由公认的专家或退休的政治家组成，这些人以专业知识和客观性而闻名。——译者

尔，将把他们领到城墙上①。在初选中，老布什曾把这个想法称为"巫毒经济学"（voodoo economics）。共和党多数党领袖小霍华德·贝克称这是一场"河船赌博"（riverboat gamble）。② 然而，一九八一年八月十三日，里根还是签署了美国历史上最大幅度的减税法案——《经济复苏税收法案》（Economic Recovery Tax Act）。

不幸的是，削减这些税项的法案马上就要到期了。减税额达到了惊人的七千五百亿美元。久久不去的衰退扼杀了经济增长。斯托克曼对平衡预算的预测靠的是"未来储备"——也就是尚未实现（且永远不会实现）的大幅削减开支。突然间，里根钟爱的减税政策似乎难以为继。斯托克曼警告称，未来四年，市场将受到干扰，利率将居高不下，接下来四年里每年的财政赤字将高达一千亿美元。

唯一的解决办法是增税——这对里根来说是不可想象的前景，无论如何掩饰他都能察觉到税收的增加。塔特维勒说："我不认为里根愚蠢。我也看得到贝克和斯托克曼在白宫西翼工作。里根不会做那些细枝末节的事，他不是那样的人。但你骗不了这家伙。他们给他看图表，给他一堆乱七八糟的东西。里根说：'行了，伙计们，这是一种税好吗。'"

这一次又是贝克出马说服里根，以避免财政灾难。他说："总统坚决不肯增税，这是他发自内心的想法。"在米斯和迪弗（还有南希）的支持下，贝克警告总统不采取行动会产生的后果。里根最终默许了。"我永远不会忘记他摘下眼镜扔到桌子上，然后说：'好吧，该死，我会这么做的——但这是错的。'"

塔特维勒说："贝克以最恭敬的方式传递坏消息，这并不是说他谄媚；他压根不是这样的人——而是很有耐心。他对自己有信心，因

---

① 斯托克曼时任预算部门负责人，被誉为"里根经济学之父"，罗伯斯庇尔因坚持自己的政治主张而闻名，此处指斯托克曼会带领大家走向胜利。——译者
② Howard Baker, *Face the Nation*, CBS, August 3, 1981.

为他在来这里之前就是个人物了。"斯宾塞补充说:"吉米很擅长说:'嘿,老板,你错了。'他从我身上学到了一件事:你可以勇敢地面对一个本身就是个有把握的人的总统。"

"里根革命"即将面临另一场生存危机;一个可以说比赤字更危险的危机。一九八一年十二月,《大西洋月刊》发表了一篇文章,引发了强烈的反应。① 基于数月来与斯托克曼的交谈,这个报道是里根经济学的设计师本人对这个经济学的惊人控诉。报道援引里根的预算主管的话,指出减税是"特洛伊木马"。斯托克曼认为,供给侧经济学②的整个理念是行不通的,是不可能完成的任务。

米斯、迪弗和南希都吓坏了。他们想解雇斯托克曼。立刻解雇。贝克把预算主管叫进办公室。正如斯托克曼回忆的那样,"他的眼神冷酷无情"。

"我的朋友,我要你好好听着。你惹大麻烦了。其余的人都想让你立即滚蛋。马上。今天下午。要不是我,你现在在哪儿都不知道。"

贝克接着说:"你要和总统共进午餐。你吃的是赔罪饭。你要一口都不能剩。你要表现出真心悔过的样子,就像自己是这个世上最痛悔不已的狗娘养的……当你走进椭圆形办公室的大门时,让我看到你低声下气的样子。"③

斯托克曼照贝克的指点去做了。他与总统共进午餐——或者说"接受惩罚"——的情景被媒体描绘成一个摊牌时刻:总统会当场解雇他,还是接受他的道歉?事实上,贝克已事先说服里根,斯托克曼

---

① William Greider, "The Education of David Stockman," *The Atlantic*, December, 1981. 斯托克曼在他一九八六年的著作 *The Triumph of Politics: Why the Reagan Revolution Failed* 之中详细阐述了他对供给侧经济学失去信心的原因。
② 二十世纪七十年代初出现于美国的一个经济学流派。因强调供给(即生产)在经济中的重要性而得名。——译者
③ James A. Baker Ⅲ with Fiffer, "*Work Hard, Study … and Keep Out of Politics*!," 166.

对他们的经济议程至关重要；让他卷铺盖走人是没用的。

贝克并不是善人——只是对自己和总统的利益有清醒的认识。"他不是什么意志薄弱的软柿子——哦，让我们围坐在篝火旁唱圣歌吧，"塔特维勒说，"但是他懂得为臣之道——你断了别人的路，他们会报复你。"至于里根，一涉及解雇员工，他就成了一颗棉花糖；他会给人第二次、第三次甚至往往是第四次机会。

不久，里根的"忠实信徒"们又开始行动了。一九八三年九月，贝克正在去华盛顿的麦迪逊饭店吃午饭的路上，他的办公室打来了电话。贝克是否知道，为了调查一桩泄密事件，总统已经批准对最近一次参加国家安全委员会会议的所有人使用测谎仪？不，贝克不知道。这计划显然是比尔·克拉克搞的。贝克叫他的司机调头回白宫。

贝克回忆说："于是我们调转车头，我冲进了椭圆形办公室，总统正在和副总统布什以及国务卿乔治·舒尔茨共进午餐。我站在桌旁说：'嗯，总统先生……在我看来，这对你的政府来说将是一件可怕的事——你不能把测谎仪用在美国副总统身上。他是民选的，是依据《宪法》选出来的官员。'"

舒尔茨也不知道这个计划，话说得很直率。如果总统想让国务卿接受测谎，没问题，但这将是他辞职前做的最后一件事。贝克说："里根总统意识到他犯了一个可怕的错误。不到半天我就把局面扭转过来了。总统撤销了所有行动——当然这是他本该做的。"

贝克答应担任幕僚长一职时曾对里根说，这份工作最好"两年一轮"；两年以后，他会离开。贝克现在已经待到第三年了。他精疲力竭，焦躁不安，很希望接下来能踏足内阁。一九八三年十一月，一个机会突然出现了：贝克的死对头比尔·克拉克辞去了国家安全顾问一职。

贝克和迪弗想出了一个大胆的计划———他们相信这个计划不仅有助于他们的个人发展，还能解决一个日益恶化的问题。不像国内事务部门，白宫的国家安全部门一片混乱，就像个功能失调、内斗不断的疯人院。贝克认为，如果他成了国家安全顾问，就能改变这种状况。迪弗将成为幕僚长，内政和外交事务将会无缝对接。贝克说："迪弗是里根家族最亲近的助手，他会成为一名非常优秀的幕僚长。恕我直言，我也会是一个优秀的国家安全顾问。"

要是里根的"忠实信徒"听到了他们这个计划的风声，一定会竭尽全力将其扼杀。所以，贝克和迪弗先得到了布什、舒尔茨、斯宾塞和南希的支持，然后才在私底下向里根提出了这个想法。总统同意了。塔特维勒准备好了一份新闻稿。用贝克的话说，这次改组已经"铁板钉钉"。

但是贝克没有想到事情会提前泄露。在正式宣布之前，里根在去国家安全规划组①开会的路上，不经意地向克拉克提到了这番安排。贝克的死敌没有表现出丝毫惊讶，只是要求总统推迟宣布。会议期间，克拉克草草写了几张纸条交给米斯、凯西和温伯格，请他们会后来见他和总统。

贝克后来写道："时机决定一切，我们败就败在时机上。迈克和我都不知道总统在和我们的'末日四骑士'② 会面。""四骑士"中有一位是柯克帕特里克，她也反对这项计划。凯西告诉里根，他不能把国家安全委员会的工作交给贝克，他认为贝克是"华盛顿最大的泄密者"③。所以里根告诉贝克和迪弗，他想在周末考虑一下。贝克说："总统先生，我不想成为你的麻烦。如果有那么多人反对，那就

---

① National Security Planning Group，里根成立的他自己的审议隐蔽行动的专门机构，以取代卡特政府时期的特别协调委员会，其成员包括副总统、国务卿、国防部长、总统国家安全事务助理、中情局局长以及总统的三个顾问——幕僚长、副幕僚长和总统私人顾问。——译者

② four horsemen of the apocalypse，出自《圣经·新约》末篇《启示录》第六章，传统上和现代文学作品中将其解释为白马骑士（瘟疫）、红马骑士（战争）、黑马骑士（饥荒）、灰马骑士/绿马骑士（死亡）。——译者

③ Ed Meese Ⅲ, *With Reagan: The Inside Story* (Washington, DC: Regnery Gateway, 1992), 114. [贝克的]"末日四骑士"之一米斯仍然坚称，贝克在国家安全委员会的工作中不会如意："我无法想象他在这个职位上取得成功，因为他与温伯格、柯克帕特里克和凯西会起冲突的。"

算了吧。"知道计划告吹,迪弗对此很难接受。

里根决定不把贝克调到国家安全委员会,此举将产生深远而意想不到的后果。总统后来写道:"我决定不任命吉姆·贝克为国家安全顾问……是个转折点……尽管当时我并不知道它的影响会有多大。"①

但就目前而言,随着谋求连任的时间临近,里根的政治命运正在好转。经济衰退速度已经放缓。就业机会正在回升,通货膨胀得到了控制。作为一个果断的领袖,里根的人气越来越高。当空中交通管制员工会(Air Traffic Controllers Union)号召举行非法罢工时,里根解雇了这些人。当美国学生在格林纳达小岛上遭到叛乱分子的威胁时,里根派了一支部队闯入该岛营救他们。无论如何,所谓的"越南综合征"(Vietnam syndrome)以及卡特时代的瘫痪状态,已被驱散。贝克和迪弗委托麦迪逊大道的一个全明星团队来制作竞选连任的电视广告:他们把口号定为"美国迎来晨光"。

民主党人反驳说,"里根革命"把数百万人抛在后面。(在民主党于旧金山举行的全国代表大会上,纽约州州长马里奥·科莫把里根最喜欢的说法之一"山巅上的光辉之城"②拿来对付他,说:"光辉之城还有这样一部分:这部分的人付不起抵押贷款,大多数年轻人连一项贷款也还不上。"③)民主党的总统候选人沃尔特·蒙代尔把总统描绘成一个虚有其表的人,说在他主政之下美国人的安全有虞,赤字已到危险地步。

总统电视辩论共安排了两场,达曼(他模仿蒙代尔简直惟妙惟肖)被派去为里根做准备。但里根在第一场辩论中的表现很糟糕。他的回答很混乱,整个人看上去又老又糊涂。

不好好为辩论做准备,是竞选连任的总统都有的一种狂妄。塔特

---

① Ronald Reagan, *An American Life* (New York: Threshold Editions, 1990), 448.
② shining city on a hill, 出自《马太福音》关于盐和光的隐喻,以提醒在新英格兰建立马萨诸塞湾殖民地的清教徒殖民者,他们的新社区将成为一座"山上的城",被整个世界所注视。——译者
③ 引自马里奥·科莫的演讲 The Tale of Two Cities。——译者

维勒说:"倒不是因为他们荒废了,而是一种态度。'我是美国总统——你在说什么?我有"空军一号",有"海军陆战队一号"①,我拥有一切。我不想忍受这种事。'"不过,尽管里根承认他应该为自己的糟糕表现负责,但南希和总统最亲密的朋友们坚持认为这是他手下的错:里根准备过头了。内华达州参议员保罗·拉克索尔特表示:"总统被事实和数字压得喘不过气来。他做的是一个简报,这毫无意义,把他折磨惨了。"②里根的核心圈子责怪辩论教练迪克·达曼,顺带着也指责了贝克。

第一夫人、米斯和迪弗都认为:达曼必须走人。贝克说:"迪弗来找我,说我们得开掉他。我说:'告诉你吧,我不会因为这事解雇迪克·达曼。我们为总统做的准备和我们之前〔在一九八〇年〕为他做的准备完全一样。我不会开掉他的。'"贝克坚持自己的立场,达曼留下了。他为副手所做的辩护,既出于忠诚也是务实之举:达曼是能让白宫正常运行的人。

但这些争斗给贝克带来了巨大的伤害。他快被压垮了。"即使在最理想的状态下,这也是一项极其艰难的工作。"他说,"而且因为我还得应付米斯以及那些一直找我麻烦的空想家,事情就变得更困难了。我干了四年零两个星期,比之前任何幕僚长都长,而且还没坐过牢!"贝克夜以继日地工作,从骨子里感到疲惫不堪;他的妻子苏珊受够了,他觉得自己再也无法忍受内耗了。

被他嘲笑为"辩论门"的事件,成了压垮他的最后一根稻草。贝克决定去向总统请辞。"我说:'总统先生,有一件事我很确定,那就是白宫员工永远不该成为新闻话题。事情已然这样,如果你想让我辞职,我乐意之至。'"里根困惑地看着他的幕僚长。"总统对我说:'绝对不行。我不想你辞职。'"

---

① 指美国总统乘坐专用直升机的无线电代号。——译者
② Paul Laxalt,一九八四年十月十一日的媒体会议。

于是，贝克留了下来，但他在找退路。据说，里根夫妇的批评深深地伤害了他。传记作家坎农写道："贝克并不像他看起来的那么难搞。公众把指导辩论的人当作替罪羊……这让他觉得里根夫妇——尤其是第一夫人——只知'索取'，对他们的付出缺乏真正的感激之情。"①

"不，那样写有点过分。"贝克回应道，"我失望吗？当然。但不是对总统。也不是对里根一家。"他的声音柔和了起来。"是的，是南希、拉克索尔特、斯图和迪弗。他们想找个替罪羊。而我不会当替罪羊。"

我问斯宾塞——贝克夫妇的好友兼里根夫妇的心腹——这位幕僚长是否觉得自己没有得到他们的赏识。他想了一会儿，然后回答说："事情我都看在眼里。我不知道——但他们确实从没有说过什么感谢的话。你知道？"② 他扬了扬眉毛。

"那不是一段开心的时光，"塔特维勒说，"我的意思是，你懂的，这又不是坐在懒人沙发上玩。我认为，总体而言，政治是一项服务用户的业务。如果你干了这行整天想着因为你的巨大贡献而得到感谢，那你就入错行了。无论是吉姆·贝克，还是我这个级别的人，都不会这样。"

在第二次电视辩论中，里根恢复了随和和自信，还和蔼地做了个即兴应答："我不会在这次竞选中拿年龄当话题。我不会为了政治目的而拿我对手的年轻和缺乏经验说事。"这句话给了蒙代尔致命一击。里根以压倒性优势赢得连任，得到了四十九个州的支持，拿下了五百二十五张选举人票。

---

① Lou Cannon, *President Reagan: The Role of a Lifetime*, 482.
② 南希·里根非常尊敬贝克，甚至选择他为她致悼词。但她的钦佩并不是无条件的。在回忆录 *My Turn* 中，她写道："虽然吉姆为罗尼做了很多，但我始终觉得他的主要兴趣在他自己。他是个雄心勃勃的人，当他在担任四年幕僚长后筋疲力尽时，他向罗尼明确表示他想当国务卿。罗尼的人选是乔治·舒尔茨，但当布什成为总统后，他的愿望实现了。"

对贝克来说，庆祝的时间转瞬即逝。十天后，《华盛顿邮报》的一篇负面报道激怒了雷根，他打电话给幕僚长，抱怨贝克的手下泄露了消息。贝克否认了，但雷根不为所动。从不知含蓄为何物的雷根大喊道："去你妈的，去你祖宗十八代！"① 然后他砰地挂断了电话。贝克去见了雷根，"我们都在海军陆战队待过，就用我们的方式快点了结这事吧。"接着雷根向贝克提了个建议。"我们应该对调工作。"他说。

"你是认真的吗？"贝克问。

"我想是的。"

"噢，那你注意了。我也许会接受你的建议。"

"你准备好了就来找我，我随时恭候。"

贝克回到了白宫，"与我自己的'三驾马车'——苏珊·贝克、迪克·达曼和玛格丽特·塔特维勒——商量此事"。他和达曼拿出了黄色便签簿，列了一份利弊清单②——先从继续担任幕僚长的坏处开始：

> 留任
>
> 坏的一面：
>
> 1. 一出事就首当其冲，得对任何和所有的"失败"负责
> 2. 如何辩护？？？
>    幕僚长与国务卿职位对调或许是个办法
> 3. 不得不重新配备的人手是不招人喜欢的人
> 4. 事事重复，有点无聊
> 5. 一九八六年在参议院失利

---

① Lou Cannon, *President Reagan: The Role of a Lifetime*, 489.
② The private papers of James A. Baker III, Sealy Mudd Library, Princeton University.

6. 事态恶化时，可能反政变①或任期不顺

接着，贝克和他的副手列举了留下来的好处：

好的一面：
1. 可能成为现代历史上任期最长的幕僚长
2. 可能当上国务卿
   （问一下??）
3. "责任重大"

达曼总结了去财政部的利弊：

财政部
坏的一面：
1. 会陷入财政收入大战中（留任［幕僚长］也一样）
2. 一堆"逃离沉船"②的破事（跟唐纳德·雷根交换多少能挽回一点面子）
3. 不如国务卿（但是"一鸟在手，胜过二鸟在林"）

好的一面：
1. 帮助里根建立势头（詹姆斯·A.贝克依然是经济方面的主要发言人）
2. 严肃的、实质性的工作

---

① counter-coup，即以新一轮政变推翻之前通过政变上台的政府。此处指推翻里根政府。——译者
② 语出"like rats leaving a sinking ship"，意思是临阵逃离即将失败的局面，或匆忙离开，心里只想着自己的幸福。这个短语来自一个流行的概念，即当船下沉时，老鼠是第一个弃船的。——译者

  回归专业形象（不只是政客）

  对未来更好的定位

  a. 公共生活

  b. 私人生活

 3. 可以有自己的议程——始终是"赢家"

"可能当上国务卿"后面的注，意思是他希望里根任命他担任这个职务吗？我问贝克。

"不，是说可能在布什任内。"他答道，"我当时满脑子想的是如何从那个政治破坏中脱身，你明白吗？这是最重要的。其次是争取到一个实质性的举足轻重的内阁职位。"

与雷根交换工作一事，"在他们两人的心目中已经板上钉钉，"塔特维勒回忆说，"显然，他们得去和里根谈一谈，得到他——和南希——的首肯。但我不认为在他们说'好吧'之前还有什么大问题要解决。接着，消息一宣布，事儿就成了。"她笑着回忆起早些时候贝克没能去成国家安全委员会的惨败经历。"因为贝克知道，一旦公开宣布，那就成功了！"

贝克做这份工作的时间创下了当代最长的历史纪录，更重要的是，他重新定义了这个职位。曾经为三任共和党总统服务的玛丽·马塔林表示："三十四年后我想说的是，'要像詹姆斯·A. 贝克三世那样做事'[①]。你必须有钢铁般的神经，必须有无穷的精力，必须知道如何调整自己的节奏——因为这不仅是最重要的工作，也是最艰难的工作：你干活得一顶三。但如果你的本事不能补总统之不足，所有这一切都不重要了。詹姆斯·贝克做到了，他壮大了总统的力量，与总统合作无间——他成了一个领袖。"

极为争强好胜的民主党人约翰·波德斯塔表示，贝克是个超越了

---

① 对玛丽·马塔林的采访，二〇一四年四月二日。

党派分歧的人。"我认为,如果你要我们这些曾经在这个岗位上任职的人说出两三位最优秀的白宫幕僚长,詹姆斯·贝克一定会在所有人列的名单上。"①

肯·杜伯斯坦也在密切注视贝克。他说:"总统们有时会犯这样的错误,即聘用白宫幕僚长的时候,想找个能带他们参加舞会的人,而不是执政时能与之共舞的舞伴。竞选时,你会试图妖魔化你的对手。执政时,你要把对手当成爱人。② 这就是结盟的方式。吉姆·贝克了解竞选,而在治理国家方面更是个行家里手。"

有人认为贝克是在和总统共掌大权,他并不这么认为。他说:"白宫幕僚长的权力非常大。你可能是华盛顿第二最有权势的人。但是一旦你忘记了你的权力完全来自总统,那么你就有麻烦了。你的工作是确保总统能了解每个问题的方方面面,但这并不意味着不表达你自己的意见。"

斯图·斯宾塞依然亲切地称罗纳德·里根为"我的兄弟"。他说:"没有吉米,我的兄弟永远不可能成为传奇。"

一九八五年二月三日,贝克交给罗纳德·里根一封信。③

敬爱的总统先生,

我谨呈上这封辞职信,辞去总统幕僚长兼助理一职。

你给了我此生最大的殊荣,让我有幸在过去四年中担任你的幕僚长——这四年,无疑会被历史学家视为一个极其必要并有着惊人成就的时期。我知道你喜欢说这些成就是整个团队的努力,但如果是这样的话,那我必须说,在我们国家的历史上,很少有一个团队能受到如此干练的领导和激励……你的成功当选和以身

---

① 对约翰·波德斯塔的采访,二〇一二年十一月九日。
② 对肯·杜伯斯坦的采访,二〇一一年八月十日。
③ The private papers of James A. Baker Ⅲ, Sealy Mudd Library, Princeton University, February 3, 1985.

作则，使得总统一职的影响力、目标和效力得以恢复。

第二天，唐纳德·T. 雷根搬进了贝克之前的办公室。这位直言不讳的爱尔兰人曾是美林银行的前董事长，是一位工作卓有成效的财政部长，也是里根最喜欢的内阁成员。但在一部分人看来，雷根入职显然意味着麻烦降临。佩吉·努南说："他不是个好人选，他是华尔街的首席执行官。其他人要是像唐·雷根那样自负的话，会知道藏着点儿，除了跟自己老婆发脾气，其他时候不要显露出来。可唐·雷根做不到。"

# 第五章　"千万别挂第一夫人的电话"

唐纳德·雷根、小霍华德·H. 贝克、
肯尼斯·杜伯斯坦和罗纳德·里根

唐纳德·雷根在椭圆形办公室外的走廊里紧张地等待着。那是一九八五年一月七日，里根的这位财政部长在詹姆斯·贝克和迈克尔·迪弗的陪同下，正在心里反复排练为面见美国总统而准备的说辞。屋里人示意他们进去，迪弗打破了僵局："总统先生，我终于给你带了一位同龄的伴儿。"①罗纳德·里根微笑着站起来，绕开桌子走过来。

"唐想和你谈谈他已经跟我和吉姆谈过的一些事情，"迪弗说，"我们想知道你对此有什么看法。"②这是里根任期的一个关键时刻。几个月后，管理里根政府的"三驾马车"将不复存在：贝克将辞去幕僚长一职，出任财政部长；米斯将辞去总统顾问的职位成为司法部长；迪弗会离开去当一名说客。唐纳德·雷根将成为里根的新幕僚长。但在里根政府最高层发生如此巨大的变动之前，得先经过里根本人同意。

雷根永远不会忘记自己所陈述的当幕僚长的理由，以及总统应对时的风范。雷根在他的回忆录《事实可鉴》（*For the Record*）中写道："［里根］看起来很平静，很放松，几乎有点漠然。在当时的情况下这似乎有些奇怪……如果我处在总统的位置，我会向申请此职者提很多问题。你和吉姆·贝克会有什么不同？你将如何处理与国会的关系？你对国防和外交事务了解多少？你要带上谁一起工作，又要解雇哪些人？你想改变哪些做法？你将如何应对媒体？你为什么想要这份工作？"

但是总统只是听着，和蔼地点点头。雷根写道："里根没有问任何问题。我不知道他为什么这么消极。他看看迪弗和贝克，好像在查看他们脸上的表情，但也没有问他们任何问题。"当他陈述完毕，里根只是说了一句，"好，我愿意一试"。

总统这种漠不关心的样子让雷根很吃惊。他和里根在一起非常愉快——讲讲故事，说说爱尔兰笑话——但里根和他在一起的时间从未超过几分钟。他写道："幕僚长和财政部长互换岗位，以及由此带来的日常生活和行政管理上的变化，总统对这些新变化欣然接受，这让我感到惊讶。他似乎不是在做决定，而是在接受既成事实。有人可能会以为，这件事是某个不在场的人已经安排好的。"

事实上，事情已经定了。在总统办公室会议召开的前几天，贝克和迪弗的这项计划已经得到了"人事主管"——第一夫人——的批准。南希·里根坚定地捍卫她丈夫的最大利益。贝克说："谁心生歹意，她立马能感知到。"第一夫人的直觉让肯·杜伯斯坦想起了她丈夫最喜欢的一句俄罗斯短语："你还记得那句话吧：'信任是必须的，但核实也是必要的'？嗯，他给信任，她来核实。"

然而，值得注意的是，在选唐·雷根这件事上，南希·里根的雷达失灵了。如果说一下子失去总统最亲密的三位顾问的前景让她踌躇不前的话，那么她显然既没有对"三驾马车"说过，也没有向她的丈夫提起。直到后面回想起来，南希·里根才意识到同意贝克和雷根互换岗位是个多么严重的错误。她写道："如果有奇迹发生，能让我

---

① Lou Cannon, *President Reagan: The Role of a Lifetime*, 493.
② Donald T. Regan, *For the Record: From Wall Street to Washington* (San Diego: Harcourt Brace Jovanovich, 1988), 227.

收回罗尼任期内的一个决定，那就是［这一个］。"① 她承认，新的工作安排导致了一场政治灾难。

唐纳德·托马斯·雷根出身于爱尔兰天主教工人阶级家庭，一路走来颇不容易。作为一名波士顿警察之子，他拿着部分奖学金进了哈佛大学。毕业后，他加入了美国海军陆战队，在南太平洋转了一圈之后，他去了华尔街，在美林银行实习。雷根雄心勃勃，干劲十足，一路过关斩将，最终坐上了董事长的位子。他声称华尔街"恨他入骨"，说华尔街是个会员制的卡特尔俱乐部。里根钦佩他白手起家、发奋图强取得的成功，也喜欢他下流的不登大雅之堂的幽默。

佩吉·努南回忆道："他长得像二十世纪三十年代的电影明星乔治·拉夫特，头发灰白，深陷的双眼，一身考究的西装。他给我的印象是一个爱尔兰流氓——可他来自华尔街，那就是另一种爱尔兰流氓了。"② 的确，雷根习惯于按自己的方式行事，大声发号施令，搜罗各种象征权力的东西。不仅是价值上千美元的西装、袖扣和口袋方巾，或者一路闪灯的政府豪华轿车和为他服务的特勤人员。在他与总统的第一次出行中，雷根加了一个新的礼仪——在他进房间之前，会有人宣布："女士们，先生们，美国总统的幕僚长驾到！"（消息传到贝克和迪弗的耳朵里，他们大为震惊。）

雷根带到白宫西翼的人增强了他盛气凌人的气焰。贝克的得力助手达曼、塔特维勒、斯托克曼和格根都走了，他们几个不仅了解白宫的人事制度，而且了解政策和政治——还敢于挑战他们的上司。取而代之的是一群拍雷根马屁的人，用斯宾塞的话说，"他们所有的时间

---

① Nancy Reagan with William Novak, *My Turn: The Memoirs of Nancy Reagan* (New York: Random House, 1989), 312. 当谈到曾短暂担任过国家安全顾问的比尔·克拉克时，南希的人事雷达更加敏锐。"我认为他不适合这份工作，"她写道，"克拉克曾在罗尼位于萨克拉门托的州政府工作过，但即便如此，我也从未真正和他相处过。他作为用户的身份惊到我……我跟罗尼谈过他，但罗尼喜欢他，所以他待在这里的时间比我想的要长。"
② 二〇一六年五月十四日对佩吉·努南的采访。

都用来敬礼了"。

除了对雷根阿谀奉承,这群人对白宫的管理方式一无所知。努南回忆道:"我立刻有种感觉:这行不通。这帮人只是二流货色,不知道自己不知道什么。这将给目前运转良好的白宫带来麻烦:你不必把所有的齿轮都拆掉。"早些时候,她堵住新闻秘书马林·菲茨沃特,问:"'马林,你认识这些人,他们是怎么回事?'他展开双臂上下扇动起来。他说:'他们是还不会飞的雏鸟,就只会到处扑腾。'他说得没错,他们就像翅膀在建筑物墙上撞来撞去的鸽子。"但努南创造的一个说法流传最广。"我给他们起了个外号叫老鼠。因为他们总是在地板上跑来跑去。"

莱斯利·斯塔尔后来写道:

> 平心而论,里根同意贝克和雷根交换职位的那一天,就是他的白宫失去魔力的那一天。由贝克、达曼、迪弗和格根组成的第一任期团队明白总统能做什么,不能做什么。他们知道里根有丰富的常识,但他们也知道他消息不灵通。向他解释问题必须言简意赅……唐·雷根对此一无所知。① 没有人留下来解释给他听。

贝克担任白宫幕僚长的时候曾明确表示:"这个头衔(Chief of staff)中最重要的词是 staff(幕僚)。"雷根的想法则不一样。"他之所以想要这份工作,是因为他觉得这对他有好处:他会成为明星。"汤姆·布罗考回忆道,"他[在财政部]不得志,因为他成了旁观者。他不明白吉姆之所以如此成功,原因在于他在管理白宫时的谨慎。雷根完全误解了幕僚长这份工作的职责。"理想情况下,总统是首席执行官,而幕僚长是他的首席运营官。杜伯斯坦说:"雷根把自

---

① Lesley Stahl, *Reporting Live* (New York: Touchstone, 1999), 222.

己看成首席执行官,把罗纳德·里根当成退休的董事会主席。"①

斯图·斯宾塞在他位于加州农场的房子里远远观望,有些心烦意乱:"我看着新闻上的这些照片。有美国总统的——就一定有唐·雷根。每张照片里都有雷根的身影;我就是从那时开始不安的。"斯宾塞试图给这位新任幕僚长一些忠告:"每次我去华盛顿,都会和雷根坐下来谈谈。我每次都会谈及——如何照顾第一家庭、饮食起居方面要注意什么。'因为每个总统和他的家庭都是独一无二的。你要这样处理,诸如此类的'——而他颇为不屑。"斯宾塞挥挥手,好像在拍苍蝇。"如此这般大概四五次之后,我说:'去他妈的。'"②

雷根一上任就划出了自己的权力范围。在接受《华盛顿邮报》采访时,这位新任幕僚长对前任贝克用大把时间与媒体交流表示惊讶:他该有更重要的事情要做。雷根还发誓说他不会忽略任何细节:"就算是一只麻雀飞到白宫草坪上,我也会知道的。"

但里根第二任期的首次重大危机让他的新幕僚长猝不及防。德国总理赫尔穆特·科尔邀请总统参加二战四十周年纪念仪式。作为纪念活动的一部分,科尔邀请里根和他一起向德国的阵亡将士公墓敬献花圈。

精心安排这次行程是迪弗离开白宫前的最后一项重任。二月,他和他的先遣小组在一个名叫比特堡的地方选了个地点。"墓地我去看过了,非常理想,"他回忆道,"上面覆盖着漫漫冬季留下的皑皑白雪。"③ 但迪弗不知道,新雪覆盖下的不仅有德国士兵的坟墓,还有纳粹党卫军的墓——"所有证据都表明,这些死去的军人在战争期间犯下了难以形容的恐怖恶行。"

白宫宣布,里根访德期间,将"本着和解的精神"参观一座二

---

① 二〇一四年九月二十三日对肯·杜伯斯坦的采访。
② 二〇一六年三月二十一日对斯图尔特·斯宾塞的采访。
③ Michael K. Deaver, *A Different Drummer: My Thirty Years with Ronald Reagan* (New York: Harper-Collins, 2001), 104.

战军人墓地。消息一出，引起了公愤。犹太人和退伍军人团体对此感到震惊。国会一片哗然。

但是里根已经答应了他的朋友科尔，因此拒绝让步。"我认为参观那个墓地没有什么不对，"他对着一群广播电视主持人不肯松口，"这些年轻人是纳粹的牺牲品，即便他们穿着德国军装作战，为实现纳粹的邪恶目的而应征入伍。他们跟那些集中营里的人一样，也是受害者。"

总统这种不三不四的比较，引发了更多的抗议。美国希伯来会众联合会（Union of American Hebrew Congregations）的拉比亚历山大·辛德勒谴责了总统的言论："把决意征服世界的德国军人的命运和六百万犹太平民——包括一百万名无辜的儿童——的命运相提并论，这是歪曲历史，颠倒是非，是对犹太人群体无情的冒犯。"[1]

当那座墓地埋有纳粹党卫军的消息传出后，南希·里根敦促其丈夫取消这次访问。迪弗和其他高级职员意识到他们犯了一个错误，雷根也意识到了（尽管一开始他对犹太人攻击里根的行为非常愤怒，所以他倾向于不予理会照原计划行动）。在第一个任期内，贝克、迪弗和南希（在斯宾塞的协助下）的合力会让总统醒悟过来。但这一次，里根不会让步——即使大屠杀幸存者埃利·威塞尔在造访白宫时提交了一份言辞恳切的请求："总统先生，假如可能的话，请允许我恳求你另外做些事，请想个别的方法、别的途径、别的遗址。那个地方，总统先生，不是你应当去的地方。你应该与被党卫军迫害的人站在一起。"

"我的生活变成了活生生的地狱，所以我可以想象罗纳德·里根经历了什么。"[2] 迪弗后来写道。在与贝克发动的"宫廷政变"流产后，迪弗未能当上幕僚长，受此打击，他变得心灰意冷，时常酗酊大

---

[1] H. W. Brands, *Reagan: The Life* (New York: Anchor Books, 2016), 479.
[2] Michael K. Deaver, *A Different Drummer*, 104.

醉。他和南希·里根的友谊正在破裂。他写道:"她认定是我毁了她丈夫的总统生涯,也许还毁了他的余生。我们之间发生了一场非常痛苦、很伤感情的对峙。我已经是一具行尸走肉,因为我误了罗纳德·里根大事。让我的朋友南希失望则更令我万劫不复。"

随着这场灾难的波及面逐渐明朗,白宫幕僚长打算推卸责任。雷根指责迪弗事先没有查清有党卫军的坟墓。"这到底是怎么发生的?"① 他问道。(雷根后来指责迪弗"每天要喝一夸脱苏格兰威士忌,还得用薄荷糖来掩盖嘴里的味"。)里根似乎对这些尖刻的言辞泰然处之,他把一切都归咎于怀有敌意的媒体。但他在情感上受到了伤害。

在南希看来,这件事是极其严重的,责任并不是迪弗一个人的。正如 H. W. 布兰兹在《里根传》(*Reagan: The Life*)一书中所写的那样,"她责怪唐·雷根让她的丈夫陷入如此尴尬的境地,她委婉地责怪自己的丈夫用人不当,以致雷根把他害成这样。"②

唐·雷根的麻烦才刚刚开始。一九八五年春天,总统做了结肠镜检查,显示有一个息肉;他的医生计划在七月进行手术切除。手术过程中,医生在结肠一侧发现了一个高尔夫球大小的肿块;必须要再做一次手术将其拿掉。自从枪击事件发生后,南希就一直担心丈夫的健康,现在她心烦意乱。"我觉得自己好像被一辆十吨的卡车撞了。"她说。

"南希·里根生气时会有轻微的结巴,"③ 雷根回忆说,"当她从贝塞斯达海军医院给我打来电话时,声音带着颤音。治疗这样一种疾病,抓紧时间是至关重要的,所以当她告诉我手术可能会推迟一天半时,我很担心——或者更恰当地说,是忧心忡忡。'我觉得这其中还有点别的什么,'我问得很小心,因为我们是在通电话,'我这么说

---

① Donald T. Regan, *For the Record*, 260.
② H. W. Brands, *Reagan: The Life*, 485.
③ Donald T. Regan, *For the Record*, 3.

对吗?'

"'是的,也许吧。'第一夫人回答。"

南希后来会一口咬定她的意思是"罗尼的病情可能比这严重",她不想在电话里说。但据雷根所说,这次"推迟"是因为里根任期内严守的一个机密:第一夫人当时正在咨询一位占星家。

南希受其好友、好莱坞脱口秀主持人默夫·格里芬的怂恿,从一九六五年开始涉足占星术;一九八一年三月的暗杀未遂事件之后,她开始更加倚重她的"朋友",一个叫琼·奎格利的灵媒。① 与南希商量后,确保里根的日程安排与行星保持一致的差事归迈克·迪弗管。在第一个任期内,这个秘密被严防死守,连吉姆·贝克的手下都不知情。直到有一天,白宫的记者团因为一次海外访问的行程闹翻了天。"媒体都在问:'你们他妈的为什么要让我们凌晨三点从安德鲁斯[空军基地]出发?'"贝克的一位助手说,"我追着贝克问:'老天啊,为什么我们要在那个钟点把这些人拖到那里?'于是他说:'你干嘛不去跟迈克谈谈这事呢?'"这位助手去问了迪弗。"我记得他跟我说了占星家的事。这简直疯了。我从来没有告诉过任何人。一个人都没有。连跟家人也没提过。没人。我回到贝克的办公室。我记得他转过身来说:'你**现在**明白了吗?'"

里根住院期间,雷根更加为所欲为。为了让全世界知道谁在主事,他不惜跟媒体透露一些不该说的。七月十五日,《纽约时报》报道称:"里根总统的幕僚长唐纳德·T.雷根是白宫的主导人物……。日复一日,雷根对政府机构的掌控越来越牢固。一位不愿透露姓名的白宫助理说:'大家都是给雷根打工的。'"这句自私自利的话让南希很不高兴。但比这更糟的一句是:"总统夫人南希·里根越来越依赖雷根先生,这进一步巩固了他的地位。"

---

① 在解释为何咨询奎格利时,南希写道:"没几个人能理解遇上这摊子事的感受:丈夫遭到枪击,差点没命,然后让他一直暴露在人海、成千上万的人中,其中任何一人都可能是个带枪的疯子……。我在尽一切办法保护我丈夫,让他活着。"

这是雷根一厢情愿的想法。她非常生气。首先，第一夫人冷眼看着幕僚长频频使用总统的直升机"海军陆战队一号"去医院探病。她写道："即使在那时，我就隐约明白唐·雷根身上哪些事在日益烦扰着我，那就是他经常表现得好像他是总统似的。"① 在南希看来，更糟糕的是，雷根在总统手术后急于让其恢复工作。雷根看到里根康复得很好，便认为总统完全可以在病床边接见访客。南希大为光火。她抱怨道："手术后不到四十八小时，唐就想带乔治·布什和巴德·麦克法兰去见总统。我觉得这也太急了吧——"

她打电话给雷根，问道："你为什么要这么做？这太过分了。他需要休息。"

还会有更多愤怒的电话打来。


比特堡事件以及与南希起的摩擦只是一场全面危机的前奏。很快，里根和白宫将卷入一场丑闻，它将动摇美国人对里根的信任，并有可能终结他的总统任期。

一九八六年十一月三日，黎巴嫩一家名为《船桅》（*Ash-Shiraa*）的报纸发表了一篇报道，离奇到让人难以置信。据报道，一名美国国家安全官员曾飞往德黑兰执行一项大胆的秘密任务。尽管对伊朗实施严格的武器禁运，这架 C‑130 飞机上还是装载了军用配件。这位官员——国家安全事务助理巴德·麦克法兰——以一种超现实的方式给他的伊朗东道主带去了以下礼物：一个钥匙形状的镂空蛋糕，里面放着一本《圣经》。此事将演变成"伊朗门"丑闻，这也是"白宫幕僚长可以改变历史进程"之论点的一个证据。里根本人的结论是，在詹姆斯·贝克任内绝对不会有这种丑闻。

有关德黑兰之行的报道发表之际，里根正在白宫主持欢迎大卫·

---

① Nancy Reagan with William Novak, *My Turn*, 313.

雅各布森回国的仪式,这名美国人在黎巴嫩被关押了一年后,刚刚被伊朗支持的武装分子释放。

一开始,白宫捂得严严实实。面对一群大喊大叫的记者,里根暴躁地做出了回应。他厉声说:"我们不可能在不危及我们试图营救的人的情况下回答与此相关的问题。"

"先生,为什么不明确告诉我们实情,以消除这种猜测呢?"

总统回答说:"因为在我们把这些人带回来之前,这事必然会反复发生。"

里根在他的日记中指出,媒体正在追逐"一个源自贝鲁特的无稽之谈,即我们用武器向伊朗换取了人质雅各布森的自由。我们要传达的信息是,在这件事上我们不能也不会回答任何问题,因为这样做将危及我们想帮助的人的生命"。①

回答这些问题也会暴露一个事实:美国政府一直在跟死敌伊朗进行军火交易,以换取美国人质。

有七名美国人被黎巴嫩"真主党"武装分子扣押,美国人质在黎巴嫩的这般困境对里根造成了沉重的压力。蒂普·奥尼尔指出,虽然总统无法领会像贫困人口数量这样的抽象概念,但他可能会被个体的故事感动得落泪。在里根眼里,这些人质有血有肉,如果无法采取行动解救他们,会令他寝食难安。一想到威廉·巴克利此时正遭受绑架者的酷刑,里根内心就备受煎熬,巴克利是中央情报局贝鲁特站站长,一九八四年三月遭绑架。

"伊朗门"事件是里根的国家安全委员会搞出来的,随着贝克和米斯离职,这群人缺乏心智成熟的人引领监督,已经职能失调。接替比尔·克拉克担任国家安全顾问的是罗伯特·"巴德"·麦克法兰,他野心勃勃,缺乏安全感,喜欢把事情搞得神神秘秘。而稍后接替麦克法兰的海军上将约翰·波因德克斯特,喜欢抽烟斗,性格内向,缺

---

① Douglas Brinkley, ed., *The Reagan Diaries* (New York: HarperCollins, 2007), 448.

乏政治或法律头脑。陆军中校奥利弗·诺斯是个狂热的牛仔。还有凯西，这人讲话如此难懂，人送外号"咕哝"，就是这伙人将把里根带到被弹劾的边缘。①

最早想出该计划的是麦克法兰。苏联正对中东虎视眈眈，他认为美国应该抓住一切机会恢复其对伊朗的影响力。凯西也有此意，但同时又在为另一件事分神：争取让中情局贝鲁特站的巴克利获释——后者可能在酷刑之下招出中东地区中情局特工的名单。

一位以色列官员曾与麦克法兰接触，告诉他伊朗领导层中有温和派人士希望改善与美国的关系。他们将通过释放巴克利和其他人质来证明这一点——条件是美国同意向伊朗运送美制反坦克武器。

里根在一九八五年七月进医院接受肿瘤手术时得知了这一计划。他在日记中写道："伊朗人做出了一些奇怪的试探。巴德·M.[麦克法兰]明天会来这里讨论这事。这可能是救回我国七名人质的一个突破口。"

第二天，当着唐·雷根的面，麦克法兰向总统简要介绍了这次秘密行动。正如幕僚长后来对调查人员所说："总统问了不少问题之后……同意了，说，好的，去吧。"②

里根很清楚，他已经批准了用武器换人质。他在日记中写道："国家安全委员会在等着我们的决定，即尽力将五名我国人质带出黎巴嫩。包括向伊朗出售两枚反坦克导弹。我同意了。"

传记作家卢·坎农写道：

---

① 总统的老朋友斯图尔特·斯宾塞有自己的想法，他认为里根可能是稀里糊涂地批准了"伊朗门"行动："奥利弗·诺斯是个神经病，疯子。麦克法兰是个聪明人，但情绪不稳定。凯西（"咕哝"）——你弄不懂他，他说话不清楚。我看得出那三个人，他们知道里根支持反方；他真的为美国人质感到不安；而他们说：'我们会好好利用的。'然后他们派'咕哝'去告诉他这件事。而里根没有戴助听器！我相信这一切都有可能发生。"

② Lou Cannon, *President Reagan: The Role of a Lifetime*, 544.

里根批准了军售,这一点毫无争议。① 同样毫无争议的,还有里根和其他白宫官员故意向国会隐瞒了军售的事,直到美国人质大卫·雅各布森获释。

然而,随着秘密泄露,媒体吵着要解释,里根似乎无法坦承自己所做的一切。事件曝光十天后,里根在电视上向美国人民发表讲话。他说:"有人指控美国向伊朗运送武器,作为赎金交换在黎巴嫩的美国人质。这些指控完全是捏造的。美国没有对那些把我国人民扣押在黎巴嫩的人让步,而且也不会那样做。"总统承认,他已授权向伊朗运送少量防御性武器。但是"量很小,全部加起来一架货机都装不满"。

问题在于,他说的不是真话。白宫的幕僚长和其他人员都不清楚事实到底是什么。

尽管雷根声称自己不知情,但他一直赞成伊朗人的提议。正如坎农所写的:"雷根认为,向伊朗运送数千枚导弹以换取两名人质,此举堪比尼克松一九七二年秘密决定与中国重建外交关系……。在这场危机中,他从未意识到公众和国会对与伊朗进行秘密交易会有什么样的感受。"

一九八六年十一月二十日,总统在电视新闻发布会上回答了记者的提问。一位记者问道:"承认自己在一场高风险的赌博中犯了个错误,这样就能在接下来的两年里继续执政,这会有什么问题呢?"

"因为我不认为这是一个错误,"里根一口咬定,"正如我所说,这是一场赌博,我认为当时这么做是情有可原的。"

五天后,当时在展开调查、如今已是司法部长的埃德·米斯告诉雷根,自己必须马上见到总统。米斯带来了令人震惊的消息,总统的反应雷根至今记忆犹新。"〔里根〕脸上的血色消失了,一片惨

---

① Lou Cannon, *President Reagan: The Role of a Lifetime*, 524.

白……。总统表情严肃而憔悴，我从未见过他这样——我想已经认识他二十年的米斯也从未见过。"

当天晚上，里根在日记中记录了这一消息："伊朗人在跟以色列的军火交易中所付的一笔费用比付给我们的高。以色列人将差价存入了一个秘密的银行账户。然后我们的诺斯中校（国家安全委员会）把钱给了某反政府武装。"

这支在尼加拉瓜与桑地诺解放阵线作战的反政府武装，是一群乌合之众，美国国会严禁对其予以资助。而所谓的"伊朗门"事件即将成为一桩彻头彻尾的丑闻。

当里根恢复镇定后，他对米斯说："埃德，彻底调查这件事。我们必须尽快把我们已经知道的公之于众。"第二天，总统走上白宫新闻发布室的讲台，发表了一个简短的声明。然后，把现场交给了米斯。司法部长宣布："部分资金……落到了中美洲反桑地诺解放阵线势力的手里。"①

南希·里根惊呆了。她回忆道："如果说罗尼是不敢相信眼前发生的，我则是狂怒。我从我的办公室打电话给唐·雷根，让他知道我有多生气。我强烈地感觉到他们没有对罗尼尽责，我想让唐知道……。他是幕僚长，他原本应该知情的。一个优秀的幕僚长应该消息灵通。他应该察觉到任何风吹草动。"

时任财政部长的詹姆斯·贝克眼看雷根陷入麻烦，多少有点幸灾乐祸。贝克回忆道："雷根说过，就算是一只麻雀飞到白宫草坪上，他也会知道。结果爆出了'伊朗门'事件。还有媒体引述唐·雷根的话说：'伊朗什么？伊朗——反政府武装？反对谁，我吗？'"

南希写道，第一个任期里面，"如果西翼地下室发生了什么暗戳

---

① 米斯描述了里根向伊朗运送武器的动机："他同意给少量武器，头号目标是与伊朗政府内部的温和派发展某种联系。第二，试图施加影响，让伊朗政府不再支持恐怖分子。第三，在两伊战争闹得更大之前结束它，最好是没有人获胜。第四，让伊朗利用其影响从黎巴嫩'真主党'手中接回人质。"至于非法转移资金给反政府武装，米斯说："他对此一无所知。"

戳的事情，一定会为人所知——当然也会引起罗尼的注意。但现在'三驾马车'的所有权力都集中在了一个人身上。"①

对该丑闻进行的官方调查，形成了《托尔委员会②报告》，证实了南希对幕僚长的怀疑。报告得出结论："雷根……本人积极参与国家安全事务，并且几乎参加了所有相关会议。他必须对白宫目前面临的混乱负主要责任……"

但是把雷根安排到这个职位的是里根夫妇，他们要为此负责。如果他们让贝克如愿当上国家安全顾问，"伊朗门"事件就不会发生。而且几乎难以想象贝克当幕僚长的话会发生这种丑闻。他密切关注国家安全事务，通过有瑞士银行账户的可疑中间人向伊朗出售武器的阴谋绝对逃不过贝克的火眼金睛。努南说："贝克在，麦克法兰和波因德克斯特不敢跟人暗通款曲，而奥利·诺斯这样的人永远不会被允许自作主张。"麦克法兰对贝克言听计从；相反，和雷根几乎不说话。在"三驾马车"的领导下，甚至连凯西都服服帖帖：每次这位中情局局长见里根，迪弗都会在会后进来问总统他们讨论了什么。至于将资金转移给反政府武装，贝克曾出言反对任何第三方为他们提供资金；他肯定会反对从可疑的军售中转移利润。像南希一样，"谨慎先生"的雷达总在侦察露出苗头的危险。努南说："贝克是一位公认的、受尊重的得州律师。他们不会做出把《圣经》藏在蛋糕里这种事。"迪克·切尼更是强调，"在詹姆斯·贝克眼皮底下绝不会发生'伊朗门'这种事。"③

---

① Nancy Reagan with William Novak, *My Turn*, 318.
② Tower Commission，以美国前参议员约翰·托尔为主席的总统特别调查委员会。——译者
③ 二〇一五年四月三十日对迪克·切尼的采访。作为财政部长，贝克说他对"伊朗门"事件一无所知。"当时的国家安全顾问是约翰·波因德克斯特，"他说，"他一定不会邀请我参加与'伊朗门'有关的国家安全委员会会议。在这一切发生后，我永远不会忘记有次我在西翼大厅遇到他，他说：'你知道，吉姆，很抱歉我没有邀请你。'我说：'你在开玩笑吗？你没有邀请我参加那些会议，是给我的莫大恩惠。但我要告诉你，约翰，如果我被邀请，我会反对的。'"

一九八六年十二月，唐·雷根意识到鲨鱼正在自己身边打转。他写道，在披露打钱给反政府武装之事的新闻发布会上，"每个人心里似乎都有一个简单的想法：又一个总统把自己玩完了。水中有血，鲨鱼会循着腥味儿而来。"雷根试图与丑闻保持距离。当有人要求他承担责任时，他想出了一个新的比喻："银行行长知道出纳有没有在账目上动手脚吗？不知道。"

雷根打算和南希·里根算账。一九八七年一月，接受了前列腺手术的总统正在医院修养。雷根急着给总统安排一次新闻发布会。南希在跟里根的幕僚长通电话时表示反对——但最终还是让步了，她怒气冲冲地说："好吧，开你见鬼的新闻发布会吧！"雷根答道："我当然会的！"然后他啪地挂断了电话。

贝克一听说这件事，就知道雷根完蛋了。"他居然挂了第一夫人的电话！"三十年后贝克回忆起来依然觉得难以置信，"这不仅可能会被解雇，还可能犯法！"①

南希准备对他采取"致命一击"（coup de grâce）。为了助她说服她丈夫丢车保帅，她召了华盛顿两位资深政客来到白宫寓所：前国务卿比尔·罗杰斯和民主党元老罗伯特·施特劳斯。雷根后来在自己的书里写了这事：

> 总统被告知，新闻界对雷根既痛恨又不信任，认为他对危机处理不当。他们造成了这样一种印象，就是我对威胁总统职位的灾难负有主要责任……。我就要下台了，很快，总统的朋友们担心我会把他拖下水。如果他的声誉受损，他的执政能力也会遭

---

① 据斯图·斯宾塞说，雷根的麻烦始于他挂了总统女儿莫琳的电话："当我听说他挂了莫琳·里根的电话时，我说：'好吧，这才是个开头。'莫琳喜欢给我们所有人提意见和建议，你得听她的。她是个好女孩，聪明。好吧，他拿她不当回事。莫琳是那种女孩，她在白宫寓所破口大骂——'那个狗娘养的，等等等等！'让每个人都听得见。至于里根，有件事是犯他忌讳的，你可别对他老婆做。当他挂南希电话时，我就说了：'这下完了。'"

殃。总统在历史上的地位岌岌可危。

罗纳德·里根不得不丢掉我……实际上有人告诉他:"你不用亲自出马,有人会和唐谈,唤起他的忠心。"

说服雷根辞职并不容易。斯宾塞说:"在这个大楼里唯一一个仍与雷根交好的人是副总统布什。我去见他,他照做了。"二月二十三日,副总统把雷根叫到办公室。他说:"唐,你为什么不去趟椭圆形办公室,和总统谈谈你的处境呢?"

雷根回忆道:

> 我走进椭圆形办公室,坐在他办公桌旁我通常坐的那把椅子上。
> "我想是时候了,唐。"里根说。
> 我感到无精打采,但还不肯罢休。我说:"好吧,总统先生,要不你来告诉我,你怎么想的?你觉得我该怎么做?"
> "我认为你现在退出是最好的选择。"他说。
> 他的话让我震惊。我情绪激动地说:"你说的'现在'是什么意思?你不能这样对我,总统先生。如果我在[托尔委员会]报告出来之前辞职,你等于是把我扔进了狼群。你不能这样对我。"
> 我看得出他吓了一跳,不知道下一步该说什么或做什么。最后他说:"好吧,那你觉得什么时候合适?"
> "下周前半段吧。"① 我回答。

里根希望任命他的老朋友保罗·拉克索尔特接替雷根。但是拉克索尔特拒绝了,转而推荐了田纳西州参议员小霍华德·贝克。"这主

---

① Donald T. Regan, *For the Record*, 97.

意不坏，"① 里根在日记中写道，"他认为霍华德正在寻找一种体面的方式从竞选总统这件事上脱身。右翼那边可能会给点苦头吃，但我能应付。"

雷根打算体面地退场，但计划没有变化快。二月二十七日，星期五，美国有线新闻网报道说雷根已被解雇，由贝克接替。雷根大发雷霆，当场口述了一封信。

> 尊敬的总统先生：
> 本人特此辞去美国总统的幕僚长一职。
> 此致，
> 唐纳德·T. 雷根

电话铃响了，雷根接了起来。是总统。

"唐，我对发生的事感到非常抱歉。我不是故意让事情发展成这样。"里根说，CNN 的报道是真的。"霍华德将成为新的幕僚长。他期待着跟你谈一谈。"

"对不起，总统先生，"雷根答道，"但我不会再待在这里了。今天是我最后一天上班。"

唐·雷根冲出白宫，扬长而去。他和里根再也没有说过话。总统在日记中写道："我的祈祷真的应验了。"南希写道："那天晚上是几个星期来我睡得最好的一次。"

电话铃响的时候，小霍华德·贝克的妻子乔伊·贝克正在佛罗里达的避暑别墅里。她回忆说："电话是总统打来的，他说想和霍华德谈谈。我告诉他霍华德和孙子孙女们去了动物园。总统说：'好吧，那就等他回来见识一下我脑子里这个动物园吧。'"②

---

① Douglas Brinkley, ed., *The Reagan Diaries*, 478.
② 二〇一一年八月十六日对小霍华德·H. 贝克的采访。

小霍华德·H. 贝克是前参议院多数党领袖、参议院"水门事件"委员会副主席,他与专横跋扈的雷根是两类人。这位"了不起的调停人"彬彬有礼,不爱出风头;他是个天生的政治家,善于团队合作,跟国会山很多人走得很近。在接下来的几个月里,随着"伊朗门"丑闻日益发酵,他会很需要这些朋友。

当贝克乘坐白宫派来的飞机从佛罗里达返回时,他忧心忡忡。几个月来,媒体对"伊朗门"事件穷追不舍,总统在公开露面时显得稀里糊涂、思路不清。有传言说他的智力一天不如一天,甚至可能开始老糊涂了。如果确实如此,贝克担心他可能不得不采取在总统遭刺杀时被否决的极端步骤:援引《宪法》第二十五修正案。"我到白宫的第一天就对我的手下说,我发现有传言说里根无法胜任总统一职,我们可能不得不考虑他的继任者。这是一件可怕的事情。"

在与里根会面后,贝克得出结论,总统的心智完全胜任他的职责。"我和他进行了一次长谈,深入讨论了许多问题。我离开时是带着彻底的放心走的。我回去对我的手下说:'我们不会再讨论〔换总统的事〕了。'"

至于自己的副手一职,贝克向肯·杜伯斯坦抛出了橄榄枝。杜伯斯坦为人和蔼,但在国会山就吉姆·贝克领导的立法战略小组的问题投票时,他会态度强硬,据理力争。杜伯斯坦在连任选举结束后就离开了,他并不太想回来。杜伯斯坦回忆道:"我说:'霍华德,这对我来说真是个糟糕的时间点,我这辈子才刚刚开始赚钱。我刚搬进一所新房子。我妻子怀孕了。'"总统一通电话后,杜伯斯坦去椭圆形办公室见了里根。"里根从办公桌后面站了起来。他走过来跟我打招呼,说:'霍华德把你不能回来的原因都告诉我了。我只想让你知道一件事。南希和我希望你在我执政的最后两年里跟我们待在一起。'好吧,那就这样了!"杜伯斯坦笑着说。

罗纳德·里根深陷困境。"伊朗门"丑闻在政治上严重伤害了他,甚至有可能是致命的。他的支持率从暗杀未遂事件后的百分之六十三降到了百分之四十七。杜伯斯坦说，他和贝克私底下约定：他们将与总统坐下来谈一谈，询问他对该丑闻到底知道多少。"霍华德和我说定了，如果我们发现总统说谎，就辞职不干。"

在白宫助手A. B. 卡尔瓦豪斯的陪同下，他俩去椭圆形办公室见了总统。谈到最后，他俩也完全没弄清楚里根究竟知道什么、什么时候知道的（用贝克在"水门事件"中出名的一句话来说）。但他们相信他没有撒谎。杜伯斯坦说："我们渐渐确信里根说的绝对是真话。要不是在报纸上看到奥利·诺斯的照片，他连这人是谁都不知道。而我们意识到，在雷根当职期间没人好好照管白宫。就是一群牛仔在乱来。"①

霍华德·贝克急于证明他跟唐·雷根不一样。他说："如果你有意无意地把自己当成总统，你就没法给总统当幕僚长。你必须意识到，你是在为他工作、执行他的政策，尽管这可能会伤到你的自尊。你可以和他讨论，与他争辩，跟他意见相左，但是你永远不能用你的判断来代替他的判断。"或者她的判断。贝克很快就知道南希也是一股不可小觑的力量。某天，吉姆·坎农遇到了满脸通红、方寸大乱、明显气得发抖的贝克，后者刚刚单独面见过第一夫人。这位新任幕僚长脱口而出："谁要是说美国从来没有过女总统，千万别信！"

《托尔委员会报告》即将公布，总统究竟卷进去多深仍不得而知，里根的总统任期前途未卜。国会调查人员还在调查里根，遭弹劾的可能性很大。在国会看来，"里根不只是一只跛脚鸭②，简直就是只死鸭子。"杜伯斯坦回忆道。他和贝克确信，只有一个办法可以让里根从"伊朗门"事件中幸免：总统必须在全国电视上露面，承认他在这起丑闻中扮演的角色并道歉。

但是，总统再次固执己见：他不相信（a）美国用武器交换人质，

---

① 二○一四年九月二十三日对肯·杜伯斯坦的采访。
② Lame duck，用于形容失去连任选举机会或在第二任期后期下台的总统。——译者

也不信（b）他做了任何错事。在他看来，美国政府从未与劫持人质的恐怖分子打过交道——只与伊朗的"温和派"接触过。而且他不认为武器运输是任何交换条件的一部分。

绝望之中，贝克和杜伯斯坦去找了斯图·斯宾塞。里根的这位老朋友说他会帮忙——但他要用自己的方式。

斯宾塞希望总统直接听取调查委员会负责人、退休的得克萨斯州共和党参议员约翰·托尔的意见。"我说：'我要把托尔带到这里来。'"他回忆道，"霍华德·贝克差点犯了心脏病。他说：'如果你这样做，会干扰［调查］程序。'我说：'去他妈的程序。'"

斯宾塞偷偷带着托尔穿过财政部大楼，上了楼梯，来到总统寓所。演讲稿撰写人兰登·帕尔文也来了。里根和南希听着托尔列举了一连串的不当行为，以及里根对此的了解。斯宾塞说："托尔是个酒鬼，当然他那天晚上一直杯不离手。他开始讲'伊朗门'的事，然后哭了起来，变得特别情绪化——上帝啊，真是一团糟。"

托尔讲完后，斯宾塞陪他走到电梯旁，然后回到了总统寓所。斯宾塞说："里根一直在说：'这些事我一点不知情。而我还是不知道到底发生了什么。'所以最后我说：'总统先生，不管你做了什么，认了吧。你能挺过去的。① 我能说的只有这些了。'"

杜伯斯坦说："里根得出的结论是，这是让他把这事翻篇的唯一途径。帕尔文着手准备演讲稿，里根同意考虑。"

一九八七年三月四日，里根坐在椭圆形办公室的办公桌前，看着摄像机。霍华德·贝克回忆道："直到他站起来面对电视，我才确定他真要这么做了。"接着，里根向全国发表了讲话。

> 几个月前，我告诉美国人民，我没有用武器交换人质。我的内心和美好意愿仍告诉我这是真的，但事实和证据告诉我这不是

---

① 二〇一六年三月二十一日对斯图尔特·斯宾塞的采访。

真的。正如《托尔委员会报告》所指出的,初衷是为对伊朗实施战略开放,但在实施过程中事情变质了,变成了以武器交换人质……尽管事出有因,但不应以此为借口。这是个错误。

里根承认,他松懈的"管理风格"导致国家安全委员会失控。他总结说:

> 当你到了我这个年纪的时候,你一定已经犯下了很多错误。如果你一路认真生活,你就会学到很多。你正确看待事物。你全力以赴。你会改变。你会前进。
> 我的美国同胞们,在接下来的两年里,我还有很多事情想与你们一起完成,也想为你们完成。蒙主恩典,这就是我想做的。
> 晚安,愿上帝保佑你。

随后,总统在他的日记中写道:"此次演讲收到了非常好的反响,电话反馈(比其他任何演讲都多)支持率高达百分之九十三。"这对总统来说,确实是一个转折点。罗纳德·里根的公信力永远不会完全恢复。但不到一个月,大多数美国人就原谅了他。

南希对白宫管理层的人事变动感到宽慰。她指出,霍华德·贝克是"一个很棒的选择。他沉着、随和、亲切、谦逊。他在政治上很精明,在媒体中有信誉……。霍华德彻底改变了白宫的现状,带来了一个重振办公室士气的机会"。[①]

但贝克需要帮助:他的妻子乔伊被诊断出患有癌症,他要去田纳西州陪伴她,所以经常往返两地。他不在时,杜伯斯坦掌管白宫事务。正如过去的迪克·切尼和唐·拉姆斯菲尔德,杜伯斯坦现在实际上是在与贝克一同担任幕僚长。

---

① Nancy Reagan with William Novak, *My Turn*, 331.

南希的朋友迪弗走了以后,她直接和杜伯斯坦打交道。他说:"里根总是在上午九点来到椭圆形办公室。而她会在八点五十五分的时候打电话给我,告知我一些他们刚刚谈论过的事情,或者他们那天早上在报纸上读到的东西。这样我就可以开始思考,或者让手下人开始工作——我就可以预测,并帮助他、引导他。如果他头天晚上没睡好,有时她也会提醒我,那么我就可以略微调整一下他的日程安排。'他必须出席**所有**那些会议吗?'或者'让罗尼在这里稍微休息一下'。"

杜伯斯坦明白里根需要多点人际交往。"唐·雷根的问题之一是他把通往椭圆形办公室的大门关上了。我的态度是,与其让里根关起门来读各种文件,不如开门让他见见人。他是一位演员。他喜欢面对面交流。他就是通过这种方式来了解人的,无论你是国会议员、白宫工作人员还是内阁官员。"

但这并不意味着推卸他作为守门人的责任。杜伯斯坦解释说:"很多人带着议程走进椭圆形办公室说:'总统先生,这符合你的最大利益。'而你的工作就是找出为什么这首先符合他们的最大利益,其次才符合总统的。"

他从吉姆·贝克那里学到了对里根说"不"的重要性。"听着,对总统说'这不合情理、这毫无意义'从来不是件易事。但你必须想办法让总统说:'我明白了。你是在寻求我的最大利益,你在关注什么是对的。'白宫幕僚长要做个'现实治疗①师',这样总统就可以放松心防说,'好吧,我很沮丧。我不知道怎么做。'或者说'我需要人帮我渡过难关'。如果你是个称职的幕僚长,你就会说:'那好,我们来考虑一下这个或者那个。'"

---

① "现实治疗"是一种心理治疗理论与方法,通过探讨行为发生的原因,着重于以有效的行为去满足现实的心理需求和欲望。——译者

如果说里根的第一个任期专注于国内政策,那么第二个任期将围绕一件事展开——冷战,这也让他名扬天下。尽管里根热衷于压缩政府开支和减税,但他最重要的目标是击败共产主义。斯宾塞说:"在福利、税收以及其他一切方面,他都是走个过场。罗纳德·里根一天到晚心心念念地都是如何对付苏联。"

近四十年来,这位坚定的冷战斗士一直用摩尼教①的一句箴言来看待美苏之间的斗争:"我们赢了,他们输了。"但在刺杀未遂事件后,里根认定自己躲过一劫是因为一个更大更神圣的目的。斯宾塞说:"他相信末日审判。冷战意味着一件事:一场将毁灭美国和其他大多数地方的核毁灭。"里根对战胜邪恶帝国的坚持已经软化。他宣称:"核战争是打不赢的,也绝不能打。"② 他将在剩余的总统任期内和一位苏联新领导人米哈伊尔·戈尔巴乔夫共同努力,避免这一场末日之战。

自从一九八五年十一月他们在日内瓦举行第一次峰会以来,性格内向而直觉敏锐的里根与性格外向且知识渊博的戈尔巴乔夫勉强建立起了相互尊重的关系。一九八六年十月,他们在冰岛的雷克雅未克摊牌,戈尔巴乔夫差点说服里根废除核武器;但这一大胆策略最终因为里根拒绝放弃他的战略防御计划,即被称为"星球大战"的导弹防御系统而告吹。但功败垂成的雷克雅未克峰会最终成了一个分水岭:面对要努力在军费开支上与美国亦步亦趋的前景,苏联人只能回到谈判桌上。

一九八七年末,戈尔巴乔夫准备与里根达成一项协议,废弃所有中程和短程导弹。苏联外长爱德华·谢瓦尔德纳泽和美国国务卿舒尔茨宣布,戈尔巴乔夫将前往华盛顿参加峰会,并与里根签署《中程导弹条约》(INF)。不过,对里根来说这次峰会的开始并不顺利。戈尔巴乔夫到达华盛顿后,受到了摇滚明星般的欢迎:在康涅狄格大道

---

① 公元三世纪在巴比伦兴起的世界性宗教。——译者
② Lou Cannon, *President Reagan: The Role of a Lifetime*, 149.

上，这位苏联领导人从豪华轿车里走出来，惊愕但热情的民众报以热烈的掌声，他跟人握手，拥抱孩子，看起来像一位凯旋的美国政治家。

签署条约的仪式结束后，里根、戈尔巴乔夫及他们的国家安全顾问移步内阁会议室举行全体会议。但里根感到迷惘、不确定。"在场的人非常多，戈尔巴乔夫表现很好，里根则比平常更为被动。"杜伯斯坦说。当戈尔巴乔夫滔滔不绝地谈论他的政府改革方案时，里根却想不出任何要说的。最后，他讲了一个关于苏联出租车司机的老掉牙的笑话。

杜伯斯坦说："我们回到椭圆形办公室，总统心烦意乱。他让大家失望了。所以那天晚上和第二天一早，我们全部的心思都集中在了他怎么扳回一局、回到主导地位上。"

第二天早上，总统带着一个意想不到的道具来到了椭圆形办公室。"这是他前一天晚上收到的礼物：一个由乔·迪马吉奥①亲笔签名的棒球。"杜伯斯坦和里根临时想出了一个计划，让总统和他的客人放松一下。戈尔巴乔夫到达后，里根带着他——只有双方的翻译陪同——走进椭圆形办公室外的小书房。里根对苏联领导人说："我们可以恪守自己的意识形态立场不变，也可以打场球。总书记先生，您觉得如何？"据杜伯斯坦回忆："戈尔巴乔夫回答说：'我们打球吧。'然后我们回到了椭圆形办公室。在那里取得了大部分的重要进展。"

如果说没有脚本里根往往会感到不舒服的话，那他是一位无与伦比的演说家，还亲自撰写了一些他最精彩的讲稿。② 一九八七年六月，他不顾外交政策顾问的反对，发表了一篇具有挑衅意味的演讲，成为他那届总统任期的象征。

---

① 美国传奇棒球运动员。——译者
② 詹姆斯·贝克说："现在有趣的是，历史学家们得出结论，里根总统自己写了很多演讲稿。他用普通方式给人们写信。我们有一个邮政信箱，在那里，任何人都可以与总统交流。他会花很多时间回复他收到的信件。"

为期十天的欧洲之行期间，里根受邀访问西柏林，庆祝该市建城七百五十周年。他在标志性的勃兰登堡门发表演讲的风险是巨大的；二十年前，杰克·肯尼迪发表的振聋发聩的宣言《我是柏林人》(*Ich bin ein Berliner*)，已经树立了标杆。

演讲稿撰写人彼得·罗宾逊随一个先遣队先期飞往柏林，为里根的演讲寻找素材、进行构思。在该市的美国高级外交官与罗宾逊会了面，并告诉他，柏林人已经习惯了柏林墙。"不要大喊口号。不要抨击苏联。切忌有关柏林墙的任何煽动性言论。"① 他警告罗宾逊。罗宾逊感到很绝望，无从下笔——直到离开柏林前不久，他受邀去西柏林一户人家里吃晚餐。席间谈话热烈，可是气氛阴郁，主要谈的是被分隔在城市东西两侧的家庭所遭遇的痛苦。临走之前，罗宾逊问主人："你们真的对这堵墙见怪不怪了吗？"优雅亲切的女主人突然怒了起来，气得满脸通红。她激动地说："如果这个人诚心诚意在谈论**开放**②和**改革**③的话，那他可以把这堵墙推倒来证明！"

罗宾逊感到自己在不经意间找到了里根演讲的核心内容：在开头犯了些错误后——如"戈尔巴乔夫［先生］④，推倒这堵墙"——他完成了草稿，并经由白宫各部门呈交给了总统。杜伯斯坦回忆道："演讲稿交到我这里，是因为在它进入椭圆形办公室之前由我做最后的修改。国务院对演讲中的一段话进行了标记，表示异议。我把它交给总统的时候，心里明白国务院为何反对这段话。总统说：'好吧，你怎么想，肯？'我说：'我觉得这是一篇非常棒的演讲，这段话非常棒。你是总统，你来决定吧。'"

他接着说："第二天，我接到乔治·舒尔茨的电话，他希望我转

---

① Peter Robinson, "Tear Down This Wall: How Top Advisors Opposed Reagan's Challenge to Gorbachev—But Lost," *Prologue*, vol. 39, issue 2, 2007.
② glasnost，最初指二十世纪八十年代苏联总统戈尔巴乔夫提出的政策。——译者
③ perestroika，指二十世纪八十年代末苏联政治及社会结构的改革、重建。——译者
④ 原文此处"先生"用了 Herr，这是对德国男性的称呼，用在戈尔巴乔夫的姓前不合适。——译者

告总统，他对演讲稿中的那段话和国会一样持反对意见。他问我'能否告知总统？'"杜伯斯坦停顿了一下，笑着说："那一刻我知道，乔治·舒尔茨对这个演讲没意见。为什么呢？因为如果他真的反对，会叫我给他十分钟面见总统论述其观点。"

一九八七年六月十二日，里根和杜伯斯坦乘坐总统专车前往勃兰登堡门时，总统像往常一样大声排练了一遍，就算有提词器他也照样提前练。杜伯斯坦说："他转身对我说：'这话肯定会让国务院那帮小子抓狂，但我要留下它。'"

二十分钟后，里根走上演讲台，巨大的勃兰登堡门在他身后隐约可见。直到最后一刻，国务院和国家安全委员会都在试图阻止他说那段话，还通过传真发来了另一份草稿。里根被告知，东柏林人或许能从墙的另一边听到他的声音。当他得知东德警方已将听众赶走时，他非常生气。

里根开始演讲，讲到高潮部分，他的情绪变得激昂：

> 有件事是苏联人能做并不至于遭到误解的，它将极大地推进人类的自由与和平事业。
>
> 戈尔巴乔夫总书记，如果你寻求和平，如果你寻求苏联和东欧的繁荣，如果你寻求人类的解放；到门这边来！戈尔巴乔夫先生，打开这座门！戈尔巴乔夫先生，推倒这堵墙！

"我当时站在旁边，"杜伯斯坦回忆道，"我记得我看着成千上万的观众，感觉到脊椎骨如同过电一般。这是定义历史的时刻之一。我们不知道德国什么时候会统一。但站在那里，你有一种感觉，那堵墙就要倒了，里根和美国终将获胜。"[1]

---

[1] 对于里根的标志性路线，杜伯斯坦说："国务院担心这会削弱戈尔巴乔夫的开放和改革努力。它火药味太浓了。国家安全委员会代表国务院进行了权衡，使它没有咄咄逼人。但这是正确的做法。就像里根时代一样：带着明确而大胆的基调。"

在几位幕僚长的帮助下,里根在一场革命中扮演了主角。在他的领导下,美国开始扩张巨额军费开支,苏联无法与之匹敌。两年后,柏林墙真的倒塌了,苏联解体了。杜伯斯坦说:"他知道自己想要实现什么,他就去做了。就像他在告别演说中所说的,对一个B级片演员来说不算坏,真不算坏。"

曾经因为《大西洋月刊》的报道而被贝克责难的大卫·斯托克曼后来写道,里根经济学是一个残酷的骗局;这一切都是障眼法——其代价是冲天的财政赤字。他在回忆录《政治的胜利》(*The Triumph of Politics*)中写道,对于历史学家来说,"里根时代神话般的'免费午餐'的秘密将是毋庸争辩的。史册会显示,不消几年美国就与世界其他国家发生了巨大的冲突"[1]。

詹姆斯·贝克拒不认同这一观点。在一九九八年的一次采访中,他说:"这是一场革命,它始于税改。蒂普·奥尼尔绝不会希望看到百分之七十的税率下降,而我们做到了。减税、刺激经济、自由贸易、取消许多规章制度、精简政府——没听说有人要回到从前。"

在一批有行事权的白宫工作人员的协助下,里根比任何一位现代总统都能轻松地肩负起白宫的重任。他的头脑也许已经不如从前敏锐,但他的头发仍然乌黑,他那神气活现的自信丝毫未减。在里根看来,总统一职从来不是杰斐逊口中"辉煌的苦难";相反,正如卢·坎农所写,这是"毕生难得的角色"。

一九八九年一月二十日上午,杜伯斯坦和科林·鲍威尔一起开车前往白宫西翼,这是他们工作的最后一天。途中,杜伯斯坦应付了几个参议员的电话,他们请求总统赦免奥利弗·诺斯,但没有成功。"在车上时有几个参议员叫我白痴,"他回忆道,"当我们来到椭圆形

---

[1] David A. Stockman, *The Triumph of Politics*, 447.

办公室时，我吓了一跳，我没想到他所有的物品都消失了！白宫里空空如也！没有私人物品，什么也没有。"

杜伯斯坦做好准备迎接总统的到来。"里根从柱廊那里走了进来，你可以看到他的表情。他转向科林和我，把手伸进口袋，说：'好了，小子们，我想我不再需要这个了。'他掏出的是核密码卡。我们说：'不，把它放回你的口袋里！中午前它还是有效的！'"一小时后，总统一职由罗纳德·里根传给了乔治·赫伯特·沃克·布什。

就职典礼结束后，里根一家从国会大厦东侧向直升机走去，这架直升机将把他们送往安德鲁斯空军基地，然后送回加州老家。杜伯斯坦跟他们一起走。他说："我们按照历届总统的惯例，在华盛顿上空进行了告别飞行。飞机经过白宫时，里根低头拍了拍南希的膝盖说，'看，亲爱的，那是我们的小屋'。那一刻，所有人都流下了泪水。里根总统的任期结束了。"

里根的前幕僚长詹姆斯·贝克注视着这架直升机消失在视线里。现在他的朋友乔治·H. W. 布什当上了总统，他很快就会得到他梦寐以求的内阁职位，成为美国的最高外交官。他还不知道自己会被迫放弃这个职位——去承担那个他认为早已永远告别的角色。

# 第六章　"首相"

约翰·苏努努、塞缪尔·斯金纳、
詹姆斯·A. 贝克三世和乔治·H. W. 布什

在得克萨斯州休斯敦的休斯敦酒店的一间套房里，美国副总统乔治·H. W. 布什正和他最亲近的顾问、为人真诚的三十七岁的加州人克雷格·富勒一起喝咖啡。一九八八年十一月八日是选举日，布什很快就会知道他是否能成为第四十一任美国总统。吃早餐时，富勒心里在想，不知道布什会不会提起一个萦绕了数月的话题：谁将成为他的白宫幕僚长？

富勒在担任里根的内阁秘书一段时间后，在过去四年里一直是副总统的幕僚长。几个月前，当副总统问富勒在布什总统任期内，他想做什么工作时，富勒一直没有明确表态，说他可能准备离开政府。但从内心来讲，富勒会欣然接受总统幕僚长一职。可是布什并没有提出要给他这个职位，现在又来问富勒对未来的打算。"你依然想离开政府吗？"富勒心里一沉。布什还是没有给他他真正心仪的工作，而他也永远不会冒昧地提出要求。富勒回答说："是的。"①

谈话转向布什的白宫工作人员人选。"这事挺难的，但我想用华盛顿以外的人，"他说，"我正在考虑让约翰·苏努努担任幕僚长。"富勒很惊讶，甚至有些震惊。但是他知道跟布什谈他的真实想法是没有意义的。时机未到。富勒说："我有点想法，但我没有说出口。"②

任性好斗的新罕布什尔州州长、共和党人约翰·H. 苏努努，在副总统一九八二年当选后的多次华盛顿之行中与其建立了友谊。苏努努出生在古巴，父母有黎巴嫩和希腊血统，他言辞犀利且尖酸刻薄，不仅拥有麻省理工学院的博士学位，还是一个鲜为人知的高智商俱乐部"百万智力协会"（Mega Society）的成员。③他多次前往位于缅因州肯尼邦克港的沃克角的布什庄园拜访，在那里讨论政治和政策，还乘坐布什的"忠诚号"快艇去波涛汹涌的大海上兜过几次风，他与布什一家的交情由此进一步加深。当一九八八年二月，布什面临他政治生涯中最大的考验——新罕布什尔州的总统初选时，他俩的过硬交情将使他们双双获益。

　　就在一周前，布什在艾奥瓦州的党团会议④上遭遇惨败，远远落后于共和党多数党领袖鲍勃·多尔和右翼的电视福音传道者帕特·罗伯逊，屈居第三。布什垂头丧气，但他不愿意在艾奥瓦州舔舐伤口；相反，布什一家和他们的主要幕僚在深夜登上了飞往新罕布什尔州的航班，该州的初选将是他的最后一站。如果他想要争取任何机会阻止多尔的势头并确保获得提名，他就必须在新罕布什尔州得胜。当芭芭拉·布什走下飞机时，遇到了苏努努，后者跟她说了一个大胆的

---

① 二○一六年八月六日对克雷格·富勒的采访。
② 比较了一下富勒和苏努努做白宫幕僚长的可能性，乔治·H.W. 布什对我说："当然，我爱富勒。某种程度上这是个艰难的决定。但是苏努努似乎正好符合我的要求。"芭芭拉·布什说："我也非常喜欢克雷格·富勒。没人问我这事，但我也觉得他应该是［幕僚长］。但约翰·苏努努是我们的好朋友。"
③ 这是苏努努不太重视的一个过人之处。"他们召了我，"他说，"我犯了一个错误，回复了杂志上的一次邮件测试——我想我做得很好，那个社团认定我合格，并告诉我我现在是会员了。没有开过会，我也从没有见过里面任何人，这是我不得不接受的公共生活的一个奇怪之处。"
④ 美国两党在选择总统候选人时会进行初选，有两种方式：党内初选和党团会议。由于美国宪法并未规定具体选举代表的流程，所以各州会根据自身情况择一种方式选出代表。党团会议，一般注册过的党员才有资格参加；党内初选则是开放，对选民的身份不作限制。此外，党内初选为无记名投票；党团会议的投票方式较多样，最常见的是举手和列队。艾奥瓦州就是最典型的党团会议之一，一般结束后就可断言谁在该州胜出了。——译者

预测。

根据苏努努对此事的说法，他充满信心地向她保证布什会赢——甚至预测了胜出的选票差额。苏努努说："我对他们将在新罕布什尔州获得支持的事感到非常有把握。我们下了很大功夫。我们清楚谁会投他的票谁不会。我告诉她我们将赢九到十个点——果然我们就赢了九到十个点。有时候说对了的感觉真好！"①

芭芭拉印象里事情可不是这样。她回忆道："经历了艾奥瓦州失利的我们下飞机后，约翰和我们打招呼。② 我说：'哦，约翰，情况看起来糟透了。'他说：'不，不，我们会赢的。'"不过在布什夫人的叙述中，苏努努的承诺纯粹是虚张声势。大约一年后，布什夫人说："他告诉我：'我撒谎了。我没觉得我们会赢。'"

布什最终在新罕布什尔州赢得了百分之三十八的选票，击败了只有百分之二十九的选票的多尔；之后，布什横扫南方初选，最终获得总统候选人提名。但这一切的转折点是新罕布什尔州。而苏努努对胜利的承诺——无论有没有根据——为他赢得了布什家族永远的好感。芭芭拉被他的狂妄个性和尖酸的幽默感所吸引。她说："我喜欢他，我觉得他很棒。如果我不喜欢他，我会告诉乔治的。"

但是富勒和其他人对苏努努当幕僚长心有疑虑。富勒认为这位州长一意孤行，在能源和外交政策方面态度强硬，至于他能否当好总统手下诚实的中间人，他不太确定。布什的密友吉姆·贝克也感到不安。在他看来，苏努努作为一名准幕僚长有两大不利因素：这位州长不仅像唐·雷根一样"独断专行"，而且还是华盛顿的局外人。最糟糕的是，苏努努可能令人讨厌——他就算犯了错也从不去弄个明白。就连芭芭拉也不得不承认，"他不能欣然接受他认为'愚蠢'的东西。所以我觉得这让约翰偶尔显得傲慢。不过话说回来，人们对我也

---

① 二〇一一年八月十一日对约翰·苏努努的采访。
② 二〇一一年十月二十四日对芭芭拉·布什的采访。

是有点畏惧的!"

至于布什为什么选择苏努努,大家各有不同的看法。布什当时的私人助理蒂姆·麦克布莱德说:"这位当选总统实际上是在寻找一位曾经做过民选官员的人,一位了解选任政治与执政之间交集的人。"①时任白宫助理的大卫·贝茨认为,布什擅长外交事务,他"可能认为有一位州长辅佐他,会带来很多国内事务方面的知识。这对他将是很好的补充"。②

二〇一二年,在得克萨斯州的卡城,这位前总统罕见地接受了我的采访。谈到苏努努的时候,老布什说:"我见过他在新罕布什尔州做事时的样子。他是一个非常聪明的人,非常聪明。他个性坚强、有原则,我认为他会做得很好。"此时的布什已经八十八岁高龄,患有帕金森,只能坐在轮椅上,他的头脑依然清晰,只是很难说完整一句话。我问他他会如何评价他的好友吉姆·贝克做里根幕僚长时的表现。他说:"我会给他打 A-1。他完成了里根想做的事,但他不怕带头或者说:'先生,我们来试试这样行不行。'他很出色。各方面都出类拔萃。"③

但是,当乔治·H.W.布什就任总统以后,他想要一个跟贝克不一样的幕僚长。做副总统时,布什注意到里根的一举一动都是照着别人定好的来做。他理解里根需要指引,但他认为这样有失体面,有损总统的尊严。此外,布什因其所谓的懦弱而常常被媒体攻击。乔治·威尔称他为里根的"哈巴狗"④,而漫画家加里·特鲁多蔑称他为政治太监——说他在"盲目信任的时候倒是不失男子气概"。⑤《新闻周

---

① 二〇一四年二月八日对蒂姆·麦克布莱德的采访。
② 二〇一四年二月十一日对大卫·贝茨的采访。
③ 二〇一一年十月二十四日对乔治·H.W.布什的采访。
④ George Will, "George Bush: The Sound of a Lapdog," *Washington Post*, January 30, 1986.
⑤ Doonesbury, November 3, 1984.

刊》甚至拿布什做了一篇封面报道，名为《布什：与懦弱因子作斗争》。① 这些侮辱深深地伤害了他（也激怒了他的儿子乔治·W.布什②）。布什知道他需要一位幕僚长——但发号施令的是他，总统本人。

布什甚至煞费苦心地宣称他要自主行事，不会受其密友贝克影响。在一九八八年共和党全国代表大会前夕，曾辞去财政部长职位负责布什竞选活动的贝克一直被蒙在鼓里，直到最后一刻才知道他定下的副总统人选是丹·奎尔。（部分原因是奎尔对他的首次新闻发布会准备不足，他的表现广受诟病。）布什在接受提名的大会演说中也明确表示，他要听从自己的主张。"我看到过痛苦中做出的温和决定，也见识过迅速做出的关键决定，"他拖长音调，让演讲达到高潮，"所以我知道在所有叫喊和欢呼之后，一切都要落在……——那张办公桌后面的人身上。朋友们，我就是那个人。"

尽管布什在很多方面都把自己标榜为里根的接班人，但他也寻求在观念和语调上有所转变。在大会上，他郑重起誓："听我说，不征新税！"这话是为了鞭策信奉极右的死硬分子。但如今丑陋的竞选活动已然结束，他会搭一个更大的帐篷，欢迎温和派人士加入该党。用演讲稿撰写人佩吉·努南的话说，他呼吁建立一个更友善、更温和的国家，激发"千点光亮"③。

---

① Newsweek, October 19, 1987.
② 在乔治·W.布什写的关于他父亲的《41》一书中，他谈到了《新闻周刊》之事："当我看到刊有《布什：与懦弱因子作斗争》（George Bush: Fighting the "Wimp Factor"）那篇封面报道的杂志在那周登上报摊时，我感到震惊。故事的要旨是说父亲不够坚强，不能当总统。我惊讶的是每个了解他生平的人——二战中参战的海军飞行员、承受死亡威胁投票支持黑人和白人自由混居法案的国会议员——竟能说他是个懦夫。"
③ a thousand points of light，布什这一著名的"千点光亮"口号，源于一九八八年的竞选活动，当时他称赞社区和志愿精神的优点。尽管这句话遭到了一些媒体的抨击，但布什坚持使用，后来还在他的就职演说和国情咨文中重复了这句话。——译者

然而，"更友善、更温和"并没有包括新的白宫幕僚长。麦克布莱德说："约翰会被描述成一个易怒的人：'哦，老天爷，我们今天要面对什么该死的风暴？'他很强硬——'你最好把你的论点列好，好好给我做准备。'如果他们没有准备好会不会伤害某人的感情？也许会。"

就职典礼刚过几天，苏努努把政府的能源专家召集到他的办公室，展示了他那一触即发的脾气。专家们围桌而坐，提出政策建议，苏努努则听着。几分钟后，幕僚长听不下去了。"停！"他咆哮道，"你们都知道自己在说些什么吗?！回你们办公室去，打起精神来，等你们搞清楚自己他妈的在说什么的时候再回来！"

等到这些人鱼贯而出他的办公室后，苏努努转向他温和的副手安迪·卡德。他说："你知道接下来会发生什么，是吧？他们会回到自己的办公室，跟所有人说，'苏努努这个难搞的狗娘养的！'"卡德的妻子是个牧师，他鲜少骂人，就这么看着苏努努。"不，他们不会的。"他说，"他们会回到办公室，告诉所有人：'苏努努是个该死的混蛋！'"[1]

卡德说得没错；白宫工作人员避之唯恐不及。"很多人，包括我在内，如果不是非找苏努努不可的话，都会去找安迪，"贝茨承认，"因为我们都喜欢安迪。他总是和和气气的。"苏努努毫无悔改之意。他喜欢说："如果人们不喜欢你——而喜欢你的老板——那么你的工作做得不错。"但正如他的前任贝克、切尼和沃森试图告诉他的那样，幕僚长的工作远远不止于当总统的狗腿子。问题在于，苏努努听不进去。

每一位即将上任的幕僚长都会向前任寻求建议；第一个电话通常会打给吉姆·贝克。（他经常这样开头："恭喜你，你得到了华盛顿最屎的工作。"）这次通话是一次倾听的过程，新人从前辈那里汲取

---

[1] 二〇一一年十月十二日对安迪·卡德的采访。

经验智慧。但是迪克·切尼说，苏努努对他的建议置若罔闻。"苏努努来到我的办公室，我说话的时候，他靠在椅子上，眼睛看着天花板，双手的大拇指绕着玩。"切尼说，"他一点不感兴趣。我估计是有人告诉他应该来做做样子。"①

后来，当苏努努的麻烦开始时，很难找到人支持他。

苏努努更善于管理老板而不是员工，他作为守门人对手下人绝不手软，而布什对他由此取得的高效大为欢迎。总统欣赏他的聪明才智。麦克布莱德说："人们从来不觉得约翰试图以让总统不舒服的方式限制他人接触总统。那是一个严丝合缝的地方，与总统接触是受到控制的，我认为这是幕僚长工作的一个重要部分。"

苏努努的手没有伸到布什的国家安全团队。国家安全顾问布伦特·斯考克罗夫特、国防部长切尼、参谋长联席会议主席科林·鲍威尔和国务卿吉姆·贝克都有自己的地盘，有自己的规则。"苏努努想当首相，"斯考克罗夫特轻蔑地说，"我认为他太霸道了——以霍尔德曼的作风来看。"斯考克罗夫特警告幕僚长不要把脚伸进他的地盘。"在政府开始执政以前，我们坐在一起，我说：'这就是我的要求。我会随时通知你我在做什么。'"②

里根时代的外交政策顾问之间争吵不休，布什的外交政策顾问们则合作融洽。贝克说："我们是常规的例外。我们没有在背后互相诽谤或泄密，也没有背后互相捅刀子。我们曾一起连着为福特和里根两届总统工作过——所以我们是朋友，我们以朋友的方式合作。"③

贝克居同僚之首，他和布什的关系近得像兄弟一样，也是布什最重要的心腹。他说："人人都知道我说的话代表总统。这是一段延续了四十五年不间断的关系。华盛顿想进入外交政策领域的人，没有哪个会在我和总统之间插一杠子。这是我作为国务卿取得成功的最重要

---

① 二〇一五年四月三十日对迪克·切尼的采访。
② 二〇一四年五月七日对布伦特·斯考克罗夫特的采访。
③ 二〇一三年十一月二十日对詹姆斯·贝克的采访。

因素。"

美国第四十一任总统决心完成里根未竟的工作：就削减核武器进行谈判，并在戈尔巴乔夫不知不觉的帮助下瓦解共产主义集团。随着"开放"和"改革"政策的推行，苏联开始解体，布什的团队以惊人的谨慎和克制做出了回应。这在很大程度上得益于他们的外交政策，苏联解体时并没有惊天动地，只是一声呜咽。①

苏联解体的开始并没有姗姗来迟。一九八九年十一月九日，也就是里根站在勃兰登堡门前两年后，斯考克罗夫特给布什带来了令人震惊的消息："柏林墙已经倒了。"他说。他们走进椭圆形办公室外的小书房，打开了电视。

布什和他的顾问看到了几乎难以想象的情景：被强行分隔了几十年的东柏林和西柏林居民，现在在一起了，摇晃着他们恨之入骨的混凝土浇筑、带刺铁丝网的高墙，兴高采烈地用家里的刀和大锤砍凿。自一九六一年以来横亘在东西德之间的边界正在瓦解。

布什不愿庆祝。苏努努回忆说："我们在整个进程中都有点担心，如果我们幸灾乐祸，可能会给苏联的鹰派一个借口来停止这一进程。因此，总统非常谨慎地避免高兴过头。"尽管如此，在全世界的注视下，美国不能忽视这个具有开创性的事件——于是苏努努帮忙说服总统，邀请了一小波记者进入椭圆形办公室。"我记得有一位记者简直令人生厌，他指责总统没有表现出饱满的情绪，"他回忆道，"布什总统非常聪明，足以明白对美国和世界来说，正确的做法是表现出一点自律。"

---

① 苏努努是布什第四十一任国家安全团队的粉丝："我希望美国人民能明白，在苏联解体和第一次后苏联解体的艰难时期，在我国面临严重的外交政策问题时，有乔治·赫伯特·沃克·布什、布伦特·斯考克罗夫特和吉米·贝克这样的外交政策团队是多么幸运。坦率地说，在那个世纪，我想不出还有哪个三人组能够更好地处理这种复杂的局面。"

在推动总统的国内议程方面,苏努努有自己的原则。贝茨说:"他学东西非常快,脑子非常聪明;而这份工作的先决条件之一就是了解政治和政策,能够快速判断问题的大小。他能够做到这一点,也理解其政治后果。有些政策可能不错,但它有机会通过吗?他很清楚这一点。他看起来忠于总统。我看到他和一些业界大佬针锋相对,他会坚定地为总统辩护,而且吵起来似乎乐在其中。"

相比较而言布什更喜欢搞外交,不过他在国会有很多朋友,当他在国内立法方面需要他们的支持时,他会毫不犹豫地拿起电话。苏努努说:"这是一位诸事积极参与的总统,一位卖力推动议程的总统,一位目标明确的总统。"布什好斗的幕僚长很享受与国会斗智斗勇,给国会来点硬的。在苏努努的协助下,布什成功地制定了一项在今天看来似乎颇为自由主义的立法议程:巩固《清洁空气法》和《民权法》,并通过了具有里程碑意义的《美国残疾人法案》(ADA)。在推进总统的环境议程上,苏努努功不可没。他说:"我在新罕布什尔州当州长的时候,我们完成了控制酸雨立法。总统很放心让我们推动此类举措立法。事实证明,这是乔治·布什取得的伟大成就之一——这项重大的环境立法确立了如何处理复杂的问题,还提出了一个得到两党鼎力支持的方案。"

然而,总统和幕僚长在兑现他永不征新税的鲁莽承诺方面,就没有那么成功了。布什决意平衡预算,但是随着财政赤字的激增,显然他做了个愚蠢的承诺。布什签署了一项法案,将边际税率从百分之二十八提高到百分之三十一。"我知道这很可能意味着我会难以连任,"总统回忆道,"但我认为我们必须这么做。我们必须控制开支,增加收入。因此,可以说我在这件事情上遭遇了很多批评。"①

---

① 乔治·H. W. 布什对我说,如果可以再来一遍,他不会说出"听我说,不征新税"这种话。"我想我不会这么做,因为税收但凡有任何增加都会引人注目,而这到头来会困扰我。我的意思是,如果我没有在大会上用那种强烈的言辞,情况可能会有点不同。但也许我还是会为此下地狱。"

一九九〇年八月二日，总统的每日情报简报并没有显示什么异常情况。但这场将定义乔治·H. W. 布什的总统任期的危机已经开始显现。

当晚，鲍威尔得知，驻扎在石油储量丰富的小国科威特边境上的伊拉克军队正在入侵该国。鲍威尔回忆说："我的手下进来对我说：'前线不仅有他们的部队，还有运油船、油罐车，你能想到的都在那里——他们带来了一条后勤供应链。这不是演习；这是侵略。'"①这场危机让中央情报局和苏联克格勃措手不及。②

第二天，在有关此次危机的会议上，鲍威尔说："我的主要问题是'此次任务是什么？我们要怎么做？我们是不是得确保不让他们进入沙特阿拉伯？或者我们准备好说我们要把他们赶出科威特了吗？'。"布什领导靠的是头脑而不是直觉。苏努努说："在与总统、布伦特和吉米的讨论中，我清楚地看到，每个人都是试图在研究这些问题的时候避免先入为主，并根据逻辑而不是情绪反应做出决定。"

当务之急是阻止萨达姆的军队占领沙特阿拉伯的油田。但布什的团队很快就会意识到，总统不会就此打住。

从阿斯彭开完会回来，布什走下了停在白宫南草坪的"海军陆战队一号"，迎接他的是一大群电视记者。"科威特被侵略，这是不可容忍的。"布什宣称。鲍威尔当时正在家里看CNN的节目，"我对自己说：'啊！这给我指明了方向！'"

据贝克回忆，总统"很早就决定，他要扭转伊拉克入侵科威特的局势。但是，当他下令美国的青年男女参战时，他感到了一种极其庄严的责任"。一九九〇年十月十二日，布什在日记中写道："与苏努努、斯考克罗夫特和贝克共进午餐……让我心情沉重的是，要把孩

---

① 二〇一四年六月二十七日对科林·鲍威尔的采访。
② 萨达姆对科威特的突然袭击开始后，美国国务卿詹姆斯·贝克与苏联外长爱德华·谢瓦尔德纳泽一起前往西伯利亚。因此，贝克才能说服苏联人谴责萨达姆的侵略。贝克写道："这是苏联第一次积极地与美国一起谴责其最坚定的盟友之一……我成年后所熟知的这个世界将不复存在。"

子们送进战场,害他们失去生命。"对美军伤亡人数的估计令人警醒。鲍威尔回忆道:"所有的专家都在说:'哦,我们的伤亡人数会达到两千、五千甚至一万人。'"

贝克说,这些预测数据对布什的情绪造成了很大的影响。总统出身新英格兰的上流社会,可能会因为美国年轻人失去生命的前景而落泪。苏努努回忆道:"其中一个难熬的时刻是当总统的挚友、一位圣公会主教找来,试图从道德角度教训他切勿将美国人送往冲突之地。对总统而言,当他把任由一个遭入侵国家的人民生活在水深火热之中视为不道德时,自己的这番行为却被人视为不道德的,这是他难以接受的。"

贝克回忆说,就在"沙漠风暴"行动开始之前,他接到了总统的电话。"他说:'过来和我一起吃午饭吧。'就我们俩在他的白宫寓所里一起吃的午饭,他说:'我知道我所做的没有错,但我仍然担心美国人——那些即将赴死的英勇的美国人。'那一刻的他极其焦虑。"

二十五年后,我问这位前总统,他是否还记得那个决定。他轻声说:"我记得我们做出让美国军队参战决定的那一刻。我只觉得自己肩负重担。因为你知道这是你一个人的决定,不是任何委员会做出的。是你把他们置于危险之中,你对此负有全责。"

尽管他惶恐不安,但"沙漠风暴"最终一举击溃了对方。一九九一年一月十六日,进攻开始了:美国轰炸机从空中连番轰炸伊拉克军队,五十四万多名美国士兵在另外三十三个国家的军队的支援下重创伊拉克军队,取得了碾压性的决定性胜利。一百四十六名盟军士兵阵亡。(还有一百四十五人为非战斗性死亡。)就连一开始对入侵伊拉克持谨慎态度的《纽约时报》社论版,[①] 也向布什致敬,并对消灭萨达姆军队表示欢迎。

---

① *New York Times*, March 1, 1991.

在战胜伊拉克的残暴统治者的闪电战中,美军和盟军的伤亡者是数十人,而非数千人。对于许多国家的士兵和飞行员来说,这是一个光辉的时刻……。世界高估了萨达姆·侯赛因,同时也低估了乔治·布什。本版——以及其他同意总统的目标但认为他太急于求成的人——必须承认,事实证明,他在危急时刻做的选择既大胆又成功。

贝克说:"这是一场教科书级的战争案例。你迎战,你做你说过做的事,然后退出。你有压倒性的兵力去打完这场仗。"在第一次海湾战争中以决定性力量取胜的战略将被称为"鲍威尔主义"。(具有强烈讽刺意味的是,鲍威尔后来将因其在推动另一场美国在伊拉克的时运不济的战争中发挥的重要作用而被人铭记,在这场战争中,美国派到伊拉克的军队人数远没有达到决定性。)

当伊拉克共和国卫队沿着所谓的死亡之路逃跑时,媒体上爆发了一场辩论。美军该不该直捣巴格达,推翻萨达姆·侯赛因的政权?

鲍威尔说,在第一次海湾战争期间,这个观点根本站不住脚,所以也从来没有人谈论过。他说:"我们从没打算打到巴格达。从来没有讨论过这个问题。总统也从来没有想过这个问题。他不想占领一个阿拉伯国家,他只想执行联合国决议的要求,恢复科威特的合法政府。而这就是我们所做的。"这一观点得到了包括切尼在内的总统顾问的一致赞同。十年后,意见就没那么一致了——那批顾问中的一些人在老布什之子小布什当政期间就是否攻占伊拉克发生了争论。

"沙漠风暴"的成功改变了民众对老布什的看法。一项民意调查显示他的支持率达到了百分之九十。但这种愉快的感觉并不会持久。在国内,顽固的经济衰退已深植社会。布什意识到,在一场艰难的连任之战中,他作为战争英雄的身份并不能抵消经济形势的压迫。

随着总统把注意力转向国内事务，他的幕僚长成了累赘。苏努努平日里对工作人员毫不留情，现在轮到他尝苦果了。然而，苏努努非但没有为自己的大放厥词感到后悔，反而将其作为自己管理才能的证明。他自夸道："我向你保证，与传言相反，我的任何强硬言论都是有所控制的、深思熟虑的，是为了达到某种效果才这么做的。我不会突然爆发，一切都是有的放矢。"①

国会山的政治掮客们对此并不买账。在一九九〇年的预算最高会议上与苏努努发生争执后，西弗吉尼亚州的著名参议员罗伯特·伯德突然表示："我这辈子从未见过一个代表美国总统的人做出如此令人发指的行为。你的行为傲慢，无礼，让人无法忍受。"②

苏努努也在逃避自己作为一个诚实的中间人的角色。他爱扮演首相的角色，如此一来他把自己不喜欢的政策建议都屏蔽了。内阁部长们怨声载道，以至于总统只能在位于肯尼邦克港的家中设了一个邮政信箱——作为接收信息的秘密通道，否则这些信息会被幕僚长截留。

布什的幕僚长还表现出某些人所说的"唐·雷根综合征"，即想办法挤进每次合影，并把工作人员的错误归咎于总统。里根在雷克雅未克峰会上的表现最初被认为是失败的，雷根就把自己比作一个拿着扫帚的人，跟在马戏团大象后面收拾残局。同样，当布什在竞选演讲中说错了信用卡利率时，苏努努错误地向媒体宣称这是总统的"即兴发挥"。他暗示这个错误是总统自己的错，是他没有跟着稿子念，新闻秘书马林·菲茨沃特不得不出来纠正这一说法。里根的老朋友斯图·斯宾塞说："苏努努只是不知道如何演好这个角色。他不像吉米［·贝克］、切尼和肯［·杜伯斯坦］那样知道什么时候该站出来、什么时候该退居幕后。"③

---

① National Press Club speech, December 11, 1990.
② James P. Pfiffner, "The President's Chief of Staff: Lessons Learned," *Presidential Studies Quarterly*, vol. 23, no. 1 (1993): 94.
③ 二〇一六年三月二十一日对斯图尔特·斯宾塞的采访。

一九九三年的《总统研究季刊》上发表了一篇学术文章,题为《总统的幕僚长:经验教训》(*The President's Chief of Staff: Lessons Learned*)。作者詹姆斯·菲夫纳将苏努努与舍尔曼·亚当斯、H. R. 霍尔德曼和唐纳德·雷根相提并论——他们每个人都证明了"一个专横跋扈的幕僚长几乎肯定会带来麻烦":

> ……强悍的幕僚长已经深刻认识到,为总统服务意味着能够培养其他选民为他服务。苏努努没有意识到这一点,所以觉得自己能够随心所欲地疏远国会、内阁、新闻界、利益集团以及自己的白宫下属。他的态度就好像在说:"我如此有权,不必对他人友好,甚至不必表现出最起码的礼貌。"他这样做忽略了一点,就像一句古老的黎巴嫩谚语所言:"还不能咬的手,就只能亲吻了。"当苏努努遇到麻烦时,那些以前不得已吻他手的人就咬他的手了。

然而,苏努努对于众敌环伺毫不在意。他说:"我会说一些大多数幕僚长觉得疯狂的话。我认为幕僚长是我做过的最容易的工作。我拥有做这份工作需要的所有资源。我对总统要什么从来都非常清楚。所以我每天晚上回家时,几乎所有的事情都井井有条。"

事实证明,苏努努拥有他所需要的所有资源,而且还不止于此。显然,他认为军用运输应该由他处置,于是他开始从安德鲁斯空军基地乘飞机回他在新罕布什尔州的家,并进行其他私人旅行。最先注意到此事的人之一是国防部长。"这就是我们在安德鲁斯基地的操作,"迪克·切尼回忆道,他是从总法务长特里·奥唐奈那里得知的幕僚长的行踪,"特里来找我,说接到通知,苏努努准备坐官方飞机从新罕布什尔州的家里飞往纽约参加什么集邮活动"。

苏努努不仅征用军用飞机和直升机,他还征用过一辆白宫豪华轿车参加纽约的一次邮票拍卖。切尼说:"很明显,这是件丢脸的事,因为他无法为自己的所作所为辩护。他是幕僚长,有点傲慢,不接受善意的建议。有些人早就想找他茬了。如果他继续这么干,早晚惹上麻烦。"

切尼和奥唐奈尔去找苏努努。切尼说:"我很直接。我没让其他任何人掺和进来。我直接去找约翰,跟他实话实说:'你在给总统惹麻烦。如果你继续这么做你自己也会难堪。你真的需要收拾一下这摊子事。'"苏努努的反应,让切尼想起了他刚上任时在办公室里绕双手大拇指的情景。切尼说:"他说:'哦,好的,谢谢你来一趟,真的很感激。'然后他继续干自己手头正在做的事情。"

很快,媒体就听到了风声,开始大肆披露苏努努的不检点行为。《华盛顿邮报》报道,苏努努乘坐军用飞机飞行了七十多趟;这些航行注明的是公务,但至少有二十七次像是私人旅行。苏努努辩称,他遵循的是里根时代的一项指示,即高级官员必须时刻与白宫保持联系。有人向肯·杜伯斯坦求证,后者表示:"这纯粹是一派胡言。"①

随着媒体的不断深挖,其他不当行为也见光了。苏努努被指控打电话给美国环保署和美国林业局,为一位朋友扩建滑雪场的申请疏通关系。(这位朋友曾为苏努努的竞选活动捐款,并让他免费滑雪。)这一指控几乎与艾森豪威尔的幕僚长舍尔曼·亚当斯(凑巧的是,他也当过新罕布什尔州州长)受到的指控一模一样。苏努努被人盯上了,他却还是我行我素。在白宫草坪举行的某次法案签署仪式上,他对《华盛顿邮报》的一名记者喊道:"你是个骗子。你的所有报道都是谎言。你写的一切都是假的!"这下新闻媒体开始了对布什这位目中无人的幕僚长的穷追猛打。

几个月来,总统和芭芭拉一直忍受着对他们这位好友的批评。但到了一九九一年秋天,布什明白必须采取行动了。解雇任何人对他来说都非常艰难,更不用说解雇苏努努了。在采取如此极端的措施之

---

① 二〇一四年九月二十三日对肯·杜伯斯坦的采访。

前，布什希望有人能先去探探他那位高级顾问的口气，然后回来告诉他"接下去该如何安排"。但是这项任务派谁去完成呢？总统想到了他四十五岁的儿子乔治·W. 布什。

乔治·W. 布什欣然受命。身为老布什长子的他，目前是得州游骑兵棒球队的联合经理，住在休斯敦，但总忍不住要插手父亲的行动。"任何家庭成员最不应该做的事就是向总统抱怨或让他担忧，给他增加负担，但是……我告诉父亲，我担心他的竞选连任会有麻烦。"他在谈及他父亲总统任期的《41》一书中这样写道。乔治·W. 布什对父亲极其忠诚，事关他父亲的时候他甚至能冷酷无情，他的保护本能和南希·里根一样敏锐。

小布什在感恩节前几天回来向父亲报告。正如他在回忆录中所写："大家感到不满……大多数人认为［苏努努］拒绝让他们进入椭圆形办公室，并过滤传递给父亲的信息。我一直喜欢约翰，但我的任务不是讨论具体情况，而是汇报结果。"在《41》中，小布什转述了他与总统在白宫寓所共进晚餐时的对话：

> 吃主菜的时候，父亲全程听着，没说什么话。最后，在甜点上来时，他说他同意这个结论……他需要一个新的幕僚长。然后他问："你觉得该让谁去告诉约翰·苏努努？"
> 
> 这个问题让我感到惊讶。"你为什么不和他谈？"我问。
> 
> 他说："我倒希望让其他人去和他谈。"我们列出了一系列可能的人选，但他一个都不中意。
> 
> 最后，尽管我担心由总统的儿子去传达这样的信息会很尴尬，但我还是说："那么，爸爸，如果其他人不成的话，我可以在你觉得合适的时候去和苏努努谈谈。"
> 
> 令我讶异的是，他沉默了许久以后说："好。"①

---

① George W. Bush, *41: A Portrait of My Father* (New York: Crown, 2014), 226.

说服苏努努辞职的任务远比小布什预想的更为艰巨。小布什在他的回忆录中写道："父亲……叫我去通知约翰，结果我在一次尴尬的谈话中跟他说了。不久之后，他就递交了辞呈。"① 而事实是，当小布什带去这个坏消息后，苏努努根本不予理会。这位麻烦缠身的幕僚长走进椭圆形办公室，对总统说："我干得不好吗？"布什不习惯当面对质，答道："还行。"

　　那个周末，在戴维营打网球的间隙，布什往安迪·卡德的家里打了个电话，请他星期一与斯考克罗夫特、白宫顾问博伊登·格雷以及新闻主管多伦斯·史密斯一起到椭圆形办公室来。但没人自告奋勇去给苏努努最后一击。总统恳求卡德："你跟他走得近，要么你去跟他说？"② 当天下午，卡德走进了苏努努的办公室。副幕僚长对自己的上司说："你只能这么做了。总统会收下你的辞职信的。"第二天早上，苏努努带着一封准备好的信来到白宫。但这位四面楚歌的幕僚长仍然不愿意就此走人。他猛烈抨击了真真假假的各种敌人，指责媒体、白宫工作人员甚至亲以色列的团体——他声称，这些团体之所以针对他，是因为他有黎巴嫩血统。

　　当天下午总统有出行安排，"空军一号"起飞时苏努努也在机上。直到总统和他的随行人员抵达密西西比州的哈蒂斯堡后，老布什总统的幕僚长才最终递交了手写的辞职信③：

　　　　一九九一年十二月三日
　　　　白宫
　　　　乔治·布什总统亲启

---

① George W. Bush, *Decision Points* (New York: Crown, 2010), 82.
② 二〇一五年二月二十八日对安迪·卡德的采访。
③ Letter, John Sununu to George Bush, December 3, 1991. Presidential Daily Files, George Bush Presidential Library.

亲爱的总统先生：

三年多以前，您请我担任您的幕僚长。我怀着激动而感恩的心情接受了。

……对这个世界和这个国家来说，这是一个令人惊叹的时代；对我而言，这是一个激动人心的时代……您、副总统、盖茨①、斯考克罗夫特和我证明了我们不必对过程或我们自己过于严苛，就可以办好大事。

……我一直说，只要我能助您成功，帮您有效地应对问题和挡箭，我愿意当您的幕僚长。但是……我绝不愿意不积极地助您一臂之力，更不想累您不能成功。因此，在目前政治竞选气氛不明之际，从您的最高利益考虑，我拟于一九九一年十二月十五日起辞去美国总统的幕僚长一职。

……我想您知道，对我来说，（与传言相反，）责任和权威从不曾像帮助您成为（并被认可为）一位伟大总统的机会那样重要。我打算以一个普通公民的身份继续努力……

向您保证，我可以像斗牛犬或宠物猫（选择权一如既往在您手中）一样随时准备效力……

此致

敬礼

约翰·H. 苏努努

布什对前幕僚长抱有真切的好感，他写了一封回信。②

约翰·苏努努州长

---

① 时任中情局局长罗伯特·盖茨。——译者
② George H. W. Bush, *All the Best: My Life in Letters and Other Writings* (New York: Touchstone, 199), 541.

白宫幕僚长

亲爱的约翰

我收到了你从十二月十五日起辞去幕僚长一职的信。我接受你的辞呈，同时深感不舍、遗憾和失落……约翰，无论是从职业角度还是个人角度，这封信都让我很难下笔。

从职业角度讲，在你的领导下我们取得了重大的成就，你功不可没。

你和白宫、政府以及国会的工作人员携手，在实现我们的一些重要目标方面发挥了重要作用。

是的，从我和我们家人的角度来看，我们所珍视的友谊比以往任何时候都更加牢固。

离开这个压力巨大而你依然表现出色的工作岗位后，我希望你和南希能尽情享受生活。你值得拥有最好的生活。

致以最诚挚的谢意
总统　乔治·布什

总统还分别给苏努努的妻子、父母和孩子们写了信，此举让即将离任的幕僚长感动不已。① 苏努努说："幕僚长的职责犹如徒手接长矛、标枪，身为他们的家人尤其艰难。我的一个儿子在弗吉尼亚州上学，他的日子很不好过。那里的某些老师简直就是蠢驴。"

我问乔治·H. W. 布什，炒掉自己的朋友对他来说是不是很难。他说："我认为对每个人——绝大多数人——来说都很难。没错，很难。但是该改变了，该他做出改变了。我记得我对约翰说：'我想咱们得分

---

① 在给孩子们的信中，苏努努说，总统"非常具体和直接，特意强调我所做的贡献。而他们应该明白，我作为幕僚长所做的一切都是照他的安排办。因此，像往常一样，乔治·布什写了一封绝妙的信"。

道扬镳了。'他是个好人，直到今天我们仍是亲密的朋友。"

如果苏努努能得到哪怕是一点点的支持，他的工作也许就能保住。但他几乎没有盟友。蒂姆·麦克布莱德说："你可以在那里支持某人，也可以事不关己高高挂起。那些可能站出来为他撑腰的人——包括国会议员在内——都采取了袖手旁观的态度。"专事研究白宫幕僚长的菲夫纳写道："要找出一有机会就会对约翰·苏努努下手的敌人，难免会让人联想到阿加莎·克里斯蒂的小说《东方快车谋杀案》……火车上的诸多嫌疑人都有足够的动机杀死受害者。当每名嫌疑人都因为将同一把刀刺入受害者体内而有罪的消息被披露后，谜团就解开了。"①

苏努努承认他犯了错误。他说："如果我还能以幕僚长的身份重新工作的话，我可能会付出更多的精力让总统的努力得到认可。"他说他犯的另一个错，就是"我以为和媒体保持距离是件好事，我这样做是出于对总统的忠诚。我没有意识到与媒体保持更好的关系对总统而言是非常重要的"。

也许吧，但苏努努的根本问题是他的权力感。吉姆·贝克的做法再次证明是正确的，即主事者鲜少能胜任这份工作。贝克说："有些白宫幕僚长之所以不能胜任，是因为他们喜欢当'长'，而不喜欢当'幕僚'。你必须记住，不管你多有权，你只是一名员工而已。"

一九九一年圣诞节，在苏努努结束其幕僚长一职六天后，一直致力于用激进的改革挽救苏联的米哈伊尔·戈尔巴乔夫给身在戴维营的乔治·布什打了电话，宣布了一个惊人的消息：对西方构成致命威胁近八十年的苏联已经不复存在。他向总统保证，苏联的核武库掌握在可靠的人手中。这一具有划时代意义的事件证明了布什及其副手贝

---

① James P. Pfiffner, "The President's Chief of Staff: Lessons Learned," 97.

克、斯考克罗夫特、切尼和鲍威尔的外交政策是正确的。

这几乎成了美国第四十一任总统收到的最后一个好消息。尽管总统在外交事务上取得了成功,但在国内却饱受舆论抨击。正如乔恩·米查姆在《命运与权力》(Destiny and Power)一书中所引用的总统日记中的话:在戈尔巴乔夫宣布那个消息两天后,布什收到了一项民意调查结果,

> 其方方面面都令人沮丧——不光是我个人的受欢迎程度,还有美国人民希望看到经济复苏的各个方面……大家都认为我们在经济方面毫无作为……尽管通胀情况比以往任何时候都有好转;利率比之前降低;失业也不像经济衰退时期那么严重;但所有人都认为我们走错了道路,信心甚至比吉米·卡特那段可怕的日子还要低。①

与海湾战争后振奋人心的日子截然不同,在那一年间,布什的支持率将下降五十个百分点,跌至令人沮丧的百分之四十。随着一场艰难的连任选战临近,布什不得不任命了两个重要职位:一名竞选主管和一名幕僚长。

布什认为政治活动和政府管理应该分开,就像教会与国家那样;他想让不同的人负责白宫及竞选。他选择了他的老朋友、民调专家鲍勃·蒂特作为他的竞选活动主席。斯考克罗夫特推荐安迪·卡德担任白宫幕僚长,卡德对这份工作非常熟悉,却为人谦逊不自负。然而布什心仪的是另一个人:他的交通部长山姆②·斯金纳。

塞缪尔·K.斯金纳与其个性张扬的前任幕僚长截然不同:倘若说苏努努走进任何一个房间都要当主角,那么斯金纳则会隐身其中。斯

---

① Jon Meacham, *Destiny and Power: The American Odyssey of George Herbert Walker Bush* (New York: Random House, 2015), 496.
② 塞缪尔的昵称。——译者

金纳出生于芝加哥,是个商人,也是位经验丰富的官僚。他以沉着、高效的方式处理危机——比如美国东方航空罢工、飓风"雨果"和埃克森·瓦尔迪兹漏油事件①,人称"危机克星(Master of Disaster)"。斯金纳回忆道:"总统说:'我希望你来当幕僚长,我们会大有一番作为……我想尝试一种体制,政治主外,政府主内——你将和蒂特合作,如果有任何问题,我们将一起努力解决。'"②

斯金纳应该清楚那一年的日子不好过:在他就任幕僚长的第一天,乔治·布什就吐了日本首相一身。一九九二年一月,布什在东京进行国事访问,当时他正在参加宫泽喜一举办的晚宴,突然脸色发白,瘫倒在东道主身上。当他恢复知觉时,发现自己和首相的身上都有呕吐物。没有陪同布什出访的斯金纳在电视上看到了这离奇的插曲。

一九九二年确实将会成为布什的"多灾之年"。经济继续滞后。由于违背了"不征新税"的承诺,布什如今在共和党初选中面临着来自保守派帕特·布坎南的挑战。(布什再次拿下了新罕布什尔州,但布坎南获得了惊人的百分之四十点四的选票。)在竞选过程中,总统似乎不太着调,在看到超市收银的扫码仪时还一度表现过不可思议的神情。布什的对手、民主党人比尔·克林顿选择了精力充沛的年轻南方人阿尔·戈尔作为竞选搭档,并通过全国代表大会不断取得胜势。布什还面临来自第三党的候选人、个性乖张的亿万富翁罗斯·佩罗的危险且不可预测的威胁。③(佩罗竞选团队的主管之一正是吉

---

① 一九八九年三月二十四日,美国埃克森公司的一艘巨型油轮在阿拉斯加州美、加交界的威廉王子湾附近触礁,原油泄漏达八百多万加仑,在海面上形成一条宽约一公里、长达八百公里的油带。附近海域的水产业受到很大损失,生态环境遭受严重破坏。这是一起人为事故。——译者
② 二〇一一年八月十日对塞缪尔·斯金纳的采访。
③ 布什认为佩罗在一九九二年与他竞争是因为个人不满。这源于当副总统时的布什告诉佩罗,里根不想让他成为他们在战俘问题上的关键人物。"我说,'听着,总统不想让你再去越南了',因为我们在这件事上有了新的领导人。我认为他因为这件事和我结下了私人恩怨。我们曾经是朋友。他到缅因州来看过芭芭拉和我。然后我们的关系变得面目全非,我一点也不喜欢这样。我想他满心都是个人对我的不满和怨恨,你可能会说,这对克林顿有利。"

米·卡特的前竞选主管兼幕僚长汉密尔顿·乔丹。)

斯金纳感觉不堪重负。他说:"这么说吧,你将要争取竞选连任,政绩却不尽如人意,你困在这个怪圈里,其实可以说是处于风暴中心。这可能是世界上最糟糕的工作,尤其是这场竞选极有可能失利,而你代表总统所做的一切以及你们的竞选所做的事没有引起美国人民的共鸣。"

布什对斯金纳的幻想破灭了。[①] 他在日记中写道:"我不得不承认,我想念苏努努以及他的才干,他能以正确的角度看待事情,然后去威吓国会山。是的,确实他有些事搞砸了,但我在想,我们是不是不需要幕僚长进一步采取行动施加更多的控制呢?"

"山姆是个非常能干的人,他做得很好,"总统说,"但他是在一个极其困难的时期上任的。人们普遍有这样一种认知——里根执政八年,布什执政四年。克林顿是一位年轻而富有魅力的挑战者。经济不景气,而克林顿的竞选口号是'经济问题才是关键!'[②]。他专注于这一点是完全正确的!"

随着竞选连任的时间越来越近,布什需要一位强有力的领导人来敲打白宫和他的竞选班子,这个人必须具有毋庸置疑的经验和权威。他能想到的只有一人:吉姆·贝克。

但是贝克全身心投入国务卿工作中,他是绝不会自愿离职的。乔治·H. W. 布什要劝说自己最好的朋友取代斯金纳,拯救他的竞选连任于水火,必须动用所有的外交手腕。

总统和国务卿计划带着各自的儿子——杰布和杰米——去贝克在怀俄明州的农场度假。贝克没有意识到他进了一个陷阱。"他说:'我需要你回来。'"贝克回忆道,"我不想去;已经当上国务卿的人不会愿意再回到政治离心机之中。我真心认为我做国务卿对国家是有

---

[①] Jon Meacham, *Destiny and Power*, 505.
[②] 原话是"It's the economy, stupid!"——译者

益的，而且我们还有许多事可以做。"但是贝克知道他并没有太多选择余地。"实际上我没怎么犹豫就答应了。我以前总是服从于他，毕竟，我在政治和公共服务方面的成功很大程度上与他有关。"①

贝克回到了华盛顿的大本营，并准备把自己的部门交给他的副手劳伦斯·伊格尔伯格。一九九二年八月十三日，他在向员工发表告别演说时哽咽得几乎无法成句。"当我坐电梯回到七楼那间即将不属于我的国务卿办公室时，我的眼睛里满是泪水，"贝克后来写道，"这泪水中有骄傲，也有对放弃这份所有政府职务中我个人最满意的工作的不舍。"

之后，总统给他的新幕僚长送了张便条来：②

吉姆——

当我听到国务卿办公室里雷鸣般的掌声，我意识到你为了来这里放弃了多少。对此我感激不尽。

休息一下。我很高兴未来我们将并肩作战。

你的朋友

乔治

人虽然来了，但为时已晚，无法影响结果。克林顿以百分之五十七对百分之三十二的支持率领先老布什。反复无常的民粹主义者佩罗退出了竞选，但在辩论前又折返回来。贝克说："非常艰难，因为大约在选举前四天我们的支持率才会带起来。然后我们开始看到票数发生了变化。巨大的变化。在大选前五六天，我们确实在增长。"

十一月二日，布什在日记中写道：

---

① 二〇一三年十一月二十日对詹姆斯·贝克的采访。
② George H. W. Bush, *All the Best*, 565.

这是我一生中最后一天参加竞选……我们还有四五次集会要举行。很高兴乔治和我们在一起——他是个充满活力的斗士和活动家，非常难得——他和吉姆·贝克陪我坐在"空军一号"的办公室里，谈论民调专家、棒球联盟执行长，谈论工作的转型，我们谈论最后一搏、最后一次竞选……。我们甚至讨论了吉姆·贝克的职责结束以后谁来当白宫幕僚长，我认为贝克这次的工作需要一百二十天。①

贝克是第二天早上头一个收到坏消息的人。他说："我认为最难受的是我拿到出口民调②结果的那一刻，很明显我们会输。我不得不去告知总统。他当时正在理发。我们在得克萨斯休斯敦。当我告诉他实情时，他就坐在理发师的椅子上。这很难——非常非常难。我们是四十年的挚友。他是我女儿的教父。他是我敬爱的人。所以看着事情发生在他身上，真是太叫人难受了。"

布什在日记中写道："很难描述在这种事情上的情绪……叫人伤心，伤透了心，我想也关乎我的骄傲……我想到了这个国家和那些正受到伤害的人，我们还有太多事没有做。我们在许多方面做出了努力，没错，我们取得了进展。可是，工作还没有完成，这让我很痛苦……"

但是在芭芭拉·布什看来，输掉选举是一种解脱，她看不惯竞选中的龌龊，对与民主党控制的国会斗提心吊胆。"要是我们赢了，情况会很糟。"她说。

"我认为历史会厚待他的，"贝克谈到他的老朋友时说，"就像温斯顿·丘吉尔的结局，他这样的国家英雄在事后被赶下了台，而同样

---

① George H. W. Bush, *All the Best*, 571.
② exit poll，又称"票站调查"，是指选举期间在票站出口询问刚投完票的人的选举意向的民意调查。其目的是为了分析及解读选民的投票行为，并即时了解选举形势。——译者

的事情也发生在了第四十一任总统乔治·布什身上。在他的领导下，世界发生了翻天覆地的变化。正是乔治·布什主持了冷战的和平结束。它本来未必会和平结束，也可能是以我们四十年来一直担心的一声核爆巨响结束。正是他促成了以色列及其所有阿拉伯邻国第一次在马德里和平会议上讨论和平问题，也是他在和平与自由的气氛中让德国以一个统一的国家作为北大西洋公约组织的一员。我们在外交政策领域尚有许多未竟的工作。这让失败变得难以接受。失败**总是**痛苦的。"

贝克认为他们的失利有三大原因：在共和党执政十二年后，选民们已准备另择他人；罗斯·佩罗获得了百分之十九的选票，拉走了布什的部分选票，以确保克林顿的获胜；而且在大选前不到一周，特别检察官劳伦斯·沃尔什已经起诉卡帕·温伯格在"伊朗门"丑闻中的行为，这抹黑了布什，对他殊为不公。

但据贝克说，有一个因素是在政府的控制下的，他说："一九九二年一月，我们去参加国情咨文演讲时，总统本该说：'我刚刚完成了对外的**沙漠风暴**，现在我要刮起**国内风暴**了。我要把注意力转移到国内问题上。'但我们没这么说。总统的经济顾问告诉他经济即将复苏。确实复苏了——就在比尔·克林顿宣誓就职的节点上。"

四十六岁的比尔·克林顿具有与生俱来的政治力量，他在竞选过程中游刃有余，被称为"天生好手"。在一部名为《战情室》（*The War Room*）的纪录片中，他那纪律严明的竞选总部大受赞誉。

但是有些人想知道克林顿是否天生就擅长在白宫执政。后来，一位工作人员用这句话总结了他在头一年半的挫败感："我们从《战情室》进入了**寝室**。"

# 第七章 "绵里藏针"

托马斯·F."麦克"·麦克拉提、莱昂·帕内塔、
厄斯金·鲍尔斯、约翰·波德斯塔和比尔·克林顿

罗伯特·赖希坐在比尔·克林顿和希拉里·克林顿位于阿肯色州小石城的家中的厨房里。那是一九九二年十一月十八日,克林顿的密友赖希前来庆祝他的朋友鸿运当头,他俩同为牛津大学的罗德学者、耶鲁大学法学院的同窗。他在日记中写道:"比尔即将成为总统。这个时代需要一位强大的总统,他需要像富兰克林·罗斯福那样以充沛的精力、无穷的魅力、大胆的行动力治理国家……。但我担心他的领导可能会失败。他会逐渐变得心不在焉,急于取悦他人。"①

威廉·杰斐逊·克林顿靠着个人魅力和甜言蜜语,经过激烈的初选和过山车式的大选,战胜共和党对手乔治·H.W.布什和独立候选人罗斯·佩罗,赢得了总统宝座。但是,会从竞选的严峻考验中脱颖而出的是怎样的总统呢?詹姆斯·卡维尔名义上曾是克林顿的竞选主管,他靠着"经济问题才是关键"这一明确的口号招兵买马,但真正发号施令的是才华横溢、自由散漫、不屈不挠的克林顿。

在为竞选总统做准备时,克林顿死记硬背,就好像变回了当年那个身材瘦长、衣冠不整的耶鲁大学法学院学生,直到考试前夜才开始翻书,却总能得到A。(他们一起上课时,赖希经常举手回答问题,而且通常都能答对;希拉里永远在举手,且一向不会出错;克拉伦

斯·托马斯从不举手；比尔则几乎很少在课堂上露面。②）这位当选总统身高六英尺一英寸、魅力十足，而他的朋友只有四英尺十一英寸高，一脸书呆子气，他俩当时就是一对奇怪的组合。现在，离就职典礼还有八周，他们在克林顿家的厨房里边喝咖啡，边讨论可能的内阁部长人选。一切都很顺利，就是克林顿似乎对最重要的人选——白宫幕僚长——不太上心。约翰·波德斯塔回忆道："克林顿花了大量时间挑选内阁成员，却没时间挑选他的白宫幕僚长。"③

　　大选后的第二天，克林顿仓促地发表了一份声明，昭告了他的幕僚长人选：托马斯·F."麦克"·麦克拉提。麦克曾经是明星四分卫和学生会主席，风度翩翩，彬彬有礼；他和克林顿一起在阿肯色州霍普市上的幼儿园。人人都认为他长大后会当州长。结果，他在货运行业帮福特公司赚了大钱，后来成为阿肯色州-路易斯安那州天然气公司的负责人。克林顿选择麦克拉提是最后一刻才决定的，而且完全凭感觉，但也是一个很有说服力的决定：在白宫，比尔和希拉里·克林顿会抓紧朋友，远离敌人。麦克拉提将成为克林顿忠实的"阿肯色帮（Arkansas Mafia）"成员之一，这伙人中还将包括白宫顾问文森特·福斯特以及不属于白宫圈子的电视制片人哈里和琳达·布拉德沃思·托马森夫妇④。

　　当克林顿叫麦克拉提当他的白宫幕僚长时，后者一开始谢绝了。他提醒他的朋友，说他缺乏在华盛顿工作的经验。麦克拉提还有另一个担心："我说：'瞧，我们做了很久的朋友了。我俩一起工作过，现在都不年轻了。我不愿意看到我们的友谊因此受到伤害，你很清楚

---

① Robert B. Reich, *Locked in the Cabinet* (New York: Alfred A. Knopf, 1997), 7.
② 二〇一四年五月八日对罗伯特·赖希的采访。在七十年代初的耶鲁校园，鲍勃·赖希是关于"公民自由与公民权利"的一个讲座课的极受欢迎的"助教"；作者也毕业于耶鲁，是他的学生之一。我们中的许多人认为未来的最高法院法官是赖希而不是克拉伦斯·托马斯。
③ 二〇一六年八月十七日对约翰·波德斯塔的采访。
④ 这对夫妇是热门电视节目 *Designing Women* 的主创，是克林顿夫妇的密友和非正式顾问。

这是有可能的。'可是比尔笑着说:'嗯,我想过这个问题。你知道,这会让我们的友谊更加牢固的。'"①

即将成为克林顿的劳工部长的赖希察觉到了麻烦。"不能用一个亲近的老朋友当幕僚长,"他记得当麦克拉提接受这份工作时他是这样想的,"如此一来,幕僚长很难对总统说不。而且幕僚长和他的上司也会难以看清并理解各自承担的角色,避免让昔日的交情影响现在。"

现在有很多问题要应对。比尔·克林顿入主椭圆形办公室的头几天,里面简直是马克斯兄弟(Marx Brothers)的电影《歌声俪影》小舱房场景的白宫版②。十分钟就能结束的会议拖了几个钟头,几乎任何想参加的人都进来了。工作人员四仰八叉地躺在沙发和地板上,咖啡纸杯和甜甜圈盒子堆积如山。美国小企业管理局(Small Business Administration)局长厄斯金·鲍尔斯简直不敢相信他在白宫西翼看到的场景。"真是一团糟。要我说,简直一塌糊涂,"他摇着头说,"人们从椭圆形办公室进进出出,总统从这里得到一点信息,从那里得到一点信息。因此,他花了更多的时间做出了更糟的决定。"③

行政管理与预算局局长莱昂·帕内塔也很吃惊。他说:"我去椭圆形办公室开个会,所有工作人员——什么汤姆、迪克和哈里——都来了。大家七嘴八舌,场面非常混乱。"鲍尔斯指出,一切乱了套了,以至于希拉里·克林顿要从她在白宫西翼的办公室过来维持秩序。他说:"能干的人不少,但谁都不担责任。这让第一夫人抓狂;所以她会过来主持会议。"④

---

① 二〇一一年九月二十二日对麦克·麦克拉提的采访。
② *A Night at the Opera*,一九三五年出品。马克斯兄弟是好莱坞早期的喜剧二人组,与卓别林等人齐名。本片中最具喜剧性的一幕是十几号人挤在小舱房里插科打诨。——译者
③ 二〇一一年九月十六日对厄斯金·鲍尔斯的采访。
④ 二〇一二年十一月九日对莱昂·帕内塔的采访。白宫摄影师鲍勃·麦克尼利知道,当总统开始询问他的意见时就意味着会议失控了,他说:"克林顿想听每个人都谈谈。克林顿问我的时候——我不得不说:'先生,如果托尼·莱克听到我给你外交上的建议,他会杀了我的!'真的,别问我!"

当克林顿外出工作时，情况几乎同样糟糕：总统在每一场活动中都拖拖拉拉，跟列队的人东拉西扯，远远落后于计划。麦克拉提承认，从竞选到执政的转变是一个极具挑战的学习过程。他说："我认为克林顿总统最大的优点在某种程度上也是他的弱点。在竞选过程中，他花大量时间和人相处，倾听他们的心声，记住他们说的话，他具有强烈的同理心，能对他人的痛苦感同身受，这些都非常正确。但要管理好白宫、按计划行事、推动事情向前发展，这样可能不会起到好的作用。"①

但问题不单在克林顿身上。鲍尔斯说："一天里每十五分钟都有安排。总统以迟到闻名。他当然会迟到！他生活在一个不断变化的世界里，如果每一天的每一刻钟都安排了事情，他怎么可能不迟到！所以在我看来，这并非总统的错，而是员工工作不力。"②

劳工部长赖希对此感到震惊，但对麦克拉提相对宽容。他说："麦克得了不好的名声，因为大家都把混乱归咎于他。他本可以成为一个更强势的幕僚长，但比尔·克林顿并不一定想要一个强势的幕僚长。比尔·克林顿之所以把他放在这个职位，是因为比尔·克林顿想亲自管理白宫，他不想被管束。"波德斯塔说总统没有充分认识到幕僚长是个守门人，是传达内阁意见的诚实的中间人。"他是州长的话，那他的手下就是这些管理着公路部门的人了，对吧？因此在我看来，他认为他要比以往任何时候都更多地与内阁打交道。"

在华盛顿，几乎每个人都知道麦克拉提是"好人麦克"。克林顿政府的一名前工作人员表示："麦克是一个极其善良的人，一个非常聪明的人，但是华盛顿需要的是一类特殊的人。一个好的白宫幕僚长必须无处不在。他要参加所有的会议；他什么事都得插手。麦克不清楚白宫发生了什么——他不知道要去哪里、去见谁。麦克也不擅长揣

---

① 二〇一一年九月二十二日对麦克·麦克拉提的采访。
② 二〇一四年二月二十五日对厄斯金·鲍尔斯的采访。

摩人心。他没法看着大家然后说出谁惹了麻烦，要把谁看紧点。"

结果是一群野心勃勃的助手犹如打橄榄球赛一般争夺总统的青睐。其中有人忠实于克林顿的自由主义议程，如乔治·斯特凡诺普洛斯和保罗·贝加拉；有意图减少赤字的华盛顿局内人，如经济学家罗伯特·鲁宾，高盛的前联席会议主席、哈佛大学的拉里·萨默斯；有精明务实的竞选操办人哈罗德·艾克斯和艾拉·马加齐纳，以及克林顿的高级顾问之一拉姆·伊曼纽尔。

伊曼纽尔时年才三十三岁，因为张口闭口地飙脏话以及为了完成任务赴汤蹈火在所不惜而成了传奇人物。令他失望的人可能就会有意想不到的事上门，比如一条死鱼，坊间盛传伊曼纽尔把它装在盒子里送给了一个背叛了他的民意调查员。这种"你去死吧"① 的表达只是个开场。白宫摄影师鲍勃·麦克尼利觉得他的行事手法不可思议："他扭人的胳膊。他威胁别人。用难听的话骂人。这有点像林登·约翰逊的做法：'我们要关掉你那个区的所有邮局！'"②

克林顿上任之初，各派系之间斗来斗去，每个派系都在争夺对议程的控制权——而且经常泄露他们对事件的看法。鲍尔斯解释说："鲍勃·赖希会出来在这个镇子说点什么，然后鲍勃·鲁宾在另一个镇子说的版本和鲍勃·赖希的截然相反。"然后还有一些计划外的事件。麦克拉提说："你会不可避免地遇上我所说的'不明飞行物'，也就是说，不可预见的事。一天有一天的事。难免会发生一些意外，无论是悲剧还是全国性灾难，抑或是国会山的什么情况，都会让你心烦意乱。"

但是，悲剧还没来，麻烦就找上了克林顿。大选两天后，总统在接受记者采访时被问及他在竞选中承诺允许同性恋者参军的问题。克林顿回答："我不认为单凭一个人的状态……就能决定他合不合格。"

---

① Luca-Brasi-sleeps-with-the-fishes，语出《教父》，原文指教父的打手卢卡·布拉西办事不力，当人问起他的行踪，教父拿出死鱼，意为他去死了。——译者
② 二〇一四年四月二十四日对鲍勃·麦克尼利的采访。

问题是，他没有询问五角大楼或征求反对解除禁令的参议员的意见。结果，这场争议持续了近一个月直到他上任后——最终总统宣布了一项名为"别问也别说"的折中协议。

从没有人拿总统这个位子这么不当回事。五月，总统在洛杉矶国际机场等待"空军一号"起飞时，一位名叫克里斯托弗的高级发型师过来给他理发。这一插曲很快变成了一出闹剧。据《纽约时报》报道，在这位发型师给他精心打理头发时，克林顿把四条跑道中的两条关闭了长达数小时。（实际上，理发并没有造成任何延误。）对此，小报津津乐道，也给他的共和党敌人落了口实。

同月，显然是在朋友哈里·托马森的敦促下，克林顿夫妇要求联邦调查局对白宫出行办（White House Travel Office）进行调查，该部门负责为记者团安排航班；调查暴露出来的财务违规和监管者的贪污行为。几天内，麦克拉提下令解雇了所有七名员工。不管是否合理，解雇出行办的工作人员——其中许多人已经在那里工作多年——毫无必要地得罪了他们在记者团的朋友，这些人已经把矛头对准了总统。

总统上任六个月后，希拉里已经束手无策了。正如鲍勃·伍德沃德在《白宫的盛衰消长》（*The Agenda*）中所写的那样：

> 在过去几个月里，她得出了一些结论。① 她丈夫身上的执行政府政策的担子太重了。他是首席国会说客、首席消息发布者、政策制定者、发言人——他要执行所有职责。行政部门和幕僚中有太多高层人士由于缺乏充分的准备而停滞不前。

第一夫人毫不犹豫地向她认识多年的麦克拉提发起了牢骚。"希拉里很直接，"他说，"我不会认为她是在挑事儿，但她传达的信息

---

① Bob Woodward, *The Agenda: Inside the Clinton White House* (New York: Simon & Schuster, 1994), 254.

有时候是明确的,'我们要留多一点时间在这里。他就是不能这么做。你得把这事告诉他。我知道总统想这么做,但这是行不通的'。我通常会转回总统那里,跟他说:'总统先生,我认为您妻子在这件事上说得很有道理。她对此很有感觉。你不认为我们不应该做那件事吗?'"

在一场表面上看起来是要讨论燃油税的会议上,第一夫人的沮丧终于爆发了。于是,这一天成了算总账的日子。希拉里·克林顿以她作为律师的精准,对白宫的管理进行了无情的批评。经济团队和政治团队没有沟通。公关团队效率低下。她大发雷霆。根据伍德沃德的描述,她说:"这对比尔来说是不可接受的,也是不公平的。"

> 总统成了"首席维修工",总在修修补补,而不是做一个总统该做的:为正义代言,高瞻远瞩,并带领大家前进。她说,经济计划与预算及数字无关。这是一份事关价值观的文件。它是为了帮助工薪阶层及小企业……。这才是我们应该讨论的,她补充道。"我想看到一个计划,"她想让每个人都参与其中,"在我们制定政策的过程中,我们必须决定如何解释这些政策。"

第一夫人想建一个类似于"战情室"的管理机构,它就像卡维尔和斯特凡诺普洛斯管理的那个极其高效的竞选总部。据伍德沃德回忆,总统随即站起来喊了一句:"'我走了,我要去东京!'他大声说完,转向麦克拉提和副总统道:'麦克和艾尔,你俩听好了,我要你们把这事解决了。在我回来之前搞定。'尽管他的突然发作是个情绪上的打击,但比起希拉里的尖刻的分析还是黯然失色。不得不说这是对麦克拉提的最尖锐的批评,是对他的强烈指控。在这种关键时刻,希拉里往往才是事实上的幕僚长。"

波德斯塔笑着说:"当时一片混乱。但为了稍微维护一点麦克,克林顿在第一年做了很多事情。"的确,有麦克拉提掌舵,总统落实了一项赤字削减计划；通过了《北美自由贸易协定》；并签署了要求购买枪支有五天的等候期以便进行背景调查的《布雷迪法案》。他还制定了一项经济计划，旨在最终实现预算平衡并有盈余。

但克林顿的标志性议题——中产阶级减税、一揽子刺激方案、医疗改革——要么折戟沉沙，要么奄奄一息。而个人生活中的悲剧让政治上的坏消息雪上加霜。一九九三年七月二十日晚，总统正在白宫寓所内接受 CNN 的拉里·金的现场采访，此时麦克拉提收到一条急报。麦克拉提在中间休息时告诉他："总统先生，我收到一条重要信息。不是好消息。不是国际事件或国家安全问题，也无关希拉里和切尔西①。但我们需要谈谈。"麦克拉提揽过总统，带他上楼。他告诉总统，他俩共同的密友文斯·福斯特头部中枪，死了。"直到现在，我仍能记得总统眼里和脸上的痛苦与震惊，"麦克拉提说，"它比言语更实在、更直观、更具视觉效果。他屏住了呼吸说：'哦，不。这不可能是真的。'"

没错，福斯特自杀了。但是，克林顿夫妇非但没有得到同情，反而受到了右翼媒体的恶毒攻击，他们声称福斯特是被克林顿夫妇谋杀的，目的是掩盖腐败和欺诈。一连串的头条新闻连续报道称他们在一桩名为"白水"的土地交易中有投资。这是伪造的丑闻，就像数年后的班加西事件②一样，完全是无中生有。阴谋贩子的无情攻击只会让克林顿夫妇的信念更加坚定，即他们永远得不到公平的听证会。

尽管受了挫折，总统还是认为他所有的辛勤工作和努力付出都将得到赞赏。但当他看到民调结果时大为吃惊。"我不敢相信美国人主要是通过我理发、出行办以及军队里的同性恋者来看待我的，"他在回忆录中写道，"与其说我是个为了让美国变得更好而孜孜奋斗的总

---

① 克林顿之女。——译者
② 二〇一二年九月十一日晚，美国驻利比亚班加西领事馆遭伊斯兰激进分子袭击，造成大使约翰·史蒂文斯及美国外交事务情报管理官肖恩·史密斯等人身亡。时任国务卿希拉里·克林顿随后表示愿为工作疏漏负责。二〇一七年，美国联邦法官认定希拉里对此事没有责任。——译者

统,倒不如说我被刻画成一个抛弃乡土入了富人区的人,一个被摘掉了温和的面具未及细想便成了自由主义者的人。"

最令人痛苦的失败是医疗改革。上任仅五天,克林顿就让希拉里负责实施一个自哈里·杜鲁门以来民主党人一直未能实现的目标。但是,由第一夫人及顾问艾拉·马加齐纳领导的"国家医疗改革特别工作组"闭关自守,行事遮遮掩掩,政治上一窍不通,最终形成了一个极其繁复的计划。美国行政管理与预算局局长莱昂·帕内塔回忆道:"我记得第一次听到他们的计划时,我的反应是,这太复杂了。第一夫人行事一如既往——表现得好像任何不认同她的人都不可理喻——于是我告诉自己:'好吧,我得回避这个问题。'"克林顿的计划遭到强大的保险业游说团体的负面广告的抨击。① 很快,在抵达国会前它就夭折了。

到一九九四年夏天,比尔·克林顿陷入了困境。他灰心丧气,对"华盛顿和华盛顿的人"充满鄙视。一年半之后,即使克林顿的盟友也一致认为他也就一届任期。政府议程瘫痪了。赖希说:"政府可能会搁浅。比尔·克林顿揽了所有的事情,想要面面俱到。这种缺乏规矩的倾向令他自己和白宫工作人员不堪重负。没有协调可言,也没有全面控制。浪费了大量时间,白做了很多工作。"

赖希和其他一些内阁成员进行了间接干预。"我们中间很多人都是总统的老朋友,我们通过——希拉里及总统的——非正式途径提醒他,他需要严加管理。我动用了我所有的秘密渠道,和希拉里谈,和阿尔·戈尔谈,给总统捎口信,跟每天会和总统见面的一些人谈。"克林顿夫妇收到了口讯。鲍尔斯说:"我认为他完全清楚白宫里面一片混乱,她也很清楚。我们不是走偏了,而是在往下坠!他们看到了这一点,知道必须尽快采取行动。"

---

① 在一则针对医疗改革的极具破坏性的广告中,一对夫妇坐在餐桌旁。当仔细研究保险计划时,哈利和路易斯互相抱怨道:"选我们不喜欢的是因为我们根本没得选。"

一九九四年六月,行政管理与预算局局长帕内塔乘坐"空军一号"前往欧洲纪念诺曼底登陆日。起飞后,克林顿把他拉到总统套房外的沙发上。"总统的主要问题是,'应该怎么做才能让幕僚长的工作得到有效的回应?'"帕内塔回忆道,"'我该如何更好地安排办公室工作?'"他并没有当场意识到总统正拿着幕僚长的职位在他面前晃。但是,帕内塔说:"他没有问我预算问题,这让我感觉有事要发生。"

莱昂·爱德华·帕内塔出生于加州蒙特雷,父母是意大利移民,他曾是一名美国陆军情报官。他以共和党人的身份开始了自己的政治生涯,曾在理查德·尼克松任内做过卫生教育和福利部的民权部门负责人,由于在废止种族隔离方面行动过快而惹恼了总统;帕内塔在尼克松解雇他之前辞了职。此后,他成了民主党人,做了九届国会议员。帕内塔非常受人尊敬,他脾气温和,是位虔诚的天主教徒,总带着玫瑰经念珠,不时用洪亮的笑声打断谈话。帕内塔直言不讳,脚踏实地,在预算问题上是鹰派,在社会问题上却是自由派,而且很少出尔反尔。

后来在飞行期间,听到即将发生人事变动的风声的斯特凡诺普洛斯把帕内塔关进了空荡荡的行李区。斯特凡诺普洛斯最初对克林顿选择麦克拉提是欢迎的,他认为麦克拉提缺乏在华盛顿的经验只会让他更有价值。但是现在,斯特凡诺普洛斯已经失去了总统的青睐,他被指责与鲍勃·伍德沃德合作,使后者完成了批判之作《白宫的盛衰消长》。这位名誉扫地的助手看到了一个与帕内塔结盟的机会。"我把我正在读的书——《霍尔德曼日记》(*The Haldeman Diaries*)——递给他,书上第三百〇九页上做了标记。"他说。这是尼克松一九七一年对内阁发表的讲话。我对莱昂说:"给,你得看看这个,所谓最终控制权。"①

---

① George Stephanopoulos, *All Too Human: A Political Education* (New York: Back Bay, 2000), 285.

从现在起，霍尔德曼是我的大行刑官。如果他叫你做什么，你不要来对我抱怨。他这么做，是我交代的，你必须执行……我要看到纪律严明，一切由霍尔德曼来把关……他的话就是我的话，不要以为来和我谈会有任何好处，因为我会比他更强硬。以后就是这样。

"你需要得到比麦克更宽的权力，"斯特凡诺普洛斯告诉他，"你需要不会被推翻的权力，你需要不必跟三个不同的白宫打交道的权力。你要做个发号施令的人。"帕内塔谢了他的建议，并收下了那本书。

回到华盛顿，帕内塔在白宫西翼的停车场遇到了副总统。帕内塔回忆道："艾尔·戈尔说：'你知道吗，总统想让你当幕僚长。'我说：'你知道的，艾尔，我不感兴趣。我在行政管理与预算局当局长当得好好的。'我并不特别想要那份工作，因为我觉得我现在的工作挺称心——更何况白宫一团糟！我说：'我是真的很想在现在的位置上待下去。'戈尔说：'不行，总统很希望你来做那个。'"

帕内塔继续道："然后我接到一个电话，要我去戴维营见总统。于是我上了直升机，和阿尔·戈尔以及蒂珀①一起飞了过去。他们带我去总统的小屋。我进了一个房间——里面有比尔·克林顿、希拉里·克林顿、阿尔·戈尔和蒂珀·戈尔，加上我。我立刻知道这不是场公平的较量！"帕内塔大笑起来。"我说：'我作为行政管理与预算局局长真的对你很有价值。我们已经将你的经济计划付诸实施。'总统说了句我永生难忘的话。他说：'莱昂，你可以成为美国历史上最伟大的行政管理与预算局局长，但一旦白宫分崩离析，没人会记得你。'"

帕内塔接受了这份工作，但提了几个条件。"我说重要的是（1）我要得到你和第一夫人的信任；（2）为了让这个地方正常运作，

---

① 艾尔·戈尔当时的妻子。——译者

请授权我在我认为有必要时进行部门改组；（3）我们必须坦诚以待——交流真实的感受和想法。"①

与几位前任不同，麦克·麦克拉提不必被迫下台。实际上，到了一九九四年夏天，他意识到是时候做出改变了，他推荐了帕内塔接替他。麦克拉提说："放弃幕僚长这样的职位总是相当棘手的。这牵涉到公众形象，所以从不是件容易事。有时还挺不愉快的。"但麦克拉提很现实。他认为，是时候"做出一些改变"了，"因为我们正面临着一个党派纷争更严重的时代，进入中期选举，人身攻击方面会更加恶劣——这是我的实力和个性无法抗衡的"。麦克拉提并没有回阿肯色州，而是继续担任总统的顾问，为他与国会中温和的共和党人进行沟通。

帕内塔知道白宫的运作没有章法，但他不知道没有章法到了什么程度。"我去找麦克，说：'我想看看你做的白宫工作人员组织结构图。'他说：'啊呀，莱昂，我不认为我们有这种东西。'我说：'哦，见鬼。'那个时候我才知道我的麻烦大了！我不得不安排白宫用上组织结构图。我在军队受的训练帮了大忙，因为我在员工管理上建了一种指挥链，即谁向谁汇报，并根据组织结构图来落实员工。"

帕内塔任命鲍尔斯为其副手。鲍尔斯离开了他作为企业家和投资银行家的一家利润丰厚的企业，成为小企业管理局的负责人。在白宫西翼，大家在私下猜测：厄斯金投身公共服务到底舍弃了多少钱？谁也不清楚，不过估计的金额高达数千万美元。鲍尔斯说："你得记住，白宫里没有生意人，所以我们要做的就是让事情变得简单。"鲍尔斯出生于北卡罗来纳州，他温文尔雅、做事高效，对管理有着传教

---

① 帕内塔详细阐述了幕僚长的职责："他不是白宫的头。他不是国家元首。他是幕僚长，这意味着你的责任是与总统的幕僚合作，想出总统必须做的决定。其次，你必须是个能与国会打交道的人，因为总统在立法方面要通过的很多事情都与国会有关。最后，你必须是个能说不的人。到头来，你还得是个干脏活儿的，要能向某人转述总统不能对其直言的事。而这是你得代表总统维持某种纪律的唯一方式。"

士般的热忱：他的头三条戒律是"组织、结构和专注"。尽管帕内塔在鲍尔斯成为自己的副手之前对其一无所知，但在未来艰难的预算谈判中，他将极其倚重鲍尔斯。

鲍尔斯和克林顿最初并不认识，两人的私交是在竞选期间建立的：鲍尔斯的儿子患有糖尿病癫痫，克林顿向他承诺，他将撤销胚胎干细胞研究的禁令，这可能会为治疗指明方向。一入主白宫，总统就和他的副幕僚长一起在陆军—海军高尔夫球场打了几场。鲍尔斯说："我们俩都是南方人，都热衷于政策和政治，还都喜欢打高尔夫。我们都娶了卫斯理大学的女生，她俩同班，都非常聪慧，是优等生协会（Phi Beta Kappa）的。但我知道我为他工作，这层关系不能忘。我认为成为总统的朋友并不是关键，甚至根本不重要，但你必须了解他。你必须知道他擅长什么，不擅长什么，在什么地方需要帮助——然后你的工作就是去帮他。"

作为副幕僚长，鲍尔斯的第一个目标是控制克林顿本人。他说："你拥有的最大资产是总统的时间。"为了弄清楚总统是如何使用这份资产的，鲍尔斯对总统进行了一次"时间和行动"的研究。"我们回去收集了总统之前的所有行程安排，了解了实情——因为上面记录了总统的实际行动。我们用颜色进行了标记：有关外交政策的为红色，经济政策的为蓝色，诸如此类。总统想专注于 X、Y 和 Z 这几件事上。通过对它们所展示的内容以颜色标记后，可以看出他并没有专注于 X、Y 和 Z 上。既然每天呈现的色彩都如彩虹般，因此不妨判断说：'嘿，假如你每天都发布六条——或者三条——信息，你怎么能确保人们得到那一条关键信息？'太乱了。"

这些颜色标记说明了克林顿的日程安排是多么低效。从现在开始，鲍尔斯将确保克林顿有效利用自己的时间，并在这样做时给他时间思考。

总统不再像竞选期间那样通宵熬夜，但克林顿为凡事做准备时，不管是校服问题还是中东和平，方法都是独一无二的。鲍尔斯说：

"我不管这个问题有多重要，你（最多）只能在两天前才让他开始准备（读备忘录或翻书）。接着你会发现，白宫图书馆里有关这个问题的书突然在他桌上堆了这么高。"他说着把手举过了头顶。"你会看到各种期刊，上面有散布在东翼居住区的各种人——极左翼、极右翼等——对这个问题的看法。当我查看他的电话留言时，发现他会打电话给外围的人问些问题。他读起来像是上过老伊芙琳·伍德①的速读课。他可以挑出一页迅速读完，而且过目不忘——同时和我进行充分的讨论。至于他是怎么做到的，我永远也搞不清楚。"

帕内塔的副手负责调整克林顿的日程安排，帕内塔负责把关。他说："这个活的第一要务显然是让大家清楚地知道，我将成为幕僚长，会实打实地把员工管起来，如果有人要见总统，必须通过我。"帕内塔开朗合群，为人谦逊。但很少有人会把他的合群误认为软弱。不会再有不速之客来造访椭圆形办公室了。赖希说："莱昂这人绵里藏针。他不是为讲纪律而讲纪律；他其实是一个非常温和的人，但他知道什么时候需要纪律。"②

克林顿素以夜间工作闻名，帕内塔也懂得如何适应其习惯。"我记得当时是凌晨两点半，总统打来电话。我说：'天哪，出什么事了？'他说：'莱昂，你在看 C-SPAN③ 上弗里茨·霍林斯④的节目吗？'我说：'总统先生，你在开玩笑吧？'全国上下没有人会在这个点看 C-SPAN 的弗里茨·霍林斯。大家都睡了，你也该睡了。'"鲍尔斯也会接到过午夜电话，他说这是克林顿表达自己想法的方式。"对于克林顿总统来说，他打这些电话并不总是需要答案。他是在思

---

① 快速阅读理论的创立者和鼓吹者。——译者
② 鲍尔斯谈到帕内塔时说："莱昂非常善于确保总统做好准备。像乔治［·斯特凡诺普洛斯］这样的人在莱昂的领导下比以前守规矩了。乔治当然被总统裁掉了。但他是莱昂的主要助手，而且对莱昂很有帮助，因为他即使不再与总统交谈也知道总统的感受。"
③ 有线电视，是美国一家提供公众服务的非营利性媒体公司，由美国有线电视业界联合创立。——译者
④ 来自南卡罗来纳州的民主党参议员。——译者

考问题，并且想找一个他信得过的、口风紧的人听着就好。"

帕内塔继续说道："为比尔·克林顿工作是一段非常特别的经历，因为你在跟一个绝顶聪明的人打交道，他头脑敏锐，能记住所有的事实，不会忘事，与此同时希望能够从每个人那里得到意见。当他需要做决定的时候，他不会停止思考。想法还在他脑子里翻江倒海。他还在努力，和他打交道最难的部分就是对他说：'你已经做出了决定。现在得进行下一步了。我们还有其他决定要做。'"

帕内塔很清楚他的服务对象并不只是总统一人。他说："我知道，让希拉里了解事态发展非常重要。实际上，假如希拉里觉得总统没有得到很好的服务，她会非常关心总统身边的风吹草动。早在他担任州长时，她就扮演了办公室主任的角色，尽力把事情安排妥当。"在接下来的六个月里，帕内塔特意每周给希拉里做简报，直到赢得她的信任。

比尔·克林顿深感挫败，对周围的人发起了猛烈抨击，但帕内塔知道风暴终究会过去。帕内塔说："总统想踢掉斯特凡诺普洛斯，也想踢掉拉姆——他觉得这两人都是泄密者。（拉姆·伊曼纽尔想必也冒犯了国会山的权贵。）他想踢掉新闻秘书迪迪·迈尔斯。"帕内塔按兵不动。"我就按我说的来，'先看看操作再说'。"①

当帕内塔迟迟不解雇伊曼纽尔时，克林顿找了鲍尔斯。总统不是一次而是五次命令他解雇拉姆，但是鲍尔斯拒绝了。他说："我告诉他：'不行，我不会解雇他的。'总统问：'为什么不行？'我说：'因为每次你从椭圆形办公室出来，都有一些新的事情要我们做，我没法让官僚机构去做，你知道我怎么办？我交给了拉姆。两天后他回来了，事情都办完了！可能他搞死了二十个人——但是事情办成了！'"②

帕内塔也同意拉姆是不可或缺之才。他欣赏这家伙的盛气凌人。

---

① 二〇一四年五月二十日对莱昂·帕内塔的采访。
② 二〇一四年二月二十五日对厄斯金·鲍尔斯的采访。

一天早上，看到伊曼纽尔将头伸进幕僚长办公室的门，帕内塔讥讽道："你真是意大利人吗？"

"意大利到足以跟你女儿约会了！"拉姆答道。

"我说的**不是**那方面。"帕内塔说。

"拉姆是个实干家，为了做成一件事他可以赴汤蹈火，有时候还会为了做成一件事而踩着很多人上。但他终会做成。这是一种好品质，"帕内塔说，"不过你最好确保能牢牢掌控他，这样他就不会以为自己可以为所欲为。"帕内塔还说服克林顿留下斯特凡诺普洛斯："我发现乔治有能力提供一些非常好的政治建议。"但他也意识到必须对乔治有所管束。斯特凡诺普洛斯在椭圆形办公室旁边有一间小办公室。"于是我说：'你不能走那个后门。你必须通过我。'我来决定乔治什么时候能进椭圆形办公室。"

虽然帕内塔对助手管得非常严，但他也知道如何激励手下。赖希说："莱昂不会恃强凌弱，他不是疯狗。他其实非常讨喜。莱昂证明了一点：你不必非得是恶霸或疯狗才能当个有效率的幕僚长。但你得非常聪明。你得知道什么时候该强硬，什么时候缰绳该松一点。因为为你工作的人得有适度的自主权，不然他们就做不好。"

这种态度在一九九四年年末派上了用场，当时克林顿的总统任期似乎已经触底。医疗改革正式宣告失败；国会已就"白水丑闻"举行了听证会；在十一月的中期选举中，如克林顿所言，共和党人"把我们打得一败涂地"，以压倒性优势赢得众议院议席，这是四十年来共和党人首次获得多数席位。新当选的议长是纽特·金里奇，他起草了一份名为《与美国的契约》（*Contract with America*）的宣言，是向一个"过于庞大、干预过多、随意动用纳税人的钱的政府"的宣战书。克林顿本人被国会和媒体宣布为无关紧要。几个月后，当总统召开新闻发布会时，仅一家电视台进行了转播。克林顿哀怨地抗议道："总统与此切身相关……。《宪法》赋予了我相关性；我们的执政观念赋予了我相关性；我们在过去两年中建立的东西以及我们正在努力做的事情赋予了我相关性。"①

克林顿将很快证明他依然不可或缺。一九九五年四月十九日,位于俄克拉何马城的阿尔弗雷德·P. 默拉联邦大楼发生爆炸。帕内塔回忆道:"我们先通过 CNN 得到了这个消息,我去了椭圆形办公室告知总统。他走到外面的办公室。那里有一台电视机。他看着 CNN 的节目——当看到现场的惨状以及死亡人数时,你可以从他的眼神看出这对整个国家、对那些被殃及的家庭是多么悲惨。"克林顿拒绝草率地宣告袭击是穆斯林恐怖分子所为。(事实证明,凶手是一个名叫蒂莫西·麦克维的国内右翼恐怖分子。)克林顿参加了在俄克拉何马城爆炸现场举行的追思会,作为这个国家头号的安抚民心者,他表现出色。"你们损失惨重,但你们没有失去一切,"他对受害者家属说,"美国不会放弃你们,在未来漫长的岁月中我们将与你们站在一起。"

克林顿重获支持,也重拾了锐气。他很快会趁热打铁呼吁处理欧洲中心地带的棘手危机——这场危机会威胁到他的政绩。一九九一年至一九九五年间,前南斯拉夫有二十多万人被杀害。塞尔维亚独裁者米洛舍维奇发动了"种族清洗",屠杀平民。一九九五年秋天,虽然为时已晚,总统仍然不情愿地发动了北约轰炸行动。鲍尔斯说:"总统打了很多个有胆量的电话——这正是我喜欢他的地方。很多人会想:'哦,天呐,这可能得花上一段时间。'但我认为这是一种实力。他想听听正反方的意见。他不赞成'打了再说'。他是'准备,瞄准,再瞄准'——然后动手。"

即使面对大规模轰炸,这位塞尔维亚独裁者一开始也不以为意。据白宫秘书约翰·波德斯塔回忆:"[克林顿的]多位顾问以为米洛舍维奇会让步,也这么告诉总统了,但事与愿违。我清楚地记得,那几位重要的安全顾问都很紧张:这个行动能奏效吗?我们这么做对吗?最后能成功吗?总统是他们当中最安然自若的。决定权在他。他

---

① East Room Press Conference, April 18, 1995.

知道，如果出错，担责任的是他，但他相信自己的决定是对的。"轰炸行动最终迫使米洛舍维奇和他的对手坐上了谈判桌；十一月，在俄亥俄州的一个空军基地，外交官理查德·霍尔布鲁克促成了《代顿协议》（Dayton Accords）的签署，波斯尼亚战争由此结束。

同月，在帕内塔的帮助下，克林顿准备在众议院和他在国内的敌人摊牌。随着预算谈判的临近，总统认为他可以说服纽特·金里奇站在他的角度上看问题。帕内塔不那么肯定。他说："总统总觉得他能说服任何人做正确的事情，不管在什么时候什么地点。他觉得自己能说服纽特·金里奇。"和吉姆·贝克一样，帕内塔认为幕僚长最重要的职责就是告诉总统他不想听的话。"我说：'我不认为这事能成，总统先生。我在国会工作时与纽特·金里奇打过交道。他不会听你的。他会在你背上插刀。他手下有一群刚刚当选的改革派。他不会和你达成协议的。'"

帕内塔是对的。金里奇没有伸出橄榄枝，而是拔出了一把刀：一份削减了民主党青睐的每个项目的预算。但克林顿准备戳穿他的虚张声势。随着谈判达到高潮，金里奇和参议院多数党领袖鲍勃·多尔去椭圆形办公室面见克林顿及帕内塔，听取总统的最终提议。"鲍勃·多尔说：'我们接受。'金里奇说：'我不干。'我永远记得比尔·克林顿说的那几句话。他看着金里奇说：'纽特，你知道吗，我就是不相信你要我们做的事是对国家有好处的。基于我在这里所做的，我可能会输了选举，但我真心认为你的提议对这个国家无益。'我永远不会忘记这些话，因为比尔·克林顿当时明确了底线。"

金里奇不肯让步，克林顿就否决了他严苛的预算案，导致政府停摆了一个月。鲍尔斯说："共和党人感到难以置信，总统竟有胆量如此捍卫自己的立场，还说：'见鬼去吧，我们不会屈从。'他竟然真的做到了，他们既惊讶又毫无防备。而他已经准备好了。我们不知道谁会赢谁会输。但他情愿以总统职位为代价去做他认为正确的事。"结果，政府停摆的责任被完全归咎于共和党人。一次，金里奇搭乘

"空军一号"出行,脾气暴躁的他抱怨座位不好,《纽约每日新闻》(*New York Daily News*) 在封面报道中把这位众议院议长描绘成一个爱惹是生非的主。① 这是克林顿迈向连任的一个转折点。

尽管如此,克林顿夫妇没有心存侥幸。他们担心共和党再闹革命②会导致一场莫名其妙的西翼闹剧,并给帕内塔带来难题。帕内塔说:"人们越来越感觉到比尔·克林顿在竞选连任上会遇到真正的麻烦。比尔·克林顿不是那种坐等大权从天而降的人;他是要掌控命运。于是他决定,'我得找出哪里出了问题,这里到底发生了什么'。"

克林顿的核心圈子知道有人在幕后给总统出谋划策。但那个人从不露面——一个幽灵。总统带着事先准备好的决定来开会。鲍尔斯坐在椭圆形办公室,心中疑惑:"那个真正的会是在哪里开的呢?我越来越觉得他是在东翼和一个我从未听说过的人开的会!"就连帕内塔也不知道这位神秘顾问的身份。这个人显然潜伏在白宫寓所,夜里对总统耳语。"这人的代号是'查理',"他回忆道,"哈罗德·艾克斯最终搞清楚了'查理'是谁。"

此人名叫迪克·莫里斯,他是美国政界最奇怪的人物之一,也是最受鄙视的人物之一。莫里斯是一个没有道德准则却才华横溢的政治杀手,他曾在上世纪八十年代帮助克林顿重振自己的政治生涯;当年克林顿的州长连任遭遇了惨败,后来他在莫里斯的帮助下再度当选。中期选举惨败后,绝望的希拉里再度向莫里斯抛出橄榄枝。帕内塔说:"莫里斯非常了解民意,了解人们为什么会选谁——克林顿到底做错了什么。于是莫里斯开始为总统做民意调查,并开始给总统提供建议。哈罗德和乔治都认为他不仅是个恶棍而且一身污点。"鲍尔斯和鲍勃·赖希也这样认为。赖希说:"迪克·莫里斯不只寡廉鲜耻,

---

① *New York Daily News*, November 16, 1995.
② 指一九九四年的中期选举中,纽特·金里奇领导的共和党重夺众议院,终结了民主党对国会长达四十年的控制权,民主党在参议院失去八席,在众议院失去五十四席。之后十二年,共和党控制了参众两院。——译者

他真的是我见过的最讨厌的人。他极端自我，难以相处，三观不正还不诚实。他把白宫折腾得天翻地覆，让大家的工作难上加难。"

莫里斯对帕内塔的幕僚长权威直接发难，如果这不算打脸的话。鲍尔斯说："莱昂的办公室做了安排——然而第二天什么也没有发生，真是让人吃惊。我可忍不了。莱昂比我强势。但他忍了。"帕内塔够聪明，知道克林顿需要莫里斯，于是他想出了折中方案。他说："作为幕僚长，我不能容忍的是有人向总统灌输政治意见，然后试图通过白宫工作人员来实施。这就是我的底线，我告诉总统：'看，这是不可接受的。我不能让任何政客试图和白宫工作人员打交道。'"值得称道的是，总统尊重这一点，我们告诉莫里斯，他给总统提供信息时也要向我报备，由我们决定做什么或不做什么。莫里斯明白了，他必须遵守我的规则。"

帕内塔治莫里斯的事给鲍尔斯留下了深刻的印象。他说："莱昂风度翩翩，兼具体能和精神力量，讨人喜欢且充满感染力。但你知道当你在莱昂身边时，凡事他说了算。"①

有了帕内塔掌舵，克林顿加速前行。在莫里斯的敦促下，总统推行了一项政治策略，名为"三角策略（triangulation）"——拉拢传统上的共和党议题；一九九六年八月二十二日，总统签署了一项"终止我们所知的福利"的法案。经济在增长，失业率下降，政府开支也在减少。一九九三年的《赤字削减法案》（Deficit Reduction Act）为最终将史上最大的赤字转变成最大的盈余奠定了基础。一九九六年十一月五日，克林顿以百分之四十九的选票连任，成为自富兰克林·罗斯福以来首位获得连任的民主党人。帕内塔不仅在其中功不可没，而且几乎可以肯定，没有他，这一切不会发生。

"莱昂帮助克林顿的任期重回正轨，"赖希说，"我认为最高效的

---

① 迪克·莫里斯的白宫生涯在一九九六年民主党全国代表大会期间的某天晚上戏剧性地结束了，当时，他被爆在杰斐逊酒店与一名妓女寻欢作乐，并让她听他与总统通电话。克林顿派鲍尔斯到酒店解雇他。

主管都像莱昂这样谦逊。他们清楚自己所有的权力和权威都来自总统。他们来这里工作不是为了上头条新闻，也不是为了表现个人意愿。他们是让总统能更有效地发挥作用的工具。从这个意义上讲，他们可遇不可求。"伊曼纽尔当上奥巴马的第一任幕僚长以后就开始效仿帕内塔。他说："如果你问我想以谁为榜样，那就是莱昂。我爱莱昂。我爱他身上的人性，佩服他有能力对总统坦诚相待，然后再去办总统要他办的事。"

尽管幕僚长的工作很累人，但帕内塔可能对此激动不已。"有时候总统会去开会，我一个人待在椭圆形办公室，我会对自己说：'嘿，多么伟大的国家啊——在这里，一个移民的儿子可以待在地球上最有权力的位子旁。'"但是帕内塔提醒过克林顿，他只干两年。"我觉得一个人能做的最重要的事就是保住自己的人性。我想我只有回到加州才能做到这一点。做幕僚长这活，你就像一匹赛马——不断地起跳，不断地过障碍，不断地拼命奔跑。然后，比赛突然结束了。"像帕内塔这样的纯种马是无法取代的。总统考虑了他的国家安全顾问桑迪·伯格。伯格是个不修边幅的工作狂，一九七二年，他在乔治·麦戈文的总统竞选活动中认识了克林顿，自此二人成了朋友。克林顿看中他的睿智以及尖刻的幽默感。他还考虑了哈罗德·艾克斯，此人来自纽约，是罗斯福的内政部长的孙子，是个不讲情面的政客。① 但在最后一刻，克林顿转向了与他在白宫及高尔夫球场上建立了密切私交的现任副幕僚长：厄斯金·鲍尔斯。

鲍尔斯在克林顿连任前就离开了白宫，回到了北卡罗来纳州。从那时起，他就在业余时间帮克林顿准备连任的辩论，并为其第二任期做计划。但他并不是很想回来。"我直接拒绝了好几次，"鲍尔斯说，

---

① 在最后一刻放弃艾克斯这个人选是典型的比尔·克林顿式的决定。正如约翰·波德斯塔回忆的那样："哈罗德发现自己不会当幕僚长是在《华尔街日报》周五头版的专栏'华盛顿连线'上。在那篇专栏文章中写了厄斯金将以幕僚长的身份回来。哈罗德就是这样发现的！"

"我最终回去是有三个原因,第一,我是真心关心总统;第二,我知道他第二任期的首要任务是平衡联邦预算,我觉得他需要有人推进;第三,他缠着我不放。"

鲍尔斯对白宫西翼并不陌生,但这份工作无情的节奏还是让他震惊。鲍尔斯说:"你根本无法在普通人所谓正常的一天内完成工作,因为你所在的环境里新闻二十四小时不断。如果国内还算太平的话,欧洲、亚洲或中东就会有事发生。寻常一日里你要处理波斯尼亚、北爱尔兰、预算、税收、环境等问题——然后还得吃午饭。人们总是开玩笑说:'谢天谢地,总算到周五了,离下周一只剩两个工作日了。'"

这位企业家兼投资银行家套用企业术语来解释这项工作。他说:"我一向认为总统好比首席执行官,他负责制定议程。这是他的总统任期,不是你的。幕僚长的工作是做好首席运营官——一旦他设定了长远目标,你负责设置短期目标、时间表和责任范围,以确保他想做的事在他想做的时候做到,并且做对。"

鲍尔斯随身带着一张卡片,上面写着总统的首要任务——如果克林顿有偏离计划的苗头,鲍尔斯就会反对。他回忆道:"一天,总统从办公室出来,他又有了一个好主意。相信我,那是个无与伦比的好点子。我转身对他说:'总统先生,你得马上回椭圆形办公室去!你得去看看这张清单,上面列着你和我一致同意要做的事情。不是我要做的,而是你要做的。如果你能专注于三四件事,我会做好安排,打好结构,专心让事情办成。但你不可能什么都想要。'"

克林顿有时称鲍尔斯为他在这世上最亲密的朋友,但鲍尔斯决意不让这妨碍他把自己看到的实情告诉总统。他已经做好功课,咨询了他来自两党的前任。鲍尔斯说:"唐·拉姆斯菲尔德告诉我:'你得做好被解雇的准备。因为如果你不这样的话,就很难给他正确的建议。正确的建议并不总会被接受。'"

即使是好朋友也不能逃过总统那出了名的脾气。帕内塔回忆说:"比尔·克林顿以前常常发脾气。他早上进来,似乎为什么事所困扰——你就让他发泄出来,因为这对他来说是一种很好的疗法。"但鲍尔斯不吃这一套:"我们之间要建立一种同龄人关系。我会表现得成熟一点,如果他在我边上那副样子,我就走开。他知道这一点——所以他不会那样。"

"幕僚长的权力来源于此,"鲍尔斯说,"如果你拥有总统的信赖和肯定,你就拥有完成你要做的事的全部力量。如果你失去了总统的信赖,其他人很快就会嗅到、感知到、了解到——你就成了过去时,沦为排日程表的人。"

对鲍尔斯的权力的真正考验出现在一九九七年夏天,当时他将与金里奇和参议院多数党领袖特伦特·洛特展开较量,力求实现预算平衡。"总统确实授权我去协商达成平衡预算协议,那些人知道,如果我说'我们在这一点上达成了协议'时,他们不必问:'厄斯金,总统真的会同意吗?'"鲍尔斯从马拉松式的谈判中获得了自一九六九年以来首个平衡的联邦预算。不仅如此,他们还就《州儿童健康保险计划》达成了协议。鲍尔斯说:"当我告诉总统,我们已经平衡了预算,降低了债务——并且还为贫困儿童的医疗保健投资了二百七十亿美元时,他的笑容,我再过一亿年也不会忘记。五百万贫困儿童将获得医疗保险!他脸上的笑容照亮了整个房间。"

这是鲍尔斯白宫生涯的巅峰时刻。但低谷即将来临。

鲍尔斯的副手约翰·波德斯塔是第一个得到消息的人,这条消息之艳俗和具体让他震惊:一名年轻的白宫实习生声称与总统发生了性关系,特别检察官肯尼斯·斯塔尔握有实证。谁也不知道他的调查会导致怎样的后果。波德斯塔回忆道:"我接到的第一个电话是《华盛顿邮报》的记者打来的,他得到信息说此事正在进行中。在最初的二十四小时里,我有一种颓丧之感,'这是什么情况?怎么回事?我们对发生的事一无所知。'这种失控的感觉会让你心烦意乱。只是觉得自己在堕入无底深渊。"

波德斯塔请特别顾问兰尼·戴维斯调查此事。戴维斯不久就回了电话。正如他在回忆录中所述：

> "约翰，《华盛顿邮报》在做一篇报道，其中三个关键事实已经确认，他们想让我们发表意见。"我开门见山。
>
> "哪些事实？"
>
> "首先，他们已经证实，白宫实习生莫妮卡·莱温斯基与总统有染，莱温斯基女士与一位朋友之间的通话录音证实了此事。"
>
> 话筒那头传来了吸气声。
>
> "其次，他们已经确认肯·斯塔尔拿到了录音带，去找了司法部长，并得到了由三名法官组成的小组的授权，调查总统在其中的角色，包括可能的作伪证、教唆作伪证和妨碍司法公正。"
>
> 那头的吸气声更清晰了。
>
> "最后，他们证实，出于对此事的怀疑，白宫有人将莱温斯基调到了五角大楼工作。"
>
> 电话那头沉默良久，传来更轻柔的一声呼吸，然后……一声叹息。
>
> "你最好马上过来。"波德斯塔平静地说。①

对波德斯塔来说，莫妮卡·莱温斯基的丑闻是现实政治，与个人情感无关。他说："我不赞成总统的所为，但关键并不在此。这件事不在于他是否和一个年轻女人有染，而在于他的对手想要阻止他做他想做的事，因为他们想做不同的事。"

但对鲍尔斯来说，关于克林顿所作所为的消息如同晴天霹雳。

---

① Lanny J. Davis, *Truth to Tell: Notes from My White House Education* (New York: The Free Press, 1999), 23.

"他心烦意乱,甚至不愿去参加讨论这件事的会议。"① 当晚打电话给波德斯塔的彼得·贝克说。贝克是记者,也是讲述克林顿弹劾案的《突破》(*The Breach*)一书的作者。"有一次,厄斯金突然说:'我他妈一点也不想知道这事。别跟我说这个!'"鲍尔斯对这件事感到恶心,简直要病倒了。在一次会议上,他脱口而出:"我要吐了!"然后逃出房间,再也没有回来。

比尔·克林顿的应对之策是把自己撇清,并在管理政府及处理丑闻之间切换角色。在《我的生活》(*My Life*)一书中,总统写道:"我被迫过着前所未有的平行生活,只不过这一次我内心最黑暗的部分被一览无余。"② 我问鲍尔斯平行生活是什么意思。"嗯,没有人能把每件事都切分开来,"鲍尔斯说,"这事对他影响很大。当然,我知道什么时候对他最艰难,什么时候不是。我的工作是了解我的服务对象,理解他,并确保他没有失去对议程的专注。但我必须确保我留了足够时间给他处理另外的事。"

直到今天,鲍尔斯还是不太愿意谈论"另外的事"。当时,他想出了一个"遏制策略"——将丑闻分割开来让其他人来处理。他说:"这对总统和白宫工作人员来说都很艰难。我必须弄清楚,在处理另一场危机时,我们该如何实现他的目标。我做了个决定——历史将会论证此举的对错——将此事分离出来,交给白宫里的某些小组,由专人单独处理这件事。"

负责处理莱温斯基事件的这些小组由律师、公关人员及其他人组成,鲍尔斯的副手波德斯塔被派去负责;与此同时,鲍尔斯继续保证克林顿将精力集中在政府管理上。鲍尔斯说:"约翰监管那件事的所有操作。我认为他在我极不擅长的领域具有非凡的才能。我不喜欢应付调查;简直讨厌透顶。而约翰游刃有余。"自称为"铲屎官"的波

---

① 二〇一六年九月二日对彼得·贝克的采访。
② Bill Clinton, *My Life* (New York: Alfred A. Knopf, 2004), 771.

德斯塔将负责阻止即将逼近美国总统的弹劾和定罪。

"私生活以这种方式曝光，让总统颜面尽失，这种事谁遇上都尴尬。"波德斯塔说，"所以有些日子很不好过。总统在白宫提供证词那天——真是极其难堪的一天。但是他能够抛开这事、做好他的工作，进入椭圆形办公室，把这一天看作他承诺过的为美国人民服务的一天。在必须和律师打交道的时候，他就去和他们打交道。"

波德斯塔和鲍尔斯也不得不提振员工的信心。波德斯塔说："关键是不要让员工觉得底要塌了。在某种程度上，是要当一个战场指挥官。你只需要让你的部下专注于日常目标上。保持严格的纪律，必要时不妨恫吓一下——适当的时候也要让别人趴在你肩上哭泣。"

这桩丑闻不仅让许多人感到理想破灭，而且还感到恐慌。"这对很多年轻人来说确实是个负担，他们第一次与检察官或刑事司法系统打交道，他们非常害怕。"鲍尔斯回忆道，"你一看就能分辨出谁收到了传票——人人都收到了，下至最低级别的员工。"

克林顿依然获得美国人的极大支持。波德斯塔说："他们一直支持他，他们要他不负他们选他时的所托。"一九九八年八月十七日，也就是他在白宫向特别检察官肯尼斯·斯塔尔提供证词的那一天，克林顿的支持率为百分之六十四。随后，总统在椭圆形办公室发表电视讲话，承认与莱温斯基有不正当关系，但也对他的敌人表达了愤怒的防卫性攻击。

与此同时，这个世界并没有因为华盛顿被莱温斯基事件搅得沸沸扬扬而停止转动。在他通过电视承认此事三天后，总统被告知五角大楼在阿富汗发现了一个恐怖分子训练基地，并在苏丹找到了一个涉嫌制造化学武器的制药厂——两者都与奥萨马·本·拉登有关。一个超现实的巧合是，好莱坞新近上映了一部电影——《摇尾狗》（*Wag the Dog*），片中的总统发动了一场战争，以转移人们对一桩性丑闻的注意力。鲍尔斯说："我们知道，电影《摇尾狗》上映后，隔天人人都会说：'哦，他们这么做只是为了转移大家对莫妮卡的注意。'但克林顿总统说：'瞧，我们做的是对的。我们必须这么做。我们会承担政治代价，但我们会了结这件事。'"克林顿下令从位于印度洋的战舰上发射巡航导弹。鲍尔斯说："他这么做的时候很清楚报纸和国会会对他穷追不舍。他们确实这样做了。但他做了正确的事。"（遗憾的是，当导弹击中目标时，本·拉登已无影无踪。）

鲍尔斯和波德斯塔专注于国家治理的策略取得了回报。在一九九八年的中期选举中，共和党人被击败，金里奇因此辞去了议长一职。接下来，克林顿的共和党敌人玩得过头了。他们执意弹劾，尽管参议院中认定克林顿有罪的投票不足，但他们还是不肯放手。根据克林顿在《我的生活》一书中的描述："纽特告诉厄斯金，纵然选举结果不错、许多温和派共和党人也不想投票支持弹劾，他们仍将继续推进。当厄斯金问纽特为什么……议长答道：'因为我们可以这么做。'"

在美国参议院启动弹劾审判的那天早上，克林顿、波德斯塔、助手道格·索斯尼克和总统的宠物狗巴迪都在椭圆形办公室外总统的小餐厅里。"我们在看电视，投票开始了。"波德斯塔回忆说，"两项指控投票通过，另两项没通过。那是一个清醒的时刻。但我认为我们当时相对有信心，参议院会判他无罪，因为这些指控都不足以弹劾总统。"

他继续说："当这一切在参议院进行的时候，我和总统以及杰西·杰克逊①待在椭圆形办公室里。此事期间，杰克逊牧师一直在坚定地支持总统。我们手拉手一起祈祷。这一套他们俩比我熟稔。我是天主教徒，所以我通常会等到星期天祷告。"波德斯塔笑着说，"但我认为祈祷的内容不是眼下的事，而是未来。这是一场苦战，但值得一战，因为我们还有很多大事要去完成。"

这一仗对白宫工作人员造成了不好的影响。从总统在电视上断然

---

① 美国著名的黑人运动领袖和演说家，是马丁·路德·金之后最重要的黑人运动代言人及拥护者。——译者

否认——"我没有和那个女人发生性关系"——到他在白宫提供证词那天承认有不正当关系，他们被蒙在鼓里八个月。彼得·贝克说："这么说吧，总统承认自己说谎了。他的团队中有些人再也不信他了，这是件可怕的事，因为如果你不相信你老板，你怎么能为他工作呢？也有些人相信他，因为他们觉得除此之外别无他选。他们怎能不相信他呢？当他们后来得知他没有告诉他们全部真相时，确实深受打击。所以对总统的员工而言，这简直是晴天霹雳。"

比尔·克林顿不仅对他的妻子、内阁和助手撒了谎，还对他的密友兼幕僚长鲍尔斯撒了谎。"厄斯金痛恨这一点，"彼得·贝克说，"这是他一生中最糟糕的经历。这正是他最不想做的事。他苦恼至极。我想他得出的结论是克林顿对他并非百分百坦诚。这让他重新评估了自己以为的与克林顿的友谊。"①

"我们都生他的气，"波德斯塔说，"每个人都很生气，大多数人——包括我在内——都没有在他面前掩饰这一点。这是一种难以置信的情绪，就像'嗯，你怎么会这么蠢？'"波德斯塔咽下了那个形容词。"他经常骂我，我也经常骂他。但我想我们都觉得与他有某种个人情感，都忠诚于他想要为之奋斗的事业。"

鲍尔斯很受伤，于一九九八年秋天离开了白宫。"我要走了，"他说，"总统和我谈过，劝了我很多次要我别走，而我最终说服他相信约翰·波德斯塔会是他有过的最好的幕僚长。"克林顿在他的回忆录中写道："我们一起经历考验并取得成功，我们一起打高尔夫球、打牌。厄斯金和我成了好友。我会想念他，尤其是在高尔夫球场上。"鲍尔斯两度落选北卡罗来纳州参议员后，成了北卡罗来纳大学校长，之后又与参议员艾伦·辛普森共同担任美国国家财政责任和改

---

① 摄影师麦克尼利想知道，如果仍是帕内塔在管事，克林顿是否会在莱温斯基一事上更诚实些："我总觉得，如果莱昂在莱温斯基的整个故事曝光时还是幕僚长，他会进去查问真相，并说：'如果我发现你在骗我，我就走出南草坪辞职。你不能把我们蒙在鼓里。'"

革委员会——也就是大家熟知的"辛普森-鲍尔斯委员会"——主席。

一九九八年十月二十日,波德斯塔成为克林顿的第四任也是最后一任幕僚长。他和克林顿相识超过二十五年,一九七〇年相遇时他们正好都在约瑟夫·达菲为竞选康涅狄格州参议员而发起的反战运动中做志愿者。(达菲在民主党初选中意外获胜,但在大选中输给了共和党人洛厄尔·魏克尔。)彼得·贝克所描述的波德斯塔,"清瘦结实、清心寡欲、不敬神明、铁面无情",看起来非常符合不好对付的总统顾问一角。但他同时也像文艺复兴时的人一般多才多艺:他是狂热的环保主义者、信息技术专家和业余历史学家,他可以颇有见地地大谈《蒙特利尔议定书》(Montreal Protocol)中氢氟烃①的排放上限或者巴尔干半岛的轰炸地点。(他还对 UFO 和惊悚科幻剧《X 档案》很感兴趣。)克林顿写道:"他有合适的个人品质。精明的头脑,坚强的内心,冷幽默,比厄斯金·鲍尔斯更擅长攻心策略。"②

波德斯塔决心证明比尔·克林顿的总统任期尚未完结。他禁止员工谈论总统的"遗产"——即将卸任的人才谈这个词呢——而且,随着丑闻曝光,他把重点放在了国家治理上。他当幕僚长是以詹姆斯·贝克为榜样的。每天早上七点半,波德斯塔都会按贝克的做法,召集自己的立法战略小组,将高级顾问们叫来应对关键问题:"如果在国会遭遇瓶颈,我们如何克服?如果有必须否决的立法摆在眼前,我们该如何处理?如果亚洲和其他地方发生全球性经济危机,我们如何运筹大的举措?"

比这些政策层面的挑战更烦的是选举方面的挑战。他回忆说:

---

① 又称氢氟碳化物,是温室气体之一种。——译者
② Bill Clinton, *My Life*, 821.

"副总统正在竞选总统。第一夫人正在竞选参议员，我们不得不同时在做的事多得不可思议。"经历了激烈的弹劾战，波德斯塔与希拉里有了交情。他说："那段经历让我和她变得亲近了。我经常和希拉里交谈。她会给我一些建议，或者告诉我她认为哪些问题应该优先考虑却没被优先考虑。"至少莱温斯基事件不再让他夜不能寐了，"一旦军心稳定，此事是个挑战却不会让我因此失眠了——我就算失眠也是因为担心立法能不能通过，或者科索沃战事会不会好转"。

《代顿协议》并没有终结巴尔干地区的冲突。一九九九年，塞尔维亚独裁者米洛舍维奇开始将阿尔巴尼亚人逐出科索沃。在波德斯塔的支持下，克林顿决定动手干预——下令进行大规模轰炸。"这些都是非常非常艰难的判断，"波德斯塔说，"对总统来说异常艰难，对幕僚亦是如此。这是将国民的生命置于危险之中。你正在对预定目标大动干戈——但总有附带的问题产生。说到底，如果你是一个正常人，这就会给你带来压力。"

关于国内事务，波德斯塔相信小点子自有大作用。他说："克林顿有时因为小事而受到批评——其中最著名的是校服事件。"在一九九六年的国情咨文演讲中，总统发誓要支持学校打破暴力、旷课和混乱的恶性循环。他宣称："如果穿校服能让青少年不再为名牌服装自相残杀，那么我们的公立学校就应该要求学生穿校服。"波德斯塔承认，这些是"小点子，不是总统该管的事——不讨媒体的喜欢。但对于一个送孩子到这种恶劣环境中来上学的母亲来说，意义重大。克林顿明白，这些文化上的事，这些小事，加在一起会形成一种力量，让大家感到在这个国家是有希望的。只要有机会让某人的生活变得更好，我们就会抓住它"。

为此，总统充分利用了他的行政权力——这是波德斯塔倡导的策略，未来他当巴拉克·奥巴马的顾问时会进一步完善。"共和党人因此批评克林顿，但我认为这是他最大的成就之一，"他说，"他有很多事情要去做，需要他运用行政权力。美国《宪法》和法律赋予他的权力有多种形式,其中包括保护辽阔的国土资源、禁止在不允许通行的森林地带修筑道路、为子孙后代保护这些自然资源、制定史上第一个健康隐私条例、净化空气和水。总统有权去做的事情很多很多。他的内阁中有人才去做这些事。当然,我们得有一个能够消化和推进这些事务的体系。"

处理起总统丑闻来厚脸皮的大军师也有非常感性的时刻。二〇〇〇年一月十一日,总统和内政部长布鲁斯·巴比特站在大峡谷（Grand Canyon）的边缘,指定了三座新的国家纪念碑①,并在亚利桑那州和加州扩建了第四座,其中包含一百万英亩的土地和加州海岸沿线的数千小岛。波德斯塔记得,"当时我们站在大峡谷的北缘,从那里我们乘直升机飞越了狭窄的峡谷。绵延的景色一览无遗。风光固然无比壮美,但事实上,坐在一张摆在那里的小桌旁,大笔一挥就可以世世代代保护那里——这对我来说是一次无与伦比的经历"。

波德斯塔继续说道:"人们总是问我电视剧《白宫风云》里面那些是不是真的,我总是回答,布景不像。"——真实的白宫西翼远不如电视剧里面那么气派,办公室也小多了。"有意思的是戏里有些情节是对的:那里的人并不愤世嫉俗。他们实际上是想为国家做好工作。他们认为自己能比其他人做得更好。我和饰演幕僚长里奥的演员约翰·斯宾塞成了朋友——我总是对他说,瞧,这些人并不愤世嫉俗。"

话虽如此,比尔·克林顿的总统任期直到最后一刻都非常复杂、卓越、有所妥协。

在总统任期的最后一晚（套用一位作家的话说,"累到了昏头的

---

① 美国的国家纪念碑系统:美国有一百二十九个保护区,被称为国家古迹。美国总统可以通过总统宣言建立国家纪念碑,而美国国会可以通过立法来建立。总统的权威源于一九〇六年的《古物法》,该法授权总统宣布"历史地标,历史和史前结构以及其他具有历史或科学意义的物品"作为国家古迹。——译者

地步"①），他签署了一百七十七项总统特赦和减刑。其中最具争议的是，他赦免了金融家马克·里奇，此人在被控逃税数千万美元的前夕逃离了美国。里奇的妻子丹尼斯为克林顿图书馆捐款四十五万美元，为希拉里·克林顿的参议院竞选活动捐款十万美元。克林顿的特赦狂欢是他糟糕的判断力的最后一次发作——没人跑来叫他住手。波德斯塔已经回家休息了。

再一次，一度看起来前程似锦的总统任期又失去了一层光辉。正如乔·克莱因在《天生好手》(The Natural) 一书中所写：

> 克林顿看起来承诺了比他所能实现的更伟大的事——实际上等于是一场政治复兴，回到过去那个公共事务似乎是共和国生活的核心、政府被视为道德力量、政治家不是腐败分子而是智者的时代。如果说罗纳德·里根挑战了后越战时代的悲观主义，那么自由主义者希望比尔·克林顿能挑战犬儒主义。②

> 最终，犬儒主义——在克林顿本人的大力协助下——赢了。但在破灭的希望、丑闻和痛苦之间，大量实实在在的工作还是完成了。

第二天早上，波德斯塔在新总统就职典礼前去了白宫。他回忆道："总统花了一上午的时间包装好他的最后一批小摆件，准备将其送往小石城。我们有种成就感，因为这个国家比我们刚踏进这里的时候更好了。我记得和总统一起穿过柱廊，我对他说：'我们干得不错，老板。'后来我们去了他的寓所。当选副总统切尼和当选总统布什都在现场。这种时刻总是有点尴尬，当然，这是一场极具争议的竞

---

① Joe Klein, *The Natural: The Misunderstood Presidency of Bill Clinton* (New York: Doubleday: 2002), 203.
② Joe Klein, *The Natural*, 216.

选,最终由最高法院以五比四的投票结果解决。"自由世界即将上任和即将卸任的领导人一起边喝咖啡边闲聊,尽力表现得彬彬有礼。

波德斯塔说,当他们准备上车驶往国会大厦时,"海军陆战队乐队的一名成员正在弹钢琴。比尔·克林顿决定再来最后一曲。他走过去和乐手一起坐在钢琴前,联手演奏了最后一首歌。"

迪克·切尼回想起三十二年前他来到华盛顿的那一天,那时他还是个研究生,穿着他仅有的一套西装。他的旅程尚未结束。他说:"我作为新当选的副总统,和乔治·布什一起乘坐豪华轿车前往国会山,宣誓就任总统和副总统。从那以后发生的一切都让我感到惊讶。"①

迪克·切尼和唐纳德·拉姆斯菲尔德——门徒和导师——再次回到了他们熟悉的地方。

---

① 二〇一一年七月二十五日对迪克·切尼的采访。

# 第八章 "决策者"

安德鲁·卡德、约书亚·博尔滕和乔治·W.布什

　　修建于十九世纪的美国国宾馆布莱尔大厦（Blair House）位于宾夕法尼亚大道，在起居室里，乔治·W.布什和安德鲁·卡德正在为美国第四十三任总统做任期规划。那是二〇〇一年一月十九日，总统就职典礼的前夜，当选总统和他即将上任的幕僚长敏锐地意识到，他们将成为一个罕见历史时刻的一部分。自十九世纪二十年代约翰·昆西·亚当斯当政以来①，还没有一位总统是子承父业的。（布什后来写道，他读过"相当多关于昆西的书，我钦佩他的废奴主义原则，但我不认同他把得克萨斯州排除在联邦之外的活动"②。）卡德把老布什当作心目中的英雄，对詹姆斯·A.贝克三世和芭芭拉·布什也同样高度尊重。

　　新任幕僚长苦思良久，考虑在乔治·W.布什宣誓就职之前应该对他说些什么。卡德素以爱扯奇闻轶事闻名；以缺乏耐心著称的布什给他取了个绰号叫"跑题男"。但卡德是布什家族近四分之一世纪的密友，曾在老布什总统任内担任副幕僚长，他认为新总统需要听听下面这个故事。"我告诉他我是如何看着他的父亲作为美国总统做出了非常艰难的决定，把年轻人送去险恶之地。"他回忆说，"我还记得我是如何看着前头一位布什总统决定派军进入巴拿马，将曼努埃尔·诺列加绳之以法。在椭圆形办公室开了个会。我带了个画架用来挂地

图和照片,我记得国务卿詹姆斯·A.贝克三世在陈述完毕后对布什总统说:'总统先生,这是你的决定,不是我们的决定。这是你的决定,你就自己看着办吧。'然后他转身走出房间,所有人都跟着他走了。"

突然之间就只剩下卡德和乔治·H.W.布什两个人了。"总统身负重担。他走到桌子后面,在椅子上坐下,我正把画架收起来,这时我看到总统双手合十。我确信他在祈祷。他直视着我,事实上他仿佛要把我看穿。他说:'我正在做一个让年轻人去送命的决定。'然后他从椅子上站起来,走出大门去玫瑰园。我把画架折好,走出椭圆形办公室,浑身发抖。"③

老布什履行其庄严职责的方式深深打动了卡德。他说:"我把这个故事告诉小布什,好让他理解他父亲是在何种情况下做出了那么艰难的决定。"但他感觉小布什并不是太在意,这位当选总统似乎把注意力都放在了第二天的就职演说上。卡德说:"我想他很感激,但我肯定不一会儿他就厌烦了。"然后他补充道:"我压根不知道乔治·W.布什会成为一名战时总统。"

二〇〇一年九月十一日,恐怖分子袭击了世贸中心和五角大楼,乔治·沃克·布什的总统任期自此发生了改变。恐袭之后,布什和他的顾问们将提振这个受创的国家的士气,大举入侵阿富汗,击溃基地组织及其庇护者塔利班;建立全新的国家安全基础设施;改写监视、拘留及审讯规则。但最终乔治·W.布什的政治影响力将取决于他在

---

① 亚当斯就任总统后不久,布莱尔大厦就因安德鲁·杰克逊总统的"厨房内阁"而闻名,这是一个由值得信赖的朋友和顾问组成的非官方团体。正如布莱尔大厦的官网所说:杰克逊的"官方内阁因派系纠纷而分裂,这主要是由于副总统约翰·C.卡尔霍恩和国务卿马丁·范布伦的激烈较量。内讧如此明显,以至于内阁变得几乎无所事事,杰克逊停开了内阁会议"。总统任期被副总统和国务卿的内讧所撕裂,这不会是最后一回。迪克·切尼和科林·鲍威尔之间的不和导致了布什的第一个任期运转不畅。马丁·范布伦和科林·鲍威尔最终都辞职了。
② George W. Bush, *Decision Points*, 86.
③ 二〇一一年十月十二日对安迪·卡德的采访。

卡德的支持下做出的入侵并占领伊拉克的决定。

安德鲁·卡德在马萨诸塞州的布罗克顿长大，当过童子军的他，把那种认真、充满好奇心的热情带到了政府服务中。他做过州众议员，在马萨诸塞州州长竞选中落败后，加入了老布什一九八〇年的总统竞选团队，八年后担任其副幕僚长和交通部长。和麦克·麦克拉提一样，他在这个世界上似乎没有敌人。小布什来白宫找他父亲时，常常会跑到卡德的办公室，把穿着牛仔靴的脚搁到其桌上，与其悠闲地聊一阵；当然，在小布什未能说服他父亲的幕僚长约翰·苏努努辞职时，正是卡德不辱使命。

卡德做事有条有理，效率极高，他了解白宫的运作。因此，二〇〇〇年，小布什盯着共和党的总统候选人提名，卡德被叫去主持在费城举行的共和党大会。小布什一到就排练了起来，谈到了他一旦当选将在总统任期实施的计划，还神神秘秘地对卡德说："你把给我的时间留好啊。"之后，小布什叫卡德去佛罗里达见他；但告诉卡德顺道先去休斯敦探望一下其父母。卡德照做了——但他觉得那次拜访有点奇怪。卡德回忆说："他们让我照顾好他们的儿子，并［说］我以后会理解的，说他们真的很高兴我能在他身边。"他不明白他们的意思。"我心想：'他们谈的不像是过渡阶段，似乎是别的什么事。'"

大选前的那个星期四，卡德终于在坦帕①见到小布什，与其共进早餐。卡德记得自己说："如果你想让我处理过渡时期的事，我非常乐意。"布什回答："我说的不是过渡时期。我说的是更重要的事。"卡德第一次意识到，小布什想让他当幕僚长。②

卡德看过之前的五位幕僚长是如何工作的，在接受这份工作前他提了几个条件。他跟布什说："'首先，我们之间必须非常坦诚。你

---

① 佛罗里达西岸港市。——译者
② 布什在回忆录中写道："安迪谦逊、忠诚、勤奋。他在里根和布什任内的每一位幕僚长手下任过职，他有我所需要的健全的判断力和稳定的性情，还有一颗关爱他人的心和良好的幽默感。"

得听得进去我说的任何话,而我也会听得进你对我说的任何话。其次,一旦我成了你的幕僚长,我就不再是你的朋友了。'然后我说:'如果你同时在物色不止一个幕僚长,我不想成为其中之一。'"

当然,前提是赢得大选。十一月七日晚,布什和他的随行人员在得克萨斯州奥斯丁的州长官邸观看了选举结果。随着时间推移,显然大选结果不可能在当晚出来。民主党提名的总统候选人阿尔·戈尔赢得了普选,但选举人制度让佛罗里达成为胜负的关键,两位候选人在那里的得票只相差几百张。为了在重新计票后胜出,布什需要派出一位法律、政治、外交和沟通技巧方面的顶级高手,而且这人还得有杀手的心态。他选择了詹姆斯·贝克。

随着依据《宪法》进行的胜负决战上演,小布什和他的新任幕僚长开始为过渡做打算——虽然他们还不确定是否能当选。"我把这项工作分解为照料总统及为总统提供信息、制定政策,并造势和让人接受,"卡德回忆道,"你得确保总统不会饿着、气着,不会孤单、疲倦,并确保他们做好充分的准备去迎接始料未及的决定。你得管理政策流程,确保没有人在糊弄总统。最后一项是造势并让人接受。如果总统做一个决定却无人知晓,那这个决定还做不做?"

卡德继续说道:"吉姆·贝克是我的榜样,我从他身上学到了很多。我尽力像他那样做好这份工作。"但贝克模式只能走这么远:卡德明白,小布什和他父亲一样,不想幕僚长被公众视为总统背后真正实权在握之人,一如贝克之于里根。《交火的日子:布什和切尼的白宫岁月》(*Days of Fire: Bush and Cheney in the White House*)一书的作者彼得·贝克表示:"我想安迪可能让小布什很放心,相信白宫会运转良好。然而,布什并不想要一个像约翰·苏努努或唐·雷根那样更强势的幕僚长。显然他不想要这样的人。"[1]

卡德与布什的关系不同于贝克与里根的关系。"安迪和总统相当

---

[1] 二〇一六年九月二日对彼得·贝克的采访。

亲近，贝克和里根则不是，"彼得·贝克说，"布什和卡德有私交。安迪会和他一起骑自行车，布什很重视这一点。他建立了一种真正的亲密伙伴关系。"

同为白宫幕僚长，安迪·卡德与吉姆·贝克之所以不同，还有另外一个原因，那就是迪克·切尼。

在总统历史上，从来没有过布什和切尼这样的关系。首先，从没有哪位副总统选择自己担任这个职务——但切尼基本上就是这么做的。他一直在掌管布什的人事工作：切尼回忆起了自己和布什讨论副总统的事："几个月来我一直在听他描述他要找的人。到了最后，他对我说：'你就是我问题的解决方案。'那一刻我知道自己作为一名猎头已然失败了。"① 切尼轻笑了一下结束了他的话。

在布什看来，切尼解决了几个问题：首先，他没有当总统的野心。（一九九六年切尼曾有意参选，但后来决定算了；他无法忍受各种各样的筹款活动和应酬交际。②）布什就不必担心这位副总统有自己的政治议程。切尼说："其他副总统会有所图。之所以如此是因为副总统经常将该职位当作自己竞选总统的垫脚石；他会操心四年后如何在艾奥瓦州竞选总统。我没有那样的想法。"

但是小布什也在他的副总统身上寻找其他东西：小布什对国家安全事务毫无经验，他需要一个这方面的老手。切尼说："如果说行动中有疏漏的话，那就是国家安全问题。我不仅为福特工作过，还在国会和情报委员会任过职，我也把国防部管得很好。我就是他的最佳人选。"尽管人们普遍认为切尼替布什发号施令的说法不尽真实，但他们确实史无前例地共掌大权——几乎就像罗纳德·里根在一九八〇年

---

① 二〇一五年四月三十日对迪克·切尼的采访。
② 据斯图·斯宾塞所说，在小布什参加二〇〇〇年大选之前，拉姆斯菲尔德也考虑过竞逐总统之位。斯宾塞说："我接到拉姆的电话，他说：'我要去竞选总统，我想让你来负责竞选工作。'"斯宾塞并没有欣然答应。"拉姆喜欢权力，是个聪明人。但他生性粗鲁——像砂纸一样。他没走出这步，谢天谢地。"

的共和党全国代表大会上反复游说杰拉德·福特跟他"一起当总统"①。

切尼一直认为,"若论权力,幕僚长其实比副总统更有权"。但在小布什政府的情况并非如此。切尼承认:"我们另有安排。我认为是独一无二的。我觉得前所未有。"切尼将成为国家安全事务——和很多其他政策问题——的主要发言人。这正是布什所希望的。切尼说:"我们从来没有任何契约,我也无需向他提出任何要求。我将有机会参与任何我想参与的事。"②

"切尼从一开始就扮演着前任副总统从没有扮演过的重要角色,"彼得·贝克说,"我想卡德明白他所处的动态。切尼当过幕僚长,知道如何管理白宫。所以,我认为他尊重安迪·卡德,但单凭他自己的阅历、人格魅力和鲜明的主见,他实际上扮演了准幕僚长的角色。"

厄斯金·鲍尔斯看着切尼-卡德的联动,颇感不可思议。在克林顿任内的白宫时,他说:"副总统正为了进屋和总统**共进午餐**而努力!"但说到布什政府,"各种决定都要通过切尼,我觉得安迪对此没意见。他真是个好人。但切尼能左右总统。切尼有一大堆权力和影响力,他有知识有经验,有总统的完全信任,他是最后留在房间里的那个人。在我眼里,切尼**才是**幕僚长。"③ 如果真是这样的话,切尼这个名副其实的幕僚长还有一个不同之处:他不会被解雇。

如果副总统有如此大的权力,幕僚长还能履行他的职责吗?二〇

---

① 在那次大会上,里根原打算邀请前总统福特来当其副总统,但最终选择了老布什。——译者
② 切尼的顾问玛丽·马塔林描述了她老板和布什之间的互谅:"他们达成了协议。这很明确。切尼不想来做教育政策或'不让一个孩子掉队'或诸如此类的事——所以这一目了然。他不想当副总统。他不得不放弃数百万美元,把他的家人和孙子们连根拔起——而且他去那里也并不是为了当个副总统。他有一些布什希望他关注的问题;他们是'诚实的经纪人/联络人'和'山丘上的诸事操纵者'。切尼从没有对任何人大发雷霆。他对每个人都很坦率。他从不偷偷摸摸。那里的每个人都爱他。"
③ 二〇一四年二月二十五日对厄斯金·鲍尔斯的采访。

一五年春天，我在切尼位于怀俄明州杰克逊霍尔的家中问了他这个问题。"嗯，我不认为这是一个权力在其中只有这么多的零和游戏，"他说，"我认为他们俩一起工作时效率会更高。因为安迪在做 X，我在做 Y，或者安迪参与了我的工作。显然我欣赏他做事的方式。安迪和我是好朋友。安迪很清楚自己想要怎样做。我想安迪认为让我参与这份工作是明智之举。"

切尼还很得意他挑的国防部长人选：唐纳德·拉姆斯菲尔德，小布什同意了对他的任命，尽管有传言说，拉姆①在一九七六年曾将小布什的父亲"流放"到中央情报局当局长，以免其角逐副总统人选。（据报道，吉姆·贝克在得知这个决定后提醒总统："别忘了他对你爸爸做了什么。"）但小布什并不在乎这种宿怨。事实上，他和切尼最初计划让拉姆斯菲尔德得到其真正想要的职位：中央情报局局长。②但在过渡时期，布什与克林顿的竞选主管乔治·泰内特很合得来；而泰内特最近将中情局的总部大楼命名为"Bush 41"③，自然稳坐局长的位置。

布什求助切尼的老导师来管理五角大楼。因此，当年在福特任内效力的史上最年轻的国防部长拉姆斯菲尔德，将成为最年长的国防部长在布什任内效力。

切尼和拉姆斯菲尔德又在一起了，这一次携手将比以往任何时候都更强大。

一开始，卡德对几位前辈表示欢迎，并重视他们的建议。"拉姆

---

① 拉姆斯菲尔德的昵称。——译者
② 二〇一四年五月七日对布伦特·斯考克罗夫特的采访。斯考克罗夫特记得，当切尼对布什府的工作人员进行背景审查时，他对切尼的忠告："我几乎每天都和迪克谈论不同的人在这儿还是那儿合适。我记得他谈到了拉姆斯菲尔德。拉姆斯菲尔德想当中情局局长。这只是两个朋友在谈各种人物以及什么样的人物在什么地方工作。"切尼说，让拉姆斯菲尔德当中情局局长"还没有板上钉钉"。在布什的国防部长第一人选还没落实时，这个问题毫无意义，于是他们转而让拉姆斯菲尔德去管五角大楼。
③ 老布什是第四十一任美国总统。——译者

斯菲尔德部长对我很好，也对我所承担的责任表示感谢。"他说——当然这位前幕僚长并不介意让卡德的日子更加难过。"他会说：'我知道你这份工作很糟心，我现在要把它弄得更糟。'"卡德笑了起来，"所以好歹他会先打电话提醒我一下！"卡德还说，副总统并没有以牺牲自己为代价来行使权力。"切尼了解我的工作，他的办公室就在隔壁——他非常善于确保我知道他在做什么。是的，他在政策方面立场坚定、见解渊博，但我从没有被副总统弄得措手不及。"①

尽管如此，卡德对拉姆斯菲尔德和切尼并没抱幻想。他说："他们很清楚怎么玩这个游戏，怎么在华盛顿的官僚机构和白宫的政治动态间游刃有余。所以你不能跟他们玩把戏。他们知道如何支使人们去做事。"

切尼和拉姆斯菲尔德并不是白宫里仅有的权势人物。小布什的内阁看起来就像他父亲的海湾战争老战友的返乡聚会。国务卿科林·鲍威尔经常被评为"最受尊敬的"美国人，他本人差点去竞选总统。小布什将他与美国老牌国务卿、战后世界的设计师乔治·马歇尔相提并论。国家安全顾问康多莉扎·赖斯曾是老布什的苏联问题专家。然后还有小布什自己的"得克萨斯帮"：帮他策划赢得大选的政治总监卡尔·罗夫，他的公共总监兼密友卡伦·休斯。

卡德行事稳健、性情稳定，看起来完全有能力驾驭这些强人。切尼的顾问玛丽·马塔林说："总统想要一个能够和卡伦、卡尔、切尼这样的强势人物以及剩下的我们这些人打交道的人，这人要能应付那些想掌握权力的人。每个人手中的权力越大，效率就会越高。布什的模式是'我们都是一个团队的，每个人都要发挥出最高水准'。他很有先见之明，选的是那些不打个人小算盘的人。"②

---

① 副总统顾问玛丽·马塔林说，切尼和拉姆斯菲尔德并没有玩弄这个制度；他们以业绩取胜："情况不在于拉姆和切尼曾当过幕僚长，而是他们有国防和情报方面的经历。他们对总统关心的几个优先议题有专业知识。所以，安迪被碾压不是因为他们知道杠杆在哪里；他们有专业知识，他不得不延后。"
② 二〇一四年四月二日对玛丽·马塔林的采访。

然而实际情况是，自里根政府以来，从未有过一支如此桀骜不驯、争吵不休的国家安全团队，被目空一切的工作人员、互相冲突的议题及鸡毛蒜皮的吵闹弄得四分五裂。就像吉姆·贝克说过的那番令人难忘的话，它会变成另一个"政治破坏"。

最早的争斗之一发生在三月初的全球变暖议题上。参议员查克·哈格尔想知道总统在限制碳排放上的立场，以及总统如何看待呼吁工业化国家在二〇一二年前减少温室气体排放的《京都议定书》。切尼起草了一封信让小布什签名，信中表示拒绝接受碳排放上限和退出《京都议定书》。他直接去找了小布什，说服他当场签了字。信中没有提到与其他国家合作寻找替代解决方案。更重要的是，在这项政策上的决定并未经过环保署署长克里斯汀·托德·惠特曼或鲍威尔的首肯。鲍威尔回忆说："康迪①早上给我打电话说：'副总统想马上答复查克·哈格尔。'我说：'为什么是现在？我们需要时间把事情告诉我们的朋友和盟友。'"鲍威尔说，他会把信中的措辞改和缓些。"她回电话说：'不行，没用的。'我说：'为什么不行？''嗯，因为就是行不通啊。'我说我马上就过去。"

鲍威尔直接上了车。"我到了白宫，把改过措辞的信交给了康迪，她说：'来不及了。总统已经签了字。副总统已经拿到国会山去了。'我对总统说：'总统先生，你要为此付出巨大代价的。没必要这样做，我们知道你要退出《京都议定书》，但如果不咨询我们的朋友，不为这事做些铺垫，你会付出代价的。'"②

这就是副总统影响力过大的一个活生生的例子，它引发了一个问题：幕僚长去哪儿了？

鲍威尔还将在多个方面与切尼发生冲突。国务卿在结束对中东的访问后，宣布美国希望召开一次外长会议，讨论以巴问题。切尼大发

---

① 康多莉扎·赖斯的昵称。——译者
② 二〇一四年六月二十七日对科林·鲍威尔的采访。

雷霆，要求小布什管管鲍威尔。同样地，当鲍威尔宣布小布什将在有关朝鲜核力量的谈判上"继续克林顿政府中断的工作"时，切尼勃然大怒。虽然当时没有做出任何决定，但鲍威尔显然使用了一个令人不快的词——"克林顿"。

鲍威尔绝没有输掉所有的战斗。鲍威尔说："拉姆斯菲尔德、切尼和我在美俄军备控制问题上存在分歧。他们不想达成削减核武器的核协议。你猜怎么着？我们达成了一项核协议，因为总统要求我这么做，我就做了。"①

但在第一个任期内，切尼将在他所关心的国家安全问题上取得胜利。他如饥似渴地阅读原始情报报告——并乐此不疲。最初副总统会在中央情报局总部待好几个小时，阅读报告，向分析人士提问。切尼回忆说："我安排了一次巡视。几乎把整个情报界走了一圈。我去了中央情报局、国家安全局和国防情报局——从头到尾体验了整个情报事务。我喜欢这么做。这一直是我的兴趣所在，现在真是夙愿得偿。"每天早晨，切尼在布什之前收到给总统的每日简报，以及"附于其后的"额外的原始情报。他在机构之间的分歧中充当调解人。卡德说："有时候他会厕身其中，不是为了改变分析，而是为了质疑分析。"不过卡德承认切尼对情报事务的干涉可能会引发摩擦。"我确实看到了一些——我不会称之为'操纵'——但我确实看到一些要下重手的问题或挑战被提了出来，"他说，"这会让人感到沮丧。我听国家安全委员会工作人员发过牢骚。"

鲍威尔认为切尼越界了。他说："这是白宫一个奇怪的安排，副总统居于一切事务的中心，他看得见交到总统手里的一切，在监视国家安全事务人员方面发挥了作用。"鲍威尔认为，这是对卡德作为"诚实的中间人"的角色，以及对赖斯作为国家安全委员会负责人的权威的直接挑战。他说，这样的搅扰在里根（或者老布什）时期的

---

① 二〇一六年八月二十五日对科林·鲍威尔的采访。

白宫是不可理喻的,"我不是在这样的体制内成长的。这不是我管理国家安全委员会的方式。这不是我和幕僚长肯·杜伯斯坦打交道的方式。我们都是一个团队"。

与此同时,伊斯兰世界的恐怖主义正在抬头,而小布什政府似乎视而不见。二〇〇一年春天,中央情报局局长乔治·泰内特感觉基地组织对美国利益的威胁越来越大,他提出了一项主动出击的计划,要把基地组织消灭在其老家。他说,该计划呼吁"发动准军事行动,进入阿富汗人避难所,与乌兹别克斯坦建立纽带。我们知道该怎么做。我们已经准备去做了。"但是中情局的计划被否决了。"传回来的话是,'我们还没怎么准备好考虑这个问题。我们不想仓促行动'。"① 泰内特说布什政府的注意力在其他地方,"由于有其他议程在,他们没有采取这一终极行动的意愿。"

切尼说,他不记得中央情报局提过该建议。"如果他们确实用力推进过该计划的话,我想我会留意到的。"他说,"当时我的注意力在试图重新了解整个局势,而不是仅仅关注基地组织。"他没把他获得的情报的质量当回事。"我们确实知道本·拉登。根据我们得到的信息,不足以采取行动。那只是个威胁——是的,有个威胁在那里。"

但是,关于基地组织的警告将在二〇〇一年七月十日达到一个令人惊恐的刺耳程度。那天早上,在中央情报局总部,监控基地组织的部门负责人理查德·布利冲进反恐主管科弗·布莱克的办公室。"天要塌了。"② 他说。中央情报局收到了关于美国利益正遭遇巨大威胁的报告,其来源多样而且可信。泰内特局长拿起电话打给白宫。"我说:'康迪,我得去找你。我们马上就去白宫。'"中央情报局小组

---

① 二〇一五年八月八日对乔治·泰内特的采访。泰内特说,打击基地组织的准军事计划"蓝天备忘录",最初是应克林顿的国家安全顾问桑迪·伯格的要求制定的。但两届政府都没有放行。"毫无疑问,两届政府的决策者——从我和我们所有的分析师以及向他们做简要介绍的人——都明白他们面临的威胁有多大。"泰内特说。

② 二〇一五年四月十七日对科弗·布莱克的采访。

向赖斯简要介绍了迫在眉睫的危险情况。"在未来几周或几个月内将有针对美国的重大恐怖袭击。袭击规模会很巨大,而且可能是多起。袭击可能发生在美国本土。基地组织的意图是摧毁美国。"最后,布莱克一拳砸在桌上。"我们得**马上**进入备战状态!"

对中央情报局的警告,大多数人的回应是一脸茫然。赖斯后来写道,那次会面她记"不太清了"。那天总统人在波士顿,切尼不记得听到过中央情报局的示警。"我不记得乔治火烧火燎地进来说:'他们来了!他们来了!他们来了!'"① 他说。卡德也坚称,基地组织之威胁在性质上是含糊的。他说:"我所认识的人,甚至是情报界的,都没有意识到飞机能成为大规模杀伤性武器。所以即便我们被告知结果会如何,也很难预估该做出怎样的反应。难道说不能乘飞机出行了?"

中央情报局前反恐主管布莱克认为,布什政府根本无法领会基地组织之威胁的实质。他表示:"我认为,他们固步自封,脑子里还是过去占上风时的那一套。瞧,他们认为恐怖分子都是欧洲左翼分子,晚上喝香槟,白天炸东西。我很难理解,你警告了高层这么多次,他们竟没有采取任何行动。"

当然,几个月后,基地组织的威胁将变得可怕地具体——而安迪·卡德将发现自己处在一种他始料未及的境地。

卡德说:"电视剧《欢乐酒吧》②(*Cheers*)里的那个酒吧,人一走进去,他们就说:'大伙都知道你名字。'而我不想这样,我想做个没人知道我名字的幕僚长。可是在二〇〇一年九月十一日,这一切都变了。"

---

① 二〇一五年四月三十日对迪克·切尼的采访。
② 一九八二年九月首播的情景喜剧,故事背景设在波士顿一个名为 Cheers 的酒吧里,这是一个当地人见面、喝酒、放松以及社交的去处。每个人都为生活挣扎,互相打趣鼓励。——译者

那天一早，小布什在佛罗里达州的萨拉索塔跑步；卡德记得赤潮中腐烂的鱼散发的恶臭。当他们抵达艾玛-布克小学参加一个教育活动时，一位国家安全助理给卡德带来了一份莫名其妙的报告：一架小型飞机撞上了世贸中心的一座塔楼。卡德告知了总统，后者要求有新消息再报——然后他大步走进了坐满二年级学生的教室。

卡德继续说道："过了不到一秒，那个人又来找我说：'哦，天哪。又一架飞机撞上了世贸中心的另一座塔楼。'我站在门口，我的第一个念头就是'UBL'：奥萨马·本·拉登。我们用他名字的首字母称呼他。"

他接着说："我清楚我面临着一个幕僚长必须应对的考验：要告知总统吗？要。所以我做了个决定，我要告诉他两个事实并发表一个意见，我不会让他有机会提问或和我聊开。"卡德走到总统跟前，俯身对着他的右耳低语道："'又有一架飞机撞上了双子塔的另一座楼。美国正遭受攻击。'"

小布什闻言一脸困惑，然后一动不动地坐了近七分钟。总统似乎蒙了，迈克尔·摩尔后来在其纪录片《华氏911》中对他的无反应进行了穷追猛打。但卡德说，他很高兴总统留在了原地。他解释道："首先，他没有在那些小学生面前流露出恐惧。其次，他没有向媒体表现出恐惧，而这种恐惧只会让全世界的恐怖分子志得意满。这也让我有了时间，说：'给联邦调查局局长打电话。给副总统打电话。给战情室打电话。'对'空军一号'机组人员说：'回"空军一号"来。'对特勤局说：'让车队掉头。'"

当小布什从教室出来，进入一个临时的危机处理中心，他通过电话咨询了切尼和联邦调查局局长。然后，这个显然被吓坏了的人在电视镜头前发表了一份仓促起草的声明，发誓要"追捕并找到那些犯下这一罪行的人"。最后，他用他父亲在伊拉克入侵科威特后表明的明确立场结束了讲话："我们不会容忍针对我们国家的恐怖主义。"

车队奔向机场，全副武装的特种部队在停机坪四周巡视，"空军一号"的引擎已经启动。总统专机起飞后,卡德面对了他作为幕僚长的首次真正考验。布什执意要回华盛顿特区,但卡德知道他必须违抗总统的这一命令。"布什总统态度坚决。他甚至说出了'我是美国总统'这样的话,"卡德回忆道,"我努力保持冷静、沉着、客观。特勤局对我有严格要求,美国总统也对我如此。"布什怒不可遏地冲着卡德大喊大叫,卡德则四两拨千斤。"我只说了句,'总统先生,我真的不建议这么做。我们得进一步了解袭击的性质,以及是否还会有其他袭击'。"

布什最终默许了绕道前往路易斯安那州的巴克斯代尔空军基地;于是,一天的艰难跋涉开始了,总统、卡德以及他们的随行人员还要去内布拉斯加州的奥夫特空军基地。当天晚上,他们终于回到了首都。卡德回忆说:"当我们即将降落在安德鲁斯空军基地时,所有人都望向窗外,你可以看到护送'空军一号'的战斗机里飞行员们的脸。接着,你可以看见五角大楼的滚滚浓烟,我还记得总统对我说:'这就是二十一世纪的战争。'"

在白宫,切尼、赖斯、马塔林、副幕僚长约书亚·博尔滕和其他人已经匆匆进了东翼下面的掩体——白宫地堡(PEOC)。消息传来时,切尼几乎是被一名特勤局特工从椅子上扶起来的。不过在白宫地堡,切尼在接管局面并发布命令时是冷静和深思熟虑的,以处理诸如在必要时是否该派战斗机击落民航客机这类紧迫的问题。切尼和布什已在一次通话中同意批准这一极端措施,因此当发现一架飞机正向白宫飞去时,切尼给予了许可。几分钟后,经博尔滕建议,副总统打电话给布什,告知他刚下达的命令。① 来袭的飞机原来是虚惊一场。

---

① 切尼描述了在他下令击落正在接近的客机之前特勤局特工告诉他的话:"他向我解释说,他从无线电中听到一条信息,说有架飞机,一架身份不明的飞机,正以极快速度从西面的杜勒斯机场朝着'皇冠'——这是白宫的代号——飞去。我们来到一个有点像房间的地方。我们弄到一部安全电话,一台小的黑白电视机。我们接通了电话。当时,他们告诉我,飞向白宫的飞机已经扎进了五角大楼。那是美航77号班机。"

即使在布什返回华盛顿后,切尼依然站在反恐战争的最前沿。他说:"毫无疑问,我们全力以赴了,但我们做得非常谨慎。'九一一事件'后的那周,也就是最初几天,中央情报局局长泰内特和国家安全局的负责人迈克尔·海登来看我。我问他们:'如果你们有更大的权力,能做得比现在更多吗?'他们说:'是的,我们做得到。'于是我去见总统,我们的建议他签字同意了。这样一来扩大了国家安全局的行事范围,超过了我们以往做的任何事。"① 两年半之后,这个未经法律授权的监视项目——布什反恐战争中严防死守的秘密——将受到布什自己的司法部的攻击;时任代理司法部长詹姆斯·科米威胁称,除非总统撤销部分条款,否则他将辞职。布什做出让步,同意修改该项目的互联网监控部分。

切尼继续说道:"我们使用强化审讯技术②时,也是因为这个。我们手上有那么一小撮人,能弄来我们需要知道的关于基地组织的信息,而这些是单靠美国陆军手册不可能搞到的。他们能够把人抓到并送到黑牢③,假如我们已经在某地建了的话,而我们确实有了。因为他们更老练,审讯时也比那些能读懂美国陆军手册只会说'拜托,拜托,请告诉我们你知道些什么'的人更有手段。他们的思维方式不一样,操作方式也不一样。而我很信他们那一套。"

在此刻的战时白宫,大家担心会发生第二波袭击,甚至担心有人在华盛顿或纽约安了一枚核弹。对布什、切尼和中央情报局局长泰内特来说,美国正处于危机之中,需要采取非常措施。如果说他们在"九一一"之前就并不经常与内阁成员协商,那么"九一一"之后更不会巨细无遗地通报了。

鲍威尔再次被激怒了。他表示:"我们没有就《日内瓦公约》适

---

① 二〇一五年四月三十日对迪克·切尼的采访。
② enhanced interrogation,即高强度的审讯,动用酷刑,包括关进黑牢、用水刑等,但在美国国内是禁止的。——译者
③ black site,即不受美国和所在地法律约束的"法外监狱"。——译者

用的情况进行充分讨论，也没有就使用特别军事法庭进行充分讨论。就这么决定了并下达了。① 它是由副总统直接向总统提出的，还带着他的法律顾问及司法部给的建议。当我听说这事时，我说：'他们会大吃一惊！'他们以为他们可以设立一个由军官组成的私刑法庭，可以殴打任何送到他们面前的人。他们对军事伦理一无所知。"鲍威尔指出，事实上，军事法庭和民事法庭一样尊重被告的权利，也一样费时。

切尼毫无歉意。在《与媒体面对面》（*Meet the Press*）节目中，副总统告诉主持人蒂姆·拉瑟特，如果美国想打败基地组织，就得用上"见不得人的东西"。"我说：'在情报圈我们必须进行一些暗中活动。很多需要做的事都必须悄悄地进行，不能讨论，不能使用我们情报机构认可的资源和方法。'"不久，这位反恐战争的设计师就被描绘成了达斯·维达。在《每日秀》②节目中，乔恩·斯图尔特戴上了《星球大战》中这位大反派的头盔，称切尼为"同道中人"。

朋友们也注意到了切尼的变化。海湾战争期间与他共事的布伦特·斯考克罗夫特自过渡时期以来一直与他有交流。他回忆道："在小布什政府的头六个月里，我和切尼相处得很好。但'九一一'之后他真的变了。我觉得迪克·切尼身上真的发生了一些事。他以前是个好人，低调，高效，却从不张扬——后来他就越来越……"斯考克罗夫特的声音渐渐低了下来，"我不知道是'九一一'对他造成了影响，还是他的心出了问题。"③

"他不一样了，"鲍威尔说，"他的观念变得保守得多。他不认同外交上的努力。"④ 哥伦比亚广播公司记者鲍勃·希弗对此表示赞

---

① 二〇一六年八月二十五日对科林·鲍威尔的采访。
② *The Daily Show*，深夜播出的讽刺类新闻节目，以恶搞新闻及政客为特色。——译者
③ 二〇一四年五月七日对布伦特·斯考克罗夫特的采访。
④ 二〇一三年六月二十七日对科林·鲍威尔的采访。

同。① "他变了。他也承认自己变了。有一次我去问他，他说：'是工作改变了我——是"九一一"。'" 希弗也认为副总统新冒出来的阴暗观念可能与他的心脏病有关。②

"我不认为我变了，" 差不多十五年后，切尼在怀俄明州家中说，"我认为是一系列我们以往从未遇到过的问题。我的意思是，这是一个不同的时代。在'沙漠风暴'行动和'九一一'之间，有人对美国发动过一次袭击，造成三千人死亡。'珍珠港事件'才死了两千四百人。因此，如果我们没有采取不同的处理方式——将其当作一场战争而不是执法问题——那就是在玩忽职守。至于所有说切尼变了的朋友，我想说的是，'九一一'当天你可不在白宫地堡里。"

对于被指控越权，切尼并不以为意。"《纽约时报》发表社论说我应该被当作战犯起诉，" 他说着，眉毛一扬，"但我们安排得井井有条，事情做得也很正确，我们尽力超越自己的极限以便完成我们需要做的事。我们做成了。" 尽管 "强化审讯技术" 和国家安全局的监控计划的合法性和有效性仍是争论激烈的话题，但在布什任内，美国本土确实没再发生恐怖袭击。

"九一一事件" 四天后，布什在戴维营召开了他的战时内阁会议，计划对袭击做出反应。切尼、拉姆斯菲尔德、鲍威尔、泰内特、卡德和其他官员听取了情报官员和军事官员的简报，并讨论了可做的

---

① 二〇一六年三月九日对鲍勃·希弗的采访。
② 切尼的一些朋友，包括玛丽·马塔林和唐纳德·拉姆斯菲尔德，坚持认为切尼一点也没变。"完全是胡说八道，" 马塔林说，"他还和上大学时一样。我之所以如此爱他，就是因为他没有变。他很可靠。我对他这个年龄段的一些人感到震惊，他们攻击他是因为他们不喜欢政策的咄咄逼人——但那不是他，是布什。" 拉姆斯菲尔德对他的门生也毫不含糊："今天的他基本上还是我一九六九年第一次见他时那样，他很聪明。他是个严肃的人，不爱炫耀。他是个工作狂。他从好人变成坏人或者变成达斯·维达这个说法，是媒体想出来的。一派胡言。"

选择。鲍威尔说:"我们必须对那些伤害了我们的人采取军事行动,我们必须在阿富汗采取行动。"

但并非所有人都赞成将阿富汗定为目标。拉姆斯菲尔德的副手保罗·沃尔福威茨提了个问题:"我们难道不应该追着伊拉克打吗?伊拉克不在其中吗?"

鲍威尔说:"'九一一'之前,伊拉克一直处于幕后。这并不是说我们忽视了伊拉克的存在。但当时没打算采取任何行动,因为这对我们来说并不构成重大危机。"尽管如此,伊拉克仍是布什的国家安全团队一些人的当务之急,尤其是沃尔福威茨的。

鲍威尔回忆说,沃尔福威茨"白天经常提到这个问题。午餐后,总统说:'好吧,来谈谈你们的想法。'于是,我们围坐在桌边。大家的共识都是赞成打击阿富汗。总统意识到目前情况下找不到伊拉克与'九一一'有任何关联。我们得到的情报没有提及这个。"鲍威尔无法理解沃尔福威茨主张的迂回战术。"[阿富汗]已是争议焦点,拿这个当追击伊拉克的理由,在我看来完全不可理解。"

二〇〇一年十月七日,布什政府发动了"持久自由行动"①,由中央情报局领导的准军事部队侵入阿富汗;在短短九周多的时间里,美国特种部队就击溃了塔利班,摧毁了基地组织。尽管本·拉登逃去了一个叫托拉博拉(Tora Bora)的山沟堡垒,但这是一次大胜仗,是全世界人心所向。但中央情报局的胜利之后将迎来其最黑暗的篇章之一。

布什在任职初期很少谈及伊拉克;公众对战争没有兴趣,他也没有申明开战的理由。但是"九一一"袭击改变了这种均势。在戴维营,布什没有理会沃尔福威茨——但到了九月下旬,在侵入阿富汗的过程中,他叫拉姆斯菲尔德在一次国家安全会议后留下来。椭圆形办公室里只有他俩。布什说:"我希望你们制定一个进攻伊拉

---

① Operation Enduring Freedom,美国领导的作战行动,以支持其在阿富汗、菲律宾开展的全球反恐战争,通常指美国在阿富汗的作战行动。——译者

克的计划。撇开正常渠道去进行，多弄点创意，这样我们就不用沾手太多。"① 拉姆斯菲尔德答应拿出一个计划。

对布什和他的谋士切尼而言，这已然成了一个信条："九一一"之后，让一个可能拥有生化乃至核武器的美国敌人继续掌权是不可接受的。

二〇〇二年秋天，中央情报局发布了一份《国家情报评估报告》："伊拉克继续实施其大规模杀伤性武器计划。"政府宣称这份文件证明萨达姆·侯赛因在制造生化武器并获取核武器部件。根据这份报告，伊拉克已经从尼日尔购得了铀"黄饼"——这一年前就在中央情报局内部被指为不实传言，但布什还在拿它说事。

说萨达姆与基地组织有关系的证据同样站不住脚。在指控这位独裁者时，副总统谈到"九一一事件"的策划者与伊拉克之间的联系：据说一名劫机者曾与一名伊拉克高级情报官员会面。但是，中央情报局局长泰内特坚称，一张有关那次"会面"的模糊照片不足采信。泰内特说："有很多例子表明，他（切尼）说的话比我们所说的任何话都更没边儿。我记得有一次去找总统说：'听着，这事不能这样继续下去。我们就是不能支持这样的说法。'"②

但是，无论出于什么样的动机——战略的、政治的、个人的、心理的——布什都打算开战。卡德说萨达姆把总统惹火了。"总统很生气，萨达姆·侯赛因竟然对自杀式炸弹袭击者的家人说：'我们要奖

---

① Peter Baker, *Days of Fire: Bush and Cheney in the White House* (New York: Anchor, 2013), 160.
② 切尼坚称是中情局长泰内特把伊拉克跟"九一一"策划者挂上了钩。"蒂姆·拉瑟特在'九一一事件'后的那个星期天的采访中问我，是否有伊拉克参与的证据，我说没有，我什么也没看到。没过几天，乔治·泰内特给我看了穆罕默德·阿塔（'九一一'劫机者）的照片，据说是在捷克的布拉格拍的。因此，有百分之七十的可能他是在布拉格见伊拉克高级情报官员。这是第一个确凿的证据：会面是在四月，'九一一事件'发生前五个月。乔治·泰内特把这张照片交给了我。"泰内特说这张照片很快就被抹黑了，而且他一再告诉布什政府官员两者之间没有任何联系。

赏你们。如果你家里有人是人肉炸弹，我们会付给你家两千美元。'这就是他在全世界都在说我们不允许恐怖主义存在的时候说的话。"

对布什来说，跟萨达姆也是个人恩怨。一九九三年，当他的父亲、前总统老布什访问科威特时，这位伊拉克独裁者派了一支突击队企图暗杀他，但未遂。"布什在好几个场合提过萨达姆试图杀死他父亲，"彼得·贝克说，"很明显，他从一上台就对萨达姆·侯赛因有想法，即使没有办法除掉他，至少也想削弱他的力量。"沃尔福威茨及其盟友已经瞄准了这位伊拉克独裁者。"毫无疑问，早在'九一一事件'之前，这些人就已经很关注萨达姆了。"贝克说，"他们的目标是政权更迭。他们将此事看成一项政策。"

随着战争计划逐渐成形，科林·鲍威尔感到不安；在他看来，外交手段已经被放弃了。"我对总统说：'我真的需要和您私下谈一谈。'"

二〇〇二年八月五日，鲍威尔跟布什总统及康迪·赖斯在白宫寓所见了面。"我说：'我想确保你们了解这件事的一些后果。'"鲍威尔对总统说，"'一旦你推翻了一个政权，你就成了统治者。你要管事。如果你打倒了一个政权，你就得重组一个。如果你要采取军事行动，你就要寻求支持，同时找出不支持你的。所以，如果你在考虑这么做，那么除了军事计划外，你还得考虑很多问题。'总统说：'你建议我们怎么做？'我说：'我建议将此事提交给联合国。这不仅给了你联合国的授权，也表明你们已为避免战争尽了力。'"在入侵伊拉克之前，布什向鲍威尔保证他将向联合国寻求授权使用武力的决议。

这在布伦特·斯考克罗夫特看来还不够。若论地缘政治的专业知识及无懈可击的判断力，没人比这位老布什的前国家安全顾问更令人佩服了。早在海湾战争时期，切尼就曾向老布什描述过他的这位同事："斯考克罗夫特总能把事做对。他对你绝对忠诚。他一点也不自负。他是一个诚实的中间人，我们大家都可以和他打交道。"[1]

---

[1] 二〇一五年四月三十日对迪克·切尼的采访。

二〇一四年五月,我去了斯考克罗夫特位于华盛顿特区的办公室与他交谈。那个办公室里堆满了地缘政治方面的书籍,而这位八十九岁的共和党外交政策元老思路依然敏捷,说话依然温和而坚定。

在斯考克罗夫特看来,战争的理由根本站不住脚。他说:"他们提出的理由根本不可能成立,因为事实正好相反。这倒给了我启发。他们说萨达姆跟基地组织是一路的。我想,这不合理。萨达姆·侯赛因是个激进派,不是保守派。实际上,他压根不信教。至于[基地组织和伊拉克人]举行这次会面的说法并不……"他摇了摇头,表示不信。"关于采购非洲铀'黄饼'这段及其他。我很清楚是怎么回事。"斯考克罗夫特一点都不信。

二〇〇二年八月十五日,他在《华尔街日报》上发表了一篇评论文章,题为"别打萨达姆",它从现实政治的角度指出入侵伊拉克将惹来大祸:

> 美国当然能打败伊拉克军队,摧毁萨达姆政权。但这不会是件易如反掌的事。相反,代价无疑会非常高昂——会给美国和全球经济带来严重后果——而且还可能是血腥的……军事行动之后很可能必须有大规模、长期的军事占领。

斯考克罗夫特对打伊拉克的计划的剖析引起了轰动。许多政府官员和媒体人认为他是现任总统父亲的代表;毕竟,他和第四十一任总统老布什就像兄弟一样亲密无间。但老布什闭口不言,而斯考克罗夫特坚持说——至少在公开场合——他说的仅代表个人意见。

小布什大发雷霆:他让斯考克罗夫特的前门生赖斯给他家里打电话。斯考克罗夫特回忆道:"康迪说:'你为什么那样做?你为什么不来跟我们谈谈?'我说:'康迪,我试过了,但是没人可以交流。'"斯考克罗夫特突然成了不受小布什待见的人。他说:"就这样我和小布什日益疏远了。因为我说了'不要那样做。没有必要。

这么做是错的'。"斯考克罗夫特和切尼曾经是好朋友,之后多年没再说话。

我问斯考克罗夫特:你认为老布什同意你在《华尔街日报》上的观点吗?"我从没跟他谈过这事。"他答道。他顿了一下,接着补充道:"不过,我觉得他会同意的。"斯考克罗夫特在把他的评论文章发给该报的同时,也发了个副本给老布什。他说:"我做的事,但凡涉及小布什总统,我总是会让他知情。"斯考克罗夫特没有收到任何回复——他认为这意味着老布什同意他的观点。

小布什在他的回忆录中坚称:"华盛顿的一些人猜测,我父亲在通过布伦特的那篇文章向我传达他对伊拉克问题的意见。这很荒谬。我父亲是所有人中最明白利害关系的一个。如果他认为我处理伊拉克问题不当,肯定会亲口告诉我。"①

但是,斯考克罗夫特在谈到他的密友老布什时说:"如果不是他的儿子,我做的事他肯定也会做。"

"所以你说的是他没法说出口的?"

"我是这样认为的。是的,没错。"

"如果你的想法没错——老布什不赞成他儿子对伊拉克的政策——你认为这给他带来了多大的困扰?"

"我认为这让他很困扰。我认为他坚定地支持他的儿子。他说过,'我的任期结束了,现在是他的任期'。但我不认为他会赞成。"

彼得·贝克说:"这是一大谜团,就跟试图弄清楚克林顿的婚姻一样。"十多年后,老布什告诉传记作家乔恩·米查姆,"强势"的顾问②切尼和拉姆斯菲尔德没有服务好总统,但他不愿透露他个人对战争的看法。贝克说:"任何一位父亲都可能更愿意说他儿子是被人带入歧途的,而不愿意承认他儿子自己做了错误的选择。"

① George W. Bush, *Decision Points*, 238.
② Jon Meacham, *Destiny and Power*, 588.

但事实是老布什从一开始就对即将发生的入侵伊拉克深感担忧。二〇一六年四月，在斯图·斯宾塞位于加州棕榈沙漠的牧场里，我问这位直言不讳的共和党竞选谋士，老布什是不是到死都不会发表他对这场战争的看法。他说："不，会有人知道的。因为很多人都知道他是反对打仗的。[詹姆斯·]贝克每天见他都听他说起。其他和他走得近的人也总听到。我们**都**这么认为。我们认为有更好的办法。吉米和我，我们也是切尼的好友。"

詹姆斯·贝克做东在得克萨斯州乡下举办的一次令人难忘的聚会上，老布什核心圈子和切尼之间在战争问题上的尖锐分歧爆发了。"切尼当副总统的时候，我们去吉米的牧场打猎。"① 斯宾塞说。那个周末，斯宾塞、贝克、俄亥俄州众议员罗布·波特曼、记者汤姆·布罗考一起打鹌鹑、喝酒、叙旧。斯宾塞说："贝克、布罗考和我都认为切尼扯的那些废话有失偏颇。于是我们说：'今天晚上就戳穿他。斯宾塞，你来带头！'我们一边吃鸽子肉，一边喝酒，我说：'嘿，理查德②，（黄）饼那些个**胡话**到底是怎么回事啊？'我就一直纠缠他。天呐，他气疯了。立马回击我。接着贝克跳出来攻击他。可怜的波特曼就这样坐在那儿。"斯宾塞模仿瞪大眼睛看乒乓球赛的观众，"这家伙居然这么跟**副总统**说话？迪克对此非常生气。"

就在斯考克罗夫特向小布什发出警告十天后，詹姆斯·贝克在《纽约时报》上发表了他的评论文章。对于即将到来的战争，他的观点更加微妙，他主张小布什在发动进攻前求得联合国的决议。但在二〇一六年五月，贝克告诉我，他赞同斯考克罗夫特更为消极的观点，老布什亦然。他说："老总统和我想的一样。我们当时考虑的是，你最好搞清楚这跟'沙漠风暴'不一样，也不像第一次海湾战争。你说的是入侵人家的家园。你说的是一系列的事，如果你要做，最好先

---

① 二〇一六年四月二十四日对斯图尔特·斯宾塞的采访，二〇一六年五月二十四日对詹姆斯·贝克的采访。
② 迪克的全名。——译者

为各种后果做好准备。"

贝克接着说:"我跟你说吧,老布什和我都对这事非常焦虑。小布什政府的国务卿与副总统或政府其他人员意见不一也让我们很不安;那是我们担心的问题。我记得我和老布什从肯尼邦克港起飞后一直在讨论这个问题。他很担心。"

早在一年多前,贝克和布什就已惊讶地发现科林·鲍威尔在小布什政府内的权力被削弱了,贝克私下敦促小布什的国务卿主动辞职:"我说,科林,你得去对总统说:'我不是来干这个的。'让他知道,如果你不能成为他制定和实施外交政策的主要顾问,那就不是你工作的初衷。"但鲍威尔不愿以辞职要挟。"他不会这么做的,"贝克说,"他压根没去。"

听到我转述的贝克对此事的看法,科林·鲍威尔不太高兴。① 他说:"我不记得有那次谈话。如果吉姆说他说过,我不会否认。但这么重要的事,我一点儿印象也没有。"他停顿了一下,"吉姆也许已经说过了,但要说我应该辞职,或者我本来应该说……"他没有把话说完。"二〇〇二年八月五日我给总统提了我能想到的上策,然后在那个月晚些时候,总统接受了我的建议,把问题提交到了联合国。② 我们与团队的其他成员——切尼和拉姆斯菲尔德——讨论了此事。他们并不高兴。但他们能理解这样做是明智的,所以都同意了我的建议,把这个问题提交到联合国。"

鲍威尔接着说:"安理会一致通过了一项决议,要求萨达姆·侯赛

---

① 二〇一六年八月二十五日对科林·鲍威尔的采访。
② 在《纽约时报》的评论文章中,贝克没有反对对萨达姆动武。但他坚称有"正确的方式"来进行政权更迭,并含蓄地抨击了总统的鹰派顾问:"我们应该尽最大努力别单干,总统应该别理会那些建议这样做的人[他指的是切尼]……总统应该尽最大努力阻止他的顾问和他们的代理人公开表达他们的分歧,并尽力让每个人都站在同一立场上。美国应主张联合国安理会通过一项简单而直接的决议,要求伊拉克在任何时间、任何地点、无一例外地接受入侵式武器检查(intrusive inspections),并授权采取一切必要手段执行这项决议。"

因交出有关其大规模杀伤性武器的所有信息。他得到一张'出狱卡'①，但他没要。到了一月中旬，总统基本上决定了，为了推翻萨达姆·侯赛因，也为了确保没有大规模杀伤性武器，战争无可避免。情报界有十六家的机构告诉我们，那里有大规模杀伤性武器。国会的每个人——包括希拉里·克林顿、克里参议员，以及总共三百七十六名国会议员——都认为这是不可接受的，而他们投票支持开战也只有在动武变得必要或者萨达姆·侯赛因没通过联合国的武器检查时。这就是我们在一月初的情况，当时总统说：'不行。我们要坚持到底，但凡大规模杀伤性武器存在就要清除它，并推翻萨达姆这个人。'而我们认为他们确实有那些武器。在那种情况下，一旦他做出决定，我就全力支持。"

鲍威尔突然怒发冲冠。"我真是受够了！如果吉姆这么说的话，那么他并不理解我在那段时间所做的一切，也不理解结果是怎么［来］的。我想办法帮助总统。我给他提了建议。他听进去了。我们得到了联合国的决议。我们在开战前把什么事都做好了。"

尽管鲍威尔努力寻求外交途径，但他最终还是同意打这场仗。二〇〇三年二月五日，美国国务卿在联合国安理会发表了经中央情报局局长乔治·泰内特审核的一篇重要讲话，阐述了美国政府发动战争的理由。尽管鲍威尔竭力质疑过中央情报局的数据，但这次演讲因其可疑之处以及彻头彻尾的虚假情报而臭名昭著。鲍威尔宣称："我们有关于生物武器工厂的第一手情况描述。［萨达姆］有能力以可能导致大规模死亡和破坏的方式来散播这些致命的毒素和疾病。"但这一令人震惊的说法被发现是从一个叫"曲线球"的线人那里来的——中央情报局的一些人知道这来源不可靠。乔治·泰内特后来承认："我们辜负了鲍威尔。"②

---

① "出狱卡"原指桌游"大富翁"中的一张卡，允许玩家更快地离开监狱，后比喻脱离困境。——译者
② 二〇一五年八月十八日对乔治·泰内特的采访。

二〇〇三年三月十九日，小布什下令入侵伊拉克。然后，正如他在回忆录中所写的那样，他"在南草坪缓缓地、默默地绕了一圈。我为我们的军队祈祷，为国家的安全祈祷，为未来的力量祈祷……有一个人理解我的感受。我在条约厅①的办公桌前坐下来，草草地写了一封信"。②

  亲爱的爸爸，
  上午九点半左右，我命令国防部长执行"伊拉克自由行动"的战争计划。尽管我几个月前已经决定，如有必要，就使用武力，解放伊拉克并清除这个国家的大规模杀伤性武器，但这个决定还是让我心绪难平……
  我知道我已经做了正确的事，我也祈祷不会有太多人为此失去生命。伊拉克将获得自由，世界将更加安全。此刻我的心情已经平复，现在我等待着有关正在进行的秘密行动的消息。
  我知道你经历过什么。
  爱你的
  乔治

在那一刻，不管老布什内心还有什么疑问，统统被撂在了一边。几小时后，他把自己的回复传真了过去。③

  亲爱的乔治，
  刚刚收到你手写的便条，我的心被触动了。你做得对。你刚刚做出的决定是迄今为止你不得不做出的最艰难的决定。但是你在做决定的时候是怀着勇气和悲悯的。担心让无辜者丧命是人之

---

① Treaty Room，白宫二楼的私人办公室。——译者
② George W. Bush, *Decision Points*, 224.
③ George W. Bush, *Decision Points*, 225.

常情——不管是伊拉克人还是美国人。但你已经做了你不得不做的……

全心全意爱你的

爸爸

第二天,"伊拉克自由行动"以惊天动地的空袭开始,五角大楼夸张地称其为"震慑与威吓(shock and awe)"。随后,联军部队迅速发动了攻击。没几天,伊拉克军队就被击溃了;在巴格达,萨达姆的巨大铁像被推倒,此举成了胜利的象征。

推翻萨达姆政权是比较简单的部分。随之而来的是一个每况愈下的恶性循环——无政府状态、混乱和流血冲突。越战期间,拉姆斯菲尔德曾坚持要说出西贡沦陷前被落下的海军陆战队队员的实情,如今他在频繁的电视简报会上表现得让人难以置信,他抨击批评者("有多少兵就带多少去打仗")、无视骚乱以及掠夺国宝的行为——"难免有意外嘛"!

卡德对政府的失误更是坦率。他说:"我希望人们在赢得一场艰难的战斗之后,能更深刻地认识到赢得和平有多难。首先,有情报称部分伊拉克军人将举白旗投降,他们会倒戈,帮联军指挥交通,配合军警的需要。但从没有人举白旗投降。"

他接着说:"还有情报显示,伊拉克的官员会到场工作,确保下水道系统正常,确保有电,确保交通灯正常工作。但官员们没有现身——所以情报是有问题的。这让人非常沮丧。"

卡德还认为,美国规划这场战争的人对伊拉克社会一无所知。他说:"伊拉克存在派系和部落,我想我们美国人并没有真正了解伊拉克部落社群的性质。我真希望在我们发动伊拉克战争之前,劳伦斯·赖特就已经写完了他的《末日巨塔》一书。是的,有更多的部队。我希望有更多的地面部队。我认为那样的话结果会很不一样。"

当然,最大的情报失误是错误地预测萨达姆首先是拥有大规模杀伤性武器的。卡德说:"我认为所有人都在想:'武器肯定还在那里,我们肯定还是会找到。'马后炮总是比先见之明高明,我们现在谈的都是马后炮。"①

但即使是上述错误,比起二〇〇三年五月发生的事也相形见绌;为了稳定伊拉克局势,布什任命职业外交官保罗·布雷默为联军临时权力机构的最高行政长官。当时,白宫正在讨论如何处理萨达姆的执政党复兴党。一方面,该党之中有需要清除的暴徒和杀人犯,另一方面,维持社会运转的人——官员、警察、教师和其他人——绝大部分是该党成员;解散该党意味着开掉这些人。更糟的是,没有薪酬的伊拉克士兵几乎肯定会加入叛乱,开始杀害美国士兵。

卡德说:"我还记得,当保罗·布雷默在巴格达宣布接下来的政策时,我感到很惊讶。这是个重大决定。但白宫内部尚未确定。"

鲍威尔生动地回忆起"那个可怕的日子,布雷默突然推翻所有已达成的协议并解散了伊拉克军队。然后他着手清除所有的复兴党成员,教师、护士等都在其列"。国务卿不仅震惊而且愤怒。"我立刻给赖斯博士打了电话。'康迪!你知道这情况吗?'她回答说不知道。'总统知道会发生这种事吗?'答案是否定的。我说:'这太可怕了!'"②

鲍威尔说,这是"一个灾难性的、灾难性的战略决定。它基于这样一个假设,即世界各地突然间一片民主和幸福,而我们却是一片混乱"。鲍威尔对此措手不及,但他并不怪布雷默,而是归咎于布雷默的上司拉姆斯菲尔德。

当我把鲍威尔的话转述给拉姆斯菲尔德时,他说:"有意思。我的意思是,科林·鲍威尔是国家安全委员会的成员。他参加了我们所有关于这些事情的讨论。我想他知道得更多。"拉姆斯菲尔德忍住笑

---

① 布什描述了他得知没有大规模杀伤性武器后的反应。"我派美国军队参战,很大程度上是基于后来被证明是虚假的情报。这对我们的信誉——我的信誉——是个巨大的打击,这将动摇美国人民的信心。没有人比我更震惊或愤怒……每次想到这件事,我就觉得恶心。到现在都是。"
② 二〇一四年六月二十七日对科林·鲍威尔的采访。

意。"显然布雷默是听命于人的。他在现场。总统不在。安迪·卡德不在。鲍威尔不在。我也不在。他在。"①

这位前国务卿依然对布雷默的决定表示怀疑,该决定说明鲍威尔与布什国家安全团队中的其他人之间是脱节的。鲍威尔说:"这是我手头的主要问题,它说明了我们面临的一些问题。我们从未开过会,从没有开过一次会来讨论我们要改变总统业已接受的关于保留〔复兴党〕的建议。五角大楼从未提过'我们开个会来讨论一下这个问题'。事情就这样发生了。"

要管好白宫,不能不加管制地做决定,打仗也是一样。可是,卡德似乎无力约束他那些长期不和的同事。拉姆斯菲尔德当杰拉德·福特的幕僚长时,绝对不会容忍这种机能失调。但他申辩自己对卡德在布什任内扮演的角色一无所知。小布什认为他可以当自己的幕僚长吗?我问他。

"我不知道。"

"但你人在那里。你在椭圆形办公室进进出出的。"

"如果你不在白宫,它就是一个黑匣子。你进来,表达意见,然后离开。然后布什和康迪·赖斯一起进入私人区域,或者一起去戴维营。"

的确,随着第一个任期的结束,赖斯博士越来越获得总统的青睐,并将在布什的第二个任期盖过切尼,成为布什最亲近的心腹,并取代鲍威尔成为国务卿。拉姆斯菲尔德显然对赖斯不屑一顾——同时对她周末频繁前往戴维营与布什会面感到不满。

我问拉姆斯菲尔德:布什不是也和**他**一起去戴维营吗?

---

① 二〇一四年五月六日对唐纳德·拉姆斯菲尔德的采访。拉姆斯菲尔德详细阐述了布雷默解散复兴党的决定:"华盛顿方面充分意识到将要进行某种去复兴党化的进程。这是什么意思?会去到什么程度?如果我在第二次世界大战后回到德国,德国遭到的破坏,发生的屠杀、混乱、抢劫和其他事情都是难以置信的……你不会在中间没有打断的情况下遵循那种秩序和纪律。所以,说'布雷默这和布雷默那'很容易。他应该这么做的。他应该那样做的。"

"哼，见鬼，没有——压根没有**别人**！她就像他们家的人！然后就会有消息出来：他决定做这个做那个或者别的。"

如果给幕僚长更大的权力，他能平息这些纷争和宿怨吗？鲍威尔说："我认为这个非常紧迫的问题——我认为这是个真问题——的最佳答案，必须来自安迪·卡德或者和他一起在白宫工作的人。事实上，总统毕竟只有一人，我猜总统认为这是可以接受的。"①

尽管伊拉克之事的结果仍不明朗，但布什即将在国内面临另一个棘手的挑战。二〇〇五年八月下旬，墨西哥湾的一场飓风袭击了新奥尔良。洪水冲垮了堤坝，淹没了这座城市百分之八十的地区，造成近一千三百人死亡、数十万人流离失所。随后四天，全国的电视上一片混乱局面，州和地方当局争执不休——而布什显得束手无策。

"这可能是白宫最具挑战性、最令人沮丧的时刻了，"卡德说，"因为公众期望总统是此次灾难的唯一领导者。然而事实是，在救灾工作中发挥主要作用的是州长。"最终，布什让联邦政府接手了救灾指挥权，取代了无能的地方政府。但损害已经造成了。伤亡惨重。此外，一张总统面无表情地从"空军一号"上俯瞰洪灾区的照片进一步造成了政治上的重创。布什写道，对卡特里娜风灾的救援不力"侵蚀了公民对政府的信任，加剧了我们社会和政治的分裂，也给我余下的总统任期蒙上了阴影"。②

与此同时，在伊拉克，布什正在亲身体验鲍威尔警告过他的事：自己留下的烂摊子，自己收拾。占领伊拉克的过程比任何人预想的都血腥得多。组建一个能发挥作用的政府是场噩梦：逊尼派和什叶派之间的分歧根本无法弥合。国家陷入瘫痪，基本服务匮乏；一场凶险的

---

① 二〇一六年八月二十五日对科林·鲍威尔的采访。
② George W. Bush, *Decision Points*, 310.

叛乱已经开始酝酿。联军士兵和伊拉克部队正以惊人的速度遇害。一种新的阴险武器——简易爆炸装置（IED），令公路交通处处可能丧命。这些混乱将导致二〇〇六年的全面宗派冲突。

鲍勃·伍德沃德在其著作《抵赖之国》（*State of Denial*）中写道："卡德确信人们会把伊拉克和越南相提并论。历史将会记下，没有一位高级政府官员提出过反对意见。"卡德对于最高统帅一向忠心耿耿，他拒绝接受这种评价。"我认为鲍勃·伍德沃德这本书应该叫《信念之国》（*State of Resolve*），因为它体现了总统坚持到底的信念。"

但卡德对国内日益高涨的反战呼声感到不安。他说："我并不认为伊拉克就是越南，但我看得出美国国内的气氛与越战时期的气氛非常接近。我记得我担心战争持续了多久，不管是阿富汗的还是伊拉克的。我知道美国人很快就会厌倦战争。"

二〇〇四年四月，一桩丑闻把反战情绪煽得更加激烈。哥伦比亚广播公司新闻播出了在伊拉克阿布格莱布监狱拍摄的一组照片。照片展示了美国士兵虐待俘虏的可怕景象：把人光着身子吊在天花板上；面罩连到电线上；恶犬在旁咆哮。尽管拉姆斯菲尔德事先并不知道这些虐囚行为，但他还是去找了布什，提出了辞职。

卡德和布什之前讨论过将拉姆斯菲尔德解职。他已经成了这场分裂之战的象征。但此时时机不对；他们没有合适的候选人来取代他。而切尼强烈反对让他的导师成为替罪羊。布什派切尼去告诉拉姆斯菲尔德，他的辞职被拒了。切尼说："于是我打电话给拉姆，过去和他待了大约一小时，说服他别离开我们，至少那个阶段不能走。我们太需要他了。"三十年前，拉姆斯菲尔德说服福特忽略切尼的酒驾过失①，聘他为副手，如今切尼还了这份人情。

---

① 切尼说，他和他的导师拉姆斯菲尔德有一个谅解："唐对我说：'你知道，到最后，我们扯平了。你为我工作，我很感激。我忠诚于你，你也很感激。但你不必以为我欠你什么或者你欠我什么。'"当我问拉姆斯菲尔德这件事时，他一脸茫然。"我不记得说过这些，我也想象不出为什么我会那样说，"他告诉我，"但我已经八十岁了，记忆力没那么好了。"

随着二〇〇四年大选的临近，科林·鲍威尔已不再受欢迎。布什对这位知名的将军兼外交官从来都不满意；在他眼里，鲍威尔就像一个讨人喜欢、总喜欢指手画脚的兄长。鲍威尔则坚称，他从未打算再干一个任期：他只是个正在执行最后一项任务的老兵。而实情是，他还没准备好走就被人往外推了。十一月十日，鲍威尔接到白宫的电话。是卡德打来的——一开口就直奔主题。他告诉鲍威尔："总统希望做些改变。"两天后，鲍威尔递交了辞职信，不过他一直待到二〇〇五年一月才走。鲍威尔就关塔那摩、《日内瓦公约》及军事委员会的事提出了警告，但没有得到重视。他在联合国的那次演讲成了他永远背负的十字架。他说："我问自己：'我错过了什么吗？我应该注意到我没看到的东西吗？我的直觉错了吗？也许确实是错了，我不知道。这是我肩上的重担——几乎每天都有人来问我相关问题。'"①

"如果有人告诉你他们想离开白宫，很可能不是真心话。"卡德说，"没有人真的想离开白宫。"但是当卡德的第一个任期即将结束时，他告诉总统，他也准备离开了。布什起初拒绝了卡德的辞职请求。但到了二〇〇六年三月，总统改变了主意。他听到有人抱怨白宫运作不力。二〇〇六年初的一次午餐期间，一位得克萨斯的老友拿出一支笔和一张餐巾纸，勾勒出了他对白宫运作方式的看法。布什在回忆录中写道："这是一团乱麻，权力范围交叉且界限模糊。他告诉我，有几个人不约而同用了同一个不太好听的字眼：它以'一堆'（cluster）开头，以四个字母的单词②结尾。"

于是三月底，布什邀请卡德夫妇去戴维营度周末。卡德回忆道："我和妻子去了保龄球馆，总统走了过来，我知道他不是来闲聊的。他有目的。他说：'唔，我想可能是时候做出改变了。'我说：'您应该放心。您甚至不用再说二遍了。总统先生，非常感谢。我深感

---

① 二〇一四年六月二十七日对科林·鲍威尔的采访。
② 此处四个字母的单词指脏话。——译者

白宫幕僚长　　257

荣幸。'"

卡德在任差不多五年零三个月,打破了吉姆·贝克在美国现代史上的纪录。"总统知道我得走了,他知道为了我自己好我也得离开了。"他说,"这对我来说是一次情感体验,但未必是悲伤。一个篇章就此结束,总统需要做出改变了。"①

布什选择了行政管理与预算局局长约书亚·博尔滕作为卡德的接班人。博尔滕是一名中央情报局官员的儿子,他是一个擅长数字运算的人,但也有更狂野的一面:他是个狂热的摩托车爱好者,在大选期间组织过"骑摩托支持布什"活动。他是继肯·杜伯斯坦之后第二位担任此职的犹太人;卡尔·罗夫给他起了个外号叫"巴米兹霸"②。博尔滕说:"所幸没什么人这么叫我。"③

博尔滕认为白宫对伊拉克战争依然持回避的态度。他说:"我感觉这场冲突正在越来越不可收拾,而没有人愿意承认,因为大家都投入了大量心血。我认为作为幕僚长,我的职责之一就是告诉大家,'没错,我是新来的——但我认为情况非常糟糕'。"

博尔滕继续说道:"我告诉总统,我认为他的政府机构并没有为他提供应有的服务,因为他们没有给他选择的余地。我很少参加国家安全会议,但作为幕僚长,我认为我有责任提出来,'你们为什么不给总统更好的选择?你为什么让他按照提交给他的军事策略行事,而不是让他来决定呢?总统选出来就是做这些决定的'。这么一来,结果就是增兵。"二〇〇七年一月,两万多名美军被"增派"到伊拉

---

① 随着连任的临近,切尼告诉总统,如果布什认为他会拖累选票,他就辞职。"我确实考虑了他的提议,"布什写道,"我和安迪、卡尔[·罗夫]以及其他一些人谈过能不能问一下令人印象深刻的田纳西州参议员比尔·弗里斯特……。我越想越觉得迪克应该留下来。我选他不是为了政治资本,而是要他来帮我做这工作的。"

② Bad Mitzvah,犹太男孩的成年礼叫 Bar Mitzvah,女孩的则称 Bat Mitzvah,意为"诫命之子/女",即耶和华的儿女。此处罗夫将 Bar 改为 Bad,有戏谑博尔滕的意思,以凸显其犹太人身份。——译者

③ 二〇一一年九月二十六日对约书亚·博尔滕的采访。

克,由大卫·彼得雷乌斯将军指挥,成功地暂时遏制了叛乱,并为巴格达和安巴尔省带来了更多的安全。①

但是,要解决伊拉克的复杂问题,需要的不仅仅是新的战略,还需要改变指挥者。

二〇〇六年十一月,博尔滕认为拉姆斯菲尔德应该离任了,这次布什同意了。切尼虽然反对,却无法改变总统的想法。切尼说:"显然,最后拍板的是总统。但他打电话给我,问我愿不愿意把这个消息转告给唐,或者让博尔滕去做,我说我会处理的。于是,我给唐打了电话。"拉姆斯菲尔德已经做好了离开的准备,对他的老友没有任何二话。切尼说:"这是一次心平气和的分手。"②

多年后,我问拉姆斯菲尔德:"入侵伊拉克的后果比你预想的还要艰难吗?"

"我觉得没人能预测实际会发生什么。叛乱的程度可以预测吗?我不知道。没有人能肯定地预测后来会发生什么。"

"你为此自责吗?"

"哦,老天!"他停下来想了想,然后说,"怎么说呢,人们总希望事情比他们能做到的更好。"③

---

① 二〇〇六年三月,布什任命了一个十人组成的两党小组,即伊拉克问题研究小组,试图找到走出困境的办法。作为成员之一,詹姆斯·贝克回忆起了他们对布什和切尼进行的一次难忘的采访:"我们走进白宫,在罗斯福厅见到了他们。我们正与总统讨论伊拉克的未来道路。[前参议员]艾伦·辛普森也在。有一次,他看着切尼说:'现在布鲁斯——因为他的名字叫理查德·布鲁斯——你得愿意和人们坐下来!一起谈谈!还有妥协!'"贝克大笑起来。"就在罗斯福厅!而布什是这样的!"贝克模仿起了布什脸上恼怒的表情。
② 切尼深知自己被人叫做"达斯·维达",曾多次向布什提出辞职,但被总统拒绝了。"我第三次进去时,我说:'听着,你真的需要考虑一下。你知道,我不是没有争议的。如果你想让别人来,说句话就行了。'"切尼说拉姆斯菲尔德也是本着同样的精神接受了他被解雇的消息。"唐就是这样处理的。"他说。
③ 二〇一二年五月十七日对唐纳德·拉姆斯菲尔德的采访。

布什的总统任期始于二〇〇一年九月十一日的那场灾难性危机，又将以另一场危机告终：二〇〇八年秋季爆发的全球金融危机。

博尔滕说："对我而言，这是一个比'九一一'更惊天动地的时刻。显然，金融危机并不是'九一一'那样的个人及人类悲剧，但从拉动政府治理的杠杆而言，我觉得金融危机的问题更棘手。"二〇〇八年八月，美国房地产泡沫破裂、次贷危机爆发以及政府对华尔街滥用金融衍生产品的行为监管不力，最终酿成大祸。几周后，美国第四大投资银行雷曼兄弟宣告破产。"我想：'在这种情况下，总统及在座诸位在未来几天采取的行动、做出的决策，可能会决定未来几十年全球经济的走向。'"博尔滕继续说道，"最撕心裂肺的决定是在二〇〇八年九月做出的，那天经济顾问们走进罗斯福厅，告诉总统，这场濒临失控的灾难和二三十年代的大萧条一样严重，甚至可能更糟。而他们带来的解药对任何一位共和党总统来说都面目可憎，其中包括——'要求国会拨款近万亿美元分发给最先导致这场危机的华尔街硕鼠及银行'。"

虽然这剂解药与小布什的信念背道而驰，但他还是接受了。二〇〇八年十月三日，他签署了《紧急经济稳定法案》，该法案批准了"不良资产救助计划（TARP）"，准许政府从金融机构购买七千亿美元的问题资产。"他说：'我们搏一把吧。'"博尔滕说，"和他刚刚做出的那个令人震惊的决定一样，他在那次会后四处走动，亲自接触一些关键人物，我看到他安抚他们说：'我们在做正确的事。我们会挺过去的。'"在博尔滕及其经济团队的帮助下，布什冷静地处理了金融危机，一定程度上避免了灾难的发生。

这是一项了不起的成就，而小布什还可以因为其任内的另外一些成就获得赞誉：击溃阿富汗境内的塔利班；摧毁基地组织的巢穴；防止美国本土再度遇袭；在非洲投资数十亿美元防治艾滋病。与他的父亲不同，他如愿获得了连任。

但最终伊拉克战争将决定小布什的历史地位，一如海湾战争决定了他父亲的地位。儿子发动的战争"伊拉克自由行动"夺去了四千四百九十一名美国人和数十万伊拉克人的生命，导致约三万两千名美国人受伤。

鲍威尔说："不妨这么说，幕僚长本应更有权力，康迪本应采用其他方式，科林本应介入此事，拉姆斯菲尔德本应做拉姆斯菲尔德该做的事。但总统就是总统。正如他的口头禅，他才是决策者。"①

为什么小布什选择发动一场命运多舛的战争，以致世界上大部分国家都批评美国，这仍是一个谜。中央情报局局长泰内特认为，发动战争的决定远比做出一份情报报告复杂得多。他说："没有国家会仅仅因为一份'国家情报评估报告'就发动战争。各国发动战争的起因有地缘政治原因、政策考虑以及当时的世界观等。而伊拉克战争的原因或许是：如何重塑中东。决策者应该更加坦率地公开自己的动机。"②

布伦特·斯考克罗夫特坚信，真正的动机与大规模杀伤性武器无关。"'九一一'之后，我认为他们心想：'瞧，这世界太糟了，我们是唯一的超级大国，趁着我们现在还拥有前所未有的力量，应该用它来重塑世界。我们陷入了这团乱麻。我们为什么不把这个混蛋独裁者赶下台，让伊拉克成为一个民主国家，继而辐射到整个地区，我们也算为这个世界做了贡献。'"③ 科林·鲍威尔的观点与斯考克罗夫特的如出一辙："他们有这样的想法——我只能用这个，找不到别的措辞了——如果我们能让伊拉克变成一个民主国家，整个中东就会改变。我不知道他们是如何得出这个结论的。"④

伊拉克战争确实会改变中东——但并没有按照布什及其顾问的预期走。在流血冲突及动荡不安中，美军的占领也导致基地组织在伊拉

---

① 二〇一六年八月二十五日对科林·鲍威尔的采访。
② 二〇一五年八月十八日对乔治·泰内特的采访。
③ 二〇一四年五月七日对布伦特·斯考克罗夫特的采访。
④ 二〇一六年八月二十五日对科林·鲍威尔的采访。

克滋生。这个恐怖组织反过来又孕育了一个更致命的、该地区乃至世界的祸害：伊斯兰国（ISIS）。

卡德说："我希望属于反恐战争的那部分的战争能够按照总统的期望进行。这是一件困难的事，因为他的愿望总是高尚的，然而战争难得遂人心愿。"鲜有战争能比小布什发动伊拉克战争的期望更高且结果更糟。

我问詹姆斯·贝克，老布什现在对那场战争有什么看法。他说："我不打算描述这个，但这肯定将是对小布什的遗产的考验。"①

这场战争也将成就一个年轻的、雄心勃勃的伊利诺伊州参议员，他正参加接替小布什的总统竞选。巴拉克·侯赛因·奥巴马说，他想当总统，这样他就可以终结那种让美国进入伊拉克的思维。站在他身边的是一位干劲十足的年轻助手，这场战争关系到他个人。将成为奥巴马任内任职时间最长的幕僚长的丹尼斯·麦克多诺，曾参与起草了参议院授权入侵伊拉克的决议。从那以后，他就一直被此事困扰着。

---

① 二〇一六年五月二十四日对詹姆斯·贝克的采访。

# 第九章 "在糟和更糟之间"

拉姆·伊曼纽尔、威廉·戴利、雅各布·卢、
丹尼斯·麦克多诺和巴拉克·奥巴马

二〇〇八年总统大选前一个月,巴拉克·奥巴马把他最亲近的顾问召集到了内华达州里诺的一家酒店房间里。共和党对手约翰·麦凯恩在民调中节节败退,胜利已经在望,此时这位伊利诺伊州参议员想谈的不是竞选,而是执政。奥巴马不敢让任何人认为他已视总统宝座如囊中之物,所以这次会面不在他的日程表上,与会者发誓要保密。

聚集到此的是即将跟随奥巴马入主白宫的重要人物:大卫·阿克塞尔罗德、瓦莱丽·贾勒特、大卫·普劳夫、比尔·戴利、彼得·劳斯。但开这个会的不止他们,厄斯金·鲍尔斯和约翰·波德斯塔也特地飞过来了,还有在电话那头开着免提的莱昂·帕内塔——这些人都曾是比尔·克林顿总统的幕僚长。现在,奥巴马提出了他的新政府面临的紧迫问题:该让谁做他的幕僚长?

鲍尔斯戴着一副角质框架眼镜,文质彬彬,温文尔雅,说话很少拐弯抹角。他第一个发言。"把你芝加哥的朋友留在芝加哥吧,"他直截了当地对奥巴马说,"他们只会让你头大。"[1]芝加哥人贾勒特和阿克塞尔罗德瞪着他,显然吃了一惊。戴利是芝加哥一位传奇市长的儿子,他强忍着不笑出声来。[2]但在鲍尔斯看来,这种模式不言而喻。

他说："回顾历史，让大多数总统陷入麻烦的人都是其家乡老友。瞧，卡特是哈姆·乔丹和伯特·兰斯，尼克松是霍尔德曼和埃利希曼，林登·约翰逊是鲍比·贝克③。那些人根本不自量力。突然间他们都成了专家。这对做决策的人来说不是好事。你身边需要的是在你不够强大的地方能顶事的厉害人。"

接着，帕内塔加入了讨论。他回忆道："我说：'总统先生，你的幕僚长必须是能在需要做出艰难决定的时候替你做恶人的人。你必须演好人，幕僚长得接下烫手山芋。那个人不该是你的老朋友——此人可能会和你一样为打发掉某人而担心。'"④

波德斯塔强调了幕僚长与其手下人的互动。他说："这些人就是要跟你整天待在一起的人。他们将指导你的策略，告诉你什么时候做对了，什么时候做错了。而你必须找个管理团队的人，一个得到你和工作人员尊重的人。必须得到上上下下的认可。"⑤

奥巴马听取了他们的意见。然后他问：帕内塔或鲍尔斯会不会考虑再干一任？帕内塔说："总统先生，我去过白宫了，也已经完成任务了。"鲍尔斯也礼貌而坚决地拒绝了。接着谈到了其他候选人。奥巴马微笑着对他在参议院的办公室主任劳斯说："听起来非彼得莫属啊。"劳斯在国会工作多年，对华盛顿非常了解，因此被戏称为"第一百零一位参议员"⑥。他是个日裔美国人，单身，猫奴，为人谦逊，不知疲倦，性情平和；正如一名工作人员所说："有他在，奥巴马政

---

① 二〇一一年十二月十六日对厄斯金·鲍尔斯的采访。
② 比尔·戴利被鲍尔斯的粗鲁逗乐了："厄斯金的建议很大胆，因为我们三个都是芝加哥人，就坐在房间里。我想：'这是典型的厄斯金，把它扔出去吧！'"
③ 林登·约翰逊的密友兼顾问鲍比·贝克的政治生涯因一桩桃色丑闻而终结：他被控利用联邦资金行贿并以提供妓女的性服务换取商业合同。面对调查，他于一九六三年十月七日辞去了多数党领袖秘书一职。
④ 二〇一二年十一月九日对莱昂·帕内塔的采访。
⑤ 二〇一二年十一月九日对约翰·波德斯塔的采访。
⑥ Jeff Zeleny, *New York Times*, November 5, 2008. （根据美国国会在一九二九年通过的法律，各州不论大小都有两个参议员名额，美国有五十个州，共一百名参议员。——译者）

府就风平浪静。"奥巴马曾经告诉《时代周刊》："彼得·劳斯是一个人脉广、人头熟、受欢迎、聪明、有见地的人……完全不以自我为中心。"鲍尔斯表示赞同。"我认为这家伙在各方面都很棒——博学多闻，乐于助人，不畏强权，实事求是。"

只有一个问题：劳斯不想要这份工作带来的曝光度。他将在白宫西翼担任高级顾问以及总统的心腹（并将两度担任临时幕僚长）。另一位密友、前参议员汤姆·达施勒也很早就是幕僚长的人选。达施勒和奥巴马非常像：深思熟虑，脚踏实地，沉着冷静；但他以前当过校长及参议院多数党领袖。没有人能完全想象出他在白宫工作是怎样一幅情景。

话头转向拉姆·伊曼纽尔。至少有一位前任幕僚长认为这位好斗又强硬的前克林顿助手是个有害无益的人选：他会惹毛太多人，搞出一堆乱七八糟的事。当然，拉姆具有与生俱来的政客天赋。但是一个有着沉稳的气质和组织能力的人就能当幕僚长？那倒未必。

但阿克塞尔罗德极力荐举他的朋友，其他幕僚长也一样。波德斯塔回忆道："奥巴马很快就把注意力集中到拉姆身上。"虽然奥巴马和伊曼纽尔都来自芝加哥，但他俩并不真的亲近。没人怀疑拉姆有本事把总统不想听的话告诉他。此外，奥巴马需要有华盛顿工作经验的人来把他的议程变成现实；伊曼纽尔曾经参与过白宫与国会之间一些血腥的角力，为两边都效过力。波德斯塔说："我认为他选择拉姆——并且真的想让拉姆从一开始就行动起来——是因为他认为在那个时间段必须竭尽全力做好过渡工作。拉姆在克林顿总统时期有过类似经验，也进过众议院，并升到了领导层。"面对全球金融危机——信贷冻结、银行倒闭、汽车业濒临崩溃——奥巴马需要有人能让国会通过立法。马上就要。

伊曼纽尔和奥巴马将会是一对奇怪的组合：一个是自以为是、不敬神明的华盛顿圈内人，一个是冷静、理智、誓言要改变游戏方式的局外人。但是，奥巴马愿意考虑伊曼纽尔，一如里根求着詹姆斯·贝克,说明他对把事儿干好是认真的。这位未来的总统对自己的执政能力充满信心,而且重视历史教训。"他想把事情做对,"鲍尔斯说,"他不想重蹈覆辙。他当然不怕周围都是高手。我进去时便有此感,离开时印象更深。"

拉姆·伊曼纽尔在伊利诺伊州威尔梅特长大,是家里的老二,父母分别是儿科医生和精神科社会工作者;他的父亲是土生土长的以色列萨布拉人①,曾在犹太人地下抵抗组织"伊尔根"效力。("萨布拉"一词来自希伯来语,是沙漠里一种表面有针叶、里面有甜美果实的仙人掌。)这是一个充满斗志的家庭:拉姆的哥哥以西结是一位杰出的肿瘤学家和生物伦理学家,后来帮助制定了奥巴马的医改政策。他的弟弟阿里是 HBO 电视剧《明星伙伴》(*Entourage*)中好莱坞大牌经纪人阿里·戈尔德的原型。拉姆曾在萨拉劳伦斯学院学习文科——以及芭蕾——后在西北大学获得了传播学硕士学位,之后进入政界。奥巴马还是伊利诺伊州的年轻参议员时曾与这位国会议员有过接触,并被他的个性逗乐了。在一次慈善活动上,奥巴马把拉姆介绍给观众,并讲了他的故事:拉姆十几岁时在一家熟食店工作,遭遇了可怕的事故,部分中指被绞肉机切掉了,这让他"几乎没法发表意见了"②。后来,奥巴马会取笑拉姆在埃及旅行时骑骆驼的事。奥巴马说:"骆驼是一种大家都知道会咬人、踢人、啐唾沫的野生动物。谁知道拉姆来了骆驼会是什么反应呢?"

虽然伊曼纽尔喜欢奥巴马,但他不愿意接受这份工作。他有望成为众议院首位犹太议长,那是他追求已久的目标。他说:"我喜欢当国会议员,而且刚刚连任。"而且,伊曼纽尔还刚刚装修完他在芝加哥的房子,要走的话不得不举家搬迁。他以前经历过白宫战争——干

---

① Jonathan Alter, *The Promise: President Obama, Year One* (New York: Simon & Schuster, 2010), 162.
② practically mute,这是二〇〇五年奥巴马开的玩笑,因为拉姆个性火爆,而美国人表达挑衅或鄙视的手势之一是"竖中指",拉姆中指被切断,就无法竖中指了,因此失去了一部分他特有的表达意见的功能。——译者

嘛还要再次"按下搅拌机开关"呢？但伊曼纽尔的成长经历教会他："如果总统叫你去做某件事，你有两个回答，一个是'好的'，另一个是'好的，先生'。我一直试了大约二十四到四十八小时，想弄清楚是否有'上述两者之外'的答案。我知道没有。"

二〇〇九年一月二十日，他搬进了乔什①·博尔滕刚刚腾出的办公室，一个月前，前任幕僚长曾在那里给他建议。伊曼纽尔喜欢炫耀唐·雷根让人设计的大型室外露台（由纳税人付钱，比总统的露台还大）。他保留了旧家具，但增加了一点现代感：一个能跟踪总统活动轨迹的GPS系统。他的桌上放了个名牌，是他弟弟阿里送的礼物，上面写着"本长官叫你——一边待着去！"

挑战是巨大的，但机遇也同样巨大。奥巴马在参众两院都获得了多数票。《承诺：奥巴马总统的第一年》（*The Promise: President Obama, Year one*）一书的作者乔纳森·奥尔特说："拉姆真的相信浪费危机带来的教训是糟糕的事情，这是他早期著名的口头禅之一。拉姆关心的是在会上占上风、在全天候新闻中都是好评价。拉姆和政府的其他人没有太多重大的战略分歧。但在具体问题上，存在不少摩擦。"

在某些方面，伊曼纽尔是奥巴马支持者中的异类。竞选活动的忠实信徒已经签了协议，要改变华盛顿的工作方式。一名曾参与竞选活动的前白宫工作人员说："你得记住，奥巴马的世界跟华盛顿的行事方式是反着的。不仅跟共和党人，还有跟民主党人——尤其是克林顿夫妇，都不同。所以奥巴马相当反对过分重视全天候新闻或强硬、全力挺进的政治主张之类的观念。"至于伊曼纽尔："拉姆看我们的眼光非常华盛顿化，'没错，他们已经走到这一步了，希望、改变，诸如此类。但他们都很年轻，很天真。这里有太多年轻人跑来跑去——气氛该严肃一点'。"

---

① 约书亚的昵称。——译者

伊曼纽尔的眼神像激光一样。幕僚长不能容忍愚蠢的下属，如果他觉察到懦弱的表现，就会扑上去。有一位年轻助手在回答问题时结结巴巴，拉姆厉声说："把你嘴里该死的卫生棉条拿出来，给我说清楚点。"他果然就是那个叫人"一边待着去"的长官。一位前高级顾问说："拉姆喜怒无常、大呼小叫——都是真的。"但现在人人都见识过他的脾气了，反而像在演戏。"很难让大家感到害怕，因为他们多多少少都明白他这人就是这样。就像'哦，拉姆嘛'。"

伊曼纽尔就像个校园恶霸，打退目标才罢休。乔恩·法弗罗笑着说："我和那些喜欢大喊大叫的人相处得不好。"这位总统的前首席演讲撰稿人当时才二十七岁，他说："奥巴马从来没有吼过我。① 阿克塞尔罗德从来没有吼过我。普劳夫也从来没有对我大喊大叫。所以我意识到如果有人这样做的话，你和他们相处的方式就是不要表现出恐惧。有时拉姆想在演讲中加些台词。于是，他会坐在我的办公室里对我大喊：'把这句放进去！'我认为不合适。他说：'去你妈的！'我就说：'不，去你妈的！'这之后我俩相处得很好。"

鲍尔斯是伊曼纽尔在克林顿主政时期的老上司，他将伊曼纽尔标志性的咄咄逼人归因于不安全感："拉姆是一只躲在这些咆哮背后的猫咪——'噗'的一声都能让他的感情受伤。"② 鲍尔斯打了个响指。"如果奥巴马没去参加他的五十岁生日聚会，他会难过死的。"他冷酷、好胜的一面也掩盖了一个忠实信徒对进步政策的热情。从这个意义上说，克林顿的终极拥趸也是奥巴马的拥趸。法弗罗说："以他的口碑你想不到他是这样的人，但他是忠心耿耿的信徒。有时候他那么热诚那么愤怒，是因为他相信这一切。他会为这些事情而战——他之所以生气，是因为他把每件事都看得很重。"

---

① 二〇一六年三月二十八日对乔恩·法弗罗的采访。
② 二〇一四年二月二十五日对厄斯金·鲍尔斯的采访。

作为幕僚长，伊曼纽尔企图效仿他的另一位老上司帕内塔。他说："我认为他在政治、人性和公共政策的利益之间取得了完美的平衡，并给总统提供原原本本的真相。"但要媲美帕内塔控制白宫的能力并不容易。奥巴马政府是能让有头脑又自负之人发展的地方：国家经济委员会主任拉里·萨默斯；财政部长蒂姆·盖特纳；行政管理与预算局局长彼得·奥斯扎格；国务卿希拉里·克林顿；国防部长罗伯特·盖茨。还有来自家乡的朋友。一位高级顾问说："即使总统说会有一个漏斗，也从没有出现过。拉姆的处理方式，我认为任何人都可以做到。但这就是某个带着那些已建立长久关系的人来这里工作的人的现实；而一个认识你二十五年的人不会通过中间人来接收信息。"

跟奥巴马走得最近的顾问被称为"芝加哥帮"。大卫·阿克塞尔罗德和瓦莱丽·贾勒特是总统在老家的朋友，现在是白宫西翼的高级顾问。贾勒特与总统及第一夫人都关系很近，媒体把她说得像麦克白夫人一样：她的绰号是"夜行者"——因为她随时随地去总统寓所拜访。在过渡时期，伊曼纽尔一心想要摆脱她，竟还试图说服伊利诺伊州州长罗德·布拉戈耶维奇让她填补奥巴马空出来的参议员席位，但没有成功。

但瓦莱丽·贾勒特对奥巴马的影响以及她参与决策的程度都被夸大了。虽然她是一位密友，但她很少发表自己的观点。"在所有顾问中，她可能是最会投赞成票的，"一位非常了解他们的前员工表示，"因此奥巴马一家所做的一切都不会错；你在那次演讲中所说的一切都很精彩；每次你微笑的时候都那么美好——一切都很好！这是瓦莱丽！"尽管如此，伊曼纽尔和贾勒特之间的紧张关系还是显而易见的。"如果她在总统身边，你就很难跟总统说：'我认为这是错的。'因为她总会说：'哦，**没事**，这没有问题。'"

伊曼纽尔一出道，就和奥巴马的忠实支持者在价值观上发生了冲突。奥巴马曾发誓要废除"专项拨款"，即国会喜欢在立法中塞进的

"肉桶立法"①。但是在三月，国会提出了一份拨款法案，里面充斥着专项拨款。伊曼纽尔认为否决的话会破坏与国会的关系。一位高级官员回忆说："这很棘手，但拉姆的意思是必须通过。"奥巴马痛恨这项法案，但最终从拉姆的角度理解了问题并同意签署。"竞选团队的人都惊呆了，因为这个人在竞选的时候说过要保持纯洁性、没有专项拨款，等等等等。可他做的第一件事竟然是签署了一堆乱七八糟的拨款法案。于是，就有了那种紧张的态势。"

伊曼纽尔知道，如果要避免再来一次大萧条，他需要国会的支持。他说："经济在自由落体，经历了衰退后，朝着更严重的方向而去。金融界已经冻结到什么都动不了的地步，经济陷入混乱。汽车业极不景气，大家都在谈它即将崩溃。站在历史的角度来看，其中任何一个问题都需要一整个任期去处理。而我们同时遇到三个——都需要马上解决。"从一个方面来看，奥巴马的处境比罗斯福更糟：罗斯福可以宣布银行放假，以防存款被恐慌性挤兑；而现在，只要点一下鼠标，数十亿资产就可能消失。此外，人们担心经济还没有触底。伊曼纽尔说，罗斯福上任时，大萧条"已经持续了两年，你知道它有多糟糕。我们还站在门口，不知道情况到底有多糟"。

首要任务是刺激经济。经济团队的一些成员认为，目前的紧急情况需要一个超过一万亿美元的刺激方案。伊曼纽尔听到这个数字时尖叫了起来。"我不可能带着个'万亿'开头的一揽子方案去国会！"他说。最后，伊曼纽尔调动了他在国会的一切关系后，国会在二月通过了一项七千八百七十亿美元的经济刺激法案。

但在刺激法案出台后要面对一个关键性决定：下一步该怎么办？伊曼纽尔说："总统有三大举措：医疗、能源、华尔街金融监管。"奥

---

① pork-barrel，俚语，南北战争前，南方种植园主会置几个大木桶，把日后要分给奴隶的一块块猪肉腌在里面。比喻人人都有一块，其实质是政治分肥，即议员在国会制定拨款案时，为笼络选民和支持者，会加进一些将钱拨给自己的州（选区）或自己特别热心的项目。——译者

巴马将不得不决定哪个是最紧迫的优先事项，以及在政治上它是不是国会会接受的。

伊曼纽尔坚信医疗改革应该再等等；在大规模的经济刺激法案出台后，这将是个沉重的负担。他说："我个人认为我们应该首先进行金融改革，并将其完成。我给出了政治上和政策上明智的理由。"但奥巴马不为所动。如果他国内议程中最重要的部分不能通过，那么他的政治资本能干什么？总统说："我来这里不是为了展示我的人气并自我欣赏。"然后，他告诉他们："拜托，其他人不觉得我们运气很好吗？我觉得会有好事发生的。"伊曼纽尔明白了。"总统做了决定，他要先进行医疗改革。我解释了为什么我不会这么做。我自己也经历过一些医疗方面的纷争。他听我说完，又问了我一次，然后做了自己的判断。"伊曼纽尔仍然记得二十年前希拉里·克林顿的法案崩溃时对他造成的伤害。但是他像一个好兵，行了个礼——然后去准备执行总统的议程。"我去执行他的意愿，是因为就算我儿子举行成年礼的那个周末我都在为他拉票。"

令伊曼纽尔吃惊的是，他所服务过的克林顿总统和奥巴马总统都要求实话实说。"瞧，他们的性情不同。克林顿总统可能会大发雷霆，然后下一分钟又搂着你说：'我们去打牌吧。'奥巴马总统不会这样。但这两人都想得到直接的独家消息，而且是未经修饰的。"

为了避免重蹈希拉里的覆辙，伊曼纽尔需要所有他能得到的帮助（不光是他哥哥齐克）。为了制定出一个计划，奥巴马和伊曼纽尔决定招募一位名叫南希-安·德帕尔的医疗主管。德帕尔曾是罗得奖学金获得者，三十一岁时就掌管田纳西州公共服务部，她曾在克林顿任内的白宫待过很短一段时间，记得伊曼纽尔。她回忆道："我不喜欢他。我觉得这人很粗鲁。"[1] 伊曼纽尔第一次打电话给她时，她正在开车。她没有睬他，直接挂了电话。她回想起来："我丈夫说：'你

---

[1] 二〇一四年九月二十五日对南希-安·德帕尔的采访。

太没礼貌了。'"但伊曼纽尔一个劲地拨打,德帕尔最终同意去白宫会面。拉姆说动了她,向她承诺医疗问题是总统的圣杯,并坚称只有他们才能做到。德帕尔被说服了。她说:"他有时候很有说服力,也很有魅力。拉姆直视我的眼睛说:'我们要做这件事。'我们拉了拉小指,算是对彼此的承诺,'愿我们别一无所成地离开'。"

开拔的命令已经下了,伊曼纽尔沉迷其中。如果有人提起另一个话题时,他会大叫,"别来打扰!加油,我们继续!"德帕尔现在是白宫医改办公室主任,当她走进伊曼纽尔办公室时,常常发现他沉浸在思考中。"拉姆会坐在办公桌前,手指撑着前额,你可以看到他脑袋背后有张极其复杂的图表。他正在寻找实现目标的道路。"他跟德帕尔打招呼的话常常是:"来,我们这么干!!"

尽管如此,伊曼纽尔还是主张采取一种克制的、切实可行的方法。"拉姆经历了希拉里医改,受过极大的磨练和伤害,因此转向渐进的方式。"① 奥尔特说。他推动了一项类似于厄斯金·鲍尔斯在上世纪九十年代谈判完成的为贫困儿童提供保险的计划。伊曼纽尔的想法被称为"泰坦尼克号"——妇女和儿童优先。奥巴马把它拉了回来。奥斯扎格回忆道:"总统的基本意见是,'瞧,不管是花三千亿、五千亿、七千亿还是一万亿美元,他们都会说花销巨大。而如果使用瘦身版计划,我就没法真正解决我想解决的问题。我将会令我的政治盟友失望,他们就不会再那么奋力而战。我觉得我也会受到重创,所以这样做没有好处'。"

当德帕尔和医改团队还在纠结于细节的时候,伊曼纽尔已经卷起袖子干活了。奥尔特说:"拉姆所做的是,去和所有在前几年叫停医改的大利益集团达成了协议。他不得不去笼络制药行业,笼络

---

① 二〇一六年九月二十三日对乔纳森·奥尔特的采访。

一家家医院，笼络美国医学协会，笼络一家家保险公司。他在这么做的过程中惹了不少麻烦。"伊曼纽尔抛弃了所谓的"公共选择"，惹恼了自由派人士——尽管奥巴马在竞选期间并没有强调"公共选择"。用阿克塞尔罗德的话说，希拉里的医改法案就像"刻在石碑上一样"容不得任何变通，并被特殊利益集团扯得四分五裂；为了避免重蹈覆辙，伊曼纽尔和他的团队决定让国会参与医改法案的起草。

"拉姆经常给国会山打电话，"德帕尔说，"他每天都在办公室和国会的人共进午餐。他每天头一件事就是去国会的健身房。为什么？不是因为他喜欢多开半小时的路。因为这么做他就可以跟他们聊天，掂量他们对事情的看法。"波德斯塔对伊曼纽尔把全部心思都放在国会感到惊讶。他说："他们实际上是按照国会的日程行事的，他们根据国会的工作周期来考虑他们的工作。可是我怎么也想不到这一点！"他笑道："不过那是因为我待在充满敌意的国会的另一边，而他们待在民主党人占多数的环境里。"

相对于伊曼纽尔所有的私下周旋与往来，《平价医疗法案》的制定是一个令人不快的公开的过程。詹姆斯·贝克认为奥巴马不插手的做法，与他和里根制定立法的方式大相径庭。贝克说，奥巴马"没有拿出他自己的头号政策方案。他将此分包给了国会，让国会来起草经济刺激法案和医疗法案。我觉得难以理解的是白宫竟没有提出一项议案"。[1] 奥巴马团队的一些关键人物也这样认为。"我认为我们没有完整的立法是完全站不住脚的，"奥斯扎格说，"总统一直在谈论他的计划，但我们当时实际上还没有一个充分充实的立法提案。我心想，我们会被搞得头破血流。结果我们有了一份两页纸的协议。我们没有头破血流。谁都不在乎。"的确，在二〇一〇年三月二十一日，众议院以二百一十九票对二百一十二票、参议院以六十票对三十九票

---

[1] 二〇一六年五月二十四日对詹姆斯·贝克的采访。

最终通过了《患者保护和平价医疗法案》。两院中没有一个共和党人投赞成票。而通过该法案的民主党多数派很快就会消失。奥巴马和伊曼纽尔的继任者将面临的对手只专注一个目标，那就是确保奥巴马无法连任。

每天下午五点左右，伊曼纽尔和总统都会在白宫南草坪的环形车道上"散步"。"有时我们会谈论家人，不过主要的话题还是待办事项、特定项目或者他面对的特定挑战。"伊曼纽尔说。如果这一天过得艰难的话，他们会多走几圈。第一夫人会取笑他们："米歇尔说：'哦，瞧——哥俩在散步呢！'"但正是在这样的散步中——只有总统和他的幕僚长两人——历史被创造了出来。伊曼纽尔说："在通过医改方案的过程中有一些黑暗的时刻，当你在制定阿富汗战略时，你的不同部门正在泄密，而你正努力制定一个连贯的政策。媒体铆着劲想为你做决定。你在试图找出什么是最好的决定。很多时候，你感觉自己被悬在稀薄的空气中，没有安全网，没有保障。没有人会接住你，就你一个人撑着。"

二〇一一年十月，也就是伊曼纽尔第一次担任芝加哥市长五个月后，他和我谈起了他当奥巴马幕僚长期间的工作。作为芝加哥市长，他当时正和谋杀案频发、教师抗议活动和大规模的养老金危机作斗争。但是，与身处白宫漩涡相比，这些几乎算不上什么。他谈及当幕僚长的感受："回报很少，烦恼则被放大。你承受所有的责备，却从未得到任何赞扬。你好像坐在飞机驾驶舱里，有人建议道：'哦，你该这样做，你该那么做。'——除非他们坐在驾驶舱里，同时遭受友军和敌军的火力，否则他们根本不了解这份工作。坐在里面难受吗？你是否遇到了风切变①，脖子扭了，无法分辨垂直和水平、上和下？对啊！但我向你保证，你去问任何一位幕僚长：'你愿意换其他工作吗？'他们给任何人的答案都一样：'我很高兴我做了这份工作。'"

---

① 一种大气现象，会对桥梁、高层建筑、航空飞行等造成破坏。——译者

伊曼纽尔非常在意有关总统及其顾问在医改问题上发生争执的报道。但他坚称,要是报道其他的会更糟。他说:"大家知道有阵营之分,有白帽子和黑帽子之争①,人们为总统的心灵而战——如果你能说出在哪个总统任期内没发生过这些事,我就能给你一个风平浪静的总统任期。"奥巴马的世界和他的现实政治之间是一种怎样的张力呢?"有所谓的忠实追随者和实用主义者。你可以想见。如果你想不到,你就没有你在白宫所需要的创造性张力——而这是你完成工作所需的知性能量和政治能量。你还需要它别变得尖刻、个人化,然后发散出来。我的观点是,一个好的总统需要这种张力。"

但伊曼纽尔不会再为那些麻烦事奔波很久了。二〇一〇年九月七日,芝加哥市长理查德·M.戴利宣布自己不再竞选连任。对伊曼纽尔来说,这是一个千载难逢的机会,他立即抓住了。在担任幕僚长的两年间,伊曼纽尔做了很多值得骄傲的事:通过了一项大规模的经济刺激计划;拯救汽车工业;将医疗改革纳入法律轨道。奥巴马感谢伊曼纽尔为实现这一切所作的巨大贡献。但他的高强度工作作风已是强弩之末,让人精疲力竭。当伊曼纽尔明确表示他在认真考虑离开时,奥巴马并没有大力挽留。

在白宫东翼举行的欢送仪式上,总统对伊曼纽尔不吝溢美之词,称他在"防止第二次大萧条、通过具有历史意义的医疗和金融改革立法、恢复美国在世界上的领导地位"等方面发挥了重要作用。伊曼纽尔感动得说不出话来。奥巴马送给他一份告别礼物:一张总统和他的幕僚长在南草坪散步的照片。

白宫经济学家奥斯坦·古尔斯比认为,要用点特别的东西送拉姆离职。这位即将离任的幕僚长在最后一次每日员工例会上收到了一个包装精美的礼盒。古尔斯比说:"于是拉姆打开了盒子,他说:'见

---

① 白帽子黑客,指研究或者从事网络、计算机技术防御的人,通常受雇于大公司,是维护世界网络、计算机安全的主要力量。黑帽子则研究病毒、操作系统,寻找漏洞,并攻击网络或者计算机。——译者

鬼，是一条死鱼！'"① 这不是一条普通的死鱼，是一条亚洲鲤鱼。"这是一种非常非常讨人嫌的鱼。它们受惊的时候会蹦到半空；一名女子被撞到头，脖子折了。"为了向伊曼纽尔的著名恶作剧——"卢卡·布拉西的死鱼"——致敬，古尔斯比遍寻了芝加哥地区的每个海鲜市场。后来，他收到了来自幕僚长办公室的消息："拉姆说，这是他收到过的最贴心的礼物。他说他差点流泪。"

总统盯上了另一位芝加哥人比尔·戴利，想让他来接伊曼纽尔的班。戴利出身芝加哥的政治世家，曾任克林顿政府的商务部长和阿尔·戈尔二〇〇〇年竞选团队的主管。当时的考虑是，戴利是摩根大通的前高管，能够在白宫和商界之间架起一座桥梁；许多商界高管仍然痛恨奥巴马激烈的反华尔街言论，以及他颁布的监管银行业务的《多德-弗兰克法案》（*Dodd-Frank Act*）。戴利说："我认为他们觉得奥巴马手下的一些左派疯子不理解他们，也永远不会理解，这些人就是想毁了商界。当我在商界的朋友说总统反商业时，我笑了起来。如果你是美国的总统，你就**不可能**反对商业。"② 戴利的好友阿克塞尔罗德催他接受这个职位。"当时人们都在说奥巴马需要增进与商界接触；我们需要一个'成年人管事'，"奥斯扎格说，"比尔·戴利这样的人是个完美的选择。"

二〇一一年一月八日，戴利的第一次危机突然降临时，他连安全许可都还没下来。他回忆说："我本来要到下个周三才正式上任，但是国会女议员盖比·吉福德斯星期六早上在亚利桑那州遭遇枪击。"当时还住在市中心的一家酒店，随身就一个手提箱的戴利，随即赶去白宫处理这起暗杀未遂事件。"我坐在战情室里——脑子里有个问题：我应该在这里吗？因为我还没有安全许可。人们对枪击事件非常

---

① Sam Whipple, "Austan Goolsbee: D. C.'s Funniest Celebrity on Capital, College, and … Carp?" *The Kenyon Observer*, April 16, 2014.
② 二〇一二年五月三日对比尔·戴利的采访。

关注，到底发生了什么，背后是什么情况？这是某种阴谋吗？是不是恐怖分子所为？只针对一个人吗？国会领导层的活动突然被限制。大家在挨个找他们。所以这是一件令人关切的事；国会的其他领导人在哪里？他们有足够的安全保障吗？"

从日本海啸到"阿拉伯之春"，吉福德斯的悲剧只是戴利眼皮底下的一系列危机中的第一个。不久，白宫西翼里"标枪"开始乱飞。

从一开始戴利就不是个合适人选；在总统的忠实拥趸看来，他的到来像是一场恶意接管。幕僚长明确表示现在是新长官主事了。他取消了已成惯例的每天上午八点三十分的员工例会，将员工排除在外，并禁止重要助手与他人接触。一位前高级职员说："幕僚长办公室的门一直关着——拉姆从不这样。"另一位前助手说："在戴利看来奥巴马政府的所有年轻员工似乎都是问题之一。我们是政府运转的推手——可没有几个顾问是他觉得与之有共同目标的。"

另外，自克林顿时代以来，华盛顿也发生了变化，戴利没跟上时代的步伐。一位前助手说："说真的，这就像有人办了个全国竞赛，'抽到奖就能当**白宫幕僚长**！'每天都有新事物让他感到惊讶——比如'我不知道联邦政府是**这样**运作的！我不知道**那个**'。他一边工作一边学习整个过程。"如果伊曼纽尔对奥巴马的一些忠实信徒来说算老派的话，那么戴利就是更新世①来的。"华盛顿觉得奥巴马有问题，而这些问题就体现在戴利身上，"这位助手说，"'要是多请约翰·博纳来参加鸡尾酒会就好了。要是他多跟外头接触接触就好了。要是他做了 X 就好了。要是他做了 Y 就好了。要是他听了辛普森-鲍尔斯委员会的意见就好了'——所有这些中间派专家、《与媒体面对面》、《周日早间秀》都是胡扯。这就是比尔·戴利。一直都这样。对这一套深信不疑。"

---

① Pleistocene era，亦称洪积世，是地质时代第四纪的早期，距今约一百八十万年至一万年。——译者

戴利对他无权任命自己的副手感到恼火；反倒要面对留在他任上的艾丽莎·马斯特罗莫纳科和德帕尔，后者几乎是事实上的幕僚长。虽然戴利出自芝加哥名门，却得罪了总统的老家朋友。一位高级助手说："他被芝加哥那群人生吞活剥了。这真是讽刺，到底他也是芝加哥来的。"厄斯金·鲍尔斯表示赞同："奥巴马已经有了个'芝加哥帮'。戴利不是那个小集团的成员。每个时期的白宫都有个小集团——如果你想破坏他们的关系，他们会把你活吃下去吐出骨头渣来。"①

贾勒特和伊曼纽尔可能算不上好朋友，但戴利和贾勒特甚至连待在一个房间里都不行。更关键的是，总统和戴利并不真正合拍。奥巴马喜欢有头脑、掌握政策实质的顾问，但那不是戴利的强项。他宁愿谈论政治或芝加哥体育。一位高级顾问回忆道："开会的时候，戴利一发言，奥巴马就开始说话，比如'嗯，下一个'，我能注意到这一点，是因为我很了解奥巴马。其他人并不一定看得出来，因为奥巴马不想让其他人看出他在贬低他。"

这位与奥巴马走得近的朋友继续说道："你不妨看看拉姆和丹尼斯·麦克多诺，他们之所以能够与'芝加哥帮'抗衡，是因为他俩有个共同的特点，那就是他们深入研究细节。他们在细枝末节上一丝不苟。做事情浮于表面的人很难与他们竞争。拉姆是政策、沟通和战略方面的专家。而比尔·戴利在那些方面都不精通。"

戴利敏锐地意识到自己成了个活靶子。他说："你身体的任何部位都可能受到攻击。有时候他们是你的朋友。有人曾经说过：'在芝加哥，如果有人要捅你，会捅你肚子；在华盛顿，他们总是捅你背后。'"

刀已出鞘，不仅在白宫西翼。戴利很快就会明白，自比尔·克林顿和纽特·金里奇这样的对手都能达成两党协议以后，华盛顿发生了

---

① 二〇一四年二月二十五日对厄斯金·鲍尔斯的采访。

多大的变化。在戴利的监督下，奥巴马将倾其所有来达成所谓的"大交易（grand bargain）"；这是与共和党达成协议的一种努力——旨在遏制支出、减少国债，同时避免政府关门和财政悬崖（fiscal cliff）。

二〇一一年一月成为议长的约翰·博纳给他们的印象是可以与之做交易。关于白宫的思维方式，奥尔特说："博纳成为议长后，情况有点像一九九五年金里奇当议长那会儿。奥巴马的大型提案不会通过，但你也许会达成一桩大交易。"戴利很乐观。"议长的态度很明确。他说：'我来华盛顿不是为了这个头衔，而是为了做成一笔大交易。我们相信他。总统和议长相处得不错。所以我认为我们真的可以达成协议。'"

从六月一直到七月底，各种谈判一谈就是一整天。"那两个月就像漫长的一天，"行政管理与预算局局长杰克·卢回忆道，"我们连七月四日那天都在上班。我感觉总统认为议长真的想达成协议。"

奥巴马和戴利并没有就共和党中的茶党人士的顽固立场讨价还价；正如波德斯塔所说，国会的一个议院现在被"琼斯镇的那种邪教"[1]控制了。博纳在将拟议的协议提交给他的核心小组后，回来告诉戴利协议没达成。卢说："国会中愿意将经济推向悬崖并拖欠国债的人相对较少。"奥巴马一再坚持，反复去找博纳，但都无济于事。对奥巴马来说，没达成"大交易"是一个沉重的打击。戴利称这是"我看到他做出的最痛苦的非军事决定：意识到这个国家的长期财政状况不会得到解决"。

戴利为这次失败承担了责任。他说："我是幕僚长，所以我必须担起责任。我认为有很多原因，但这是我的管辖范围，我鼓动了总统。"

---

[1] Glenn Thrush, "The Reboot," *Politico*, December 17, 2013. （一九七八年十一月十八日，美国邪教组织"人民圣殿教"的信徒在教主吉姆·琼斯的洗脑和胁迫下，在南美洲圭亚那琼斯镇集体自杀，九百一十三人氰化物中毒身亡。——译者）

他说:"关于议长能达成交易这事,我们可能过于天真了。但实际情况是,我认为我们做得对。我们尽力试了。我们付出了额外的努力。但作为幕僚长,我想你必须告诉自己:'这不该发生在我的任内。'"

奥尔特在谈及总统和幕僚长的时候说:"他们为此奋斗了整整一年,非常懊丧。八月,奥巴马满五十岁的时候,他们经历了一个可怕的低谷——总统任期的绝对低点。"共和党参议院少数党领袖米奇·麦康奈尔不会站出来反对他激进的党团。波德斯塔也认为这是奥巴马总统任期的最糟糕时刻:"他意识到麦康奈尔什么也不会做。他浪费了好几个月的时间试图与之谈判。他的亲信感到沮丧。他的支持者变得灰心丧气,他们一无所得。"

戴利说:"去打仗真的比在国内干一番事业容易得多了。这对我们目前的处境是个讽刺。打仗很容易。影响国内事务非常困难,因为你必须通过国会。"奥巴马意识到,要想让他的议程有进展,就必须有所改变。他投入了连任的选战,希望能改变国会。

国内政策将被搁置一段时间。但与此同时,奥巴马将在海外取得他最辉煌的胜利——而他做的这一切将把国会蒙在鼓里。

戴利在担任幕僚长的第一个早晨就初次觉察到有什么大事正在发生。"在总统每日简报——早上的情报简报——中提到阿伯塔巴德①郊外的一个院落正被监视着,住在里面的人甚至极有可能是本·拉登。"去年八月,幕僚长还是伊曼纽尔的时候,中情局跟踪了一名前往该院落的信使,看见一个身穿白袍的高个子男人在顶楼踱步。伊曼纽尔说:"这栋房子院墙比一般人家高,没装互联网——还焚烧垃圾。"他停顿了一下,以示强调。"你觉得法官会根据这些给你搜查令吗?"

随着越来越多的证据表明这个"踱步的"可能就是本·拉登本人,中央情报局局长帕内塔和国家安全团队提出了三个选项:与巴基

---

① 巴基斯坦东北部城镇。——译者

斯坦进行联合准军事袭击；用一枚三千磅重的炸弹摧毁这个院落；或者向盟国的主权领土发动单方面袭击①。由于前两个选项均被排除，美军联合特种作战司令部（JSOC）将重点放在了从阿富汗的一个美军基地用直升机运送精锐作战单位——海豹突击队第六分队队员过去。指挥官、海军上将比尔·麦克雷文坚称："这种任务我们一晚要出十次——没什么做不到的。"但奥巴马担心的是：如果巴基斯坦军方发现了这一任务并做出激烈反应的话会怎么样？"如果巴基斯坦军队出于某种原因开始行动，他要得到更有力的潜在应对措施，"戴利回忆说，"因为海豹突击队员数量非常有限。"奥巴马让麦克雷文重新设计计划。

这位年轻总统的厚颜无礼让戴利震惊。"我必须说，我坐在那里想：'哦，你在这里已经两年半了，你从来没有处理过这些问题。你真是够胆，居然对麦克雷文的计划指手画脚！'"不过，没过多久麦克雷文就带着一份修改后的计划回来了，要求将直升机数量增加一倍，并增加二十四名海豹突击队员。当突袭开始时，现场的第一架直升机撞上了院墙，增派的直升机在那一刻让成败立判。

在规划此次任务期间，另一场灾难险些爆发。在总统和戴利不知情的情况下，帕内塔将其作为例行预算审查的一部分向国会做了简报。在闭门会议上，帕内塔向议员们讲述了抓捕本·拉登的秘密行动。奥巴马和戴利得知帕内塔做简报一事后大发雷霆。"我们简直惊呆了，"戴利说，"我对中央情报局竟然这样做感到愤怒。"戴利确信泄密将不可避免，会破坏此次任务。他说："我想不知道哪天早上起床《华盛顿邮报》会出现在家门口，大标题是'奥萨马在巴基斯坦：美国策划袭击'。"

但纯粹靠运气，秘密没有泄露。二〇一一年四月二十九日，就在登上"海军陆战队一号"之前，总统召集了戴利、国家安全助理丹

---

① 巴基斯坦是美国的"非北约盟国"，这主要是地缘政治原因。——译者

尼斯·麦克多诺、约翰·布伦南和汤姆·多尼隆去东翼见他。然后他批准了"海神之矛"行动。戴利回忆道："他是在为自己的总统生涯掷骰子。他很清楚。然后他上了直升机，我们都回了西翼。我还记得当我沿着玫瑰园往回走的时候，心想这是一个多么重大的决定：总统任期在未来的四十八小时内岌岌可危。"

六十三小时后，奥巴马向全世界宣布：美国执行了一项任务，击毙了全球通缉的头号恐怖分子。

对戴利来说，在经历了吉福德斯枪击事件、"阿拉伯之春"的希望破灭、和国会的"大交易"失败，这是糟糕的一年里难得的胜利时刻。戴利正在迅速失去威信。戴利的老朋友鲍尔斯说："作为幕僚长，成功的关键在于总统赋权。当人们发现比尔·戴利手头没权时，他就名存实亡了。你什么都没有了，那最好还是打起精神回家算了。"

二〇一一年十一月，白宫公开宣布，戴利将与皮特·劳斯分担部分管理职责，后者是奥巴马的老友，一直深得总统信任。时任奥巴马国防部长的帕内塔已经看到了不祥之兆。他说："我给戴利打了电话，我说：'比尔，总统在拆你的台。'他说：'哦，我希望不是这么回事。'我说：'比尔，让我告诉你一件事。如果总统公开表示幕僚长仅负责这些事，你会发现自己的权威被削弱了。你必须好好想想是否还想留在那个位置上。'"①

戴利的离开已成定局，在此之前他还要受最后一次羞辱。二〇一一年十一月中旬，一名白宫工作人员在二楼总统寓所的一扇窗户上发现了一个弹孔。戴利说："有人把车停在宪法大道上，摇下车窗，拿出 AK-47 朝白宫开了——我猜——四到六枪。嗯，这真是难以置信。"同样难以置信的是，压根没人注意到这事，而当子弹被发现后，过了四天才有人告知总统或第一夫人。"显然，大家非常关注向大楼开枪的事，"戴利说，"这意味着什么？这对他们的生活意味着

---

① 二〇一四年对莱昂·帕内塔的采访。

什么？他们的孩子还能不能遛狗、去草坪或阳台？"

总统对戴利发了一通脾气；第一夫人"非常生气，这是理所当然的，"戴利说，"她觉得没人给她简报，她觉得我有责任通过她的办公室主任向她通报。奥巴马夫人极其聪慧，也经历过很多事。如果你想继续当幕僚长，最好记住别把第一夫人——任何一位第一夫人——蒙在鼓里。"

戴利又沮丧又痛苦，在接受《政客》（Politico）杂志采访时，他将自己在白宫的时光形容为"残酷"且"罪孽深重"。他还批评了参议员哈里·里德，因为两人曾就预算谈判发生过争吵。怼自己政党的多数党领袖，挂第一夫人的电话（就像唐·雷根对南希·里根做的），未必会上绞架——但也差不离。

"这么说也许只是心情不好。"戴利说。但这份工作已经让他苦不堪言。"我要收回'罪孽深重'这个词。不过'残酷'是毫无疑问的。党派之争、愤怒、仇恨——这是非常艰难的一年。你不仅受到来自外部的攻击。你的内心也日益沮丧。还有我们今天的政治、我们今天的媒体……"他没有继续说下去。

二〇一二年一月九日，戴利向总统递交了辞职信。总统接受了。


在取代戴利的潜在人选中，有一个选择可能具有历史意义：南希-安·德帕尔。从没有女性担任过白宫幕僚长。原因不难理解。"这可能与从未有过女总统有关，"罗伯特·赖希表示，"我认为男总统，尤其是那些想要或者需要强势幕僚长的男总统，偏向选择男性。这可能与他们自身的教养方式和文化偏见有关：女人太强大总被认为是讨厌的；男人强大则被认为有英雄气概。"

话虽如此，奥巴马跟周围的女强人相处得自在——不管是家里的还是白宫西翼的。德帕尔符合条件：她机智、有条理，总统完全信任她。但是德帕尔的强项在政策而非政治，所以被排除在人选之外。奥尔特说："除了希拉里·克林顿之外,她是最适合当幕僚长的女性。""我认为应该由一位女性来担任幕僚长,"麦克多诺说,他又补充道,"我敢保证南希会很出色。"①

奥巴马的第三任幕僚长是非常有头脑的行政管理与预算局局长雅各布·"杰克"·卢。除了彼得·劳斯外,没人比他更能和总统和睦相处了。继帕内塔和乔什·博尔滕之后,卢是第三位成为幕僚长的预算局主管,这是一个现代趋势:"预算与数字无关,"卢说,"它们事关价值观,事关在一个资源有限的世界里你相信什么,你会加倍努力做什么,你会少做什么事。"卢和奥巴马一起经历了经济刺激计划、"大交易"以及债务上限的磨合,建立了牢固的关系。卢说:"在你做这些决定时,你会有时间把他人了解透。他知道我对很多事情的看法。我也很清楚他的想法。我们之间不太可能经常出现大的分歧。"②

卢是继肯·杜伯斯坦、博尔滕和伊曼纽尔之后的第四位犹太幕僚长,除了周六安息日,他都在白宫履行职责。"在同事们的帮助下,我划定了一些界限,"他说,"人们不会在星期六因为琐事给我打电话。但他们很感激我已经做好了全天候待命的准备,包括周六,只要有需要。"

卢的任期一开始就是高起点。二〇一二年六月二十八日,最高法院对《平价医疗法案》做出裁决。卢说:"我对于能够走进来告诉总统《平价医疗法案》符合《宪法》并没有什么不高兴的。当我们走进来告诉他最高法院支持这项法案时,电视上还在说它被裁定违宪。所以这是个令人困惑的时刻。"奥巴马得以正名,令人欣慰,人人都

---

① 二〇一六年十月五日对丹尼斯·麦克多诺的采访。
② 二〇一二年八月九日对杰克·卢的采访。

在击掌、拥抱。

黑暗的日子很快就会到来。七月二十日，在科罗拉多州奥罗拉市的一家电影院里，一名精神失常的枪手在《蝙蝠侠：黑暗骑士崛起》午夜场放映期间开枪。枪击停止之时，十二人死亡，七十人受伤。这和卢在行政管理与预算局处理过的任何事情都不同。他说："我认为生死问题有其特殊性。半夜接到电话得知发生可怕的暴力事件，必须立即让白宫做好准备，并通知总统——这种沉重而紧张的感觉不同于你做的任何其他事情。"

还有更糟的消息。十二月，在康涅狄格州纽镇的桑迪-胡克小学，一名二十岁的男子持半自动步枪杀害了二十个一年级学生和六名教职员工。这是有史以来死亡人数最多的校园枪击案，奥巴马非常伤心；那天下午他在电视上谈到这场屠戮时，中途停下来抹去眼泪。但他向国会提交枪支管制法案的努力受阻。众议院被共和党控制，与反对党的关系彻底恶化，面对这种情况再加上经济复苏缓慢，奥巴马的总统任期陷入停滞。奥巴马一头扎进了他的连任竞选，但能押上助他成功的东西他都没了。二〇一一年底，《纽约时报》刊载了内特·西尔弗的封面报道，称总统连任的机率为百分之十七。

尽管奥巴马继续表现出信心，但私下里也不时有疑虑。德帕尔成了他的知己。她说："有段时间，他认为自己会输。"有一天，当总统和他的医改专家一起穿过白宫西翼时，"他揽着我说：'南丝①，让我们确保能留给大家一些东西吧。'"就算最坏的情况发生，美国人至少还有《平价医疗法案》。

奥巴马喜欢卢，并希望他能继续担任幕僚长。但卢决意去当财政部长：他告诉奥巴马，如果他得不到那个职位，他就回纽约，重返商界。二〇一二年十二月，蒂姆·盖特纳宣布辞去内阁职务。奥巴马同意提名卢为美国第七十六任财政部长。

---

① 南希的昵称。——译者

奥巴马的第四任也是最后一任幕僚长将面临每一位连任的现代总统都会面临的挑战：第二任期诅咒。这听起来可能有点迷信，但近代史上各种"失事"却是真真切切的：理查德·尼克松和H. R.霍尔德曼毁于"水门事件"嚣张的犯罪行为，以及他们为掩盖此事所做的诸多蠢事；罗纳德·里根和他的幕僚们差点没能躲过"伊朗门丑闻"这场灾祸；比尔·克林顿和波德斯塔则因为莫妮卡·莱温斯基的风流韵事而险遭弹劾。

如今，巴拉克·奥巴马的遗产即将出炉，他把目光转向了他的国家安全事务副助理丹尼斯·麦克多诺。

丹尼斯·理查德·麦克多诺出生在明尼苏达州，在一个成就斐然、笃信天主教的家庭里长大，他有十一个兄弟姐妹。正如一位作家所描述的，四十八岁时他的头发就过早地染上了霜华，他"身材瘦长如防守型足球后卫，面色苍白如十六世纪梵蒂冈的禁欲修士"。实际上，麦克多诺看起来太瘦了，无法跟任何人抗衡；① 但他那钢铁般的意志可以弥补这一点。他曾在明尼苏达州科莱维尔的圣约翰大学有份安稳的工作。在所有事情，特别是在外交事务上，他都狂热重视过程。这在很大程度上源于他相信美国之所以会入侵伊拉克，是缺乏程序管理造成的。麦克多诺说："当我坐下来和总统讨论这份工作时，我告诉他：'如果你要找的是一个像杰克或拉姆这样的国内政策顾问，那我不是你要找的。如果你在找一个会把周正的事交到你手，能让事情原样传达、透明地进行的人，那我就是你要找的。'所以在我看来，我的职责就是监管呈报给总统的事情的过程。"②

"Square"是麦克多诺最喜欢用的一个词：它的意思是"方正"，但它也可以用来描述未来四年将成为奥巴马化身的那个人。如果说伊曼纽尔的火爆脾气很适合第一个任期的危机，那么精瘦、严肃、工作

---

① Glenn Thrush, "Obama's Obama," *Politico*, January/February 2016.
② 二〇一六年十月五日对丹尼斯·麦克多诺的采访。

狂的麦克多诺似乎是为接下来四年的繁重工作量身定做的。不过，在麦克多诺"不温不火"的克制之下，有一种凶猛的竞争动力。

他说："我不和总统打高尔夫球，我不和他打篮球。据传我和他一起打篮球——就打过一回。也许两回。"奥巴马与他的幕僚长玩的是强度极大的政策和政治，而且越来越多是行政命令管理的艺术。

麦克多诺喜欢什么事都用橄榄球赛打比方。当国会阻挠一项法案时，他说："你知道，我总是从阻挡球员的角度来看事情。谁想阻止我拿到球？能行吗？"他说，他认识的人里面只有巴拉克·奥巴马比他求胜心更强："他会这样——麦克多诺用双手比划奥巴马突破假想的阻挡球员——我得摆脱**这个**！我要甩掉**那个**！"

麦克多诺永远不会忘记二〇一二年第一场总统辩论后总统的眼神，当时他的表现不及米特·罗姆尼。他说："奥巴马觉得自己让我们失望了。"不过随后决心全力以赴。"他就好像是**上刀山下火海都要达到目标**。不管是运动、生活还是政治上，我从来没见过人这样。"他轻笑一声，表示难以置信。"这家伙就好像知道他要干嘛，他就一定要做到！我们都在运动场上遇到过这样的人。老天，他们根本不看记分牌。他们只想打跑领先他们的人，然后他们才算分数。"果然，奥巴马在下一场辩论中痛击罗姆尼，并胜利连任。

麦克多诺当国家安全事务副助理的时候，对搞砸事情的人极其尖刻：在国家安全漏洞暴露后的某次会议上，他咆哮道："总统被这种肮脏的伎俩算计了！"但当上幕僚长以后，他不太发脾气了，他成了个包容各方的管理者。他说："我从吉姆·贝克的书中学到了一点，一个幕僚长能做的最重要的事就是划出明确的责任界限。因而每个人都有明确的责任范围。不分清责任，就无法负责。"

"芝加哥帮"解散了——阿克塞尔罗德回了芝加哥，但贾勒特留了下来，而麦克多诺知道如何把她派上用场。麦克多诺说："让我们带上瓦莱丽。她是所谓'芝加哥帮'的一员。瓦莱丽让我的工作变得更容易而不是更难。事实上，她与总统和第一夫人都很熟稔，而且她还有高超的专业能力。所以,当我们在会上拿出'待完成任务'清单时,瓦莱丽会领走她的,又总是第一个回来交差。她从不会忘记她的'任务'。即使是单子上最烂的工作,她也会接受。"

汤姆·达施勒与总统和麦克多诺都是超过二十年的朋友,他认为他们是完美的组合。"我认为丹尼斯的风格和方法正是总统需要且想要的。丹尼斯的风格真的就是总统的风格。① 他俩同道相益。丹尼斯通常理、有判断力,有能力管理好任何政府中存在的各色人等,这些让奥巴马总统受益匪浅。"

至此,奥巴马也积累了自己的任职经验。彼得·奥斯扎格说:"看得出来,总统在工作上更自在了。白宫似乎运作得更好了。当然,确实也没有什么重大的立法在进行。"②

在批评者看来,这就是问题所在:总统似乎已经放弃了通过国会做成任何事情。他在第二任期的主要目标——移民改革、气候变化、枪支管制——均毫无进展。共和党人和民主党人都在抱怨奥巴马不愿跨越党派界限;他厌恶这个过程中难免的寒暄和逢迎。甚至部分民主党人也认为奥巴马和吉米·卡特有一些共同之处:他们都是房间里最聪明的人,但也最不擅社交。为什么奥巴马不能像罗纳德·里根对蒂普·奥尼尔那样,邀请共和党领导人到白宫来喝喝威士忌,然后达成两党协议呢?

刚从奥巴马的国防部长位子上退下来的帕内塔,越来越担心地看着事态发展。"瞧,我的意思是,尽管奥巴马很聪明,但他不喜欢政治,不喜欢为办成事情而做的交易。"③ 他说,"因此,你需要把这种事交给一位强硬的幕僚长或其他能完成这种事的人来干。坦率地说,我不理解这种在国会放弃重大立法的心态。我知道他们有过艰难的时期和难搞的政治。但他们无论如何都不会推动预算协议、移民改革、

---

① 二〇一六年十月五日对汤姆·达施勒的采访。
② 二〇一六年八月十日对彼得·奥斯扎格的采访。
③ 二〇一四年五月二十日对莱昂·帕内塔的采访。

基础设施融资或贸易立法，就因为觉得政治实在太难。这点我无法接受。放弃是不行的。"

二〇一六年十月的一个晴朗的工作日下午，麦克多诺和我坐在他西翼办公室外的露台上。当我提到帕内塔时，他火冒三丈。他说，克林顿的前幕僚长根本不了解国会山丑陋的新现实——那里的政治气候恶劣到共和党人不愿意被人**看到**和总统在一起。"我都说不清楚有多少人跟我说：'听着，我们能交谈真是太好了，只是别让任何人知道。'"他说，"这和莱昂在这里的时候不一样，甚至和波德斯塔在这里的时候也不一样。"他说部分原因是根本找不到国会的人。"这些人周一或周二晚上到这里，周四晚上离开。对吧？所以总统大概只能在周二或周三晚上和这些人聊上几句。为什么总统周末不和这些家伙去打打高尔夫球？嗨，因为他们压根不在这儿。"

麦克多诺仍在发火。"我有个规矩。每天我都得接触十位国会议员，给他们打电话、写信、发电子邮件、发短信。如果大家不能在一天结束时对某件事表示同意，他们就要把责任推到我们身上，那就这样吧。这就是给总统工作的后果。约翰［·波德斯塔］过去总是在这里笑谈对克林顿时期与国会的关系的怀念。他说：'这些家伙——他们**恨**我们！'对吧？但现实就是如此。没关系。莱昂……我对莱昂有自己的看法。就这样吧。我祝他一切都好。"

但麦克多诺没有就此打住："我为我们做事的方式感到自豪，也为我们所处理的问题感到自豪，最重要的是，我为我们不怕大问题而自豪。你明白我的意思吗？不妨去查一下那些问题。做着这份工作，我现在明白了，华盛顿的每个人都想在白宫工作。他们都是行家里手——比如说，'你应该在走向直升机的路上而不是在罗斯福厅弄好这份声明'。谁在乎呢？你说呢？而总统会说：**谁在乎这个**？我有我的事要做，我要向美国人民解释这些事情。"麦克多诺又拿橄榄球打了比方——他引用了纽约巨人队的一位接球手的话，这位球员很会炫技但发挥不稳定。"所有这些关于花式招数（style points）之类的狗屁……如果你很会玩花招却没有真本事……你懂吧？那就跟小奥德尔·贝克汉姆①一样，对吧？"

观察家说过，麦克多诺就像奥巴马的儿子。波德斯塔说他更像一个兄弟。当我向麦克多诺问起时，他简单地答道："我是他的下属。这是我们之间的关系。"他们每天晚上绕着南草坪的车道散步，谈的主要是国事。"我散步的时候带着卡片，并且总会把话落到列满了'待完成任务'的几张卡片上。他想就一些问题听听我的意见。我也想就一些问题听听他的说法。"但有些"待完成任务"是私人的。麦克多诺有三个年幼的女儿，他说："通常他也会趁此机会给我一些育儿建议，他的小女儿和我家老大同龄，因而他给了我很多好建议。"麦克多诺尽力确保总统能准时回家，与萨莎和玛丽亚②共进晚餐。"如果他六点半左右还没到家，我就会接到电话，"他笑着说，"这位总统有很多优点，其中之一就是很有自知之明。他也清楚自己在什么情况下不够敏锐——一种情况就是奥巴马夫人和女儿们不在他身边的时候。所以他会极力保护好这些时刻。而我的工作就是保证他能做到。"

二〇一三年十月，总统和麦克多诺需要把他们的敏锐调到最高点，因为他们面临着奥巴马的国内议程的最大考验。政府网站healthcare. gov 终于要上线了。

备受期待的首次亮相是一场惨败。该网站完全崩溃，导致成千上万沮丧的投保人无法注册。这场灾难威胁到了总统的医保计划，严重损害了他的信誉，并证实了广泛流传的预感：政府什么事都干不好。这一切都发生在麦克多诺任内。

---

① 美国橄榄球运动员，效力于纽约巨人队，二〇一五年因犯规引起了一些争议。——译者
② 奥巴马的两个女儿。——译者

"对总统和纳税人而言我们都搞砸了，这让我吓坏了。"麦克多诺说，"而原因竟然是我们没有对系统进行测试。"搞砸本身就够糟糕的了。更糟糕的是，麦克多诺在网站上线前没有注意到总统的多次警告。几个月来，奥巴马每周都参加有关《平价医疗法案》执行情况的会议。麦克多诺回忆道："每次会议结束时，他都会说：'这太棒了，伙计们。但你们知道如果网站上不了，这些都没用。'**每次**都说。我认为他希望我们测试网站是对的。网站能用吗？**显然不能**。"

整个过程存在根本缺陷。麦克多诺说："我们只是没测试系统，对吗？这是管理失误之一。管理失误之二，政府获取技术的方式是说，'这是我们需要的。去开发吧'。他们一块块采购。而每一块或者说每一步，都要自证其能用，否则就得不到报酬。所以我们用的这个《平价医疗法案》网站就是：没有总承包商，没有人验证整个系统。每个人都负责独立的一块。最后出来的是一坨屎。而每个人都在说：'怎么回事？我那部分没问题啊。'是不是？然后又来一个人说：'瞧，我那块是好的——所以一定是别人的问题。'对吧？"

这些部分加起来就是一场灾难。麦克多诺说："我永远不会忘记那一天，我不得不向总统解释，说问题不在于太多人访问医保网站，而在于网站存在根本缺陷。"这是他当幕僚长的最低谷时刻。"没错。我穿过走廊去向总统解释，却不知道第二天还能不能回来上班。真的。"

总统的火气是慢慢爆发出来的。他没有大喊大叫——否则只会让麦克多诺感觉更糟。"他没说太多。这就是问题。如果我能和他敞开了说——那就更好了，你知道吗？最后，他说：'瞧，我叫你每周安排一次会议。会议结束时我说了我的要求。结果你们给了我这个。搞什么鬼？'"六个月后，卫生与公共服务部部长凯瑟琳·西贝利厄斯将在众怒之下辞职。但是麦克多诺说错在他本人："责任在我。把个大项目弄成这样？怎么不由一家公司来做？都算在我身上。"

两党内的批评者纷纷抓住此事猛烈抨击，一些人表示，问题不仅是网站，还有总统的虚假承诺。资深共和党白宫助手特里·奥唐奈尔告诉我："白宫及幕僚长怎么能允许总统公开表示，如果你喜欢你的医保方案，你可以留住它；如果你喜欢你的医生，你可以留住他——说了二三十次，却是假的，我的意思是在我看来这是白宫员工制度的控诉。"① 在麦克多诺的老批评者帕内塔看来："幕僚长得有勇气对美国总统说，'你不能这样做'。因为你会让自己陷入困境，会让你非常难堪，可能会破坏你正要实施的计划。如果你预计总统可能做了错事或者没有得到很好的服务时，幕僚长的角色必须是一盏不停闪烁的红灯。你不能只是转过头，祈祷一切都会好起来。"

帕内塔还没有说完："我无法想象作为幕僚长他妈的不确定《平价医疗法案》是否会起作用？因为你承担了很多责任——要确保手下员工团结一致。我会成立一个特别工作组，每天我都在办公室与这个特别工作组开会，以确保总统最重要的遗产能卓有成效。"

帕内塔提出了一个担忧：奥巴马的幕僚长可能没法告诉总统残酷的真相。"麦克多诺几乎是总统的触角。我认为在很多方面，你都为此付出了代价，因为有时候你对总统忠诚到无法与之对抗。而作为幕僚长，你必须说出逆耳忠言。"

麦克多诺说他会从奥巴马而不是帕内塔那里得到暗示。他说："我确实认为我的工作在某些方面是总统的延伸。至于我有没有告知总统他需要听到的东西，让总统自己来说吧。如果他要给我做一个绩效评估，让他来说我有没有做到嘛。"约翰·波德斯塔近距离观察了奥巴马和他的幕僚长，他说帕内塔的担心是多余的：麦克多诺从没有故意不尽全力。"他不会粉饰任何东西。他不讲情面，喜怒哀乐都放在脸上。至于网站出问题，波德斯塔表示："像那样的技术试运行是很困难的——也许他们应该配一个红色［故障排除］团队②。回想起

---

① 二〇一四年二月五日对特里·奥唐奈尔的采访。
② red team，指对特定机构（军队、政府）发起挑战的独立团队，目的是检测整个系统的被攻击风险和应对风险的能力。——译者

来他们原本应该这样，但当时谁能想到呢。你问：'它能行吗？'他们会说：'是的，没问题。'那么，这件其实从一开始就全都被搞砸了的事，还有什么可以去探究的呢？"

麦克多诺相信基于试运行失败的教训，终于取得了进展。"我很自豪，我们能把这些惨痛的教训转化成了一部分好事。其中包括我们创办的一些机构——美国数字服务（U.S. digital service）——以及一个更积极的首席技术办公室。我们在采购方面进行了一系列非常积极的改革。我真的为此感到骄傲。"

如果"大交易"的失败标志着奥巴马的总统任期的低谷，那么医保网站的崩溃引发了另一波自我反思。二〇一三年是关键的一年。总统的议程陷入了党派僵局。七月的一个周六下午，在东翼的一个招待会上，总统发现了坐在房间那头的三位前幕僚长：杜伯斯坦、博尔滕和波德斯塔。奥巴马神情沮丧地朝他们走去。他抱怨道："无论我在这个地方干什么，到头来只有'单打和短打'。"[1] 这两个词成了总统最喜欢的比喻：差不多一年后，在访问菲律宾期间的一次新闻发布会上，他又用这个说法公开表达了无可奈何的心绪。

这并不是奥巴马第一次接触前幕僚长了。二〇一〇年的中期选举中，在众议院六十三个席位落入共和党手中之后，总统邀请杜伯斯坦到椭圆形办公室进行私人会谈。罗纳德·里根曾对自己的议程产生过怀疑吗？总统问他。里根如何对付那些疯子——国会的极端分子的呢？[2] 几天后，当奥巴马登上"海军陆战队一号"时，杜伯斯坦注意到他手里拿着一本卢·坎农的书：《总统里根：毕生难得的角色》(*President Reagan: The Role of A Lifetime*)。

---

[1] Screening of The Presidents' *Gatekeepers* at the White House, June 11, 2013. （"单打和短打"都是棒球术语。比喻政治活动进展不够还要委曲求全。——译者）
[2] 二〇一四年九月二十三日对肯·杜伯斯坦的采访。

三年后的今天，杜伯斯坦给奥巴马的建议是不要一下子做太多事情。"美国人喜欢细水长流的变化。"他这么告诉总统——而波德斯塔在一旁看着。正是波德斯塔领导了奥巴马的过渡团队，四年前也是他把克林顿的前幕僚长们带到了里诺的那次秘密会议上。奥巴马对他的才智和战略头脑怀有由衷的敬意。

真要说起来，其实麦克多诺更崇拜波德斯塔。他们一起在达施勒的办公室工作过，打那以后克林顿的前幕僚长就成了他的导师。他们都是天主教徒，住在同一个教区，都是身材清瘦、求胜心切的人——他俩几乎每天早晨都一起跑步；麦克多诺承认，虽然波德斯塔大了近二十岁，"但有时这家伙还是能赢我"。麦克多诺当上幕僚长以后，他立即联系了他的老朋友，而这位老友开始每周六来他的办公室。麦克多诺说："我需要和一个能让我放松的人谈谈。这就是这份工作的特点。你没办法放松。跟总统在一起的时候没法工作轻松，在家也没办法放松。"波德斯塔一来，麦克多诺可以"关上门，说，'瞧，我不知道该拿这个怎么办'或者'这事真让我生气'。'你知道吗？你有什么想法吗？'他有很多好点子——不管是战术方面还是战略方面的。毫无疑问，这对我来说至关重要"。

与此同时，总统正在考虑增加一项新的杀手锏：行政命令。这是奥巴马的主意，是他灵光乍现时想到的。麦克多诺说："总统说得非常明确，'我不需要新权力，我需要行使我拥有的权力，'他说，'我们别指望蹚过国会这摊浑水做成什么事。如果我们有了做成事情所需的一切，那就做得聪明点吧。'"二〇一四年夏天，民主党显然会在即将到来的中期选举中惨败。"所以，我们得为输掉之后的日子订个计划，"麦克多诺说，"正如总统所言，'有计划好过没计划'。于是我们碰了个头——一小群人。我们手头有哪些武器，如何部署它们？移民。古巴。伊朗谈判。气候问题。清洁能源计划。行政措施。于是我们就说：'这将是我们的计划。'"波德斯塔在克林顿时代率先使用过行政命令，他也来了。麦克多诺说："他不仅理解行政命令，还知道如何达成交易、如何与难缠的中国和印度达成交易。所以我需要他的帮助。我记得我对总统说：'我们得让约翰参与进来，你懂的。'奥巴马二话没说就同意了。他说，'哈！祝你好运。五年来我一直想把他弄进来。'"

奥巴马给波德斯塔打了电话。"他对我说：'我需要你回来。'"①波德斯塔回忆道，"其他人都在努力解决医改问题。'所以在别人都忙着救森林大火的时候，你需要回到这里来。'"奥巴马想让波德斯塔负责气候变化议题。"他说：'我想确保我承诺过的事情能够完成。你也可以去折腾其他事情。但这是我真正需要你做的事。'"

波德斯塔以高级顾问的身份加入——并立即开始与中国的谈判。习主席定于六月八日在加州的"阳光之乡"安纳伯格庄园与奥巴马会面。波德斯塔建议奥巴马把习主席叫到一旁，劝说其同意《蒙特利尔议定书》中的一项条款，其中对造成温室效应的主角氢氟烃做了规定。麦克多诺说："于是我们这么做了。这是达成巴黎气候协议的第一步。所以是一桩大事。而这一切都来自约翰和我们在这里度过的那些星期六下午。"

这是一个绕开僵局的办法，也是奥巴马政府的转折点。为了执行新战略，麦克多诺组建了若干小团队，致力于大项目：全球气候协定；伊朗核协议；对古巴的外交开放。麦克多诺对过程的痴迷得到了回报。波德斯塔说："丹尼斯很清楚先拿枪再开火。啪，啪，啪，啪。他在这方面很在行。他底下有很多小组在运行，搞砸的事情不少，很多东西可能泄露。大家都坚持住了，都在掌控中，然后事情顺利展开。这改变了奥巴马的命运；在那之后，他的所作所为的支持率开始上升。"

事实上，奥巴马的命运已经有所改善。尽管保费猛增，还有来自

---

① 二〇一六年八月十七日对约翰·波德斯塔的采访。

大型保险公司的发难，奥巴马医改最终获得了支持。总统的支持率为百分之五十五，高于里根第二任期结束时的支持率。麦克多诺谈起他们在第二个任期内取得的成就来滔滔不绝："两千两百万本不可能拥有医疗保险的人开始享受医保。通货膨胀连续四年处于战后以来的最低水平。从经济衰退的深渊中出现了一连串的就业机会及增长。还有自打有记录以来的最低监禁率和最高毕业率。"此外，没有出现第二任期的诅咒——除非你把医保网站上线那事算在内。

但也许二〇一三年夏末是麦克多诺作为白宫幕僚长的决定性时刻。在总统努力逐步停止阿富汗和伊拉克的两场血腥战争时，这位前国家安全事务副助理一直站在奥巴马一边。现在，奥巴马和他的幕僚长面临着发动另一场中东战争的风险——这次是在叙利亚。

由于担心陷入泥潭，奥巴马坚决抵制让美国参与军事行动。但随着血腥冲突进入第三年，总统和他的顾问担心叙利亚独裁者巴沙尔·阿萨德可能会使用化学武器。二〇一二年八月，总统发布了一个明确的公开警告。他宣称："我们已经对阿萨德政权表述得非常清楚，我们的红线①是，我们开始看到大量化学武器四处移动或被使用。这将改变我的政治考量，这将改变我的权衡。"②一年后，在大马士革郊区古塔，阿萨德政权公然无视总统的警告：叙利亚军队用致命的"沙林"毒气屠杀了一千四百名男女老少。

甚至在政府内部，要求采取军事行动的呼声也很强烈。二〇一三年八月三十日，星期五，美国国务卿约翰·克里在国务院条约厅发表了一场掷地有声的演讲——这场情绪激昂的演讲让全世界无法袖手旁观。对于克里的义愤填膺，总统附和道："重要的是我们要认识到，一千多人被杀，其中包括数百名无辜的孩子，用的是一种百分之九十

---

① 奥巴马曾画"红线"警告叙利亚政府："一旦看到大量化学武器的移动或使用"，美国就可能进行军事干预。——译者
② 麦克多诺说，尽管国会和媒体普遍猜测奥巴马的"红线"声明并不是不经意或即兴宣布的；他和总统确实事先讨论了这一警告。

八或九十九的人认为即使在战争中也不应使用的武器，那么假如我们不采取任何行动，就意味着发出了一个信号，即国际准则没有多大意义。这对我们的国家安全构成了威胁。"

奥巴马面临着将"红线"警告付诸实施的巨大压力——对叙利亚政权进行单方面军事打击。根据《宪法》第二条，总统有《宪法》授予的权力下令巡航导弹袭击或进行其他报复行动。奥巴马和他的顾问面临的问题是：他应该这么做吗？

这个问题的答案将决定奥巴马的外交政策遗产。毕竟，他竞选总统是为了改变导致美国入侵伊拉克的那种单边主义思想。奥巴马从一开始就反对这场战争。但作为多数党领袖达施勒的助手，麦克多诺协助起草了入侵决议。他说："这仍然让我很困扰。"达施勒说，对他的年轻顾问而言，这是一段重要的成长经历。"我们谈了很多。以任何人的公职权力开战，都是最令人不安和最重大的时刻之一，你会把这些事牢记于心。回顾过往我们有很多遗憾。"对麦克多诺来说，叙利亚危机让那些遗憾重新浮出水面。

那天下午，总统会见了他的国家安全委员会，听取最后的辩论。结束后，奥巴马去外面散步。他邀请麦克多诺和他一起。总统和他的幕僚长在南草坪的车道上转了一个小时。当他们回到椭圆形办公室时，总统对等候在此的国家安全团队宣布了一个惊人的消息：他将暂停行动而不是发动袭击。此事将提交国会表决。国家安全顾问苏珊·赖斯气疯了；她认为这将对美国的信誉造成严重损害。但总统不为所动。他对自己的决定心安理得。

有关事态发展的这一消息引发了国会、外交政策制定者及媒体的猛烈批评。民主党人和共和党人齐声指责总统放弃了美国的领导地位，向全世界发出了一个危险的示弱信号。帕内塔和詹姆斯·贝克也加入了批评的行列。帕内塔说："一旦所有人都认为'红线'被越过了，我就认为总统的信誉已经岌岌可危。突然退缩并把它推给国会，是在向世界传递错误信息。"贝克说："一旦美国总统发出警告，那他最好做足付诸实施的准备。你不能就这么一走了之。"①

麦克多诺没有谈及他在跟总统散步时说了些什么。是总统决定取消军事行动——还是麦克多诺说服他这么做的？我问他。他说："不，如果我要与总统进行政策方面的辩论，我会在同事在场的情况下进行。当我和他独处时，我不会那么做。这不公平。在能反驳我的人在场时我才会提出我的观点——我一贯这么诚实。"他说他们的谈话是"那天一直在进行的辩论的延续"。奥巴马和他的幕僚长都对外交政策的既有体制怀有本能的厌恶。麦克多诺说："我一直认为外交政策受到某种程度上的'人云亦云'②的削弱。有一种传统观点认为，为使用武力而使用武力是很重要的，因为它显示了我们的实力。对吗？如果我们不使用武力，我们就失去了信誉。这显然触及了总统认为他应该参加大选的核心。对吗？这就是驱使我们进入伊拉克的心态：即使代价大于收益，我们也要这么做。但是他拒绝这么做。而'红线'，即所谓的红线之争，就是个绝佳的例子。"至于感到震惊的国家安全团队，麦克多诺指出，有三名成员——副总统拜登、克里和国防部长查克·哈格尔——曾主张交给国会。麦克多诺还指出，总统威胁用武力将俄罗斯带到谈判桌上，致使叙利亚的化学武器库被拆除和销毁。他说："到目前为止我只能说，那天发生的一切都取决于奥巴马。"

杰弗里·戈德堡在《大西洋月刊》上这样写道，这是一个重要的日子，"是无能的奥巴马过早地结束美国作为全球唯一一个不可或缺的超级大国的领导地位的日子；但也有可能是睿智的奥巴马在窥见中东是个无底洞后及时后撤，阻止美国付出巨大代价的日子"。③

这一决定是奥巴马做出的，只有麦克多诺在旁——一个是选出来

---

① 二〇一六年五月二十四日对詹姆斯·贝克的采访。
② me-tooism，由 me too 演化而来，是一种俚语，指采用政敌路线，仿效政敌、附和对手。——译者
③ "The Obama Doctrine," *The Atlantic*, April 2016.

的，另一个是任命的、无需批准的——他俩是一长串共同创造历史的总统和幕僚长中最新出炉的一对。"我认为这充分体现了两个人的关系，"达施勒说，"总统听到了很多声音，但那天只有一人和他散步，那就是丹尼斯。总统最后一次跟人谈及这一决定，就是跟丹尼斯。可以说，总统与之交谈过的人里面，对他影响最大的人是丹尼斯。"

那年夏天早些时候，巴拉克·奥巴马站在白宫剧院的一小群观众面前。那天要放映的是一部关于白宫幕僚长的纪录片，名叫《总统的守门人》(*The Presidents' Gatekeeper*)。"当你来到这里，你会学到一些东西。"总统说，"首先，泡沫比你想象的还要严重。其次，杜鲁门阳台太棒了。"语气一转，奥巴马严肃地谈到了现役军人及其家人做出的巨大牺牲。然后又转到了当晚的话题上。"这里有很多人的工作就是让我的生活变得轻松。我住在工作地点的上面。但是这些家伙每晚都得回家。他们在黎明前起床处理国家事务，然后他们还得过来处理我的事情。他们都很谦逊，我在此就看见了两位。"他咧嘴一笑补充道，指着最后一排的杜伯斯坦和博尔滕。"他们一直躲在后面。他们**总是这样**。"总统说他很想留下来，但他还有没完成的工作。"对不起，"他说，"我的幕僚长对我另有安排。"① 就这样，自由世界的领袖走开去找丹尼斯·麦克多诺了。

---

① Screening of *The Presidents' Gatekeepers* at the White House, June 11, 2013.

# 第十章　"我要和美国总统对着干吗?"

莱因斯·普里巴斯、约翰·凯利和唐纳德·特朗普

二〇一七年一月二十一日早上，六点刚过，莱因斯·普里巴斯在弗吉尼亚州亚历山德里亚市的家中一边看着有线电视的早新闻，一边准备出发去白宫。突然，他的手机响了，是唐纳德·特朗普打来的。这位宣誓就职还不到二十四小时的新总统看到了《华盛顿邮报》，上面的照片显示他就职典礼的人气比起他前任巴拉克·奥巴马的相形见绌。

总统火冒三丈，对着幕僚长大喊大叫。普里巴斯回忆道："他说那篇报道简直是**胡说八道**。'这次的人多多了，有的被拦在门外，还有各种各样的情况导致人们无法进到现场。'他说的大部分是实话。总统说：'打电话给［内政部长］莱恩·辛克，向国家公园管理处①了解一下情况，让他马上弄张照片来再做点调查。'总统要求纠正这篇报道。而且刻不容缓。"②

普里巴斯试图说服特朗普冷静下来。他争辩道："这不是什么问题啊，这里是华盛顿特区，这里的民主党占人口的百分之八十五。③弗吉尼亚州北部有百分之六十的人是民主党，马里兰州有百分之六十五。就算有再多的民主党人出席了奥巴马的就职典礼，那也没什么的。这里是民主党的地盘，没人会当回事的。"但是特朗普听不进去。普里巴斯心想，**谁会在上任第一天为了就职典礼的事争来争去?**

特朗普的幕僚长意识到有个问题摆在自己面前：**我要和美国总统对着干吗？**

几个钟头后，白宫新闻发言人肖恩·斯派塞进了新闻简报室。普里巴斯回忆道："斯派塞决定对大家说，如果把通过互联网、电视、电台收看收听以及到现场观礼的人数加起来，这次肯定是史上观看人数最多的就职典礼。"问题是，斯派塞说的并非事实。他那咄咄逼人、奥威尔式的表演被实况转播到世界各地。特朗普当总统的可信度成了一个笑料，女演员梅丽莎·麦卡锡因在《周六夜现场》节目中对斯派塞的大尺度恶搞而家喻户晓。

总统上任第一天，普里巴斯没有和唐纳德·特朗普对着干，而是顺着他来。

普里巴斯并非没有得到过警告。二〇一六年十二月十六日早上④，刚好距离唐纳德·特朗普的就职典礼还有一个月，巴拉克·奥巴马即将离任的幕僚长丹尼斯·麦克多诺邀请普里巴斯共进午餐。一如八年前乔治·W. 布什的幕僚长约书亚·博尔滕为拉姆·伊曼纽尔举行的那场令人难忘的早餐会（当时，十二位前白宫幕僚长济济一堂给奥巴马即将上任的幕僚长出谋划策），这一次，麦克多诺也邀请了一些特殊的客人——所有十七位在世的前白宫幕僚长——来他白宫西翼的办公室一聚。

有十位应邀前来，其中有共和党人，也有民主党人；他们围坐在

---

① National Park Service，隶属于美国内政部的行政管理机构，负责管理美国的国家公园、国家纪念区以及其他自然保护区和历史文化遗产，华盛顿特区内包括总统就职典礼所在地国会大厦周边区域等亦属于美国国家公园的一部分。——译者
② 二〇一七年十月二十三日对莱因斯·普里巴斯的采访。
③ 《华盛顿邮报》刊载的照片并不存在欺诈。事实上，与二〇〇九年参加巴拉克·奥巴马就职典礼的人数相比，参加唐纳德·特朗普就职典礼的人数少很多。至于居住在华盛顿特区的民主党人的比例，据选举委员会估计为百分之七十六。
④ Jordan Fabian, "Priebus Does Lunch with White House Chiefs of Staff, Including Podesta," *The Hill*, December 16, 2016, http://thehill.com/news/administration/310740-priebus-does-lunch-with-white-house-chiefs-off-staff-including-podesta (accessed November 26, 2017).

麦克多诺办公室的长条桌边，所有人都认为普里巴斯面临着巨大挑战。曾在吉米·卡特任内服务的杰克·沃森说："我们希望能尽自己所能帮助莱因斯。"① 不过，考虑到特朗普其人，我觉得这间屋子里没人会认为自己能胜任他的幕僚长一职。"大多数前任幕僚长都认为，就智识和脾性来看，特朗普都不适合担任总统——几乎没有人认为普里巴斯能管得住他或告诉他残酷的真相。沃森说："我们脑子里想的是'老天保佑他诸事顺遂，好运常伴'。但估计他希望渺茫。"

还有另外两个因素在妨碍普里巴斯的行动。他来自威斯康星州的基诺沙，曾任共和党全国委员会主席，是特朗普诋毁过的当权派一员，而他对自己的新老板几乎一无所知。更有甚者，在竞选期间，普里巴斯与这位总统候选人有了芥蒂，因为在特朗普参加《走进好莱坞》（*Access Hollywood*）节目录制时的粗俗讲话②曝光后，他劝其退出竞选，并说其不可能获胜，这激怒了特朗普。但是到最后普里巴斯总会做出退让，他将成为当选总统冷嘲热讽的完美对象。比尔·克林顿的幕僚长莱昂·帕内塔未能参加这次午餐会，他说："特朗普喜欢刁难他人。而普里巴斯给我的印象是那种你可以随便欺负的人。"③

麦克多诺在白宫西翼的大堂迎接自己的继任者并陪他一道进来。前幕僚长们在桌边来回走动，同时给出自己的建议，他们对一件事的看法是完全一致的：除非普里巴斯被任命为白宫西翼的一把手，不然特朗普将无法治国理政。即将就任的特朗普幕僚长恭恭敬敬地在便签本上做着记录。

突然之间一阵骚动；巴拉克·奥巴马走了进来。大家纷纷站起来跟他握手，随后奥巴马招呼他们坐下。第四十四任总统的幕僚长

---

① 二〇一七年十月五日对杰克·沃森的采访。
② 在录音中，特朗普夸耀自己曾经玩弄已婚女性，并因能对她们动手动脚而得意，甚至称"只要你是个名人，她们就会让你这么做"。——译者
③ 二〇一七年十月二十日对莱昂·帕内塔的采访。

们——拉姆·伊曼纽尔、比尔·戴利、杰克·卢、麦克多诺以及承担了职责但没有名分的彼得·劳斯——悉数在场,奥巴马向他们点头致意。"在座这几位个个都在不同时间对我说过让我光火的话,"奥巴马说着,露出招牌式的咧嘴笑,"他们说的并不一定都对;有时候我才是对的。但他们说出来是对的,因为他们知道他们必须告诉我我需要知道的,而不是我**想**听到的。"奥巴马看着普里巴斯说:"这是幕僚长最重要的职责。总统需要这个。我希望你也会对特朗普总统这么做。"① 说完,奥巴马与大家道别,走了。

前幕僚长们不确定普里巴斯是否领会了其中深意。在场的一位共和党人回忆道:"我跟几个人对视了几眼,大家的眼里都有忧虑。他似乎觉得自己能驾驭这份艰巨的工作,因而非常放松。我们当中很多人认为他根本毫无头绪。"另一个人谈到普里巴斯满不在乎的样子时更加直言不讳:"他把这份工作当成私人助理兼巡游主管了。"

几个星期前跟普里巴斯单独吃了顿饭的约书亚·博尔滕深感忧虑。他回忆说:"我看得出来他不放心特朗普一个人在白宫,并坦言'我要是不在那儿,天知道会出什么乱子'。普里巴斯既没有专注于管理自己手下的白宫工作人员,也没有管好自己的生活。他不过是当一天和尚撞一天钟。"② 还有一些令人不安的迹象。奥巴马的工作人员花了数月准备了大量的交接工作简报,做成一个个厚厚的活页夹,旨在帮助下届政府加快处理伊朗、古巴、医疗保健、气候变化等问题的速度。以前每个新任总统的团队都会仔细研究这些文件。但随着就职典礼的临近,麦克多诺意识到,这些文件夹甚至没打开过。他说:"所有的文书资料,所有为他们的过渡团队准备的简报都无人问津。没人读过,也没人评论过。"

特朗普的总统任期以混乱和无能开始——他们就人群规模公然撒

---

① 二〇一七年十月四日对丹尼斯·麦克多诺的采访。
② 二〇一七年十月九日对约书亚·博尔滕的采访。

谎——这证实了前任幕僚长们最担心的事。沃森说:"这表明事情不在莱因斯控制之中。这表明莱因斯无权对总统说:'总统先生,我们不能这样干!如果这么干的话,我们会**完蛋**的!'"乔治·W.布什的幕僚长安德鲁·卡德心情沉重地观望着事态发展:"我心想:'他们不明白他们在搞什么。他们不讲程序,也毫无章法。人必须三思而后行!'"① 帕内塔认为特朗普上任后头四十八小时内发生的事正说明了这一点。克林顿的前任幕僚长告诉我:"如果幕僚长要把一半的时间花在为总统撒的谎辩护,而这个坑却越挖越大,那么你就知道这不仅会导致混乱,还会导致总统的任期一败涂地。"

二○一七年十月下旬,在普里巴斯辞去幕僚长一职近三个月后,我和他约在白宫附近一家高档但人不多的餐厅吃饭。他穿了件休闲夹克,没打领带,也没有戴他一向戴的国旗徽章,他在担任特朗普的幕僚长六个月后突然离职,淡出众人视线,也没有接受任何采访。普里巴斯希望我明白这份工作比表面上看起来更困难。我们甫一坐下他就说:"把你听到的各种说法放大五十倍。从来没有一位总统要在这么短的时间内应对这么多问题:特别检察官,调查'通俄门',随后立即收到传票,媒体穷追不舍——更不用说我们在以创纪录的速度推出各项行政命令,并打算在上任初期就废除和取代奥巴马医改。"他很紧张,反反复复地问:"我说的话不会被公开,对吧?"(普里巴斯后来同意我引用他的话。)

他接着说:"人们误以为我是个懒散的中西部人。其实我很有冲劲,更像一个刀锋战士。我擅长打内线。"在四十四岁的普里巴斯给特朗普当幕僚长之前,他指出:"是我让共和党全国代表大会不再默默无闻。是我们的团队筹集了大量资金,建立了有史以来最大规模的全日制政党运作体系,办了两届大会,赢的竞选次数比任何人都多,并实现了所有目标,而且没有出现突发事件、失误或内讧。"

---

① 二○一七年十月十七日对安德鲁·卡德的采访。

普里巴斯担任特朗普幕僚长以来遭受了无情的批评，这刺痛了他，因而他对权威人士的抨击极为敏感。不过随着时间的推移，他已经理解了这些因何而起——其中包括我几次接受电视新闻节目采访时对他的批评。他说："有一次你在福克斯电视台说的话还真的难倒我了，我的意思是我明白你在说什么：你是说特朗普需要个掌舵人，说我们建的架构太弱了。但你得清楚：当总统**是**特朗普个人的事业。共和党全国代表大会是个组织——而他一生中几乎所有的成就都是单枪匹马闯出来的。他从没想过他突然要接受一个即时的、精心设计的幕僚架构来管理他生活中的每一分钟，至少在他上任第一天没想过。"

提到诸位前任幕僚长，普里巴斯接着说道："在他们所有人都提到的建议中，有一条是除非你被委任为'一把手'，从头到尾负责一切，否则就不要接受这份工作。"他认为，对于一个标准的总统来说，这是对的，但特朗普不是一般人；他是独一无二的。

实际上，特朗普在宣布普里巴斯担任其幕僚长的同时，又宣称政治战略顾问斯蒂芬·班农与其享有同等地位（而且班农享有最高薪资待遇）。普里巴斯说他知道未来困难重重："你和其他人会说'这样子行不通'。我懂。其实打从一开始就需要一个最大最厉害且绝不妥协、大权在握的人——我是可以做到的。但特朗普的幕僚架构并非如此。"

狂热的经济民粹主义者班农最终成了他在白宫西翼的盟友，班农也赞同上述说法。"莱因斯的功能好比特朗普大厦二十六楼①，"他告诉我，"特朗普是老大（alpha male），谁也不能比唐纳德·特朗普更张扬，对吧？所有人都是小卒子，而白宫的运作是极其企业化的。没有管理架构。没有组织秩序。一天到晚都有人进进出出。特朗普习惯

---

① 特朗普大厦位于纽约第五大道，在他担任美国总统以前，他的办公地点在大厦二十六楼，除特朗普集团办公地点及其顶层公寓住宅外，其余用于商用。——译者

于此——接电话，听意见。这就是莱因斯的职责。"①

普里巴斯对于要不要接受特朗普给的这份工作不太确定，于是和妻子萨莉商量了一下。他得出的结论是特朗普是个彻头彻尾的外行，需要有个了解国会山的局内人辅佐。一位熟悉普里巴斯的白宫高级顾问说："他说：'你知道吗？我最好接下这份工作，尽量让这场七级大火变成四级大火②。肯定还是会着火。但如果我在那里总比不在要好。'"

甚至在特朗普上任之前，普里巴斯就设法扑灭了这些大火中最大的一场：当选总统的推特。普里巴斯回忆道："我告诉他：'有些推文毫无裨益，反而会造成困扰。我们可以在推特上发布一些与当下无关的言论来摆脱眼下的问题。'"起初，普里巴斯以为自己成功掌控了特朗普的手机。"我告诉他在西翼使用私人手机会有安全隐患，并让特勤局跟我合作把他的手机停了。"普里巴斯设法停了这一个——没想到特朗普居然还有另一个。

有工作人员每天**为他**写推文。普里巴斯说："团队每天给总统五六条推文供他选择，其中一部分确实尺度很大。我们的想法是至少这些是我们可以看到、理解并控制的推文。但这并不能让总统完全控制好自己想说的。所有人，我、贾瑞德、伊万卡、霍普［·希克斯，时任白宫通讯主管］都在不同时间尝试过降低他的发推频率——但谁也没成功。"③

"［国会］联席会议之后，我们都和他谈了，梅拉尼娅说'不要发推了'。他说'行，接下来几天不发了'。我们就这个问题讨论了多次。我们在总统寓所开过会。我没办法阻止他。［时任幕僚长约翰·］凯利也没办法阻止他。大家在各种场合都试过了，但他总会

---

① 二〇一七年十一月六日对斯蒂芬·班农的采访。
② 美国的火警级别分为十级，一级最轻，十级最重。——译者
③ 二〇一七年十一月二日对莱因斯·普里巴斯的采访。

抛出这套说辞，'瞧，我有一亿粉丝。① 我通过社交媒体赢了大选'。它现在是美国文化和美国总统职务的一部分。你知道吗？在许多方面，总统是对的。而我们这些所谓的专家则可能大错特错。"

普里巴斯说，为特朗普工作，"就好比驾驭最烈最特立独行的马——他比任何政治家都难对付和复杂，而且绝对没有任何东西能让他胆怯。他这人天不怕地不怕，这一点在政界非常罕见。从政的人多多少少会希望得到他人的认可。现在，特朗普总统当然也是如此，但他愿意经受一场又一场风暴，以达到大多数人都不愿意承受的最终结果。他会等来风暴，但他什么都能熬过去。只要胜利在望，他才不在乎其间的疯狂、大起大落或千难万险。他受得住"。

突发事件和疯狂举止将成为普里巴斯任期内的常态。在一个正常运作的白宫，决策出自一个拥有明确权力的幕僚长；而特朗普的西翼看起来像是波吉亚家族②的宫殿，班农、库什纳和伊万卡都想占据离王座最近的位置。他们每个人都可以随意出入椭圆形办公室，影响所有事。每个人都知道，普里巴斯没什么权威。

"所有这些人都被赋予了权力，似乎他们在任何特定时刻都会变成幕僚长，"一位白宫高级顾问解释说，"贾瑞德就守在那里"——至少当时看起来是这样。"每隔两周就有一次传闻说普里巴斯要被炒鱿鱼了。你要跟谁一伙呢？假如你拿着彩弹枪去打仗，就很难赢那些荷枪实弹的人。"


普里巴斯不是唯一一个拿着彩弹枪的人。国务卿雷克斯·蒂勒森频频被特朗普削权，其职责被贾瑞德·库什纳接管了。当总统的这位

---

① 事实上，特朗普在推特上有大约四千三百四十万名粉丝；其中真假不得而知。
② 欧洲中世纪的贵族家族，发迹于西班牙的巴伦西亚，十五、十六世纪时因联姻与政治结盟而显赫，明目张胆地扩张家族势力，有两人登上了教宗宝座，一人成了天主教圣人，还出了数位枢机。——译者

乘龙快婿在谈判中自说自话时，达成贸易协定是不可能的。一名白宫高级顾问说："假如你是雷克斯，你是国务卿，你在电视上看到贾瑞德·库什纳和［国家安全事务副助理］迪娜·鲍威尔和［总统助理］杰森·格林布拉特坐在一起，跟某国外长交谈：贾瑞德达成了'中东和平'谈判，**可你才是**国务卿啊：这太荒谬了！**太愚蠢了！**"但特朗普视国务卿为无物而倚重自己能力有限的女婿，对此普里巴斯及其继任者约翰·凯利都不愿意提出质疑。这位顾问说："这是普里巴斯或是海军陆战队四星上将①都无法阻止的愚蠢之举。"

每一位新总统都必须学习如何治理国家；罗纳德·里根一上任就想改革社会保障体系——直到詹姆斯·贝克向他解释，这是美国政治的"第三轨"，碰不得。在没有任何从政经验的特朗普这里，学习曲线是一飞冲天的。普里巴斯说："这是一场全新的棒球赛，而我是特朗普本垒后面的接球手。对大多数总统和他们的团队来说，打过去的球是三四个。对我来说，球来自四面八方——我每天不得不截杀大量的球。"根据班农的说法，这话已经很含蓄了。"莱因斯每天要阻止的不是三四件事，而是二十件！"他对我说，然后笑着补充道，"其中有十件是**班农**想和总统一起干的！"

特朗普意欲对进口钢铁和汽车分别加征百分之二十五的关税，并退出《北美自由贸易协定》。一位白宫助理说："普里巴斯明白，无论从实践层面还是政治层面上来看，这些都并非立即可行的。这需要时间，而且涉及重大法律问题。白宫西翼那帮心血来潮的家伙想干这干那，而政府自有其运作方式，这两者之间是一场持久战。你不能随随便便公开宣布《北美自由贸易协定》结束了。那怎么办呢？你把农业部长找来，对他说：'等一下，你知道艾奥瓦州吧？还有威斯康星？取消《北美自由贸易协定》等于断了那些农民的活路。那些农民可都是投你票的人啊。'"特朗普决定不再立即废除《北美自由贸

---

① 此处指约翰·凯利。——译者

易协定》,转而同意重新谈判以争取更好的条件。

特朗普的团队已经准备好签署一大堆行政命令。一位白宫内部人士表示:"原先我们的计划是在头几天内签署数百项行政命令。不就是费几支笔吗?我们手头已经有十项有关移民的行政命令准备就绪。"后来发生的事表明"准备就绪"不过是痴人说梦。特朗普于一月二十七日签署了一项行政命令,名为"阻止外国恐怖分子进入美国的国家保护计划"①,禁止了几乎全部七个穆斯林占主导的国家国民入境。由于未经负责实施的部门审核,该命令在机场引发了混乱,招致大量批评,激起了抗议特朗普的活动,并被法庭禁止执行。司法部副部长萨莉·耶茨称该行政命令违宪,拒绝执行。三天后,唐纳德·特朗普将其解职。②

特朗普显然不懂如何执政。但他把禁止移民令弄砸了归咎于普里巴斯。杰克·沃森说:"要么他没有参与,那就意味着他没被赋予应得的权力;要么他参与了,但没人把他当回事。无论哪种情况,都是一场灾难。新手上场的灾难。他们拼凑该行政命令并签署它的方式显示出特朗普政府的运作方式极其荒唐幼稚。"乔什·博尔滕一语中的。他告诉我:"发布旅行禁令是一种无能之举。即使你赞成这项政策,也很难以更荒谬的方式去执行。"这次失败在更基本的层面上说明了一点:它表明特朗普及其团队把治国理政当儿戏。博尔滕坚信,这是"头两个月的毫无建树引发的后果。普里巴斯未能建立一个严格的流程——要对付他那位毫无经验、刚愎自用的老板,程序只能多不能少"。

与此同时,总统对他的敌人展开了疯狂的攻击。头一个被他盯上

---

① Department of Homeland Security, Fact Sheet: Protecting the Nation from Foreign Terrorist Entry to the Unite States, January 29, 2017, Washington, D. C.
② Michael D. Shear, Mark Landler, Matt Apuzzo, and Eric Lichtblau, "Trump Fires Acting Attorney General Who Defied Him," *New York Times*, January 30, 2017, https://www.nytimes.com/2017/01/30/us/politics/trump-immigration-ban-memo.html (accessed November 26, 2017).

的是联邦调查局局长詹姆斯·科米。科米在就职典礼前与当选总统在特朗普大厦有过一次气氛紧张的会面，他向当选总统概述了一份内容暧昧的卷宗，其中称俄罗斯人掌握了特朗普的黑材料——涉及洗钱和召妓。① 普里巴斯说："他早就想在就职典礼前几周除掉科米。这不是一个突如其来的问题。总统从上任第一天起就一直在努力解决此事。"

据普里巴斯所说，特朗普对联邦调查局局长的敌意并非出于害怕被调查；总统认为科米爱卖弄，好出风头。他跟我说："我告诉你，我知道他怎么想的。他不在乎他们正在调查俄罗斯的事——尽管他讨厌这事。但他更恨的是，他认定科米接手这桩普普通通的调查案后会把它搞成一出日播肥皂剧。"

难以理解的是，为何幕僚长会同意一位正在被调查的总统单独与联邦调查局局长共进晚餐。但普里巴斯听之任之，后来还错上加错，让他俩单独待在椭圆形办公室，据科米说是特朗普想叫他停止调查迈克尔·弗林。② 名誉扫地的迈克尔·弗林是前国家安全顾问，后来他供认自己对联邦调查局撒了谎。据普里巴斯称，科米被革职是因为他在参议院司法委员会作证；这位联邦调查局局长说，一想到自己对希拉里·克林顿的调查的处理可能会影响选举，就感到"有点恶心"。特朗普的一位亲信说："就在调查开始全速推进时，总统去了贝德明斯特［高尔夫俱乐部］，回来后他说：'我们必须让科米走人。我心意已决，谁也别劝我。'"

---

① Mark Berman, "Comey: I told Trump during first meeting he wasn't personally being investigated," *The Washington Post*, June 8, 2017, https://www.washingtonpost.com/politics/2017/live-updates/trump-white-house/james-comey-testimony-what-we-learn/comey-i-told-trump-during-first-meeting-he-wasnt-personally-being-investigated/（accessed November 26, 2017）.

② Michael S. Schmidt, "Comey Memo Says Trump Asked Him to End Flynn Investigation," *The New York Times*, May 16, 2017, https://www.nytimes.com/2017/05/16/us/politics/james-comey-trump-flynn-russia-investigation.html（accessed November 26, 2017）.

普里巴斯和白宫法律顾问唐·麦甘感觉到这是个致命的政治错误，试图阻止这个即将临头的大祸。但是，司法部副部长罗德·罗森斯坦在备忘录里批评了科米对调查希拉里·克林顿的处理方式，这份备忘录坚定了特朗普的决心。五月九日，特朗普将联邦调查局局长科米解职。事实证明，这是自理查德·尼克松解雇调查"水门事件"的检察官阿奇博尔德·考克斯以来最糟糕的政治决策。

八天后，也就是五月十七日，普里巴斯正在自己的办公室里，白宫法律顾问突然来访——这件事他从来没有公开讲过。"唐·麦甘来到我的办公室，面红耳赤，气喘吁吁地说：'我们遇上麻烦了。'我答：'什么情况？'他说：'这来了一位特别检察官，而［司法部长杰夫·］塞申斯刚刚辞职了。'我说：'**什么？！你到底在说什么？**'"

特朗普解雇了科米，现在自己成了特别检察官的调查对象，这已经够糟的了；更糟的是，在普里巴斯不知道的情况下，总统刚刚在椭圆形办公室对塞申斯发表了一通尖刻的长篇大论，称这位司法部长是个"白痴"，将这一团糟归咎于塞申斯回避"通俄"调查。面对这番羞辱，塞申斯表示自己将辞职。

普里巴斯将信将疑："我说：'这不可能。'"特朗普的幕僚长沿着后楼梯冲到西翼停车场。他发现塞申斯坐在一辆黑色轿车的后排，汽车正在发动。普里巴斯说："我敲了敲车门，杰夫就坐在那里。于是我坐进去关上门，问：'杰夫，怎么回事？'他告诉我他要辞职了。我说：'你不能辞职啊。这可不成。我们现在就来谈谈这个问题。'于是我把他从车里拖进我办公室。［副总统麦克·］彭斯和班农进来了，我们谈了起来，一直谈到他答应不会马上辞职而是再考虑一下。"当天晚些时候，塞申斯把一封辞职信交到了椭圆形办公室；但普里巴斯最终说服总统把信退了回去。

七月，特朗普再次盯上了塞申斯，发推文辱骂他，说他是"软蛋"。一位白宫内部人士说："普里巴斯被告知赶紧让塞申斯辞职走人。总统跟他说：'别跟我东拉西扯。别用你过去那一套拖我的后腿。叫杰夫·塞申斯辞职。'"

据这位知情人透露，普里巴斯再次拦住了特朗普。"他告诉总统：'如果我接受了他的辞呈，你就会陷入一场灾难，相比之下科米这事根本不足挂齿。罗森斯坦会辞职。第三把手［司法部次长①］雷切尔·布兰德会说：算了，我不想卷入此事。'于是局面将一塌糊涂。"总统同意稍后再决定塞申斯的去留。

说到所有的风波和闹剧，普里巴斯坚称他和特朗普在工作上是密切合作的。他说："我经常跟他待在一起，我们有很多机会相处，变得非常亲近——现在依然如此。"普里巴斯说，他和总统现在还经常交流。我问他特朗普喜欢聊什么。普里巴斯说："什么都聊，大自然、体育、时事新闻、八卦、军事史，等等。他很有好奇心，是个很好相处的人，所以和他交谈很放松。"

特朗普是如何进行决策的呢？一位白宫助理告诉我："他在决策过程中把自己视作宇宙中心。"普里巴斯说："在我看来，特朗普决策事情的方式非常有主见。"他怎么也解释不清总统的决策流程。"我说不来，而你们绝不会欣赏他，也不可能理解他。他很有主见，很聪明，几乎靠自己办成了所有的事。有时他任由事情细水长流慢慢来，有时则当机立断。"

特朗普任期的头六个月是美国现代历史上政府机能最失调、最没有建树的时期：它的主要行政命令无法执行，它的立法胎死腹中，它发布的信息不实，它对司法机构、情报界和新闻界的攻击前所未有，它的未来因丑闻而蒙上阴影。此外，就算唐纳德·特朗普已经吸取了执掌白宫的第一个教训——不放权给幕僚长的总统是不可能成事的——他也没有吸取第二个教训：执政和竞选是两码事。特朗普不去争取对手的支持并建立可能办成事情的联盟，反倒继续搞分裂、搞破

---

① Deputy Attorney General 是司法部副部长，也是司法部第二把手；Associate Attorney General 是司法部次长，即第三把手。——译者

坏，还妖魔化对手。

在我们的对话中，普里巴斯驳斥了这种说法。他说："特朗普总统在九个月里的确做了大量工作，应该得到应有的认可。我敢说他会得到的——绝对是人才。"在普里巴斯看来，特朗普的真正成就没得到赏识。他说："我认为达科他输油管线和美加输油管线①极其重要。我觉得你不妨看看边境上的非法移民过境点，不可否认，非法移民人数在大幅下降。司法空白的弥补正在迅速变化，股市欣欣向荣，《跨太平洋伙伴关系协定》已退出，环境保护局乱哄哄②，退伍军人得到了应有的重视，而奥巴马任内不少成果被废除。我认为特朗普卓有成效地保持了美国在世界秩序中的地位。我认为内阁在有效运作。"

"再来谈谈放松管制吧，"他接着说道，"我们取消了十五项规定，其中每一项都已在实施当中。总统一直在通过行政命令削减规定——这一点无法否认。"普里巴斯还提到了任命尼尔·戈萨奇为最高法院大法官一事（虽然这需要援引所谓的"核选项"③，将参议院确认所需的六十票减少到只需多数票）。"我认为司法领域的动作很大——不仅是戈萨奇，还包括所有联邦法官，我们任命法官的速度比我国现代历史上任何一位总统都快一倍。"

普里巴斯说："至于撤销奥巴马执政时期的各项做法一事，这是

---

① Datota Access Pipeline，也称巴肯管道，是美国一条地下石油管道，始于北达科他州西北部巴肯地层的页岩油田，到达伊利诺伊州帕托卡附近的石油码头。Keystone XL Pipeline Project，是将加拿大艾尔伯塔省生产的原油输送到美国墨西哥湾沿岸地区的一条输油管道。——译者

② 假如废除"清洁空气法案"和"净水法案"，任命行业内部人员监管之前从事的业务，以及扼杀科学化建议被认为是进步，那么环保局确实是在"蓬勃发展"。其他人则认为，由理查德·尼克松和民主党国会在近五十年前创建的环境保护局正在被按部就班地拆解。

③ 核选项（nuclear option）源于《宪法》，所以正式名为 Constitutional Option（宪法规则）。在提名尼尔·戈萨奇为最高法院大法官的过程中，参议院共和党人利用其多数地位把原本需要五分之三，即六十票才能终止的"冗长辩论"，通过改变规则使之变成只要超过二分之一，即五十一票就行，使民主党人在对最高法院大法官提名人进行表决时无法启动拖延议事程序（filibuster）。——译者

特朗普在竞选时承诺过的,他也正在兑现。"

不过,特朗普显然未能废除奥巴马的标志性成就:奥巴马医改法案。"废除和替换"(repeal and replace)的策略彻底搞砸了——不是一次而是两次,后一次,约翰·麦凯恩①凌晨两点在参议院投下了出人意料的反对票。这次惨败证明了普里巴斯不懂计票,也不会拉票。班农告诉我:"当麦凯恩投出反对票时,我心说:'莱因斯要滚蛋了。这事会一塌糊涂。总统肯定会火冒三丈。'"据班农说,特朗普最器重的将军、时任国土安全部部长的约翰·凯利抱怨普里巴斯对西翼管理不善。班农说:"他对我说:'进了椭圆形办公室就像进了中央车站,真让我心烦。'"将军认为当总统不该这样,得改改。"'人进人出的。来开各种会的人太多了。'我们就这事谈了很久。"

这下普里巴斯成了特朗普日常羞辱的对象,总统贬低自己的幕僚长,称其为"莱因赛儿"。有一次,他把普里巴斯叫进椭圆形办公室来打苍蝇。②普里巴斯愿意承受几乎所有屈辱来讨特朗普的欢心。某次内阁电视会议上出现了恍若《满洲候选人》③中的一幕,总统麾下最有权势的顾问们似乎在比拼,看谁更能逢迎谄媚;普里巴斯轻松取胜,宣称为总统效力是"福分"。

但现在猎犬已经放出来了。库什纳和伊万卡瞄准了班农,普里巴斯也是他们的目标。幕僚长不会帮库什纳铲除特朗普的策略师,库什

---

① 美国军人、政治人物、共和党重量级人物、新保守主义者,来自亚利桑那州的美国参议员,二〇〇八年代表共和党参加总统竞选。二〇一七年夏,他在国会投出了反对废除"奥巴马医改"的关键一票,此举对共和党领导层和特朗普造成了严重打击。——译者
② Chris Riotta, "The White House Has a Swamp Problem: Trump Makes Aides Kill Flies for Him," *Newsweek*, July 29, 2017, https://www.newsweek.com/drain-swamp-white-house-west-wing-fly-problem-donald-trump-reince-priebus-643824 (accessed November 26, 2017).
③ *The Manchurian Candidate*,美国作家理查德·康顿的政治惊悚小说,一九五九年出版。一九六二年改编为电影,二〇〇四年翻拍,改以海湾战争为背景。后来"满洲候选人"成为美国政治词汇,意为"傀儡、受人操纵、被洗脑"的候选人。——译者

纳怀疑此人泄露了有关他和俄罗斯的关系这种要命的信息。"他想不通说他通俄的那些信息是哪里来的"——除非出自班农之口——"而他知道普里巴斯不会赞成班农必须走人的说法。"一位高级顾问说。

到了七月，普里巴斯知道他的工作快要保不住了；浮夸张扬的安东尼·斯卡拉穆奇突然被任命为新一任白宫通讯主管，这成了压垮他的最后一根稻草。普里巴斯曾反对雇用此人。斯卡拉穆奇一上任就把西翼变成了一个"环形行刑队"①，在接受《纽约客》采访时，他称特朗普的幕僚长是"见鬼的妄想型精神分裂患者、偏执狂"。② 接着，他又在推特上指责普里巴斯泄露了有关斯卡拉穆奇财务状况的机密信息（而这些信息在网上是公开的）。普里巴斯回忆道："当他指控我犯有重罪时，我想：'我还待在这里干什么呢？真是丢人。'就是在那个时候我去找了总统，对他说：'我得走了，这样下去不行。'"特朗普绝不会在公开场合维护普里巴斯。他接受了幕僚长的辞职。

普里巴斯一度期待他能有一两周的时间从容离场，然而第二天，当"空军一号"降落在安德鲁斯空军基地的停机坪时，特朗普发了一条推特："我很高兴地通知你们，我刚刚任命约翰·凯利将军/部长为白宫幕僚长。他是一个了不起的人……"这种突然的人事调整是特朗普的一贯作风；这个时间点令普里巴斯措手不及，他走下飞机冲进倾盆大雨中，上了汽车匆匆离开。（特朗普的推文说："我在此感谢普里巴斯的工作及其对国家的贡献。"）而凯利甚至没有被正式通知他将成为新一任幕僚长，这也是特朗普的行事作风。（两周前总统曾经打电话给凯利以及另外两位候选人探他们口风。）

---

① Circular firing squad，指一个团体，通常是政党，联手对抗一个共同的敌人，但因其内部分歧和相互攻击导致彼此之间造成的损害比对目标的损害更大。——译者
② Ryan Lizza, "Anthony Scaramucci Called Me to Unload About White House Leakers, Reince Priebus, and Steve Bannon," *The New Yorker*, July 27, 2017, https://www.newyorker.com/news/ryan-lizza/anthony-scaramucci-called-me-to-unload-about-white-house-leakers-reince-priebus-and-steve-bannon（accessed November 26, 2017）.

在华盛顿内部人士看来，最终，普里巴斯没能赢得总统或其工作人员的尊重。《纽约时报》驻白宫首席记者彼得·贝克说："他比特朗普年轻，他在这个地方没有指挥权。没人怕他。没人会对绕过他或越过他感到内疚。莱因斯从未在政府任过职，似乎并不真的了解如何让工作发挥作用，也从未以一种会让人觉得他是个能干的幕僚长的方式获得过总统的尊重。"①

相比之下，普里巴斯的接班人——六十七岁的约翰·凯利将军——得到了唐纳德·特朗普的充分信任。他当国土安全部部长的时候，积极执行总统强硬的移民议程，而且他退役前还是执掌南方司令部的海军陆战队四星上将。他代表了特朗普心目中理想的军人形象——当年特朗普的父亲把任性的儿子送进军校，就是想将其培养成这样的人。班农告诉我："凯利就像是九泉之下的弗雷德·特朗普派来影响他儿子的人。弗雷德·特朗普一直希望唐纳德·特朗普成为约翰·凯利那样的人。一个像加里·库珀②那样的美国英雄——不自吹自擂，实事求是。"

话虽如此，做特朗普的幕僚长将是凯利面对过的最严峻考验。他的头几通电话之一是打给比尔·克林顿的前幕僚长莱昂·帕内塔的——此人担任奥巴马的国防部长期间，凯利是他的军事助理。帕内塔让他的老朋友去买一大瓶苏格兰威士忌。（凯利更喜欢爱尔兰威士忌）。几个月后我给帕内塔打电话，帕内塔回忆起这段笑道："我说：'这不好说，约翰，你接了个烫手山芋。'我告诉他：'如果总统犯了错，你得是那个对总统说出真相的混蛋。你得跟总统搞好关系，这样才能对总统实话实说，而他也能对你无可讳言。因为，坦率地说，我感觉眼下白宫里面没人在这么做。'"

---

① 二〇一七年十月九日对彼得·贝克的采访。
② 好莱坞著名演员，曾两次获得奥斯卡最佳男主角奖，在银幕上重新定义了英雄形象。——译者

凯利立即着手加强了对西翼的管理；① 所有要进总统办公室的人——包括班农、贾瑞德，甚至总统的顾问女儿伊万卡——现在都要过幕僚长这关。他还大幅缩减了库什纳的权限。班农说："他把贾瑞德和伊万卡彻底晾在一边。他们真的没事可干。他停了贾瑞德的工作，后者只剩下巴以事务可以忙活了。"上情下达通过秘书；会议规模缩小，而且准时召开。凯利还开始处理那些我行我素不顾后果的家伙：斯卡拉穆奇在七十二小时内被解职；另一位不按常理出牌的白宫工作人员塞巴斯蒂安·高尔卡也很快将被解雇；连特朗普那位刚愎自用的首席战略顾问班农本人也将在一个月内走人。近代史上最混乱不堪的白宫如今运行得相对正常了。但这足以拯救一位不合格的总统吗？

凯利本人否认了他会对总统加以约束的说法。他在白宫新闻室表示："我来做这份工作不是为了控制什么，而是为了把握流向总统的信息，以便做出最佳决定。我不是到这儿来管他的。"② 这话暴露出凯利对幕僚长首要职责的一无所知，那就是对总统说逆耳忠言。

博尔滕说："我认为公开地这么说让老板听见或许是明智之举。但是真的放弃这个职能在我看来是个巨大且危险的错误。幕僚长的职责不是告诉总统该做什么，也不是把你的判断强加给他。但是，如果他的行为不利于他的总统职位，你的职责之一就是出手干预并努力纠正。"

没过多久，特朗普再度自毁长城。二〇一七年八月十二日，在弗

---

① Maggie Haberman, "John Kelly's Latest Mission: Controlling the Information Flow to Trump," *The New York Times*, August 24, 2017, https://www.nytimes.com/2017/08/24/us/politics/trump-white-house-kelly-memos.html (accessed November 26, 2017).

② Ashley Parker and Greg Jaffe, "Inside the 'Adult Day-Care Center': How Aides Try to Control and Coerce Trump," *The Washington Post*, October 16, 2017, https://www.washingtonpost.com/politics/inside-the-adult-day-care-center-how-aides-try-to-control-and-coerce-trump/2017/10/15/810b4296-b03d-11e7-99c6-46bdf7f6f8ba_story.html (accessed November 26, 2017).

吉尼亚州的夏洛茨维尔，白人民族主义者和右翼抗议者举行了一次暴力示威，他们高呼纳粹口号"血与土"①。结果爆发了一场混战，有十九人受伤；一名三十二岁的妇女被一个右翼狂热分子开车轧死。②一开始，特朗普还中规中矩地就这场悲剧发表了体面的讲话。但是三天后，在特朗普大厦的大堂举行的一场表面上与基础设施有关的活动中，总统出了岔子。在被问及夏洛茨维尔市发生的事时，他发表了一通精神失常的长篇大论，将新纳粹分子和现场的反示威者相提并论。面红耳赤的特朗普咆哮道："我认为冲突双方都有责任。你们和我都对此确信无疑。那群人当中有些很坏的家伙，但双方之中也都有好人。"③当特朗普滔滔不绝地高谈阔论时，约翰·凯利手托着下巴面无表情地站在那里，眼睛盯着自己的鞋子。

许多人觉得特朗普的新幕僚长会是房间里那个不受意识形态左右的成年人，他会查看总统的过激行为。但是彼得·贝克对此持保留意见。他说："我想我们会觉得凯利在某些政策上比总统更为谨慎，我认为他实际上走的是强硬路线。他相信修建边境隔离墙以及所有那些严苛的移民政策是对的。"（班农不同意这种说法，坚称："凯利与总统在政策上看法并不一致。他其实是个温和派。"）不过，不管意识形态如何，问题在于：在协助特朗普处理国会山事务时，凯利的工作是否比普里巴斯更有效？

---

① Blood and soil，源自德文 Blut und Boden。二战时，纳粹德国提倡民族的生存依靠血统和土地。血与土的论点，成为消灭其他民族以求生存的解释，日后更成为纳粹德国意识形态的核心。直到今天，血与土仍有极强的种族主义色彩。——译者
② Joe Heim, Ellie Silverman, T. Rees Shapiro, and Emma Brown, "One Dead As Car Strikes Crowds Amid Protests of White Nationalist Gathering in Charlottesville; Two Police Die in Helicopter Crash," *The Washington Post*, August 13, 2017, https://www.washingtonpost. com/local/fights-in-advance-of-saturday-protest-in-charlottesville/2017/08/12/155fb636-7f13-11e7-83c7-5bd5460f0d7e_ story. html?utm_ term =. dcacc2fc76db. (accessed November 26, 2017).
③ Politico Staff, "Full Text: Trump's Comments on White Supremacists, 'Alt-Left' in Charlottesville," *Politico*, August 15, 2017, https://www.politico.com/story/2017/08/15/full-text-trump-comments-white-supremacists-alt-left-transcript-241662 (accessed November 26, 2017).

十月,凯利的政治能力再次因总统失言而受到考验。一次新闻发布会上,当特朗普被问及是否联系过在尼日尔遇难的四名美国士兵的家属时,他猝不及防,谎称巴拉克·奥巴马不曾联系过所谓的"金星家庭"①。② 仓促安排下,特朗普给拉·戴维·约翰逊中士的遗孀打了个电话;约翰逊家的朋友弗雷德里卡·威尔逊议员通过免提听到了通话内容,事后指责总统说的话无情又蹩脚;特朗普非但没有安慰到约翰逊夫人,反倒声称她的丈夫"很清楚自己的工作会有什么后果"。

随之而来的是潮水般的批评声,以及凯利突然现身白宫新闻室的讲台前。这位退役将军的儿子已在阿富汗阵亡,他一上来就阵亡士兵的遗体下葬准备工作做了颇有说服力的描述。但随后凯利对威尔逊议员发起了漫无边际的攻击,编了一个关于她多年前发表的演讲的假故事。③ 凯利出于对他心目中的庄严仪式被政治化的愤慨,一直在以一名愤怒的将军而非白宫幕僚长的身份讲话。

凯利愿意为总统挡子弹,这让特朗普很高兴。但凯利夸张的表现以及拒不道歉,毁了他的形象,又暴露了他政治上的幼稚。帕内塔说:"我认为这件事无疑对他造成了伤害,因为突然间,一个被视为直言不讳的海军陆战队员的人卷入了那一刻的政治,这无疑有损于他的可信度。如果这继续作为一种工作模式,任由白宫滥用凯利的信誉,这将会严重损害他作为幕僚长的身份。"

---

① gold star family,指有亲人在服役期间去世的家庭。——译者
② Mark Landler, "Trump Falsely Claims Obama Didn't Contact Families of Fallen Troops," *The New York Times*, October 16, 2017, https://www.nytimes.com/2017/10/16/us/politics/trump-obama-killed-soldiers.html (accessed November 26, 2017).
③ *The New York Times*, "Full Transcript and Video: Kelly Defends Trump's Handling of Soldier's Death and Call to Widow," *The New York Times*, October 19, 2017, https://www.nytimes.com/2017/10/19/us/politics/statement-kelly-gold-star.html (accessed November 26, 2017).

为特朗普工作犹如一场魔鬼交易①。一位对普里巴斯和凯利都很了解的白宫顾问说:"实际情况是,你必须在公开场合做一些事以保住自己在私底下办成事的能力。你希望通过那些并不那么重要的较量来证明自己的价值,从而让总统知道你是条好狗。"特朗普对夏洛茨维尔的种族主义行径做出拙劣的回应,冷漠地对待"金星家庭"遗孀,对童子军发表党同伐异且一意孤行的演讲,转发反穆斯林视频以及在推特上与独裁者结怨,凡此种种之后,凯利无力约束总统倒显得去职的普里巴斯更称职。班农说:"莱因斯没有媒体写的那么糟。人们觉得他缺乏庄严的气质。说白了他就是一个来自基诺沙的小人物,对吧?但要是莱因斯行事和凯利一样,他肯定会被视为政治史上最糟糕的幕僚长——而对凯利就不会这么苛责。"

到我下笔时,特朗普已经担任总统近一年,有一点似乎很清楚,不管谁是他的幕僚长,特朗普还是特朗普。当然,对于他的首席顾问来说,危险系数已经不能再高了。特朗普动辄发布的威胁要与朝鲜开打核战的推文,可能是最麻烦的事。班农口气很坚定地对我说:"特朗普与疯狂炸弹客截然不同。他也绝不是那种动不动就开枪的人。他本人和推特上的他完全相反。在考虑动武时,我没见过比他更审慎、更深思熟虑、更勤于反思的人。"普里巴斯认同班农的观点。他说:"当决定动用军队,当决定炸毁叙利亚机场②时,特朗普总统是非常慎重的。他并不急于做出决定,而是问了很多问题,有几次他还一再回到战情室。"

其他人则远没有这样的自信。在竞选期间,特朗普问如果美国不能使用核武器,那为什么要有呢。参议员林赛·格雷厄姆说,总统告

---

① 又译作浮士德交易,是西方的文化主题之一。欧洲中世纪传说中的浮士德,为追求知识和权力向魔鬼出卖了自己的灵魂。——译者
② 二〇一七年四月七日,位于地中海东部的两艘美军舰船向叙中部霍姆斯省的沙伊拉特军用机场发射了五十九枚战斧式巡航导弹,特朗普当天发表电视讲话说此次军事行动是他下的令,因为预防和阻止化武扩散"符合美国的重大国家安全利益"。——译者

诉他一旦朝鲜半岛发生战争,"要死几千人的话,那也是他们那边的人死"。① 在《唐纳德·特朗普的危险病例》② 一书中,二十七位精神疾病方面的专家认为,总统构成了挑起核战争的"明确和现实的危险"。许多心理学家认为特朗普是自恋型人格障碍的典型病例。一位熟悉他的朋友说,总统不具有同情或怜悯他人的能力;面对危机,他可能无法理解自己行为的后果。

莱昂·帕内塔说:"这家伙的行事作风就是拉出手榴弹的保险栓,扔进房间,任其爆炸,然后等硝烟散去,期待问题多少解决了点。外交事务不是这样处理的。你要打交道的是金正恩这样会叫你'见鬼去吧'的领导人。"帕内塔顿了一下,继续道:"总而言之,这位总统跟朝鲜一样得看牢点。你必须想方设法让局势尽在自己掌握中,确保无论他如何随心所欲你都能从国家利益出发把他带到正确的方向。"

前幕僚长安德鲁·卡德说:"我相信特朗普身边有一个出色的强大的国家安全团队,但是他确实都把这些人捏得死死的——我说的可不是什么双关语。"③ 凯利、H. R. 麦克马斯特以及詹姆斯·马蒂斯,特朗普的这些将军能遏制他吗?这在很大程度上取决于特朗普是否愿意倾听。他对他的军方高层官员以及差不多身边每个人的信任在与日俱减。特朗普的一个朋友对我说:"没过多久,他就开始说,'也许这些将军没那么聪明。也许他们是某种程度上的自由派。也许他们并不真正以美国利益为先。也许他们信奉全球主义'。他会问手下'这些人是民主党人吗?'这样的问题。他会说:'马蒂斯是不是民主党啊?'"

---

① Uri Friedman, "Lindsey Graham Reveals the Dark Calculus of Striking North Korea," *The Atlantic*, August 1, 2017, https://www.theatlantic.com/international/archive/2017/08/lindsey-graham-north-korea/535578/ (accessed November 26, 2017).
② Bandy X. Lee et al., *The Dangerous Case of Donald Trump* (New York: St. Martin's Press, 2017).
③ 之所以提到双关,是因为原文 But he does get—I don't mean this as a pun—to trump them 中的 trump 是特朗普的姓,在英文中有"胜过、打败"的意思。——译者

就职典礼头一晚，每一位当选总统都会被简要告知如何启动"核橄榄球"——就是装着按下国家核武库密码的公文包。对于每一位新任三军统帅及其首席顾问而言，这是一个令人警醒的庄严时刻。比尔·克林顿的幕僚长托马斯·F."麦克"·麦克拉提清楚地记得参谋长联席会议主席科林·鲍威尔将军所描绘的危机情境。麦克拉提说："当'核橄榄球'从一届政府交到下一届政府手上时，它凸显的是每一任总统保护美国人民安全的神圣责任。它无比强大。当然，你还必须决定如何疏散白宫人员，谁该上直升机，等等。我希望并祈祷那一天永远不会到来。"①

二〇一六年一月，当约瑟夫·邓福德将军向特朗普解释如何启动核密码时，房间里除了莱因斯·普里巴斯再无旁人。普里巴斯说："麦克说的每句话我都感同身受。而当选总统特朗普在那一刻体会到了，内心找到了那种感觉。他感受到了压力、重负，他看着我，呃……"普里巴斯吹了声口哨，"他说：'哇，这玩意儿了不得。'"

帕内塔表示："如果有像凯利这样的人在总统身边，他们也许能控制住局面。但是，如果这位总统突然把凯利踢走，把麦克马斯特踢走，还说：'我才不管呢，我就是要这么干！'"——帕内塔停顿了一下——"那么这一刻对于这个国家的未来而言就非常危险了。要是凯利、马蒂斯以及麦克马斯特已经在讨论'如果……我们该怎么办'这样的问题，我压根不会觉得意外。"

"倘若你处于凯利的位置，你会讨论这个问题吗？"我问帕内塔。

他说："当然。肯定会的。这关乎国家的命运。"

克里斯·威珀　纽约谢尔特岛
二〇一七年十一月二十四日

---

① 二〇一一年九月二十二日对麦克拉提的采访。

# 参考文献

Adams, Sherman. *Firsthand Report: The Story of the Eisenhower Administration*. Santa Barbara: Greenwood, 1961.

Aitken, Jonathan. *Nixon: A Life*. Washington, D. C.: Regnery, 1994.

Allen, Jonathan and Amie Parnes. *HRC: State Secrets and the Rebirth of Hillary Clinton*. New York: Broadway Books, 2014.

Alter, Jonathan. *The Promise: President Obama, Year One*. New York: Simon & Schuster, 2010.

——. *The Center Holds: Obama and His Enemies*. New York: Simon & Schuster, 2013.

Ambrose, Stephen E. *Nixon: Volume 1—The Education of a Politician 1913–1962*. New York: Simon & Schuster, 1987.

——. *Nixon: Ruin and Recovery 1973–1990*. New York: Simon & Schuster, 2014.

Anderson, Martin and Annelise Anderson. *Reagan's Secret War: The Untold Story of His Fight to Save the World from Nuclear Disaster*. New York: Crown, 2009.

Annis, Lee Jr. *Howard Baker: Conciliator in an Age of Crisis*. New York: Madison, 1994.

Anson, Robert Sam. *Exile: The Unquiet Oblivion of Richard M. Nixon*.

New York: Simon & Schuster, 1984.

Axelrod, David. *Believer: My Forty Years in Politics*. New York: Penguin, 2015.

Baker, James A. III with Thomas M. DeFrank. *The Politics of Diplomacy: Revolution, War & Peace, 1989 – 1992*. New York: Putnam Adult, 1995.

Baker, James A. III with Steven Fiffer. *"Work Hard, Study ... and Keep Out of Politics!": Adventures and Lessons from an Unexpected Public Life*. New York: Penguin, 2006.

Baker, Peter. *The Breach: Inside the Impeachment and Trial of William Jefferson Clinton*. New York: Scribner, 2001.

——. *Days of Fire: Bush and Cheney in the White House*. New York: Anchor, 2013.

Bernstein, Carl. *A Woman in Charge*. New York: Vintage, 2007.

Beschloss, Michael R. and Strobe Talbott. *At the Highest Levels: The Inside Story of the End of the Cold War*. New York: Open Road Media, 2016.

Blumenthal, Sidney. *The Clinton Wars*. New York: Farrar, Straus and Giroux, 2003.

Bohn, Michael K. *Nerve Center: Inside the White House Situation Room*. Lincoln: Potomac, 2004.

Bourne, Peter G. *Jimmy Carter: A Comprehensive Biography from Plains to Post-presidency*. New York: Scribner, 1997.

Bowden, Mark. *Black Hawk Down: A Story of Modern War*. New York: Grove Atlantic Press, 1999.

Branch, Taylor. *The Clinton Tapes: Wrestling History with the President*. New York: Simon & Schuster, 2009.

Brands, H. W. *Reagan: The Life*. New York: Anchor, 2016.

Brill, Steven. *America's Bitter Pill: Money, Politics, Backroom Deals, and the Fight to Fix Our Broken Healthcare System*. New York: Random House, 2014.

Brinkley, Alan and Davis Dyer, eds. *The American Presidency: The Authoritative Reference*. New York: Houghton Mifflin, 2004.

Brinkley, Douglas. *The Boys of Pointe Du Hoc: Ronald Reagan, D-Day, and the U. S. Army 2nd Ranger Battalion*. New York: William Morrow, 2005.

Brinkley, Douglas, ed. *The Reagan Diaries by Ronald Reagan*. New York: Harper Collins, 2007.

——. *The Notes: Ronald Reagan's Private Collection of Stories and Wisdom*. New York: HarperCollins, 2011.

Brinkley, Douglas and Luke A. Nichter, eds. *The Nixon Tapes: 1973*. Boston: Mariner, 2015.

Broadwell, Paula and Vernon Loeb. *All In: The Education of General David Petraeus*. New York: Penguin, 2012.

Buchanan, Patrick J. *The Greatest Comeback: How Richard Nixon Rose from Defeat to Create the New Majority*. New York: Crown Forum, 2014.

Bumiller, Elisabeth. *Condoleezza Rice: An American Life*. New York: Random House, 2009.

Bush, Barbara. *Barbara Bush: A Memoir*. New York: Scribner, 2010.

Bush, George H. W. *All the Best: My Life in Letters and Other Writings*. New York: Scribner, 2013.

Bush, George H. W, with Victor Gold. *Looking Forward: An Autobiography*. New York: Doubleday, 1987.

Bush, George H. W. and Brent Scowcroft. *A World Transformed*. New York: Vintage, 2011.

Bush, George W. *Decision Points*. New York: Crown, 2010.

———. *41: A Portrait of My Father*. New York: Crown, 2014.

Califano, Joseph A., Jr. *The Triumph and Tragedy of Lyndon Johnson, The White House Years: A Personal Memoir by President Johnson's Top Democratic Adviser*. New York: Touchstone, 2014.

Cannon, James. *Gerald R. Ford: An Honorable Life*. Ann Arbor: The University of Michigan Press, 2013.

Cannon, Lou: *President Reagan: The Role of a Lifetime*. New York: PublicAffairs, 1991.

Carter, Jimmy. *Keeping Faith: Memoirs of a President*. Fayetteville, University of Arkansas Press, 1995.

———. *Living Faith*. New York: Random House, 2001.

———. *White House Diary*. New York: Farrar, Straus and Giroux, 2010.

Chafe, William H. *Bill and Hillary: The Politics of the Personal*. Durham: Duke University Press Books, 2016.

Cheney, Dick with Liz Cheney. *In My Time: A Personal and Political Memoir*. New York: Threshold, 2011.

Cheney, Richard B. and Lynne V. Cheney. *Kings of the Hill: How Nine Powerful Men Changed the Course of American History*. New York: Touchstone, 1996.

Christopher, Warren. *Chances of a Lifetime: A Memoir*. New York: Scribner, 2001.

Clarke, Richard A. *Against All Enemies: Inside America's War on Terror*. New York: Free Press, 2004.

———. *Your Government Failed You*. New York: Ecco, 2008.

Clifford, Clark with Richard Holbrooke. *Counsel to the President: A Memoir*. New York: Random House, 1991.

Clinton, Bill. *My Life*. New York: Alfred A. Knopf, 2004.

Clinton, Hillary Rodham. *Living History*. New York: Simon & Schuster, 2003.

———. *Hard Choices*. New York: Simon & Schuster, 2014.

Cockburn, Andrew. *Rumsfeld: His Rise, Fall, and Catastrophic Legacy*. New York: Scribner, 2007.

Colodny, Len and Tom Schachtman. *The Forty Years War: The Rise and Fall of the Neocons from Nixon to Obama*. New York: HarperCollins, 2009.

Daalder, Ivo H. and I. M. Destler. *In the Shadow of the Oval Office: Profiles of the National Security Advisers and the Presidents They Served—From JFK to George W. Bush*. New York: Simon & Schuster, 2009.

Darman, Richard. *Who's in Control: Polar Politics and the Sensible Center*. New York: Simon & Schuster, 1996.

Davis, Lanny J. *Truth to Tell: Notes from My White House Education*. New York: Free Press, 1999.

Dean, John W. *Blind Ambition Updated Edition: The End of the Story*. New York: Polimedia, 2009.

———. *The Nixon Defense: What He Knew and When He Knew It*. New York: Penguin, 2015.

Deaver, Michael K. *A Different Drummer: My Thirty Years with Ronald Reagan*. New York: HarperCollins, 2001.

Donaldson, Sam. *Hold On, Mr. President!* New York: Random House, 1987.

Doyle, William. *Inside the Oval Office: The White House Tapes from FDR to Clinton*. New York: Kodansha America, 1999.

Draper, Robert. *Dead Certain: The Presidency of George W. Bush*. New York: Free Press, 2007.

Ehrlichman, John. *Witness to Power: The Nixon Years.* New York: Simon and Schuster, 1982.

Emanuel, Ezekiel J. *Brothers Emanuel: A Memoir of an American Family.* New York: Random House, 2013.

Farrell, John A. *Tip O'Neill and the Democratic Century.* New York: Little, Brown, 2011.

Fink, Gary M. and Hugh Davis Graham, eds. *The Carter Presidency: Policy Choices in the Post-New Deal.* Kansas: University Press of Kansas, 1998.

Fleischer, Ari. *Taking Heat: The President, the Press, and My Years in the White House.* New York: William Morrow, 2005.

Ford, Betty with Chris Chase. *The Times of My Life.* New York: Harper Collins, 1978.

Ford, Gerald R. *A Time to Heal: The Former President Speaks Out.* New York: Harper & Row, 1979.

Frank, Justin A., M. D. *Bush on the Couch: Inside the Mind of the President.* New York: Free Press, 2011.

Gates, Robert M. *From the Shadows: The Ultimate Insider's Story of Five Presidents and How They Won the Cold War.* New York: Simon & Schuster, 2011.

———. *Duty: Memories of a Secretary at War.* New York: Knopf, 2014.

Gelman, Barton. *Angler: The Cheney Vice Presidency.* New York: Penguin, 2009.

Gergen, David. *Eyewitness to Power: The Essence of Leadership Nixon to Clinton.* New York: Simon & Schuster, 2001.

Ghattas, Kim. *The Secretary: A Journey with Hillary Clinton from Beirut to the Heart of American Power.* New York: Times, 2013.

Gibbs, Nancy and Michael Duffy. *The Presidents Club: Inside the World's*

*Most Exclusive Fraternity*. New York: Simon & Schuster, 2012.

Glad, Betty. *An Outsider in the White House: Jimmy Carter, His Advisors, and the Making of American Foreign Policy*. Ithaca: Cornell University, 2009.

Goodwin, Richard N. *Remembering America: A Voice from the Sixties*. New York: Open Road Media, 2014.

Greene, John Robert. *The Presidency of Gerald R. Ford*. Kansas: University Press of Kansas, 1995.

Haig, Alexander M., Jr. *Caveat: Realism, Reagan, and Foreign Policy*. New York: Scribner, 1984.

Haig, Alexander M., Jr. with Charles McCarry. *Inner Circles: How America Changed the World*. New York: Warner Books, 1992.

Haldeman, H. R. *The Haldeman Diaries: Inside the Nixon White House*. New York: Berkley Books, 1995.

Haldeman, H. R. with Joseph DiMona. *The Ends of Power*. New York: Dell, 1978.

Hartmann, Robert T. *Palace Politics: An Inside Account of the Ford Years*. New York: McGraw-Hill, 1980.

Harwood, John and Gerald F. Seib. *Pennsylvania Avenue: Profiles in Backroom Power*. New York: Random House, 2009.

Hayden, Michael. *Playing to the Edge: American Intelligence in the Age of Terror*. New York: Penguin, 2016.

Hayes, Stephen F. *Cheney: The Untold Story of America's Most Powerful and Controversial Vice President*. New York: HarperCollins, 2007.

——. *The Age of Reagan: The Conservative Counterrevolution 1980 – 1989*. New York: Crown Forum, 2009.

Heilemann, John and Mark Halperin. *Game Change: Obama and the Clintons, McCain and Palin, and the Race of a Lifetime*. New York:

HarperCollins, 2010.

Hersey, John. *The President*. New York: Knopf, 1975.

Hersh, Seymour M. *Chain of Command: The Road from 9/11 to Abu Ghraib*. New York: Harper, 2004.

Hess, Stephen. *Organizing the Presidency*. Washington, D. C.: Brookings Institution Press, 2012.

Holbrooke, Richard. *To End a War*. New York: Modern Library, 2011.

Isikoff, Michael. *Uncovering Clinton: A Reporter's Story*. New York: Three Rivers Press, 2011.

Johnson, Richard Tanner. *Managing the White House: An Intimate Study of the Presidency*. New York: Harper & Row, 1975.

Jordan, Hamilton. *No Such Thing as a Bad Day: A Memoir*. New York: Pocket, 2000.

——. *A Boy from Georgia: Coming of Age in the Segregated South*. Athens: University of Georgia Press, 2015.

Kantor, Jodi. *The Obamas*. New York: Little, Brown and Company, 2012.

Kaplan, Fred. *The Insurgents: David Petraeus and the Plot to Change the American Way of War*. New York: Simon & Schuster, 2013.

Kaufman, Scott. *Rosalynn Carter: Equal Partner in the White House*. Kansas: University Press of Kansas, 2007.

Kengor, Paul. *The Crusader: Ronald Reagan and the Fall of Communism*. New York: Harper Perennial, 2007.

Kernell, Samuel and Samuel L. Popkin, eds. *Chief of Staff: Twenty-Five Years of Managing the Presidency*. Oakland: University of California Press, 1986.

Kessler, Glenn. *The Confidante: Condoleezza Rice and the Creation of the Bush Legacy*. New York: St. Martin's Press, 2007.

Kessler, Ronald. *A Matter of Character: Inside the White House of George W. Bush*. New York: Sentinel, 2004.

Klein, Edward. *The Amateur: Barack Obama in the White House*. Washington, D. C.: Regnery, 2012.

Klein, Joe. *The Natural: The Misunderstood Presidency of Bill Clinton*. New York: Doubleday, 2002.

Koch, Doro Bush. *My Father, My President: A Personal Account of the Life of George H. W. Bush*. New York: Grand Central, 2006.

Kutler, Stanley L. *Abuse of Power: The New Nixon Tapes*. New York: The Free Press, 1997.

Lewis, Charles. *935 Lies: The Future of Truth and the Decline of America's Moral Integrity*. New York: PublicAffairs, 2014.

Magruder, Jeb. *An American Life: One Man's Road to Watergate*. New York: Atheneum, 1974.

Mann, James. *The Rebellion of Ronald Reagan: A History of the End of the Cold War*. New York: Penguin, 2009.

——. *The Obamians: The Struggle Inside the White House to Redefine American Power*. New York: Penguin, 2012.

Mattson, Kevin. *"What the Heck Are You Up To, Mr. President?": Jimmy Carter, America's "Malaise," and the Speech That Should Have Changed the Country*. New York: Bloomsbury, 2009.

Mayer, Jane. *The Dark Side: The Inside Story of How the War on Terror Turned into a War on American Ideals*. New York: Anchor, 2009.

McClellan, Scott. *What Happened: Inside the Bush White House and Washington's Culture of Deception*. New York: PublicAffairs, 2009.

McCullough, David. *Truman*. New York: Simon & Schuster, 2003.

McGinniss, Joe. *The Selling of the President 1968*. San Francisco: Byliner, 2012.

Meacham, Jon. *Destiny and Power: The American Odyssey of George Herbert Walker Bush*. New York: Random House, 2015.

Medved, Michael. *The Shadow Presidents: The Secret History of the Chief Executives and Their Top Aides*. New York: Times Books, 1979.

Meese, Edwin III. *With Reagan: The Inside Story*. Washington, D. C., Regnery Gateway, 1992.

Mollenhoff, Clark R. *The President Who Failed: Carter Out of Control*. New York: Free Press, 1980.

Mondale, Walter with David Hage. *The Good Fight: A Life in Liberal Politics*. New York: Scribner, 2010.

Morell, Michael. *The Great War of Our Time: The C. I. A.'s Fight Against Terrorism—from Al Qa'ida to ISIS*. New York: Twelve, 2015.

Morris, Dick. *Behind the Oval Office: Getting Reelected Against All Odds*. New York: Renaissance, 1998.

Morris, Dick and Eileen McGann. *Because He Could*. New York: Harper, 2004.

Morris, Edmund. *Dutch: A Memoir of Ronald Reagan*. New York: Modern Library, 2011.

Mudd, Roger. *The Place to Be: Washington, CBS, and the Glory Days of Television News*. New York: PublicAffairs, 2009.

National Commission on Terrorist Attacks Upon the United States. *The 9/11 Commission Report: Final Report of the National Commission on Terrorist Attacks upon the United States (Authorized Edition)*. New York: W. W. Norton & Company, 2004.

Nessen, Ron. *It Sure Looks Different from the Inside*. New York: Simon & Schuster, 1978.

Newton, Jim. *Eisenhower: The White House Years*. New York: Anchor, 2011.

Nixon, Richard. *RN: The Memoirs of Richard Nixon.* New York: Touchstone, 1978.

Noonan, Peggy. *What I Saw at the Revolution: A Political Life in the Reagan Era.* New York: Random House, 1990.

——. *The Time of Our Lives.* New York: Twelve, 2015.

Nye, Joseph S., Jr. *Presidential Leadership and the Creation of the American Era.* Princeton: Princeton University Press, 2013.

Obama, Barack. *The Audacity of Hope: Thoughts on Reclaiming the American Dream.* New York: Crown, 2006.

——. *Dreams from My Father: A Story of Race and Inheritance.* New York: Broadway, 2007.

O'Neill, Thomas P. and William Novak. *Man of the House: The Life and Political Memoirs of Speaker Tip O'Neill.* New York: Random House, 1987.

O'Reilly, Bill and Martin Dugard. *Killing Reagan: The Violent Assault That Changed a Presidency.* New York: Henry Holt & Company, 2015.

Panetta, Leon and Jim Newton. *Worthy Fights: A Memoir of Leadership in War & Peace.* New York: Penguin, 2014.

Perlstein, Rick. *Nixonland: The Rise of a President and the Fracturing of America.* New York: Scribner, 2008.

——. *The Invisible Bridge: The Fall of Nixon and the Rise of Reagan.* New York: Simon & Schuster, 2014.

Plame, Valerie. *Fair Game: My Life as a Spy, My Betrayal by the White House.* New York: Simon & Schuster, 2007.

Podesta, John. *The Power of Progress: How America's Progressives Can (Once Again) Save Our Economy, Our Climate, and Our Country.* New York: Crown, 2008.

Popadiuk, Roman. *The Leadership of George Bush: An Insider's View of the*

*Forty-First President.* College Station, Texas: A&M University Press, 2009.

Powell, Colin with Joseph E. Persico. *My American Journey.* New York: Ballantine, 2010.

Powell, Colin with Tony Koltz. *It Worked for Me: In Life and Leadership.* New York: Harper Perennial, 2014.

Powell, Jody. *The Other Side of the Story: Why the News Is Often Wrong, Unsupportable and Unfair—an Insider's View by a Former Press Secretary.* New York: William Morrow & Co., 1984.

Prados, John, ed. *The White House Tapes: Eavesdropping on the President.* New York: New Press, 2003.

Quigley, Joan. *"What Does Joan Say?": My Seven Years as White House Astrologer to Nancy and Ronald Reagan.* New York: Birch Lane Press, 1990.

Rather, Dan. *Rather Outspoken: My Life in the News.* New York: Grand Central, 2012.

Reagan, Nancy with William Novak. *My Turn: The Memoirs of Nancy Reagan.* New York: Random House, 1989.

Reagan, Ron. *My Father at 100: A Memoir.* New York: Plume, 2011.

Reagan, Ronald. *An American Life.* New York: Threshold, 2011.

Reeves, Richard: *President Nixon: Alone in the White House.* New York: Simon & Schuster, 2001.

Regan, Donald T. *For the Record: From Wall Street to Washington.* New York: Harcourt Brace Jovanovich, 1988.

Reich, Robert R. *Locked in the Cabinet.* New York: Random House, 1997.

Remnick, David. *The Bridge: The Life and Rise of Barack Obama.* New York: Vintage, 2010.

Rice, Condoleezza. *No Higher Honor: My Memoir of My Years in Washington*. New York: Broadway Books, 2011.

Risen, James. *State of War: The Secret History of the C. I. A. and the Bush Administration*. New York: Free Press, 2006.

——. *Pay Any Price: Greed, Power and Endless War*. New York: Mariner, 2014.

Rodman, Peter W. *Presidential Command: Power, Leadership, and the Making of Foreign Policy from Richard Nixon to George W. Bush*. New York: Knopf, 1994.

Rollins, Ed with Tom DeFrank. *Bare Knuckles and Back Rooms: My Life in American Politics*. New York: Broadway, 1996.

Rosen, James. *Cheney One on One: A Candid Conversation with America's Most Controversial Statesman*. Washington, D. C.: Regnery, 2015.

Rove, Karl. *Courage and Consequence: My Life as a Conservative in the Fight*. New York: Threshold Editions, 2010.

Rowan, Roy. *The Four Days of Mayaguez*. New York: W. W. Norton & Company, 1975.

Rumsfeld, Donald. *Known and Unknown: A Memoir*. New York: Sentinel, 2011.

——. *Rumsfeld's Rules: Leadership Lessons in Business, Politics, War, and Life*. New York: Broadside, 2013.

Safire, William. *Before the Fall: An Inside View of the Pre-Watergate White House*. New York: Doubleday, 1975.

Savage, Charlie. *Power Wars: Inside Obama's Post-9/11 Presidency*. New York: Little, Brown and Company, 2015.

Scheiber, Noam. *The Escape Artists: How Obama's Team Fumbled the Recovery*. New York: Simon & Schuster, 2012.

Schieffer, Bob. *This Just In: What I Couldn't Tell You on TV*. New York:

Berkley, 2003.

Sick, Gary. *October Surprise: America's Hostages in Iran and the Election of Ronald Reagan.* New York: I. B. Tauris & Co., 1991.

Smith, Jean Edward. *Eisenhower: In War and Peace.* New York: Random House, 2012.

———. *Bush.* New York: Simon & Schuster, 2016.

Smith, Richard Norton. *On His Own Terms: A Life of Nelson Rockefeller.* New York: Random House, 2014.

Sparrow, Bartholomew. *The Strategist: Brent Scowcroft and the Call of National Security.* New York: PublicAffairs, 2015.

Speakes, Larry. *Speaking Out: Inside the Reagan White House.* New York: Scribner, 1988.

Stahl, Lesley. *Reporting Live.* New York: Simon & Schuster, 1999.

Stephanopoulos, George. *All Too Human: A Political Education.* New York: Back Bay, 2000.

Stockman, David A. *The Triumph of Politics: The Inside Story of the Reagan Revolution.* New York: PublicAffairs, 2013.

Sullivan, Terry, ed. *The Nerve Center: Lessons in Governing from the White House Chiefs of Staff.* College Station: Texas A&M University Press, 2004.

Suskind, Ron. *The Price of Loyalty: George W. Bush, the White House, and the Education of Paul O'Neill.* New York: Simon & Schuster, 2004.

———. *Confidence Men: Wall Street, Washington, and the Education of a President.* New York: HarperCollins, 2011.

Tenet, George with Bill Harlow. *At the Center of the Storm: My Years at the CIA.* New York: Harper Perennial, 2007.

terHorst, J. F. *Gerald Ford and the Future of the Presidency.* New York,

W. H. Allen, 1975.

Thomas, Evan. *Being Nixon: A Man Divided*. New York: Random House, 2015.

Todd, Chuck. *The Stranger: Barack Obama in the White House*. New York, Little, Brown and Company, 2014.

Toobin, Jeffrey. *The Oath: The Obama White House and the Supreme Court*. New York: Anchor, 2012.

Vance, Cyrus. *Hard Choices: Critical Years in America's Foreign Policy*. New York: Simon & Schuster, 1983.

Warrick, Joby. *Black Flags: The Rise of ISIS*. New York: Anchor, 2015.

*The White House Transcripts: The Full Text of the Submission of Recorded Presidential Conversations to the Committee on the Judiciary of the House of Representatives by President Richard Nixon*. New York: Bantam, 1974.

Wilber, Del Quintin. *Rawhide Down: The Near Assassination of Ronald Reagan*. New York: Henry Holt and Co., 2011.

Williams, Marjorie. *Reputation: Portraits in Power*. New York: PublicAffairs, 2009.

Wolffe, Richard. *Revival: The Struggle for Survival Inside the Obama White House*. New York: Broadway, 2010.

Woodward, Bob. *The Agenda: Inside the Clinton White House*. New York: Simon & Schuster, 1994.

——. *Plan of Attack*. New York: Simon & Schuster, 2004.

——. *The War Within: A Secret White House History 2006-2008*. New York: Simon & Schuster, 2008.

——. *Obama's Wars*. New York: Simon & Schuster, 2010.

——. *The Price of Politics*. New York: Simon & Schuster, 2012.

——. *The Last of the President's Men*. New York: Simon & Schuster,

2015.

Woodward, Bob and Carl Bernstein. *All the President's Men*. New York: Simon & Schuster, 2007.

——. *The Final Days*. New York: Simon & Schuster, 2013.

# 作者说明及致谢

这本书的写作始于六年多前，当时，一个陌生人突然打来电话。儒勒·诺德是一位杰出的电影制作人，他和他那位同样才华横溢的兄弟格迪恩一起制作了具有标志性意义的纪录片《911》，他想知道我是否愿意和他们合作拍下一部电影。结果就有了《总统的守门人》，一部关于白宫幕僚长的纪录片，时长四小时，二〇一三年九月在探索频道播出。这是一段美好友谊的开始，也是一次无与伦比的合作的开始（我们的最新电影《间谍头子：十字准星上的中情局》在 Showtime 播出）。在此过程中，普利策奖得主、前白宫摄影师大卫·休姆·肯纳利也成了电影合作伙伴和好朋友。

我为《总统的守门人》所做的采访是本书的出发点。但那些采访只是开始，是一段历时五年、跨越五十年总统史的第一步，是为了了解那些曾经是总统最亲近的心腹并帮助总统塑造了世界的人。我的目标是通过幕僚长们的视角来勾勒现代总统史，并尽可能贴近而细致地讲述他们的故事。

我对大多数幕僚长进行了深入的采访，而且经常不止一次。我采访了两位总统——吉米·卡特和老布什（两次）、四位国务卿以及他们的许多同事和副手。科林·鲍威尔将军亲切地坐下来接受了我两次采访，告诉我许多内情；布伦特·斯考克罗夫特既睿智又坦诚地谈了他对相熟的幕僚长的观察。经验丰富的共和党竞选大师斯图尔特·斯宾塞提供了宝贵的素材，他的讲述总是那么引人入胜。罗伯特·赖希是我在耶鲁大学读本科时最喜欢的助教（他也是比尔·克林顿和希拉里·克林顿在耶鲁法学院的同学），他给我上了一堂有关克林顿幕僚长的速成课。多亏了《间谍头子》这部片子，让我近年来有机会采访了从老布什到约翰·布伦南的每一位在世的中情局局长。

对于这样一个目标远大的写作项目，我也需要一个相应的写作"幕僚长"：卡罗琳·博格·基南（Caroline Borge Keenan）正是最合适的人选。卡罗琳曾是我在美国广播公司新闻部的朋友和同事，她不仅对原稿进行了事实核对，还是一位出色的合作者、诚实的中间人和对权力敢于直言的人。约翰·萨格登（John Sugden）在本书的早期阶段是一位了不起的研究者，他对"伊朗门事件"的原生新闻报道颇有见地。尼克·卡奇鲁巴斯（Nick Kachiroubas）给我看了他以幕僚长为研究对象的优秀博士论文，并帮助寻找卡特的员工。我开始写作时尚在耶鲁大学读本科的卡罗琳·利普卡（Carolyn Lipka）也参与了调查研究。

我的好友兼文学经纪人丽萨·奎恩（Lisa Queen）毫无理由地信任我，认为我可以从影视写作跨越到书本写作。感谢她对我的信任。我们的影视事务律师大卫·齐德克尔（David Chidekel）驾轻就熟地谈成了我们的电影生意。朱迪·特沃斯基（Judy Twersky）和萨拉·布雷沃格尔（Sarah Breivogel）是人人都想要的那种最好的公关人士。查特瓦利·冯布（Chatwalee Phoungbut）是一位天才的平面设计师，创建了我的网站chriswhipple. net。

探索频道的大卫·扎斯拉夫（David Zaslav）、艾琳·奥尼尔（Eileen O'Neill）、南希·丹尼尔斯（Nancy Daniels）和皮考克制片公司（Peacock Productions）的天才团队使我们的纪录片《总统的守门人》成为可能。伊戈尔·克罗波特夫（Igor Kropotov）是我们的天才摄影师。

在皇冠出版社，为我服务的编辑跟为奥巴马服务的幕僚长有得一拼：我有四位编辑，每位都各有所长。里克·霍根（Rick Horgan）从一开始就热情洋溢，不断给我鼓励。扎克·瓦格曼（Zack Wagman）对政治颇为狂热。帮助这本书最终成形的还有两位编辑：多米尼卡·阿利奥托（Domenica Alioto）和艾玛·贝瑞（Emma Berry）。作为首次出书的作者，你不可能遇上比他们更好的编辑了，他们聪明、睿智、耐心——而且善良。说句老生常谈的话，没有他们，就不会有这本书。此外，还要感谢克莱尔·波特（Claire Potter）和考特尼·斯尼德（Courtney Snyder）的支持。

很少有作家能像我这样从一群比我有才华的记者和作家那里得到帮助。《交火的日子：布什和切尼的白宫岁月》一书的作者彼得·贝克分享了他的专业知识并给我鼓励，我始终想不明白，他是如何在负责《纽约时报》耶路撒冷分社时抽空写完这本书的。乔纳森·奥尔特写成了出色的奥巴马传记《承诺：奥巴马总统的第一年》，他帮我找到了资料来源，并为写作中的章节做了批注。《成为尼克松》（*Being Nixon*）一书的作者埃文·托马斯阅读了本书关于霍尔德曼的那一章。托马斯·鲍尔斯（Thomas Powers）、乔纳森·拉森（Jonathan Larsen）和林恩·兰威（Lynn Langway）阅读了本书的部分内容，并给了善意的评价。我在《生活》月刊的老朋友安妮·法迪曼（Anne Fadiman）总是给我打气。新闻界的传奇人物、哥伦比亚广播公司的苏珊·兹林斯基（Susan Zirinsky）（也是我的朋友兼《间谍头子》的搭档）跟我谈了她对幕僚长的惊人了解，并为我加油鼓劲。我的大学室友格雷格·佐尔西恩（Greg Zorthian）为我做了精彩的批注。我妹妹安·马尔（Ann Marr）从头到尾读了手稿，并给出了编辑上的绝妙建议。我在耶鲁大学读本科时曾为《新日报》（*New Journal*）撰稿，大卫·斯皮尔（David Sleeper）是我这一生的首位编辑，他在我的写作之路上不时给我鼓励。

汤姆·布罗考、鲍勃·希弗、山姆·唐纳森（Sam Donaldson）、丹·拉瑟（Dan Rather）、莱斯利·斯塔尔和比尔·普兰特（Bill

Plante）跟我分享了他们在白宫幕僚长——从霍尔德曼到麦克多诺——那里学到的无与伦比的专业知识。

和幕僚长们交谈给了我一种"一览众山小"的感觉；为了更深入地了解他们，我找到了很多幕僚长的同事和员工。老布什的办公室主任简·贝克①（Jean Becker）、詹姆斯·A. 贝克三世的执行助理桑迪·哈彻（Sandy Hatcher）以及唐纳德·拉姆斯菲尔德的助理雷姆利·约翰逊（Remley Johnson）都帮了我大忙。一些消息提供者希望匿名，但许多人也公开分享了他们的见解：斯蒂芬·布尔（Stephen Bull）、约翰·迪恩、拉里·希格比和特里·奥唐奈尔让我了解了尼克松的幕僚长 H. R. 霍尔德曼；大卫·肯纳利和罗恩·尼森讲述了福特时期的唐纳德·拉姆斯菲尔德和迪克·切尼的精彩故事；杰伊·贝克、兰登·巴特勒、斯图尔特·艾森斯塔特、艾伦·诺瓦克以及大卫·鲁宾斯坦饶有兴味地讲述了卡特麾下汉密尔顿·乔丹和杰克·沃森的故事。玛格丽特·塔特维勒和克雷格·富勒帮助我理解了里根的幕僚长詹姆斯·贝克；蒂姆·麦克布莱德分享了他对老布什的幕僚长约翰·苏努努的看法；玛丽·马塔林从一个内部人士的角度给我讲了她对小布什的幕僚长安迪·卡德的看法；乔恩·法弗罗、彼得·奥斯扎格和诺姆·埃森（Norm Eisen）也绘声绘色地给我讲了奥巴马的幕僚长拉姆·伊曼纽尔、比尔·戴利、杰克·卢和丹尼斯·麦克多诺的故事。

历史学家理查德·诺顿·史密斯对我进行了有关白宫幕僚长角色演变的辅导。我仔细研读了总统图书馆里的幕僚长备忘录、大学档案馆里保留的他们的论文，以及他们那个时代主要人物的口述史、回忆录和传记。

但这本书的核心内容是我与幕僚长本人的大量对话。他们都有极

---

① 其头衔也是 chief of staffs，但主管老布什在休斯敦和肯尼邦克港的事务，并非真正意义上的白宫幕僚长。——译者

强的党派观念，但从事华盛顿最难的工作的共同经历，使他们建立了某种联系。唐纳德·拉姆斯菲尔德欣然坐下来接受了我的多次采访，并让我独家查阅他在与杰拉德·福特会面后口述下来的从未发表过的备忘录。迪克·切尼深情地回忆起他三十五岁就当上福特的幕僚长时的情形，说他当时"够年轻也够蠢"，以为自己能管好白宫。我们还谈到了他在四分之一个世纪后，作为小布什的强势副总统的经历。在切尼位于弗吉尼亚州麦克莱恩的家里以及他位于怀俄明州杰克逊霍尔（Jackson Hole）的宅邸里，我俩一谈就是好几个小时。（就在他接受心脏移植手术前几天，我们还进行了一次四小时的对谈。）

吉米·卡特的最后一任幕僚长杰克·沃森同样慷慨地留出时间给我，并让我见识了他的智慧；他对公共服务的投入和对生活的热情充满了感染力。詹姆斯·A.贝克三世给我上了一堂大师级的课，讲了幕僚长应该如何管理以及他对里根的看法。他还说了"吉伯尔"的笑话，让我忍俊不禁。小霍华德·H.贝克是里根的第三任幕僚长，尽管健康状况不佳，但还是接受了我的采访；他在去世前两年即二〇一四年的这次访谈中给了我充满洞察力的见解。没人比里根的最后一任幕僚长肯·杜伯斯坦更了解这份工作的历史或其微妙之处。杜伯斯坦是一位极具天赋的讲述者，他不仅让我知道了幕僚长是总统的"现实治疗师"，还给我提供了重要的信息来源，甚至还为我引荐。

老布什的幕僚长约翰·苏努努机智而有趣，即便是在指责我们的电影（在他看来）未能充分展现老布什在海湾战争中的领导作用时。（我期待着与小布什这位备受争议的前幕僚长进行更坦诚的交流。）塞缪尔·斯金纳是苏努努的接班人，他对自己在老布什总统任期的艰难时刻走马上任时所面临的挑战不仅深思熟虑，而且直言不讳。

比尔·克林顿的首任幕僚长托马斯·F."麦克"·麦克拉提或许是华盛顿最正派的人：他聪明、迷人——而且极其坦率地道出了让这位四十二岁的总统走上正轨有多难。接替麦克拉提的莱昂·帕内塔谈起该职位的要求来滔滔不绝，还心直口快地评价了他的诸位接班人。

厄斯金·鲍尔斯是访谈记者非常喜欢的那种人：口齿伶俐、幽默直率——他在一个挤满了老家朋友的房间里对巴拉克·奥巴马说："把你芝加哥的朋友留在芝加哥吧。"克林顿的最后一任幕僚长约翰·波德斯塔聪明、有见地，慷慨地留给我很多时间；即便是在二〇一六年秋季，希拉里·克林顿的总统竞选到了最后关头，他还在位于布鲁克林的办公室里接受了我一次长时间的采访。

安迪·卡德当了小布什很长时间的幕僚长，他可能是我见过的最谦逊、最敬业的公务员。他非常乐于助人，是个好伙伴。卡德的继任者乔什·博尔滕对白宫的历史有着敏锐的理解力和幽默感；关于他如何应对二〇〇八年金融危机的故事，他讲得非常引人入胜。

拉姆·伊曼纽尔的语汇丰富多彩，精力无比旺盛：正如我的搭档大卫·肯纳利所言，我们第一次谈话时，采访他"一个半小时的所得相当于三个小时的访谈内容"。伊曼纽尔还给我看了十三位前幕僚长齐聚白宫给他出谋划策那天他所做的笔记。伊曼纽尔的继任者比尔·戴利坦率地谈到了他作为奥巴马第二任幕僚长的艰难时日，以及他们未能达成的"大交易"。奥巴马的第三任幕僚长杰克·卢非常和蔼可亲，他把他短暂的任期讲得清清楚楚。最后，奥巴马的最后一任幕僚长丹尼斯·麦克多诺，二〇一六年十月在他位于白宫西翼办公室外的露台上接受了我的采访，他的见解富有洞察力，令人难以忘怀。

在我的记者职业生涯中，遇到了很多杰出的老师、前辈和同事：布莱斯·兰伯特（Bryce Lambert）、罗伊·罗恩（Roy Rowan）、比尔·津瑟（Bill Zinsser）、汤姆·鲍尔斯（Tom Powers）、大卫·B.戴维斯（David B. Davis）、约翰·莫顿·布鲁姆（John Morton Blum）、保罗·特拉希曼（Paul Trachtman）、布鲁斯·麦金托什（Bruce McIntosh）、乔纳森·拉森、菲利普·昆哈特（Philip Kunhardt）、迪克·斯托利（Dick Stolley）、朱迪·丹尼尔斯（Judy Daniels）、劳顿·温赖特（Loudon Wainwright）、杰夫·惠莱特（Jeff Wheelwright）、约翰·内利（John Neary）、杰德·霍恩（Jed Horne）、史蒂夫·罗宾

逊（Steve Robinson）、埃德·巴恩斯（Ed Barnes）、谢丽尔·麦考尔（Cheryl McCall）、约翰·洛恩加德（John Loengard）、博比·贝克·伯罗斯（Bobbi Baker Burrows）、安·莫雷尔（Ann Morrell）、格雷·维莱特（Grey Villet）、大卫·特恩利（David Turnley）、尤金·理查兹（Eugene Richards）、迈克尔·奥布莱恩（Michael O'Brien）、海因茨·克鲁特梅尔（Heinz Kluetmeier）、哈拉德·桑德（Harald Sund）、罗斯·鲍曼（Ross Baughman）、大卫·伯内特（David Burnett）、唐·休伊特（Don Hewitt）、迈克·华莱士（Mike Wallace）、埃德·布拉德利（Ed Bradley）、史蒂夫·克罗夫特（Steve Kroft）、乔治·克里尔（George Crile）、查克·刘易斯（Chuck Lewis）、里奇·博宁（Rich Bonin）、乔什·霍华德（Josh Howard）、戴夫·拉姆梅尔（Dave Rummel）、菲尔·谢弗勒（Phil Scheffler）、里克·卡普兰（Rick Kaplan）、菲利斯·麦克格雷迪（Phyllis McGrady）、贝齐·韦斯特（Betsy West）、艾拉·罗森（Ira Rosen）、雪莉·罗斯（Shelley Ross）、大卫·塔巴科夫（David Tabacoff）、梅瑞迪斯·怀特（Meredith White）、西尔维亚·蔡斯（Sylvia Chase）、杰伊·沙德勒（Jay Schadler）、辛西娅·麦克法登（Cynthia McFadden）、南希·柯林斯（Nancy Collins）、克里斯·华莱士（Chris Wallace）以及约翰·昆诺斯（John Quinones）。乔·哈特曼（Joe Hartman）让我相信我长大后可以做任何事。乔·达菲在一九七〇年参加了激动人心的参议院竞选，那是我第一次接触国家政治（此后他开启了比尔·克林顿、约翰·波德斯塔、加里·哈特以及约翰·克里的事业），我们在"宇宙俱乐部"共进午餐以来他依然给我启发。我在《外交政策》杂志的第一任老板理查德·霍尔布鲁克（Richard Holbrooke）后来成了我的终身好友和导师。我的好友哈里·本森（Harry Benson）教我如何找到故事。黛安·索耶（Diane Sawyer）教会了我如何进行采访。查理·吉布森（Charlie Gibson）向我展示了如何做个职业演员。我在电视网工作几十年后，是杰夫·萨甘斯基（Jeff Sagansky）鼓励我走出去成为一个独立制片人。

我有幸拥有一群慷慨大方的朋友。《名利场》创意策划编辑大卫·弗兰德（David Friend）向诺德兄弟推荐了我。《生活》杂志的前著名摄影师迪克·斯旺森（Dick Swanson）让我看了他精彩的图片档案；他美丽的妻子杰蔓（Germaine）是知名的越南菜厨师和餐馆老板，她在马里兰州的家中为我和我妻子卡丽举行了盛宴。吉姆·罗森塔尔（Jim Rosenthal）安排我和他的同事厄斯金·鲍尔斯见面，米尔特·卡斯（Milt Kass）是我在网球场内外的知己。丹尼尔·法斯（Daniel Fass）把我介绍给他那些从事奥巴马医改的朋友，他的话总能让我开怀大笑。我去休斯敦采访吉姆·贝克和老布什总统时，我最好的朋友沃德·佩内贝克（Ward Pennebaker）和苏珊·佩内贝克（Susan Pennebaker）给我安置了住处。当我开始写作的时候，特里普·麦克罗辛（Trip McCrossin）邀请我们搬到他在谢尔特岛（Shelter Island）的住处，那是个风景优美的地方。唐娜（Donna）、吉姆（Jim）和珍妮特·考尔金斯（Janet Caulkins）不懈地给我鼓励，凡尔纳（Verne）和李·韦斯特伯格（Lee Westerberg）两口子亦然。詹妮弗·威珀（Jennifer Whipple）也给了我不断的支持。

这本书对我的家人而言也委实不易。我儿子山姆·威珀（Sam Whipple）非常包容，他的父亲睡眠不足、蓬头垢面，各种书籍快堆到屋顶时，他就踮着脚尖小心绕行。他毫无抱怨，反倒贡献了自己的原生新闻报道；拉姆·伊曼纽尔和亚洲鲤鱼的故事就出自他对奥斯坦·古尔斯比的精彩采访。山姆总有一天会成为一名出色的幕僚长、演讲稿撰写人——或者总统。

我的妻子卡丽·威珀帮我把大量的采访转成文字；从亚特兰大到约巴琳达（Yorba Linda），她陪我在散发着霉味的总统图书馆里一待就是好几个小时；她编辑注释；寻找幕僚长的照片——做了成百上千件让此书成为可能的事情。更重要的是，她给了我爱和支持。用她最喜欢的话来说，她这个人简直"莫名其妙"。我对她的爱更胜从前。

最后，这本书也献给你，爸爸。

如果《白宫幕僚长》一书能够帮助读者了解白宫幕僚长在历届总统任期内扮演的角色，那要归功于各位幕僚长本人。如果出现任何错误则应归咎于我。同样，一切结论皆属个人观点。

The Gatekeepers: How the White House Chiefs of Staff Define Every Presidency
Copyright © 2017,2018 by Christopher C. Whipple
本书中文简体字专有出版权归本社独家所有，非经本社同意，不得转载、摘编或复制
图字：09-2018-1099号

图书在版编目（CIP）数据

白宫幕僚长／（美）克里斯·威珀（Chris Whipple）著；傅洁莹译. — 上海：上海译文出版社，2022.6
（译文纪实）
书名原文：The Gatekeepers: How the White House Chiefs of Staff Define Every
ISBN 978-7-5327-8955-9

Ⅰ.①白… Ⅱ.①克… ②傅… Ⅲ.①纪实文学—美国—现代 Ⅳ.①I712.55

中国国家版本馆 CIP 数据核字（2023）第 130753 号

白宫幕僚长
［美］克里斯·威珀／著　傅洁莹／译
责任编辑／钟　瑾　　装帧设计／柴昊洲　邵旻　观止堂_未氓
上海译文出版社有限公司出版、发行
网址：www.yiwen.com.cn
201101　上海市闵行区号景路 159 弄 B 座
上海市崇明县裕安印刷厂印刷

开本 890×1240　1/32　印张 11　插页 2　字数 268,000
2023 年 9 月第 1 版　2023 年 9 月第 1 次印刷
印数：0,001—8,000 册

ISBN 978-7-5327-8955-9/I·5555
定价：58.00 元

本书中文简体字专有出版权归本社独家所有，非经本社同意不得转载、摘编或复制
如有质量问题，请与承印厂质量科联系。T：021-59404766